ACTES NOIRS
série dirigée par Marc de Gouvenain

LE PRÉDICATEUR

DU MÊME AUTEUR

LA PRINCESSE DES GLACES, Actes Sud, 2008.

Titre original :
Predikanten
Editeur original :
Forum, Stockholm
© Camilla Läckberg, 2004
publié avec l'accord de
Bengt Nordin Agency, Suède

© ACTES SUD, 2009
pour la traduction française
ISBN 978-2-7427-8179-9

CAMILLA LÄCKBERG

Le Prédicateur

roman traduit du suédois
par Lena Grumbach et Catherine Marcus

ACTES SUD

à Micke

La journée commença de façon prometteuse. Il se réveilla tôt, avant le reste de la famille, s'habilla aussi discrètement que possible et réussit à filer sans se faire remarquer. Il emporta son casque de chevalier et l'épée de bois qu'il brandit triomphalement pendant qu'il courait sur les cent mètres séparant sa maison de l'entrée de la brèche du Roi. Il s'arrêta un instant et observa respectueusement la trouée escarpée fendant le roc. Deux mètres environ séparaient les parois et elles s'élevaient sur une bonne dizaine de mètres vers le ciel où le soleil avait commencé son ascension. Trois gros blocs de pierre étaient restés coincés à mi-hauteur constituant un spectacle impressionnant. L'endroit avait une force d'attraction magique sur un enfant de six ans, et le fait que la brèche du Roi soit territoire interdit la rendait d'autant plus attirante.

La faille avait reçu son nom lors d'une visite d'Oscar II à Fjällbacka à la fin des années 1880, mais, de cela, il ne savait rien, ou s'en fichait, lorsqu'il s'introduisit lentement parmi les ombres, son épée de bois prête à l'attaque. En revanche, son papa avait raconté que les scènes du gouffre de l'Enfer dans *Ronya, fille de brigands* avaient été tournées dans la brèche du Roi, et au cinéma il s'était senti tout excité en voyant Mattis, le chef des bandits, la franchir au galop sur son cheval. Parfois il venait jouer au brigand ici, mais aujourd'hui il était chevalier. Chevalier de la Table ronde, comme dans le livre de coloriage que sa grand-mère lui avait offert pour son anniversaire.

Il avança pas à pas sur les rochers et se prépara à affronter courageusement avec son épée le gros dragon cracheur de feu. Le soleil n'arrivait pas à pénétrer dans ce couloir étroit et le lieu restait froid et sombre même en été. Parfait pour les dragons. Bientôt il ferait gicler le sang de sa gorge, et après une longue agonie le dragon s'écroulerait mort à ses pieds.

Du coin de l'œil il aperçut quelque chose qui attira son attention, un bout de tissu rouge qui dépassait d'un rocher. Sa curiosité prit le dessus, le dragon pouvait attendre. Il y avait peut-être un trésor caché là. Il prit son élan, sauta sur le bloc de pierre et regarda de l'autre côté. Un instant il faillit tomber à la renverse, il tangua quelques secondes puis retrouva son équilibre en battant des bras. Après coup, il ne voudrait pas reconnaître qu'il s'était affolé, mais sur l'instant il eut la plus grande frousse de ses six années de vie. Une dame était embusquée là, étendue sur le dos et elle le fixait de ses yeux écarquillés. Son premier réflexe lui dicta de fuir, avant qu'elle puisse l'attraper et comprendre qu'il jouait ici alors qu'il n'en avait pas le droit. Elle allait peut-être l'obliger à raconter où il habitait, le ramener à la maison. Maman et papa seraient hyper fâchés et demanderaient combien de fois ils lui avaient déjà dit de ne pas aller à la brèche du Roi sans être accompagné d'un adulte.

Mais ce qui était étrange, c'est que la dame ne bougeait pas. Elle ne portait pas de vêtements, et un instant il fut gêné de regarder une femme toute nue. Le truc rouge qu'il avait vu n'était pas un bout de tissu, c'était un sac posé juste à côté d'elle, mais il ne voyait pas de vêtements, nulle part. Bizarre de rester toute nue, alors qu'il faisait si froid ici.

Puis une pensée impossible surgit en lui. La dame était peut-être morte ! C'était la seule explication qu'il pouvait trouver à son immobilité absolue. Cette idée le fit sauter en bas du rocher et lentement reculer vers l'ouverture de la faille. Après avoir mis quelques mètres entre lui et la femme morte, il pivota sur ses talons et prit ses jambes à son cou pour rentrer chez lui. Il ne se souciait plus de savoir s'il allait se faire disputer ou pas.

La sueur collait les draps contre son corps. Erica se tournait et se retournait dans son lit, sans réussir à trouver une position confortable pour dormir. La nuit d'été lumineuse ne facilitait pas non plus le sommeil et pour la millième fois elle nota mentalement qu'elle devait installer des rideaux opaques aux fenêtres, ou plutôt elle ferait en sorte que Patrik s'en occupe.

Sa respiration calme à côté d'elle lui donnait des envies de meurtre. Comment pouvait-il avoir le toupet de ronfler tranquillement alors qu'elle passait ses nuits sans dormir ? Après tout, c'était son bébé aussi. Ne devrait-il pas rester éveillé par solidarité ou quelque chose comme ça ? Elle le toucha dans l'espoir qu'il se réveille. Pas un mouvement. Elle le toucha un peu plus fort. Il grogna, tira la couverture et lui tourna le dos.

Avec un soupir, elle croisa les bras sur sa poitrine et fixa le plafond. Son ventre s'arrondissait comme un énorme globe terrestre et elle essaya d'imaginer l'enfant, nageant dans le liquide amniotique, là dans le noir. Peut-être suçant son pouce. Mais tout cela était trop irréel pour faire surgir des images de bébé dans sa tête. Elle était au huitième mois, mais n'arrivait toujours pas à réaliser qu'il y avait un enfant dans son ventre. Bon, ça n'allait sans doute pas tarder à devenir trop réel. Erica était déchirée entre la hâte et la crainte. Elle avait du mal à voir au-delà de l'accouchement. Si elle était vraiment honnête, elle avait du mal à voir plus loin que le problème de ne plus pouvoir dormir sur le ventre. Elle regarda les chiffres lumineux du réveil. Quatre quarante-deux. Elle pourrait peut-être allumer la lumière et lire un petit moment ?

Trois heures et demie et un mauvais polar plus tard, elle était en train de rouler hors du lit pour se lever lorsque la sonnerie du téléphone retentit. En habituée, elle tendit le combiné à Patrik.

— Allô. Sa voix était lourde de sommeil. Oui, bien sûr, oh la vache, oui, je peux y être dans un quart d'heure. D'accord, on se retrouve là-bas.

Il se tourna vers Erica.

— Je dois y aller. Alerte à bord.

— Mais tu es en vacances. Il n'y a personne d'autre pour s'en occuper ? Elle entendit combien sa voix était geignarde, mais une nuit blanche n'était jamais profitable à l'humeur.

— C'est un homicide. Mellberg veut que je vienne. Il y va aussi.

— Un homicide ? Où ça ?

— Ici à Fjällbacka. Un gosse a trouvé une femme morte dans la brèche du Roi ce matin.

Patrik s'habilla en quatrième vitesse, de légers vêtements d'été, puisqu'on était au mois de juillet. Avant de se ruer dehors, il grimpa sur le lit et embrassa le ventre d'Erica, quelque part à l'endroit où elle se rappelait vaguement avoir eu un nombril.

— Bye Bébé. Sois gentil avec ta maman, je serai bientôt de retour.

Il posa une bise rapide sur la joue de sa compagne et partit. Avec un soupir, Erica s'extirpa du lit et enfila l'une des tentes qui lui faisaient office de vêtements. Très bêtement, elle avait lu quantité de livres sur la grossesse et, à son avis, tous les auteurs qui en décrivaient les joies devraient être traînés sur la place publique et roués de coups. Insomnies, articulations douloureuses, carences, hémorroïdes, transpiration et toutes sortes de dérèglements hormonaux étaient plus près de la réalité. Et ce feu intérieur qui était censé l'illuminer, elle n'en avait certainement pas ressenti la moindre foutue flamme. En grommelant, elle descendit lentement l'escalier pour avaler la première tasse de café de la journée.

Lorsque Patrik arriva, l'activité battait son plein. L'entrée de la brèche du Roi avait été fermée par des rubans jaunes et il compta trois voitures de police et une ambulance. Le personnel technique d'Uddevalla avait déjà commencé son travail et Patrik était suffisamment avisé pour ne pas pénétrer sur le lieu du crime avec ses gros sabots. Ça, c'était l'erreur des débutants, ce qui n'empêchait pas son chef, le commissaire Mellberg, de se balader parmi les techniciens. Du désespoir plein les yeux, ceux-ci regardaient ses chaussures et ses vêtements déposer des milliers de fibres et de particules sur leur lieu de travail si fragile. Lorsque Patrik s'arrêta devant le ruban et fit signe à Mellberg, celui-ci leva le camp, à leur grand soulagement, et passa de l'autre côté du barrage.

— Salut Hedström.

La voix était cordiale voire joyeuse et Patrik sursauta de surprise. Une seconde il crut même que son chef allait le serrer dans ses bras, mais cela ne resta heureusement qu'une pensée inquiétante. L'homme paraissait totalement transformé ! Ça ne faisait qu'une semaine que Patrik était en congé, mais le Mellberg qu'il avait en face de lui n'était vraiment pas le même qui faisait la gueule derrière son bureau et grommelait que les vacances étaient une notion à supprimer.

Mellberg secoua vigoureusement la main de Patrik et lui tapa dans le dos.

— Et comment va ta poule pondeuse ? C'est pour bientôt, non ?

— Pas avant un mois et demi, à ce qu'ils disent.

Patrik n'arrivait toujours pas à comprendre ce qui avait bien pu déclencher ces manifestations de joie de la part de Mellberg, mais il remisa sa curiosité et essaya de se concentrer sur la raison de sa venue en ce lieu.

— Qu'est-ce que vous avez trouvé ?

Mellberg fit un effort monstre pour barrer le chemin au sourire sur son visage et montra les entrailles ombragées de la faille.

— Un gosse de six ans est sorti tôt ce matin quand ses parents dormaient encore, il est venu ici jouer au chevalier parmi les rochers. Et il a trouvé une femme morte. On a été avertis à six heures et quart.

— Ça fait combien de temps que les techniciens examinent les lieux ?

— Ils sont là depuis une heure. L'ambulance est arrivée en premier et ils ont tout de suite confirmé qu'il n'était plus question d'intervenir médicalement. Depuis, les techniciens ont pu travailler à leur guise. Assez emmerdants, ces gars-là, je te le dis… Je suis allé y jeter un petit coup d'œil, c'est tout, et ils m'ont traité de tous les noms. Mais je suppose que ça rend chiant, forcément, de passer ses journées à quatre pattes à traquer des fibres avec une pince à épiler.

Patrik reconnut là son supérieur hiérarchique. Ça, c'était davantage le jargon de Mellberg. D'expérience, il savait cependant que ça ne servait à rien d'essayer de corriger ses opinions. C'était plus simple de laisser tout cela entrer par une oreille et sortir par l'autre.

— Qu'est-ce qu'on sait de la victime ?

— Rien pour l'instant. Environ vingt-cinq ans. Son seul vêtement, si on peut appeler ça un vêtement, est un sac à main, sinon elle est entièrement à poil. Jolis nichons, d'ailleurs.

Patrik ferma les yeux et répéta silencieusement, comme un mantra intérieur : "Il partira bientôt à la retraite. Il partira bientôt à la retraite…"

Imperturbable, Mellberg poursuivit :

— On n'a pas pu déterminer de quoi elle est morte, mais elle est assez mal en point. Des hématomes sur tout le corps et des coupures, de couteau probablement. Et puis, oui, elle est allongée sur une couverture grise. Le médecin légiste est en train de l'examiner, comme ça j'espère que nous aurons un avis préliminaire assez rapidement.

— Aucune disparition de femme n'a été signalée ces derniers temps ? Une femme d'à peu près son âge ?

— Non, personne dans le coin. Seulement un vieux l'autre semaine, mais au bout du compte il en avait seulement eu marre d'être coincé dans une caravane avec sa bourgeoise et il s'était tiré avec une jeunette qu'il avait rencontrée à *La Galère*.

Patrik vit que l'équipe se préparait à transférer le corps dans un sac. Les mains et les pieds avaient été entourés des sachets réglementaires, pour conserver toutes traces éventuelles. Les techniciens d'Uddevalla étaient des habitués et ils travaillaient avec des gestes efficaces pour introduire la femme dans le sac. La couverture aussi serait placée dans un sac en plastique pour un examen ultérieur.

A leur expression de stupeur et à la façon dont ils se figèrent au milieu de leurs mouvements, Patrik comprit que quelque chose d'inattendu venait de se produire.

— Qu'est-ce qui se passe ?

— Vous n'allez pas le croire, mais il y a des ossements ici. Et deux crânes. A en juger par la quantité d'os, je dirais effectivement qu'on a affaire à deux squelettes.

ÉTÉ 1979

Elle zigzaguait considérablement sur son vélo en rentrant chez elle cette nuit de la Saint-Jean. La fête avait été un peu plus intense que prévu, mais peu importe. Elle était adulte maintenant, elle pouvait faire ce qu'elle voulait. Le plus chouette avait été d'être débarrassée de la petite. La môme avec ses cris, sa soif de tendresse et sa demande continuelle de quelque chose qu'elle était incapable de lui donner. C'était bien sa faute si elle était obligée d'habiter encore chez sa mère et si la vieille la laissait à peine mettre le nez dehors, bien qu'elle ait vingt ans. C'était un miracle qu'elle ait pu sortir pour le bal de ce soir.

Si elle n'avait pas eu le bébé elle aurait pu habiter seule maintenant et gagner sa vie, sortir quand elle aurait envie et rentrer à l'heure qu'elle voudrait, sans être fliquée en permanence. Mais avec la môme ce n'était pas possible. Elle aurait préféré la confier à quelqu'un, la faire adopter, mais la vieille n'était pas d'accord avec ça, et maintenant c'était à elle d'assumer. Si sa mère avait tellement envie de garder la petite, elle n'avait qu'à s'en occuper elle-même, non ?

La vieille allait faire une de ces gueules en la voyant arriver comme ça, au petit matin. Son haleine puait l'alcool et demain elle en subirait les conséquences. Mais ça le valait. Elle ne s'était pas autant amusée depuis la naissance de ce foutu bébé.

Elle traversa le carrefour de la station d'essence et continua un bout de chemin avant de tourner vers Bräcke. Elle faillit tomber dans le fossé mais réussit à redresser le vélo et elle pédala plus fort pour grimper le premier raidillon. Le vent balayait ses cheveux et la nuit d'été était parfaitement tranquille. Un instant elle ferma les yeux et pensa à l'autre nuit d'été claire, quand l'Allemand l'avait mise enceinte. Ça avait été une nuit merveilleuse et interdite, mais qui ne valait pas le prix qu'elle était obligée de payer.

Soudain elle rouvrit les yeux. Quelque chose avait brutalement fait obstacle à son vélo et la dernière chose qu'elle vit était le sol qui se précipitait vers elle à une vitesse vertigineuse.

De retour au commissariat de Tanumshede, Mellberg plongea dans de profondes réflexions, ce qui ne lui ressemblait guère. Assis en face de son chef dans la cuisine, Patrik non plus ne disait pas grand-chose. Lui aussi était en train de méditer les événements de la matinée. En fait, il faisait trop chaud pour boire du café, mais il avait besoin d'un fortifiant et un alcool n'était pas très approprié. Tous deux s'éventaient avec leur chemise pour se rafraîchir un peu. La clim était en panne depuis deux semaines et ils n'avaient pas encore réussi à trouver quelqu'un pour la réparer. Dans la matinée, c'était gérable, mais vers midi la température atteignait des sommets pénibles.

— Qu'est-ce que c'est que ce merdier ? Mellberg se gratta pensivement le nid de cheveux enroulés sur sa tête destiné à dissimuler sa calvitie.

— Aucune idée, pour tout te dire. Un cadavre de femme posé sur deux squelettes. Si quelqu'un n'avait pas été réellement tué, je trouverais que ça ressemble à un canular. Des ossements volés dans un labo ou un truc de ce genre, mais il y a le cadavre de la femme, et elle a bel et bien été assassinée. J'ai entendu le commentaire d'un des techniciens, il disait que les ossements n'avaient pas l'air d'être de la première fraîcheur. Mais, évidemment, tout dépend de leur emplacement. S'ils ont été exposés à la pluie et au vent, ou s'ils étaient à l'abri. Il faut espérer que le médecin légiste pourra estimer de quand ils datent.

— Oui, justement, quand est-ce que tu crois qu'on aura son premier rapport ? Le front luisant de sueur de Mellberg se couvrit de plis préoccupés.

— Sans doute au cours de la journée, ensuite il lui faudra probablement deux, trois jours pour tout revoir en détail. D'ici là, on fera avec ce qu'on a. Ils sont où, les autres ?

Mellberg soupira.

— Gösta est en congé aujourd'hui. Encore une de ses foutues compétitions de golf, je crois. Ernst et Martin sont partis faire un constat. Annika est à Ténériffe. Elle s'est imaginé qu'il allait pleuvoir comme d'habitude cet été. Pauvre petite. C'est moche de ne pas passer ses vacances en Suède quand il y fait un temps pareil.

Patrik jeta de nouveau un coup d'œil surpris à Mellberg et s'interrogea sur cet inhabituel élan de sympathie. Il y avait anguille sous roche, c'était évident. Mais ce n'était pas le moment de réfléchir à ça. Ils avaient des choses plus importantes à régler.

— Je sais que tu es en vacances jusqu'à la fin de la semaine, mais tu ne pourrais pas envisager de revenir nous filer un coup de main ? Ernst est totalement dépourvu d'imagination, et Martin n'a pas l'expérience qu'il faut pour mener une enquête. On aurait vraiment besoin de ton aide.

La demande était tellement flatteuse pour sa vanité que Patrik s'entendit accepter séance tenante. Il savait très bien qu'il allait prendre un savon en rentrant à la maison, mais il justifia son choix en se disant qu'il ne lui fallait qu'un quart d'heure pour rentrer si Erica avait besoin de lui. Par ailleurs, avec la canicule, ils commençaient à se porter sur les nerfs, tous les deux, et ce serait peut-être un bienfait s'il n'était plus à la maison.

— Avant toute chose, j'aimerais vérifier si on a signalé la disparition d'une femme. Il faudra lancer une recherche assez large, disons par exemple de Strömstad jusqu'à Göteborg. Je demanderai à Martin ou à Ernst de s'en occuper. Il m'a semblé les entendre arriver.

— Ça, c'est bien, c'est formidable ! Très bien raisonné, continue comme ça !

Mellberg avait fini son café, il se leva et tapota joyeusement l'épaule de Patrik. Celui-ci comprit qu'il ferait tout le boulot comme d'habitude tandis que Mellberg récolterait les lauriers, mais c'était un fait, et ça ne valait plus la peine de se prendre la tête pour ça.

En soupirant, il mit sa tasse et celle de Mellberg dans le lave-vaisselle. Tout indiquait qu'il n'aurait pas à se soucier d'indices de crème solaire aujourd'hui.

— Allez debout, vous croyez que c'est une foutue pension de famille ici, où on peut rester au lit la moitié de la journée ?

La voix traversa d'épaisses couches de brouillard et résonna douloureusement contre son os frontal. Johan ouvrit prudemment un œil, mais le referma aussitôt quand il rencontra la lumière aveuglante du soleil d'été.

— Putain de merde… Robert, son aîné d'un an, se retourna dans son lit. Il tira l'oreiller sur sa tête, mais celui-ci lui fut brutalement arraché et il se redressa en maugréant.

— Jamais on peut faire la grasse mat' dans cette maison.

— Vous faites la grasse matinée tous les jours, tous les deux, espèces de fainéants. Il est presque midi. Si vous arrêtiez de traîner dehors toute la nuit à fabriquer Dieu sait quoi, vous ne passeriez pas vos journées à dormir. J'ai besoin qu'on m'aide un peu par ici. Vous habitez gratis et vous mangez gratis, alors que vous êtes des hommes adultes, la moindre des choses serait de donner un coup de main à votre pauvre mère.

Solveig Hult se tenait les bras croisés sur son buste énorme. Elle était obèse, avec la pâleur de celle qui ne met jamais un pied dehors. Ses cheveux étaient sales et pendaient en mèches sombres et grasses de part et d'autre de son visage.

— Presque trente ans que vous avez et c'est encore votre mère qui vous fait vivre ! Et ça se dit des héros, ça ! Comment vous avez les moyens d'aller faire la fête tous les soirs, j'aimerais bien le savoir ? Vous ne bossez pas, et je ne vois jamais la moindre contribution à la caisse commune. Je vous le dis, si votre père avait été là, il aurait mis le holà ! Est-ce que vous avez eu des nouvelles de l'agence pour l'emploi ? Ça fait deux semaines maintenant que vous deviez y aller !

Ce fut au tour de Johan de poser l'oreiller sur son visage. Il essaya de faire barrage à l'éternel rabâchage, on aurait dit un disque rayé, mais l'oreiller lui fut arraché aussitôt et il se vit obligé de se redresser dans le lit, la gueule de bois cognant comme une fanfare militaire dans son crâne.

— J'ai débarrassé le petit-déjeuner depuis un bon moment. Vous vous débrouillerez pour trouver quelque chose dans le frigo.

L'énorme postérieur de Solveig dodelina quand elle sortit de la petite chambre que les frères partageaient et elle claqua la porte derrière elle. Ils n'osèrent pas tenter le coup de se recoucher, sortirent un paquet de cigarettes et s'allumèrent une clope chacun. Aucun problème pour sauter le petit-déjeuner, mais la clope réveillait les esprits et chauffait agréablement la gorge.

— Hé, pour un casse, c'était un sacré casse, hier… Robert rit et souffla des ronds de fumée dans l'air. Je te l'avais dit, qu'ils avaient des trucs maousses chez eux. Patron d'une boîte à Stockholm, pas étonnant qu'ils puissent se payer un luxe pareil.

Johan ne répondit pas. Contrairement à son grand frère, les cambriolages ne lui donnaient jamais de montées d'adrénaline. Que ce soit avant les raids ou après, il ressentait plutôt une grosse boule d'angoisse froide dans le ventre. Mais il avait toujours obéi à Robert et il ne lui venait jamais à l'esprit qu'il pourrait faire autrement.

Ça faisait un bail qu'un cambriolage n'avait pas rapporté autant que celui de la veille. Les gens avaient commencé à se méfier et à ne pas garder d'objets de valeur dans leurs maisons de campagne. Ils se meublaient avec des vieilleries dont ils ne savaient pas comment se débarrasser, ou des trouvailles de ventes aux enchères qui leur donnaient l'impression d'avoir réalisé une super affaire alors qu'elles ne valaient pas un clou. Mais, hier, les frères avaient mis la main sur une télé neuve, un lecteur DVD, une console Nintendo et la collection de bijoux de la maîtresse de maison. Robert allait tout vendre par ses canaux habituels et ça leur procurerait une belle somme. Qui ne durerait pas très longtemps. L'argent volé brûlait les poches et au bout de quelques semaines il n'en resterait plus. Dépensé au jeu, dans les restos où ils banqueraient pour tout le monde et dans deux, trois petits trucs qu'ils allaient s'offrir. Johan regarda sa montre hors de prix. Heureusement, sa vieille ne savait pas reconnaître un objet de valeur quand elle en voyait un. Si elle avait su combien elle coûtait, cette montre, elle aurait râlé un max.

Parfois, il avait l'impression de tourner comme un écureuil dans une roue, pendant que les années passaient. Rien n'avait vraiment changé depuis qu'ils étaient adolescents et l'avenir lui apparaissait toujours aussi bouché. La seule chose qui donnait un sens à sa vie était le secret, l'unique secret, qu'il avait dissimulé à Robert. Un instinct profondément enfoui lui disait que rien de bon n'en sortirait s'il se confiait à son frère. Robert en ferait quelque chose de sale avec ses commentaires vulgaires.

Pendant une seconde il s'autorisa à penser à elle, à la douceur de ses cheveux, et à la petitesse de sa main quand il la prenait dans la sienne.

— Eh toi, arrête de rêver. On a du taf qui attend.

Robert se leva, la cigarette pendue au coin de la bouche et sortit le premier de la chambre. Comme toujours, Johan le suivit. Il ne pouvait pas faire autrement.

Dans la cuisine, Solveig occupait sa place habituelle. Depuis que Johan était petit, depuis ce qui était arrivé à son vieux, il l'avait vue assise sur sa chaise devant la fenêtre, les doigts tripotant nerveusement ce qu'il y avait devant elle sur la table. Dans ses premiers souvenirs, elle avait été belle, mais au fil des ans l'obésité s'était installée en couches de plus en plus épaisses sur son corps et ses traits.

Elle avait l'air d'être en transe ; ses doigts vivaient leur propre vie, continuellement triturant et caressant. Ça faisait plus de vingt ans qu'elle s'occupait de ces saloperies d'albums, qu'elle les triait et retriait. Elle en achetait d'autres et collait à nouveau les photos et les coupures de presse. Mieux, plus soigneusement. Il n'était pas bête au point de ne pas comprendre que c'était sa façon à elle de retenir des temps plus heureux, mais il faudrait bien qu'elle réalise un jour que cette époque-là était terminée.

Les photos dataient des années où Solveig était belle. Le sommet de sa vie avait été son mariage avec Johannes Hult, le plus jeune fils d'Ephraïm Hult, célèbre prédicateur évangélique et propriétaire du plus riche domaine de la région. Johannes était beau et fortuné, et elle était pauvre, certes, mais la plus belle fille du département, tout le monde le disait. Et s'il fallait d'autres preuves, il suffirait de montrer les articles de son couronnement de Miss Eté deux années de suite, elle les avait tous conservés. C'étaient eux qu'elle bichonnait et triait si soigneusement, chaque jour depuis plus de vingt ans, et les nombreuses photos en noir et blanc d'elle-même jeune. Elle savait que cette fille-là existait quelque part sous les épaisseurs de graisse, et à travers les photos elle pouvait la retenir, même si à chaque année qui passait elle lui échappait encore un petit peu plus.

Après un dernier regard par-dessus l'épaule, Johan quitta sa mère dans la cuisine et emboîta le pas de son frère. Comme le disait Robert, ils avaient du taf qui les attendait.

Erica se demanda si elle n'allait pas sortir se promener, mais réalisa que ce n'était peut-être pas très futé de partir au moment le plus chaud de la journée, quand le soleil était au zénith. Elle s'était portée comme un charme durant toute la grossesse, jusqu'à ce que la canicule vienne s'installer. Depuis, elle se sentait comme une baleine en nage, cherchant déses- pérément un peu de fraîcheur. Patrik, que Dieu le bénisse, avait eu la bonne idée de lui acheter un ventilateur qu'elle transportait avec elle partout dans la maison.

Sur la véranda, la prise électrique était idéalement placée pour le ventilateur et elle pouvait s'allonger sur le canapé. Aucune position n'était confortable plus de cinq minutes et elle devait sans cesse se tourner dans tous les sens pour essayer d'en trouver une qui soit acceptable. Dans certaines postures, elle recevait un pied dans les côtes, ou bien quelque chose qui était probablement une main s'entêtait à la boxer, et elle était obligée de se déplacer à nouveau. Elle se demandait comment elle ferait pour supporter un mois de plus ainsi.

Ils n'étaient en couple que depuis six mois, elle et Patrik, quand elle était tombée enceinte, mais bizarrement cela ne leur avait pas posé le moindre problème. Ils avaient une cer- taine expérience de la vie tous les deux, ils savaient ce qu'ils voulaient et trouvaient qu'il n'y avait aucune raison d'attendre. C'était seulement maintenant qu'elle commençait à se poser des questions et c'était un peu tard. Ils n'avaient peut-être pas vécu suffisamment ensemble au quotidien avant de se lan- cer ? Comment leur relation allait-elle résister au face-à-face avec un nouveau petit être qui exigerait toute l'attention qu'ils avaient jusque-là consacrée l'un à l'autre ?

Certes, l'amour fou et aveugle des premiers temps était passé et ils étaient maintenant dans une relation plus réa- liste, plus ordinaire, avec une vraie connaissance de leurs bons et mauvais côtés réciproques. Mais si jamais, dans le sillage de l'enfant, il ne restait que les mauvais côtés ? Combien de fois n'avait-elle pas entendu les statistiques sur tous ces couples qui faisaient naufrage pendant la première année de vie du premier enfant ? Mais, bon, ça ne servait à rien de se faire du mauvais sang pour ça maintenant. Ce qui était fait était fait et, quoi qu'il en soit, aussi bien elle que Patrik attendaient l'arrivée de l'enfant avec chaque parcelle de leur corps. Il fallait juste espérer que cet élan durerait pour les aider à traverser le grand chamboulement.

Elle sursauta quand le téléphone sonna et se leva laborieusement du canapé pour aller répondre.

— Oui, allô ? Tiens, salut Conny. Oui, bien, merci, un peu trop chaud seulement quand on est enceinte. Venir nous voir ? Oui, bien sûr… venez prendre le café. Passer la nuit ? Ben… Erica soupira intérieurement. Bon d'accord. Vous arrivez quand ? Ce soir ! Oui, non, aucun problème, bien sûr. Je ferai les lits de la chambre d'amis.

Dégoûtée, elle raccrocha. Avoir une maison à Fjällbacka devenait un gros inconvénient en été. Subitement, tous les membres de la famille et toutes sortes d'amis surgissaient, alors qu'ils n'avaient donné aucun signe de vie pendant les dix autres mois de l'année. En novembre, ça ne leur disait pas grand-chose de venir, mais en juillet ils voyaient l'opportunité de loger gratuitement dans une maison avec vue sur la mer. Erica s'était crue épargnée cet été, puisque la moitié du mois de juillet était passée sans que personne ne se soit manifesté. Et voilà maintenant que son cousin Conny appelait pour dire qu'il était déjà en route avec femme et enfants. Rien que pour une nuit, elle devrait pouvoir le supporter. Elle n'avait jamais été spécialement copine avec aucun de ses deux cousins, mais elle était trop bien élevée pour refuser de les recevoir, même si c'était ce qu'elle aurait eu de mieux à faire, étant donné les pique-assiettes que c'était.

Erica était tout de même contente d'avoir cette maison à Fjällbacka où elle et Patrik pouvaient accueillir leurs amis, qu'ils soient invités ou non. Après la disparition subite de leurs parents, le mari de sa sœur avait essayé d'obtenir la vente forcée de la maison. Mais Anna avait fini par en avoir assez des mauvais traitements physiques et psychiques que Lucas lui faisait subir. Elle avait divorcé et possédait maintenant la maison en indivision avec Erica. Comme elle habitait à Stockholm avec ses deux enfants, Patrik et Erica avaient pu s'installer à Fjällbacka et en contrepartie ils payaient tous les frais. Plus tard, ils auraient à régler ce problème de façon définitive, mais pour l'instant Erica était simplement heureuse d'avoir encore la maison et d'y habiter à l'année.

Elle jeta un regard sur la pièce et comprit qu'il lui faudrait se remuer si elle voulait recevoir sa famille correctement. Elle se demanda quelle serait la réaction de Patrik devant cet envahissement, puis elle redressa la tête. S'il pouvait la laisser seule ici pour aller au boulot alors qu'il était censé être en vacances, elle avait bien le droit d'accueillir du monde si elle voulait. Elle avait déjà oublié que, l'instant d'avant, elle avait trouvé assez commode de ne plus l'avoir dans les pattes.

Ernst et Martin étaient effectivement de retour de leur intervention, et Patrik commença par les mettre au courant de l'affaire. Il les fit venir dans son bureau et ils se laissèrent tomber chacun sur une chaise. Ernst était écarlate de colère que ce soit Patrik qui ait été désigné pour mener l'enquête, mais celui-ci choisit de l'ignorer. C'était à Mellberg de régler ça, au pire il se débrouillerait sans l'aide d'Ernst si son collègue refusait de collaborer.

— J'imagine que vous êtes déjà au courant de ce qui s'est passé.

— Oui, on a entendu l'appel quand on était en voiture. Martin, qui était jeune et enthousiaste, était assis droit comme un *i* sur sa chaise, un carnet de notes sur les genoux et un stylo prêt à l'action.

— Une femme a donc été retrouvée assassinée dans la brèche du Roi à Fjällbacka. Elle était nue et paraissait avoir entre vingt et trente ans. Sous son corps, on a aussi trouvé deux squelettes humains d'origine et d'âge inconnus. J'ai eu une estimation officieuse de la part de Karlström à la brigade technique, il dit qu'ils n'étaient pas de la première fraîcheur. On risque d'être assez débordés, avec en plus toutes les bagarres entre soûlards et les ivresses au volant qui nous tombent dessus. Annika et Gösta sont en vacances tous les deux, et il ne nous reste qu'à nous retrousser les manches sans eux en attendant. En réalité, moi aussi je suis en vacances cette semaine, mais j'ai accepté de revenir travailler, et c'est donc moi qui mènerai cette enquête, puisque c'est le souhait de Mellberg. Des questions ?

Il s'adressait surtout à Ernst, qui choisit cependant de ne pas entrer en conflit, à tous les coups pour pouvoir ensuite pleurnicher dans son dos.

— Qu'est-ce que tu veux que je fasse ? Martin était comme un cheval écumant d'impatience dans son box et il dessinait des cercles dans l'air au-dessus de son bloc-notes.

— Je veux que tu commences par vérifier dans le SIS les femmes qui ont été signalées disparues depuis, disons, deux mois. Il vaut mieux garder une marge pour ce qui est du temps jusqu'à ce que la médicolégale nous fournisse davantage d'infos. Mais je dirais que le décès est bien plus récent que ça, il remonte peut-être juste à deux, trois jours.

— Tu n'es pas au courant ? dit Martin.

— De quoi ?

— Schengen est en panne. Il faut qu'on se passe de son système d'information, on fera comme au bon vieux temps.

— Merde alors. Fallait que ça tombe pile en ce moment. Bon, chez nous, il n'y a pas eu de disparitions signalées, d'après Mellberg et d'après ce que je savais avant de partir en vacances, je propose donc que tu appelles tous les districts proches. Tu travailleras en cercles concentriques, en commençant par le milieu, puis tu élargis, tu comprends ce que je veux dire ?

— Mais oui, jusqu'où veux-tu que j'aille ?

— Aussi loin qu'il le faut, jusqu'à ce que tu trouves quelqu'un qui corresponde. Appelle Uddevalla tout de suite aussi, ils te donneront un signalement préliminaire qui te servira de base de recherche.

— Et moi, qu'est-ce que je fais ? L'enthousiasme dans la voix d'Ernst n'était pas du genre contagieux.

Patrik regarda les notes qu'il avait prises après son entretien avec Mellberg.

— J'aimerais que tu commences par parler avec ceux qui habitent à proximité de la brèche du Roi. S'ils ont vu ou entendu quelque chose cette nuit, ou tôt ce matin. Le site est bourré de touristes dans la journée, ça signifie que le corps ou les corps si on veut pinailler y ont forcément été transportés durant la nuit ou à l'aube. Je pense qu'on peut établir qu'ils sont passés par la grande entrée, personne n'aurait monté toutes les marches depuis la place Ingrid-Bergman avec une telle charge. Le gamin l'a trouvée vers six heures du matin, et moi je me concentrerais sur un moment entre neuf heures du soir et six heures du matin. Pour ma part, j'ai l'intention d'aller jeter un coup d'œil aux archives. Il y a quelque chose avec ces deux squelettes qui me travaille. J'ai l'impression que je devrais savoir ce que c'est mais… Ça ne vous évoque rien ? Rien qui remue vos souvenirs… ?

Patrik écarta les bras et attendit une réponse, les sourcils levés, mais Martin et Ernst ne firent que secouer la tête. Il soupira. Bon, alors il ne lui restait qu'à descendre dans les catacombes…

Ignorant qu'il ne rassemblait pas toutes les sympathies, même s'il aurait pu s'en douter en faisant marcher ses méninges, Patrik était en train de farfouiller parmi de vieux papiers dans les domaines souterrains du commissariat de Tanumshede. La poussière avait recouvert la plupart des dossiers, mais un semblant d'ordre y régnait heureusement encore. Il ne savait pas exactement ce qu'il cherchait, pourtant il était sûr que ça se trouvait là.

Assis en tailleur sur le sol en ciment, il parcourait méthodiquement les cartons de dossiers l'un après l'autre. Des décennies de destins humains passaient par ses mains et il était peu à peu frappé par le nombre de gens et de familles qui revenaient sans cesse dans les registres de la police. En voyant le même nom de famille surgir pour la énième fois, il se dit que les actes criminels semblaient parfois se transmettre des parents aux enfants et même aux petits-enfants.

Son téléphone portable sonna, c'était Erica.

— Salut ma chérie, tout va bien ? Il connaissait déjà la réponse. Oui, je sais qu'il fait chaud. Essaie de rester près du ventilo, je ne vois pas d'autre solution. Je voulais te dire, on a un meurtre sur les bras, là, et Mellberg voudrait que je mène l'enquête. Est-ce que ça t'embêterait beaucoup si je retournais au boulot pendant quelques jours ?

Patrik retint sa respiration. Il savait qu'il aurait dû l'appeler pour l'avertir qu'il serait peut-être obligé de bosser, mais à la manière fuyante des mâles il avait choisi de repousser l'inévitable à plus tard. D'un autre côté, Erica connaissait les obligations de son métier. La période estivale était la plus chargée pour la police de Tanumshede, et ils étaient obligés de prendre de très courts congés à tour de rôle. Même ces quelques rares journées d'un seul tenant n'étaient pas garanties, tout dépendait du nombre d'états d'ébriété, de bagarres et d'autres effets dérivés du tourisme que le poste devait gérer. Et les homicides se retrouvaient en quelque sorte sur une échelle à part.

Elle dit quelque chose qu'il faillit louper.

— Une visite, tu dis ? Qui ça ? Ton cousin ? Patrik soupira. Non, qu'est-ce que tu veux que je te dise ? Bien sûr que j'aurais préféré qu'on se retrouve tous les deux, mais si maintenant ils sont en route je n'y peux rien. Ils ne resteront qu'une nuit ? OK, je passerai acheter quelques crevettes avant de rentrer, comme ça tu n'auras pas à te mettre aux fourneaux. Je serai là vers sept heures. Bisous, ciao.

Il glissa l'appareil dans sa poche et continua à feuilleter le contenu des cartons devant lui. Un dossier marqué "Disparus" attira son attention. Une personne ambitieuse avait réuni tous les rapports de personnes disparues qui figuraient dans les enquêtes de police. Patrik sentit qu'il venait de trouver ce qu'il cherchait. Ses doigts étaient pleins de poussière et il les essuya sur son short avant d'ouvrir le dossier assez mince. Après avoir feuilleté et lu un moment, il sut que sa mémoire venait d'avoir le coup de pouce dont elle avait eu besoin. Il aurait dû se souvenir de cette affaire tout de suite, en considérant le petit nombre de personnes dans ce district qui avaient réellement disparu sans qu'on les retrouve. Un effet de l'âge, sans doute. A présent, il avait en tout cas les rapports devant les yeux et il sentait que tout ça ne pouvait pas être un hasard. Deux femmes portées disparues en 1979 et jamais retrouvées. Deux squelettes retrouvés dans la brèche du Roi.

Il remonta à la lumière en emportant le dossier avec lui et le posa sur son bureau.

Les chevaux étaient tout ce qui la retenait là. D'une main expérimentée, elle étrilla énergiquement le hongre brun. L'activité physique, qui lui permettait de donner libre cours à sa frustration, faisait fonction de soupape. C'était vraiment chiant, d'avoir dix-sept ans et de ne pas être maître de sa propre vie. Dès qu'elle serait majeure, elle se tirerait de ce trou de merde. Elle accepterait la proposition du photographe qui l'avait abordée dans la rue à Göteborg. Quand elle serait mannequin à Paris et qu'elle gagnerait un tas d'argent, elle leur dirait où ils pourraient aller se la fourrer, leur formation à la con. Le photographe avait dit que pour chaque année qui passait sa valeur comme top model diminuait, et un an de sa vie serait perdu avant qu'elle puisse partir, seulement parce que son vieux faisait une fixation sur son avenir. Personne n'avait besoin d'études pour marcher sur le podium, et ensuite, quand elle aurait disons vingt-cinq ans et qu'elle serait trop âgée, elle se marierait avec un millionnaire et elle n'aurait plus rien à faire de sa menace de la déshériter. En un jour, elle pourrait dépenser en shopping l'équivalent de toute la fortune de son père.

Et son connard de frère n'arrangeait rien avec toute cette supériorité qu'il trimballait. D'accord, c'était mieux d'habiter chez lui et Marita, plutôt qu'à la maison, mais pas tant que ça. Il était tellement parfait, ce con. Il ne faisait jamais d'erreurs, alors que, elle, tout était automatiquement sa faute.

— Linda ?

Toujours pareil, même ici dans l'écurie il ne la laissait pas tranquille.

— Linda ? La voix se fit plus exigeante. Il savait qu'elle était ici, ce n'était pas la peine d'essayer de se débiner.

— Oui, merde, arrête de me harceler. Qu'est-ce qu'il y a ?

— Tu n'es pas obligée de me parler sur ce ton. Je trouve que ce n'est pas trop te demander d'être un peu polie.

Elle ne fit que marmonner quelques jurons en réponse que Jacob laissa passer.

— T'es pas mon père, seulement mon frère, t'as pensé à ça ?

— J'en suis bien conscient, oui, mais tant que tu habites sous mon toit, j'ai une certaine responsabilité à ton égard.

Parce qu'il avait dix-sept ans de plus qu'elle, Jacob croyait tout savoir, mais c'était facile de rouler les mécaniques quand on était à l'abri du besoin comme lui. Leur père avait dit et redit que Jacob était un fils dont on pouvait être fier. Il saurait gérer le domaine familial d'une main sûre, si bien que Linda supposait que l'ensemble allait lui revenir en héritage. En attendant, il pouvait se permettre de faire comme si l'argent n'avait aucune importance pour lui, mais Linda le perçait à jour. Tout le monde admirait Jacob parce qu'il travaillait avec des jeunes en difficulté, mais tout le monde savait aussi qu'il finirait par hériter du manoir et d'une grosse fortune, et alors on verrait bien ce qu'il resterait de son intérêt pour le bénévolat.

Elle ricana en elle-même. Si Jacob savait qu'elle faisait le mur le soir, il péterait un plomb, et s'il savait qui elle voyait, elle se prendrait un savon mémorable. On pouvait se montrer solidaire avec les démunis tant qu'ils ne se bousculaient pas devant votre porte. Jacob disjoncterait s'il apprenait qu'elle voyait Johan, et il y avait des raisons très enracinées à cela. Johan était leur cousin et la guerre entre les deux branches de la famille durait depuis bien avant la naissance de Linda, oui même avant que Jacob soit né. Elle ne savait pas pourquoi, seulement que c'était comme ça, et cela ajoutait un peu de piment à la sauce quand elle filait le soir le retrouver. Sans compter qu'elle se sentait bien avec lui. Il était un peu réservé, d'accord, mais il avait douze ans de plus qu'elle et possédait une assurance que les mecs de son âge n'avaient que dans leurs rêves les plus fous. Le fait qu'ils soient cousins ne la préoccupait pas du tout. Aujourd'hui, des cousins pouvaient se marier et, même si cela n'entrait pas dans ses projets d'avenir, elle n'avait rien contre le fait de peaufiner son apprentissage avec lui, à condition que ça se passe en secret.

— Tu voulais quelque chose ou t'es juste venu me surveiller comme ça, pour le fun ?

Jacob poussa un profond soupir et posa une main sur son épaule. Elle essaya de reculer, mais sa main était lourde.

— Je n'arrive pas à comprendre d'où tu tiens toute cette agressivité. Les jeunes avec qui je travaille auraient tout donné pour avoir une maison et une jeunesse comme les tiennes. Un peu de reconnaissance et de maturité n'auraient pas été de trop, tu sais. Et oui, je voulais quelque chose. Le repas est prêt, ce serait bien si tu pouvais te changer et venir manger avec nous.

Il relâcha la prise autour de son épaule et sortit de l'étable. En maugréant, Linda abandonna l'étrille et alla se préparer. C'est vrai qu'elle avait faim, malgré tout.

Martin avait encore le cœur brisé. Il ne savait pas combien de fois cela lui était déjà arrivé, mais le fait d'être habitué ne rendait pas la chose moins douloureuse. Comme toujours, il avait cru qu'elle était faite pour lui, celle qui posait sa tête sur l'oreiller à côté de lui. Bien sûr, il savait qu'elle était déjà prise, mais dans sa naïveté habituelle il avait cru être plus qu'un divertissement pour elle et il avait pensé que les jours de son compagnon légitime étaient comptés. Il était loin de se douter qu'avec sa mine candide et son physique mignon il attirait les femmes mûres comme la confiture attire les mouches. Déjà bien installées dans le train-train conjugal, elles n'avaient aucune intention de quitter leurs maris pour un flic sympa de vingt-cinq ans, mais elles n'hésitaient pas une seconde à s'envoyer en l'air avec lui quand il fallait satisfaire désir et besoin d'affirmation. Martin n'avait rien contre une relation purement physique, il était même particulièrement talentueux dans ce domaine, mais il était aussi un jeune homme très sentimental. Les béguins trouvaient tout simplement un bon terreau en Martin Molin. C'est pourquoi ses petites histoires se terminaient toujours dans les pleurs et les grincements de dents, lorsque les femmes le remerciaient et rentraient chez elles retrouver leur vie, ennuyeuse peut-être, mais stable et familière.

Il poussa un profond soupir, assis là devant son bureau, tout en s'efforçant de se focaliser sur la tâche qui l'attendait. Les appels qu'il avait passés jusque-là s'étaient révélés infructueux, mais il restait de nombreux districts de police à contacter. C'était bien sa chance que la base de données européenne tombe en panne juste quand ils en avaient le plus besoin.

Deux heures plus tard, il se pencha en arrière et lança son stylo contre le mur, par pur dépit. Aucune disparue qui corresponde au signalement de la victime. Qu'allaient-ils faire maintenant ?

Ce n'était vraiment pas juste. Il était plus âgé que ce morveux et c'était lui qui aurait dû prendre la direction de l'enquête, mais, bon, les grands talents étaient toujours méconnus dans ce bas monde. Ça faisait des années qu'il s'appliquait à cirer les pompes à ce con de Mellberg, et pour récolter quoi ? Ernst négocia les virages de la route de Fjällbacka beaucoup trop vite et, s'il ne s'était pas trouvé dans une voiture de police, il aurait certainement vu bon nombre de doigts d'honneur dans le rétroviseur. Qu'ils essaient donc, ces putains de touristes, et il leur montrerait de quel bois il se chauffait.

Aller frapper chez les voisins, c'était une mission de débutant, pas celle d'un homme avec vingt-cinq ans d'expérience professionnelle. C'était plutôt à ce gamin de Martin de le faire, et lui, Ernst, aurait passé un moment au téléphone à bavarder avec les collègues des autres districts.

Il bouillonnait intérieurement, mais c'était son état d'esprit naturel depuis qu'il était enfant, rien qui sorte de l'ordinaire. Un tempérament coléreux qui le rendait plutôt inapte à un métier impliquant tant de contacts sociaux, mais, d'un autre côté, il inspirait du respect aux voyous, qui sentaient d'instinct qu'Ernst Lundgren n'était pas quelqu'un à qui chercher noise si on tenait à sa santé.

Quand il traversa le bourg, on le suivit du regard et on le montra du doigt, et il comprit que la nouvelle s'était déjà propagée à travers tout Fjällbacka. Il dut traverser la place Ingrid-Bergman à une allure d'escargot à cause de tous les stationnements sauvages, et il eut la satisfaction de voir son passage causer un certain nombre de départs précipités de la terrasse du café *Le Ponton*. Ils avaient raison. Si leurs voitures étaient encore là à son retour, il se ferait un plaisir de gâcher les vacances de ceux qui se garaient n'importe comment. Les faire souffler un peu dans le ballon aussi peut-être. Plusieurs conducteurs étaient en train de siroter une bière. Avec un peu de chance, il pourrait sans doute retirer quelques permis de conduire.

Il n'y avait pas beaucoup d'emplacements pour se garer dans le petit bout de rue devant la brèche du Roi, mais il fit un créneau serré et commença l'opération porte-à-porte. Comme de bien entendu, personne n'avait rien vu. Des gens qui en général notaient quand le voisin lâchait un pet chez lui devenaient sourds et aveugles quand la police demandait quelque chose. Cependant, Ernst était obligé de le reconnaître, ils n'avaient peut-être réellement rien entendu. En été, le niveau sonore était tellement élevé la nuit, avec tous les gens bourrés qui rentraient chez eux au petit matin, que les habitants avaient appris à filtrer les bruits pour conserver un bon sommeil nocturne. N'empêche que c'était sacrément irritant.

Dans la dernière maison il fit enfin une touche. Pas une grosse prise, certes, mais pas négligeable non plus. Le vieux dans la maison la plus éloignée de l'entrée de la brèche du Roi avait entendu une voiture arriver vers trois heures du matin quand il était allé se soulager. Il put même préciser l'heure, trois heures moins le quart, mais il ne s'était pas donné la peine de regarder dehors, si bien qu'il ne pouvait rien dire ni de la voiture ni du conducteur. Mais il avait été instructeur d'auto-école et, des voitures, il en avait conduit dans sa vie. Il était totalement certain que ce n'était pas une voiture très récente, elle avait probablement quelques années au compteur.

Super, la seule chose qu'avaient donnée deux heures de porte-à-porte était que l'assassin avait vraisemblablement amené les cadavres en voiture vers trois heures du matin, et qu'il conduisait éventuellement une voiture de modèle ancien. Pas vraiment glorieux comme résultat.

En repassant sur la place, son humeur s'améliora notablement quand il aperçut de nouveaux stationnements sauvages aux places libérées juste avant. Chouette, il allait les faire souffler dans le ballon, ces petits rigolos, à s'en péter les poumons !

Une sonnerie persévérante à la porte interrompit Erica alors qu'elle était en train de passer l'aspirateur. Elle transpirait abondamment et elle écarta quelques mèches trempées de son visage avant d'ouvrir la porte. Ils avaient dû conduire comme des dératés pour être déjà là.

— Salut ma grosse !

Deux bras costauds la serrèrent dans un étau, elle n'était pas la seule à transpirer ! Le nez profondément enfoui dans l'aisselle de Conny, elle comprit qu'elle-même devait sentir la rose et le lilas comparée à lui.

Après s'être dégagée de son étreinte, elle dit bonjour à Britta, la femme de Conny, en se contentant de lui serrer poliment la main. Après tout elles ne s'étaient rencontrées qu'à quelques rares occasions. Britta avait une poignée de main humide et molle qui vous donnait l'impression de serrer un poisson mort. Erica frissonna et maîtrisa son envie d'aller s'essuyer la main.

— Waouh, quel ventre ! C'est des jumeaux que tu as là-dedans ou quoi ?

Erica n'aimait pas du tout voir son corps commenté de cette façon, mais elle avait fini par comprendre que la grossesse laissait le champ libre à tout un chacun pour avoir une opinion sur sa morphologie et tâter son ventre d'une manière beaucoup trop familière. Il était même arrivé que de parfaits inconnus s'approchent et posent sans façon la main sur son ventre. Elle se prépara à cela et effectivement Conny ne tarda pas à s'y mettre.

— Oh, mais c'est un petit joueur de foot que tu as là ! Avec des coups de pied comme ça, c'est forcément un garçon. Venez sentir ça, les enfants !

Erica n'eut pas la force de protester et elle fut aussitôt attaquée par deux paires de mains pleines de glace qui tachèrent sa tunique de grossesse blanche. Heureusement, Lisa et Victor, du haut de leurs six et huit ans, se désintéressèrent vite de la question.

— Et que dit l'heureux père ? Il compte les jours, non ?

Conny n'attendit pas la réponse, les dialogues n'étant pas son fort.

— Eh oui, la vache, je me rappelle quand mes propres morveux sont venus au monde. Une sacrée expérience. Mais dis-lui de ne surtout pas regarder du côté où ça se passe. Ça vous fait perdre toute envie pour un bon bout de temps après.

Il gloussa et donna un coup de coude à Britta. Elle répondit d'un regard acide. Erica réalisa que la journée serait longue. Pourvu que Patrik rentre à une heure décente !

Patrik frappa doucement à la porte de Martin. Il était un peu jaloux de l'ordre qui y régnait. Le dessus de son bureau était tellement propre qu'on aurait pu l'utiliser comme table d'opération.

— Ça avance ? Tu as trouvé quelque chose ?

La mine découragée de Martin le renseigna bien avant qu'il secoue la tête. Merde alors. Le plus important pour l'enquête, là tout de suite, était de pouvoir identifier la femme. Quelque part, des gens se faisaient du souci pour elle. Il y avait forcément quelqu'un quelque part à qui elle manquait !

— Et toi ? Tu as trouvé ce que tu cherchais ?

Martin indiqua de la tête le dossier que Patrik tenait à la main.

— Je crois, oui.

Patrik avança une chaise et s'assit à côté de Martin.

— Regarde ça. Deux femmes ont disparu de Fjällbacka à la fin des années 1970. Je ne comprends pas comment j'ai fait pour ne pas m'en souvenir tout de suite, c'était à la une de tous les journaux. En tout cas, j'ai trouvé les dossiers qui restent de l'enquête.

Le dossier qu'il avait posé sur le bureau était vraiment poussiéreux et Patrik vit à la main agitée de Martin que ça le démangeait de l'essuyer. Un regard appuyé calma tout de suite ses ardeurs de propreté. Patrik ouvrit le dossier et montra les photographies qui servaient d'introduction.

— Ça, c'est Siv Lantin, elle a disparu le jour de la Saint-Jean 1979. Elle avait dix-neuf ans. L'autre fille s'appelle Mona Thernblad, elle a disparu quinze jours plus tard, elle avait dix-huit ans. Aucune des deux n'a jamais été retrouvée, malgré une énorme mobilisation avec battues, hommes-grenouilles et tout le bataclan. Ils ont trouvé le vélo de Siv dans un fossé, mais c'est tout. Et de Mona, seulement une basket.

— Oui, maintenant que tu le dis, il me semble en avoir entendu parler. Il y avait un suspect, non ?

Patrik feuilleta les papiers d'enquête jaunis et posa son doigt sur un nom tapé à la machine.

— Johannes Hult. C'est son propre frère, tu te rends compte, Gabriel Hult, qui a appelé la police pour dire qu'il l'avait vu avec Siv Lantin, sur la route de sa ferme à Bräcke, la nuit où elle a disparu.

— On a pris le tuyau au sérieux ? Je veux dire, dénoncer son frère comme suspect d'un meurtre, il doit y avoir pas mal de choses derrière un acte pareil ?

— La guerre dans la famille Hult durait depuis des années et tout le monde était au courant. A mon avis, les déclarations de Gabriel ont été accueillies avec un certain scepticisme, mais il fallait mener une enquête quoi qu'il en soit. Johannes a été interrogé deux fois. Mais il n'y avait aucune preuve, à part les affirmations de son frère, c'était parole contre parole, et on l'a relâché.

— Il se trouve où aujourd'hui ?

— Je ne suis pas sûr, mais je crois que Johannes Hult s'est suicidé peu de temps après. Merde, il aurait fallu avoir Annika ici maintenant, elle aurait pu nous mettre à jour le dossier en moins de deux. C'est plus que maigre, ce qu'on a sous la main, là.

— Tu as l'air assez certain que les deux squelettes sont bien ceux de Siv et Mona ?

— Certain est un grand mot. Je me base sur des vraisemblances. Nous avons deux femmes disparues dans les années 1970 et voilà que surgissent deux squelettes qui semblent avoir quelques années sur le dos. Combien de chances y a-t-il, à ton avis, que ce soit une simple coïncidence ? Je ne suis pas certain, non, on ne pourra l'être que lorsque le médecin légiste se sera prononcé. Mais je ferai en sorte qu'il ait accès à ces données au plus vite.

Patrik jeta un coup d'œil à sa montre.

— Merde, il faut que j'accélère. J'ai promis de rentrer tôt aujourd'hui. On a le cousin d'Erica qui vient et je dois passer acheter des crevettes et des trucs pour ce soir. Tu peux envoyer ces infos au médecin légiste ? Et fais le point avec Ernst dès son retour, des fois qu'il aurait trouvé quelque chose de valable.

La chaleur le frappa comme s'il heurtait un mur quand il sortit de l'hôtel de police et il prit la direction de sa voiture d'un pas rapide, pour gagner au plus vite un milieu climatisé. Si la chaleur le mettait à rude épreuve, il imaginait aisément comment elle devait peser sur Erica, la pauvre chérie.

Pas de pot d'avoir des visiteurs juste maintenant, mais il comprenait qu'elle avait du mal à dire non. Ceci dit, la famille Flood repartirait le lendemain et ça ne ferait qu'une soirée de perdue. Il régla la clim au maximum et mit le cap sur Fjällbacka.

— Tu as parlé avec Linda ?

Laini tourna nerveusement ses mains. C'était un geste qu'il avait appris à détester.

— Il n'y a pas grand-chose à dire. Elle n'a qu'à faire ce qu'on lui dit.

Gabriel ne leva même pas les yeux et continua calmement ses occupations. Son ton coupait court à tout, mais Laini ne se laissait pas réduire au silence si facilement. Malheureusement. Cela faisait de nombreuses années maintenant qu'il aurait préféré voir sa femme se taire plutôt que parler. Mais cela aurait tenu du miracle compte tenu de sa personnalité.

Pour sa part, Gabriel Hult était comptable jusqu'au bout des ongles. Il adorait comparer les crédits et les débits pour arriver à un équilibre en fin d'exercice, et il détestait cordialement tout ce qui touchait aux sentiments et ne relevait pas de la logique. La netteté était son credo et, malgré la chaleur estivale, il était en costume et chemise, certes en tissu léger, mais très stricts. Ses cheveux châtains s'étaient raréfiés, il les coiffait en arrière et n'essayait certainement pas de dissimuler la partie dégarnie au sommet du crâne. La cerise sur le gâteau était les lunettes rondes qui reposaient en permanence au bout de son nez et lui permettaient de jeter un regard condescendant à son interlocuteur par-dessus la monture. Les bons comptes font les bons amis, c'était la devise qui lui servait de règle de vie et il aurait vraiment aimé que son entourage ait la même philosophie. Au lieu de cela, on aurait dit qu'ils consacraient toute leur force et leur énergie à ébranler son équilibre parfait et à lui rendre la vie difficile. Tout serait tellement plus simple s'ils suivaient ses conseils au lieu d'aller faire un tas de bêtises de leur propre initiative.

Le principal souci en ce moment dans sa vie était sa fille. Jacob n'avait tout de même pas été aussi difficile quand il était ado ! Dans l'imaginaire de Gabriel, les filles étaient plus calmes et plus accommodantes que les garçons. Alors que maintenant ils se retrouvaient avec un monstre sur les bras qui disait noir quand ils disaient blanc et qui de façon générale faisait de son mieux pour gâcher la vie de son père. Cette lubie stupide de devenir top model, il n'en donnait pas cher. Bien sûr qu'elle était mignonne, Linda, sauf que malheureusement elle avait le cerveau de sa mère et elle ne tiendrait pas une heure dans le monde impitoyable de la mode.

— Nous avons déjà eu cette discussion, Laini, et je n'ai pas changé d'avis depuis. Il est hors de question que Linda parte faire des photos chez un photographe douteux qui veut la voir nue. Linda fera des études pour avoir un métier, un point c'est tout.

— Oui, mais dans un an elle aura dix-huit ans et elle fera ce qu'elle veut. Mieux vaut quand même la soutenir maintenant, plutôt que risquer de la voir disparaître pour de bon l'année prochaine, tu ne trouves pas ?

— Linda sait d'où vient l'argent, et ça m'étonnerait fort qu'elle disparaisse sans être assurée que la source continuera à couler. Et si elle poursuit ses études, c'est exactement ce qui se passera. J'ai promis de lui donner de l'argent tous les mois à condition qu'elle ne s'arrête pas après le bac, et c'est une promesse que j'ai l'intention de tenir. Maintenant je ne veux plus entendre parler de ça.

Laini continua à se tordre les mains, mais elle savait reconnaître quand elle avait perdu et elle sortit du cabinet de travail, les épaules basses. Elle referma doucement les portes derrière elle et Gabriel poussa un soupir de soulagement. Ce rabâchage lui portait sur les nerfs. Depuis toutes ces années, elle devrait le connaître suffisamment pour savoir qu'il n'était pas homme à changer d'avis une fois sa décision prise.

Il retrouva sa satisfaction et son calme dès qu'il put reprendre ses écritures. Les logiciels de comptabilité ne l'avaient jamais tenté, il adorait avoir un grand cahier ouvert devant lui, avec des chiffres minutieusement alignés qu'il additionnait en bas de chaque page. Quand il eut terminé, il se pencha en arrière, ravi. Ça, c'était un monde qu'il contrôlait.

Un instant Patrik se demanda s'il s'était trompé d'endroit. Ceci ne pouvait quand même pas être la maison calme et tranquille qu'il avait quittée le matin même. Le niveau sonore était bien supérieur à ce qui est autorisé dans la plupart des lieux de travail, et on aurait dit que quelqu'un y avait lancé une grenade. Des affaires qui ne lui appartenaient pas gisaient éparpillées partout, et tous les objets de la pièce semblaient avoir été déplacés. A en juger par l'expression d'Erica, il aurait sans doute dû être de retour au moins une heure plus tôt.

Interloqué, il compta deux enfants seulement et deux adultes et il se demanda comment ils s'y prenaient pour faire à eux seuls autant de bruit que toute une halte-garderie. La télé était allumée et la chaîne Disney hurlait à plein volume, un petit garçon courait derrière une fille plus petite encore et la menaçait avec un pistolet à eau. Les parents des deux garnements étaient tranquillement installés sur la véranda, un gros balèze adressa des signes joyeux à Patrik, mais ne se donna pas la peine de se lever, cela l'aurait obligé à abandonner le plat de gâteaux sur la table.

Patrik alla rejoindre Erica dans la cuisine et elle s'effondra dans ses bras.

— Emmène-moi loin d'ici, je t'en prie. J'ai dû commettre un péché effroyable dans une vie antérieure pour qu'on m'inflige ça. Ces mômes, ils ne sont pas humains, ce sont de petits diables déguisés et Conny est – Conny. Sa femme n'a quasiment pas ouvert la bouche et elle a l'air tellement aigri que ça fait tourner le lait. Au secours, il faut qu'ils repartent vite !

Il la consola en lui tapotant le dos, sa tunique était trempée.

— Va prendre une douche tranquillement, je vais m'occuper des invités un petit moment. Tu dégoulines de sueur.

— Merci, tu es un ange. Il reste encore du café. Ils en sont à leur troisième tasse, mais Conny a laissé entendre qu'il prendrait bien un truc plus corsé, tu pourrais vérifier ce qu'on a comme alcool.

— Je m'en occupe, ma chérie, allez ouste, avant que je change d'avis.

Il reçut un bisou de reconnaissance.

— Je veux une glace.

Victor était venu se glisser juste derrière Patrik et le menaçait de son pistolet à eau.

— Je suis désolé, on n'en a pas.

— T'as qu'à aller en acheter.

La mine effrontée du gamin mit Patrik hors de lui, mais il fit de son mieux pour avoir l'air sympa et dit aussi gentiment que possible :

— Non, certainement pas. Il y a des gâteaux là-bas sur la table, ça devrait suffire.

— Je veux une glaaaaace !!! Le môme hurlait et trépignait, il était écarlate.

— Il n'y a pas de glace, je viens de te le dire ! La patience de Patrik était presque à bout.

— UNE GLACE, UNE GLACE, UNE GLACE, UNE GLACE...

Victor n'abandonnait pas si facilement. Mais les yeux de Patrik devaient signaler que les bornes étaient dépassées, parce que le gosse se tut et recula lentement hors de la cuisine.

Puis, en pleurant, il courut rejoindre ses parents qui ne prêtaient aucune attention au tumulte dans la cuisine.

— PAPAAA, le monsieur est méchant ! Je veux une GLAAACE !

Patrik essaya de faire la sourde oreille et alla saluer ses visiteurs, en leur apportant du café. Conny se leva et tendit la main et Patrik eut droit à la poignée de main froide et humide de Britta, lui aussi.

— Victor est dans une phase où il teste les limites de sa volonté. On ne veut pas le brimer dans son développement personnel, on le laisse trouver par lui-même la ligne de démarcation entre ses souhaits et ceux de son entourage.

Britta regarda tendrement son fils et Patrik se souvint vaguement qu'Erica avait raconté qu'elle était psychologue. Si c'était ça, sa conception de l'éducation d'un enfant, le petit Victor allait avoir un besoin criant de ce corps de métier quand il serait grand. Conny ne semblait guère avoir remarqué ce qui se passait et il fit taire son fils en lui fourrant tout bonnement un gros bout de gâteau dans la bouche. A en juger par les rondeurs de l'enfant, la méthode devait être utilisée souvent. Patrik fut quand même obligé de reconnaître qu'elle était efficace et séduisante dans toute sa simplicité.

Erica revint, douchée et bien plus détendue, juste quand Patrik avait fini de préparer la table. Il avait aussi eu le temps d'aller chercher des pizzas pour les enfants après avoir réalisé avec beaucoup de lucidité que c'était la seule façon d'éviter une catastrophe totale pour le repas.

Tout le monde s'installa et Erica fut sur le point d'ouvrir la bouche pour dire "bon appétit, servez-vous" quand Conny plongea ses deux mains dans le grand bol de crevettes. Une, deux, trois grosses poignées atterrirent sur son assiette, il n'en laissa même pas la moitié.

— Mmm, j'adore. Là, vous allez voir quelqu'un qui sait manger des crevettes.

Conny se tapa fièrement le ventre et attaqua sa montagne de petits crustacés. Patrik, qui avait servi la totalité des deux kilos qu'il avait achetés hors de prix, soupira et prit une toute petite poignée. Erica fit de même, les dents serrées, puis elle passa le plat à Britta qui se servit du reste d'une mine boudeuse.

Après le dîner raté, Erica et Patrik préparèrent la chambre d'amis et se retirèrent tôt, prétextant qu'Erica avait besoin de se reposer. Patrik montra à Conny où se trouvait le whisky, puis, soulagé, monta au calme du premier étage.

Une fois qu'ils furent installés dans le lit, Patrik raconta sa journée. Il y avait longtemps qu'il avait abandonné toute tentative de garder secrètes ses occupations d'inspecteur de police, mais il savait aussi qu'Erica ne parlait à personne de ce qu'il lui confiait. Quand il en fut à l'épisode des deux femmes disparues, il la vit dresser l'oreille.

— Je sais que j'ai déjà lu des trucs là-dessus. Et vous pensez que ce sont elles ?

— J'en suis assez sûr. Sinon la coïncidence serait trop grande. Dès qu'on aura le rapport du médecin légiste, on pourra réellement démarrer l'enquête, mais en attendant on est obligés de garder ouvertes toutes les pistes possibles.

— Tu n'as pas besoin d'aide pour aller creuser dans les documents de l'époque ?

Elle se tourna vers lui, tout excitée, et il reconnut l'ardeur dans ses yeux.

— Non, non, non. Toi, tu te calmes. N'oublie pas que tu es en arrêt maladie.

— Oui, mais ma tension était normale au dernier contrôle. Et je deviens folle à rester comme ça à ne rien faire à la maison. Je n'ai même pas pu me remettre à écrire.

Le livre sur Alexandra Wijkner retrouvée morte dans une baignoire gelée avait connu un grand succès commercial et avait entraîné un autre contrat pour un nouveau livre basé sur un meurtre réel. Le bouquin avait demandé un énorme engagement de la part d'Erica, aussi bien sur le plan professionnel que sentimental, et depuis que le manuscrit avait été envoyé chez l'éditeur, en mai, elle n'avait pas eu la force de commencer un nouveau projet. Une tension trop élevée et un arrêt maladie étaient venus couronner le tout et elle s'était résignée à attendre la naissance du bébé avant d'entreprendre quoi que ce soit de nouveau. Mais ce n'était pas dans sa nature de rester à la maison à se tourner les pouces.

— Non, mais écoute-moi, Annika est en vacances, elle ne peut pas le faire. Et ce genre de recherche n'est pas aussi facile qu'on pourrait le croire. Il faut savoir où chercher, et ça je le sais. Laisse-moi quand même jeter un tout petit coup d'œil…

— Non, c'est hors de question. Avec un peu de chance, Conny et sa horde partent demain matin, et après tu vas te calmer, tu entends ! Et maintenant tu te tais, parce que je vais discuter un peu avec Bébé. On doit dresser les grandes lignes de sa carrière de footballeur…

— C'est peut-être une fille.

— D'accord, alors on dira sa carrière de golfeuse. Pour l'instant il n'y a pas d'argent à se faire dans le foot féminin.

Erica soupira, mais se mit docilement sur le dos pour faciliter la communication.

— Ils se rendent compte de rien quand tu fais le mur ?

Johan était allongé à côté de Linda et lui chatouillait le visage avec un brin de paille.

— Non, parce que, tu comprends, Jacob me fait confiance. Elle plissa le front et imita le ton sérieux de son frère. C'est un truc qu'il a chopé dans tous ces stages créez-un-bon-contact-avec-les-jeunes. Le pire, c'est que la plupart des jeunes semblent marcher à fond aussi, Jacob est leur dieu. Mais quand on a grandi sans père, on accepte peut-être n'importe qui ensuite. Arrête !

D'un geste irrité, elle éloigna la paille de Johan.

— Quoi, je te taquine, c'est tout !

Elle vit qu'il était blessé, se pencha et l'embrassa pour se faire pardonner. Ce n'était pas son jour aujourd'hui. Elle avait eu ses règles le matin, et elle ne pourrait pas faire l'amour avec Johan pendant une semaine et puis elle en avait par-dessus la tête de cohabiter avec son frère parfait et sa femme tout aussi parfaite.

— Oh, si seulement l'année pouvait passer plus vite, que je puisse me tirer de ce foutu trou !

Ils étaient obligés de chuchoter pour ne pas être découverts dans leur cachette du grenier à foin, mais elle tapa sur les planches avec son poing pour souligner ses mots.

— T'es pressée de m'abandonner là aussi, ou quoi ?

Elle se mordit la langue en voyant la mine vexée de Johan. Si elle arrivait dans le grand monde, jamais elle n'aurait d'yeux pour quelqu'un comme lui, mais tant qu'elle devait rester ici il faisait l'affaire, comme divertissement mais pas plus. Inutile cependant qu'il s'en rende compte. Elle se roula en boule comme un petit chaton demandeur de câlins et se serra contre lui. Il ne réagit pas, elle prit son bras et le posa autour de son corps. Comme mus par leur propre volonté, les doigts de Johan commencèrent à se promener sur elle et elle sourit intérieurement. Les hommes étaient si faciles à manipuler.

— Et si tu venais avec moi ?

Elle le dit sachant pertinemment qu'il ne pourrait jamais s'arracher à Fjällbacka, ou plus exactement à son frère.

Il évita de répondre à la question. Il dit seulement :

— T'en as parlé avec ton vieux, finalement ? Qu'est-ce qu'il en dit ?

— Qu'est-ce que tu veux qu'il dise ? Je suis sous son autorité pendant un an encore, mais dès que j'aurai dix-huit ans il n'aura qu'à fermer sa gueule. Et ça le rend fou de rage. Parfois j'ai l'impression qu'il voudrait pouvoir nous inscrire dans ses putains de livres de compte. Jacob crédit, Linda débit.

— Quoi, crédit, débit ?

Linda rit de sa question.

— C'est des termes de comptabilité, t'occupe pas.

— Je me demande comment ça aurait été si je… Les yeux de Johan ne voyaient rien lorsqu'il fixa son regard quelque part derrière elle, en même temps qu'il mâchouillait un brin de paille.

— A propos de quoi ?

— Si mon vieux n'avait pas perdu tout son fric. T'imagines, c'est nous qui aurions habité dans le manoir alors, et toi et tes parents vous auriez été obligés de vivre dans la maison du garde forestier.

— J'aurais aimé voir ça. Maman obligée de vivre de charité. Pauvre comme un rat d'église.

Linda rejeta sa tête en arrière et rit cordialement, et Johan dut la faire taire pour que ça ne s'entende pas jusqu'à la maison de Jacob et Marita, qui n'était qu'à un jet de pierre de la grange.

— Peut-être que mon vieux aurait été en vie encore aujourd'hui. Et alors ma vieille ne resterait pas à reluquer ses foutus albums de photos à longueur de journée.

— Mais ce n'était pas à cause de l'argent qu'il…

— T'en sais rien. Qu'est-ce que t'en sais, toi, de ses motivations ?

Sa voix monta d'un cran et devint criarde.

— Tout le monde le sait.

Linda n'aimait pas la tournure qu'avait pris la conversation et elle n'osa pas regarder Johan dans les yeux. La guerre familiale et tout ce qui y touchait avaient été jusque-là, comme selon un accord tacite, un sujet tabou.

— Tout le monde croit savoir, mais personne ne sait quoi que ce soit. Et ton frère qui habite notre ferme, c'est dur à avaler !

— Ce qui est arrivé est arrivé et ce n'est pas la faute de Jacob. C'est grand-père qui lui a donné la ferme, et de plus il a toujours été le premier à défendre Johannes.

Ça lui faisait bizarre de défendre son frère qu'en règle générale elle s'efforçait de dénigrer, mais, là, c'était la voix du sang qui parlait.

Johan savait qu'elle avait raison et la colère le quitta. Simplement, parfois ça faisait tellement mal quand Linda parlait de sa famille, parce que ça lui rappelait ce que lui-même avait perdu. Il n'osait pas le lui dire, mais il la trouvait souvent assez ingrate. Elle et sa famille, ils avaient tout, alors que sa famille à lui n'avait rien. C'était trop injuste !

En même temps, il lui pardonnait tout. Jamais il n'avait aimé quelqu'un avec tant d'ardeur, et rien que la vue de son corps mince à côté du sien l'embrasait. Par moments, il avait du mal à croire qu'une nana comme elle veuille gaspiller son temps avec lui. Mais il était suffisamment malin pour ne pas perdre de l'énergie à douter de sa bonne fortune. Non, il essayait d'ignorer le futur et de jouir du présent. Il la tira plus près de lui et ferma les yeux en aspirant l'odeur de ses cheveux. Il défit le premier bouton de son jean, mais elle l'arrêta.

— Je ne peux pas, j'ai mes règles. Laisse-moi faire.

Elle ouvrit le pantalon de Johan et il s'allongea sur le dos. Derrière ses paupières fermées, le ciel passa dans un scintillement.

On avait découvert le corps de la jeune femme seulement la veille, mais l'impatience tourmentait déjà Patrik. Quelque part, il y avait quelqu'un qui se demandait où elle était. Qui se posait des questions, se faisait du souci, laissait errer ses pensées sur des chemins de plus en plus angoissés. Et ce qui était affreux, c'est que, dans le cas présent, les pires craintes avaient été confirmées. Plus que tout, il voulait savoir qui était cette femme, pour pouvoir avertir ceux qui l'aimaient. Rien n'était pire que l'incertitude, même pas la mort. Le travail de deuil ne pouvait pas commencer avant de savoir ce qu'on pleurait. Mentalement Patrik avait déjà endossé la mission de leur apprendre la nouvelle. Ça n'allait pas être facile mais il savait que c'était une part importante de son travail, de soulager et de soutenir. Mais, surtout, de trouver ce qui était arrivé à celle qu'ils aimaient.

Les appels téléphoniques que Martin avait passés la veille avaient paradoxalement rendu le travail d'identification beaucoup plus difficile. Elle n'était signalée disparue nulle part dans le secteur proche et, du coup, le domaine de recherche se trouvait élargi à la Suède entière, peut-être même à l'étranger. Un instant, la tâche lui parut impossible, mais il écarta vite cette pensée. En ce moment, ils étaient les seuls défenseurs de la femme inconnue.

Martin frappa discrètement à la porte.

— Tu veux que je poursuive comment ? Que j'élargisse le cercle de recherche, ou que je commence avec les districts des grandes villes, ou… ? Il leva les sourcils et les épaules en un geste d'interrogation.

Patrik ressentit tout à coup le poids de la responsabilité de l'enquête. Dans le fond, rien ne motivait une direction plutôt qu'une autre, mais il fallait bien qu'ils commencent quelque part.

— Vérifie les districts des grandes villes. Göteborg, c'est déjà fait, alors passe à Stockholm et Malmö. On ne devrait pas tarder à avoir le premier rapport de la médicolégale et avec un peu de chance ils nous enverront un truc substantiel.

— D'accord.

Martin quitta la pièce et se dirigea vers son bureau. La sonnerie de la réception le fit pivoter sur ses talons et il alla ouvrir la porte au visiteur. Normalement, c'était la mission d'Annika, mais en son absence ils s'en chargeaient tous.

La fille avait l'air inquiète. Elle était frêle, avec deux longues tresses blondes et un énorme sac à dos.

— *I want to speak to someone in charge.*

Elle parlait anglais avec un fort accent et il aurait parié qu'il était allemand. Martin lui fit signe d'entrer. Il lança en direction du couloir :

— Patrik, tu as de la visite.

Trop tard, il se dit qu'il aurait peut-être dû d'abord s'enquérir de ce qu'elle voulait, mais Patrik pointait déjà la tête par sa porte et la fille était en route vers lui.

— *Are you the man in charge ?*

Un instant, Patrik fut tenté de la renvoyer auprès de Mellberg, qui d'un point de vue technique était le chef suprême, mais il changea d'avis en voyant son expression désespérée et décida de lui épargner cette expérience-là. Envoyer une jolie fille chez Mellberg était comme envoyer un mouton à l'abattoir et ses instincts naturels de protecteur prirent le dessus.

— Oui, qu'est-ce que je peux faire pour vous ? répondit-il en anglais.

Il la fit entrer et lui indiqua la chaise devant son bureau. Avec une facilité surprenante, elle ôta l'énorme sac à dos et le posa avec précaution contre le mur à côté de la porte.

— *My English is very bad. You speak German ?*

Patrik passa mentalement en revue ses vieilles connaissances d'allemand du lycée. La réponse dépendait de la définition qu'on donnait à *speak German*. Il pouvait commander une bière et demander l'addition, mais il devinait qu'elle n'était pas ici pour prendre sa commande.

— Un peu d'allemand, répondit-il laborieusement dans la langue maternelle de la fille et il agita la main pour signifier "comme ci, comme ça".

Elle parut satisfaite et parla lentement et distinctement pour lui donner une chance de comprendre ce qu'elle disait. A sa surprise, Patrik se rendit compte que même s'il ne comprenait pas tous les mots le contexte était clair.

Elle se présenta comme Liese Forster. Elle était apparemment déjà venue au commissariat une semaine auparavant pour signaler que son amie Tanja avait disparu. Elle avait parlé à un inspecteur, qui lui avait dit qu'il la contacterait dès qu'il en saurait plus. Maintenant ça faisait une semaine qu'elle attendait sans avoir de nouvelles. L'inquiétude était écrite en lettres de feu sur sa figure et Patrik prit très au sérieux ce qu'elle disait.

Tanja et Liese s'étaient rencontrées dans le train en se rendant en Suède. Elles venaient toutes les deux du Nord de l'Allemagne, mais ne se connaissaient pas avant. La sympathie avait été immédiate et réciproque, Liese disait qu'elles se sentaient comme des sœurs. Liese n'avait pas de projets fixes quant à son voyage en Suède, c'est pourquoi Tanja lui avait proposé de l'accompagner dans une petite localité sur la côte ouest, Fjällbacka.

— Pourquoi Fjällbacka précisément ? demanda Patrik dans son allemand trébuchant.

La réponse tarda à venir. C'était le seul point que Tanja n'avait pas discuté avec elle de façon franche et claire, et Liese reconnut qu'elle ne savait pas très bien. Tanja avait seulement raconté qu'elle avait un truc à y faire. Une fois que ce serait fait, elles pourraient continuer leur voyage à travers la Suède, mais il fallait d'abord qu'elle cherche quelque chose, disait-elle. Le sujet avait paru sensible, et Liese n'avait rien demandé de plus. Elle était simplement contente d'avoir trouvé une compagne de voyage, quelle que fût la raison pour laquelle Tanja voulait aller là-bas.

Elles avaient déjà séjourné trois jours au camping de Sälvik à Fjällbacka quand Tanja avait disparu. Elle était partie le matin en disant qu'elle avait un truc à faire dans la journée et qu'elle serait de retour dans l'après-midi. L'après-midi s'était transformé en soir, puis en nuit, et l'inquiétude de Liese avait grandi de minute en minute. Le lendemain matin, elle avait demandé le commissariat le plus proche au bureau du tourisme, et on lui avait répondu qu'il se trouvait à Tanumshede. Elle s'y était rendue, on avait pris sa déposition, et maintenant elle voulait savoir ce qui s'était passé.

Patrik était sidéré. A sa connaissance, ils n'avaient pas eu de déposition concernant une disparition et maintenant il sentit une masse pesante s'accumuler dans le creux du ventre. La réponse à sa question sur le signalement de Tanja vint valider ses craintes. Tout ce que Liese racontait sur son amie correspondait à la jeune femme de la brèche du Roi, et lorsque, le cœur lourd, il montra une photo de la morte, les sanglots de Liese confirmèrent ce qu'il devinait déjà. Martin pouvait cesser ses appels téléphoniques à la ronde et quelqu'un aurait à répondre du fait que la disparition de Tanja n'avait pas été rapportée comme il fallait. Ils avaient gaspillé inutilement de nombreuses heures précieuses, et Patrik n'avait aucun doute sur la direction à prendre pour trouver le coupable.

Il était déjà parti au travail lorsque Erica se réveilla d'un sommeil qui pour une fois avait été profond et dépourvu de rêves. Elle regarda sa montre. Neuf heures et aucun bruit ne lui parvenait d'en bas.

Un instant plus tard, le café était lancé et elle commença à préparer la table du petit-déjeuner pour elle et ses invités. Ils arrivèrent dans la cuisine l'un après l'autre, encore un peu endormis, mais ils ressuscitèrent rapidement en s'attaquant au petit-déjeuner.

— Alors, c'est bien à Koster que vous allez maintenant ?

Erica posa la question autant par politesse que par hâte d'être débarrassée d'eux.

Conny échangea un coup d'œil rapide avec sa femme et dit :

— Eh bien, Britta et moi, on en a parlé hier soir et on se disait que vu que maintenant on est là, et qu'il fait si beau, on irait bien faire un tour sur une des îles par ici, juste pour la journée. Vous avez un bateau, je crois, non ?

— Oui, effectivement... reconnut Erica à contrecœur. Mais je ne suis pas sûre que Patrik ait très envie de le prêter. Je veux dire, par rapport aux assurances et des trucs comme ça... improvisa-t-elle rapidement. L'idée qu'ils restent plus longtemps que prévu, ne fût-ce que quelques heures, la faisait frissonner de contrariété.

— Non, mais on pensait que tu pouvais peut-être nous déposer à un endroit sympa, et on t'appellerait pour rentrer.

Sur l'instant, elle ne trouva pas de mots, et Conny prit cela comme un accord tacite. Erica fit appel aux puissances supérieures pour lui instiller de la patience et elle se persuada que c'était inutile d'en arriver à une confrontation avec la famille uniquement pour s'épargner quelques heures de leur compagnie. De plus elle n'aurait pas à les voir pendant la journée et, avec un peu de chance, ils seraient partis quand Patrik rentrerait du boulot. Elle avait déjà décidé de préparer quelque chose de spécial pour le dîner et concocté une petite soirée cocooning en tête-à-tête. Après tout, Patrik était en vacances. Et qui sait combien de temps ils pourraient se consacrer mutuellement quand le bébé serait là – mieux valait saisir les occasions avant.

Quand toute la famille Flood eut fini de rassembler ses affaires de baignade, ils partirent tous au port. Le bateau, une petite *snipa* en bois bleue, était bas et assez difficile d'accès depuis le quai de Badholmen, il fallut pas mal de gymnastique à Erica pour y descendre son corps informe. Après avoir sillonné l'archipel pendant près d'une heure à la recherche d'un "rocher désert ou, mieux encore, une plage" pour ses visiteurs, elle trouva finalement une petite baie que les autres vacanciers avaient miraculeusement loupée, puis elle rentra à Fjällbacka. Elle ne fut pas capable de remonter sur le quai toute seule, et elle dut s'humilier et demander de l'aide aux touristes qui passaient.

Trempée de sueur, fatiguée et furieuse elle reprit le chemin de la maison, mais juste avant le club-house des plaisanciers elle changea d'avis et tourna à gauche au lieu de continuer tout droit vers Sälvik et la maison. Elle s'engagea à droite sur la route qui contournait la montagne, passa devant le terrain de sport et le complexe immobilier de Kullen et alla se garer devant la bibliothèque. Elle deviendrait folle à rester à la maison sans rien à faire toute la journée. Tant pis si Patrik protestait, elle allait lui donner un coup de main pour ses recherches, qu'il le veuille ou non !

En arrivant au commissariat, Ernst se rendit dans le bureau de Hedström avec beaucoup d'appréhension. Patrik l'avait appelé sur son portable et lui avait ordonné, d'un ton n'admettant aucune réplique, de se présenter immédiatement au poste, et il avait tout de suite compris qu'il y avait péril en la demeure. Il sonda sa mémoire pour essayer de trouver ce qu'il avait fait de mal, mais fut obligé de reconnaître que l'éventail de ses péchés était trop vaste. De fait, il était un maître des raccourcis et il avait élevé la tricherie en art.

— Assieds-toi.

Il obéit docilement à l'ordre de Patrik et afficha une mine insolente pour se protéger de la tempête à venir.

— C'est quoi qui est si urgent, bordel ? J'étais au beau milieu d'une affaire et ce n'est pas parce qu'on t'a filé la responsabilité temporaire d'une enquête que tu peux te permettre de me donner des ordres comme ça.

L'attaque était la meilleure des défenses, mais à en juger par l'expression de plus en plus noire de Patrik ce n'était pas la bonne tactique dans le cas présent.

— Est-ce que tu as pris la déposition concernant la disparition d'une touriste allemande il y a une semaine ?

Merde. Il avait oublié ça. La petite nana blonde était arrivée juste avant le déjeuner et il avait simplement fait en sorte de se débarrasser d'elle pour pouvoir partir manger. La plupart du temps il n'y avait rien derrière ces rapports concernant des copines disparues. En général, elles se trouvaient raides pétées dans un fossé quelque part, ou alors elles étaient rentrées avec un mec. Putain. Il savait qu'il aurait à le payer. Bizarre qu'il n'ait pas fait le lien avec la nana qu'ils avaient trouvée hier, mais bon, c'est facile d'être perspicace après coup. Maintenant il s'agissait de diminuer les dégâts.

— Oui, si, si, il me semble que oui.

— Il te semble que oui ?

La voix de Patrik, si calme d'ordinaire, retentit telle une voix de stentor dans la petite pièce.

— Soit tu as pris une déposition, soit tu ne l'as pas prise. Il n'y a pas d'intermédiaire. Et si tu as pris cette déposition, tu l'as foutue où ? Est-ce que tu réalises le temps que tu as fait perdre à l'enquête ?

Patrik était tellement furieux qu'il en bafouillait presque.

— Oui, bien sûr, c'est malheureux, mais comment est-ce que je pouvais savoir…

— Tu n'as pas à savoir, tout ce que tu as à faire, c'est accomplir correctement ton boulot ! J'espère que ceci ne se reproduira plus jamais. Et maintenant on a des heures précieuses à rattraper.

— Est-ce qu'il y a quelque chose que je peux…

Ernst rendit sa voix aussi soumise que possible et il prit un air contrit. Intérieurement, il pesta d'avoir été remis à sa place par un jeunot, mais puisque maintenant Hedström semblait avoir l'oreille de Mellberg ce serait bête d'empirer les choses davantage.

— Tu en as assez fait comme ça. Je continuerai l'enquête avec Martin. Tu te chargeras des affaires courantes. Nous avons la déposition d'un cambriolage à Skeppstad. J'en ai parlé avec Mellberg et il a donné le feu vert pour que tu y ailles seul.

Pour signaler que l'entretien était fini, Patrik tourna le dos à Ernst et se mit à pianoter frénétiquement sur son clavier.

Ernst partit en maugréant. Ce n'était quand même pas la peine d'en faire tout un fromage, d'avoir oublié d'écrire un seul petit rapport. Quand l'occasion se présenterait, il dirait un mot à Mellberg sur la pertinence de confier la responsabilité d'une enquête d'homicide à une personne d'humeur aussi instable. Oui, putain, ça, il n'allait pas le rater.

Le jeune boutonneux devant lui était un cas d'étude de léthargie. On lui avait inculqué l'absurdité de l'existence depuis belle lurette et le découragement était peint sur sa figure. Jacob en reconnaissait les signes et il ne pouvait pas s'empêcher d'y voir un défi. Il détenait le pouvoir d'orienter tout à fait différemment la vie de ce garçon, si toutefois celui-ci désirait vraiment être remis sur le droit chemin.

Au sein de la congrégation, le travail de Jacob avec les jeunes était bien connu et très respecté. Nombreuses étaient les âmes brisées qui s'étaient retrouvées à la ferme d'accueil, pour en repartir citoyens productifs. Les subventions de l'Etat reposaient sur une base fragile et on s'efforçait de minimiser l'aspect religieux face au monde extérieur. Il existait toujours des mécréants pour hurler "secte" dès que quelqu'un sortait de leur vision carrée de la religion.

La plus grande partie du respect dont il jouissait venait cependant de ses propres mérites, même s'il devait admettre qu'il fallait aussi en attribuer une partie à son grand-père, qui n'était autre qu'Ephraïm Hult, "le Prédicateur". Certes, son grand-père n'avait pas appartenu à cette communauté précisément, mais sa réputation était telle le long de la côte du Bohuslän, qu'elle retentissait auprès de tous les groupements d'Eglises réformées. L'Eglise suédoise voyait évidemment le Prédicateur comme un charlatan, mais elle avait si peu d'audience que les groupes chrétiens libres n'en tenaient pas particulièrement compte.

Le travail avec les inadaptés et les marginaux emplissait la vie de Jacob depuis presque une décennie, mais il ne lui procurait plus autant de satisfaction qu'auparavant. Il avait participé à la création de ce lieu d'accueil au bord d'un des lacs de Bullaren, mais le travail ne comblait plus le vide avec lequel il avait vécu toute sa vie. Quelque chose lui manquait et la poursuite de ce "quelque chose" inconnu l'effrayait. Lui, qui pendant si longtemps avait eu l'impression d'être sur un terrain stable, sentait maintenant le sol tanguer dangereusement sous ses pieds, et il était épouvanté en pensant au gouffre qui pouvait s'ouvrir et l'avaler corps et âme. Combien de fois ne s'était-il pas réfugié derrière sa certitude pour faire remarquer, plein de bon sens, que le doute est le premier outil du diable, sans imaginer une seule seconde qu'un jour il allait lui-même se retrouver dans cet état.

Il se leva et tourna le dos à l'adolescent. Il regarda par la fenêtre donnant sur le lac, mais il ne vit que son propre reflet dans la vitre. Un homme fort et en bonne santé. Ses cheveux châtains étaient coupés court, c'était Marita qui les lui coupait et elle le faisait vraiment bien. Le visage était finement dessiné avec des traits sensibles sans être efféminés. Il n'était ni frêle ni particulièrement musclé, plutôt normalement constitué. Mais le plus grand atout de Jacob était ses yeux. Ils étaient bleus et pouvaient sembler à la fois doux et perçants. Ces yeux l'avaient aidé à persuader de nombreuses personnes de ce qui était le bon chemin. Il le savait et il s'en servait.

Pas aujourd'hui cependant. Ses propres démons l'empêchaient de se concentrer sur les problèmes des autres et il lui était plus facile d'assimiler ce que disait le garçon s'il n'avait pas à le regarder. Il quitta son reflet des yeux et fixa le lac et la forêt qui s'étendait devant lui sur des dizaines de kilomètres. Il pouvait voir l'air vibrer au-dessus de l'eau, tellement il faisait chaud. Des années de négligence avaient délabré la grande ferme de Bullaren et ils avaient pu l'acheter à bas prix, puis ils avaient consacré de nombreuses heures de dur labeur à la rénover. Rien de luxueux, mais c'était frais, propre et agréable. Le représentant de la commune se laissait toujours impressionner par la maison et les environs magnifiques et il tenait de grands discours sur l'effet positif que tout cela aurait sur les pauvres garçons et filles à la dérive. Jusqu'ici, ils avaient toujours obtenu les subventions nécessaires et l'activité avait bien fonctionné pendant ces dix années. Si bien que le problème n'existait que dans sa tête, à moins que ce ne fût dans l'âme ?

C'était peut-être le stress au quotidien qui l'avait poussé à choisir la mauvaise direction à un carrefour décisif. Il n'avait pas hésité une seconde à prendre sa sœur chez lui. Qui, sinon lui, serait en mesure de soulager l'angoisse profonde de la jeune fille et de calmer son esprit rebelle ? Mais Linda s'était révélée plus forte que lui dans la lutte psychologique, et tandis que l'ego de sa sœur grandissait de jour en jour, il sentait une irritation perpétuelle creuser tout son être. Parfois il se surprenait à serrer les poings et à penser qu'elle n'était qu'une idiote de petite dinde qui méritait que sa famille se détourne d'elle. Mais un chrétien ne devait pas raisonner ainsi et le résultat de chacune de ces pensées était des heures d'examen de conscience et d'études bibliques zélées, dans l'espoir de trouver la force.

Extérieurement, il était toujours un roc de sécurité et de confiance. Jacob savait que les gens de son entourage avaient besoin de lui comme d'une béquille, et il n'était pas encore prêt à sacrifier cette image de lui-même. Depuis qu'il avait vaincu la maladie qui l'avait si sauvagement assailli dans ses jeunes années, il luttait pour ne pas perdre le contrôle de son existence. Mais rien que l'effort pour conserver les apparences usait ses dernières ressources et le gouffre s'approchait à pas de géant. Ironie du destin, après tant d'années, la boucle serait bientôt bouclée. Pendant une seconde, l'annonce des résultats lui avait fait commettre l'impossible. Il avait douté. Cela n'avait duré qu'un instant, mais le doute avait formé une toute petite fissure dans la trame solide qui avait soutenu sa vie, et cette fissure ne faisait que s'élargir.

Jacob repoussa ses sombres pensées et se força à se concentrer sur l'adolescent devant lui et sur sa pitoyable existence. Les questions qu'il lui posait venaient automatiquement, tout comme le sourire d'empathie qu'il réservait toujours à la nouvelle brebis galeuse venant rejoindre le troupeau.

Encore un jour. Encore un être humain abîmé à réparer. Ça ne s'arrêtait jamais. Pourtant même Dieu avait pu se reposer au septième jour.

Après être allée rechercher la délicieuse famille rose bonbon sur l'îlot de baignade, Erica attendait impatiemment l'arrivée de Patrik. Elle guettait aussi le signal indiquant que Conny et les siens commençaient à faire leurs bagages, mais il était maintenant cinq heures et demie et ils ne montraient aucun signe de vouloir s'en aller. Elle décida d'attendre encore un petit moment avant de leur demander s'il n'était pas bientôt temps de partir, mais le chahut des enfants lui avait donné une bonne migraine, et il ne fallait pas que l'attente dure trop longtemps. Avec soulagement, elle entendit les pas de Patrik sur le perron et alla l'accueillir.

— Bonjour chéri. Elle dut se mettre sur la pointe des pieds pour pouvoir l'embrasser.

— Salut. Ils ne sont pas encore partis ? Patrik parlait à voix basse en essayant de jeter un coup d'œil dans le salon.

— Non, et ils ne semblent pas en avoir l'intention. Qu'est-ce qu'on va faire ? chuchota Erica et elle leva les yeux au ciel pour marquer son mécontentement.

— Ils ne peuvent tout de même pas rester comme ça un jour de plus sans nous le demander d'abord ? Dis-moi que non !

— Si tu savais combien de visiteurs mes parents ont eus en été pendant des années et des années, ils étaient juste supposés faire un saut puis ils restaient une semaine et s'attendaient à avoir le gîte et le couvert et le service qui va avec. Les gens sont complètement fous. Et le pire, c'est toujours la famille.

Patrik eut l'air effaré.

— Ils ne peuvent pas rester une semaine ! Il faut faire quelque chose. Tu ne peux pas leur dire qu'ils doivent partir ?

— *Moi*, pourquoi c'est à moi de le leur dire ?

— Après tout, c'est ta famille.

Erica fut obligée de reconnaître qu'il marquait un point. Alors, va pour le sale boulot. Elle alla s'informer des projets des visiteurs, mais elle n'eut même pas le temps de formuler la question.

— Qu'est-ce qu'il y a à dîner ? Quatre paires d'yeux curieux se tournèrent vers elle.

— Euh… Erica perdit le fil tant elle fut surprise par cette muflerie. Elle fit un rapide inventaire mental du congélateur. Des spaghettis bolonaise. Dans une heure.

Elle eut envie de se donner des coups de pied aux fesses quand elle retourna dans la cuisine où Patrik l'attendait.

— Qu'est-ce qu'ils ont dit ? Ils partent quand ?

Erica ne le regarda pas dans les yeux, elle dit seulement :

— Je n'en sais rien. Mais il y aura des spaghettis bolonaise dans une heure.

— Tu n'as rien dit ? Et il leva à son tour les yeux au ciel.

— Ce n'est pas si facile que ça. Essaie toi-même, tu verras. On n'aura qu'à serrer les dents un soir de plus. Je leur dirai demain. Commence plutôt à éplucher les oignons, je ne me sens pas la force de préparer à manger pour six toute seule.

L'irritation la fit cracher comme un chat et elle commença bruyamment à sortir des casseroles et des gamelles. Dans un silence pesant ils s'affairèrent un moment jusqu'à ce qu'elle n'arrive plus à se contenir.

— Je suis allée à la bibliothèque aujourd'hui et j'ai sorti quelques documents qui pourront peut-être te servir. C'est là.

Elle montra de la tête la table de cuisine, où étaient empilées une liasse de photocopies.

— Mais je t'avais dit de ne pas…

— Oui, oui, je sais. Mais maintenant c'est fait et c'était sympa d'être occupée à quelque chose plutôt que de rester ici désœuvrée entre quatre murs. Alors arrête de m'embêter.

Patrik savait quand il valait mieux se taire. Il s'installa devant la table et commença à parcourir les pages des yeux. Il s'agissait d'articles de journaux sur la disparition des deux jeunes filles et il lut avec grand intérêt.

— Waouh, c'est génial ! J'emporterai tout ça au bureau demain pour le regarder de plus près, mais ça me paraît super.

Il s'approcha d'Erica, se planta derrière elle et entoura son gros ventre de ses bras.

— Dis, je ne voulais pas t'embêter. C'est simplement que je me fais du souci pour toi et Bébé.

Erica se retourna et l'enlaça tendrement.

— Je sais. Mais je ne suis pas en porcelaine, tu sais. Autrefois les femmes travaillaient dans les champs jusqu'à ce qu'elles accouchent pratiquement sur place, alors je dois pouvoir rester assise dans une bibliothèque et tourner des pages sans qu'il m'arrive quoi que ce soit.

— Oui, d'accord, je sais. Si seulement on arrivait à se débarrasser des parasites, on a besoin de se retrouver seuls tous les deux. Tu promets de me dire si tu veux que je reste un jour à la maison. Le commissariat sait que je travaille de ma propre initiative et que c'est toi qui as la priorité.

— Je promets. Aide-moi maintenant. J'espère que les mômes se calmeront un peu quand ils auront mangé.

— J'ai du mal à le croire. On ferait mieux de donner à chacun un petit verre de whisky avant le repas pour qu'ils s'endorment. Il eut un sourire taquin.

— Alors là, tu exagères ! Va plutôt en servir un à Conny et Britta, au moins ça les mettra de bonne humeur.

Patrik suivit son conseil en regardant tristement le niveau de son meilleur pur malt qui baissait à vue d'œil. S'ils restaient encore quelques jours, sa réserve de whiskys prendrait un coup dans l'aile.

ÉTÉ 1979

Elle ouvrit les yeux avec la plus grande prudence. La raison en était un mal de tête carabiné qui l'élançait jusqu'aux racines des cheveux. Mais ce qui était étrange, c'est qu'elle ne vit aucune différence une fois ses yeux ouverts. L'obscurité était toujours compacte. Pendant un instant de panique, elle crut qu'elle était devenue aveugle. Peut-être la gnôle qu'elle avait bue la veille ! Elle avait entendu des histoires là-dessus, des jeunes qui étaient devenus aveugles en buvant de l'alcool distillé maison. Au bout de quelques secondes, elle comprit qu'elle voyait toujours mais qu'elle se trouvait dans un endroit dépourvu de lumière. Elle leva les yeux pour vérifier si elle apercevait des étoiles, ou un croissant de lune, mais réalisa immédiatement que les nuits ne devenaient jamais aussi noires en été, et qu'elle aurait dû voir la délicate lumière des nuits d'été nordiques.

Elle tâta le sol où elle était étendue et saisit une poignée de terre sablonneuse qu'elle laissa filtrer entre ses doigts. Il y avait une forte odeur de terreau, une odeur douceâtre et nauséabonde, et elle se dit qu'elle devait se trouver sous terre. La panique la frappa. Une sensation de claustrophobie. Sans être capable d'évaluer la taille de l'espace, elle eut quand même la vision de murs qui lentement s'approchaient d'elle, qui l'enfermaient. Elle eut l'impression de ne plus pouvoir respirer et se mit à triturer sa gorge, puis elle cessa et se força à respirer profondément et calmement pour dompter la panique.

Il faisait froid et elle se rendit compte qu'elle était nue, à part sa petite culotte. Son corps lui faisait mal à plusieurs endroits et elle se recroquevilla en frissonnant. La panique laissait maintenant place à une peur si puissante qu'elle la

58

ressentait jusque dans ses os. Comment s'était-elle retrouvée ici ? Et pourquoi ? Qui l'avait déshabillée ? La seule conclusion à laquelle elle parvenait était qu'elle ne voulait probablement pas connaître la réponse. Quelque chose de mal lui était arrivé et elle ne savait pas quoi, quelque chose qui en soi décuplait la terreur qui la paralysait.

Un rai de lumière apparut sur sa main et elle leva automatiquement les yeux vers sa source. Un petit rayon de lumière perçait dans le noir de velours, elle s'obligea à se mettre debout et cria au secours. Aucune réaction. Elle se mit sur la pointe des pieds et essaya d'atteindre la source de lumière mais celle-ci était beaucoup trop éloignée. Alors elle sentit des gouttes tomber sur son visage relevé. Des gouttes d'eau qui se transformèrent en un filet et elle sentit tout à coup à quel point elle avait soif. Elle réagit instinctivement et ouvrit la bouche pour aspirer le liquide. Au début, presque tout passait à côté, mais au bout d'un petit moment elle trouva la bonne technique et but avec avidité. Ensuite elle ne vit plus qu'un brouillard et la pièce se mit à tourner. Tout devint obscur.

Linda se réveilla tôt pour une fois et essaya de se rendormir. La soirée avec Johan s'était prolongée tard, jusque dans la nuit pour être exact, et le manque de sommeil lui donnait l'impression d'avoir la gueule de bois. La chambre que Jacob et Marita lui avaient aménagée était située juste sous le toit et le bruit de la pluie sur les tuiles était si fort qu'il résonnait dans ses tempes.

C'était le premier matin depuis longtemps où elle se réveillait dans une chambre fraîche. La canicule avait duré presque deux mois, un record, c'était l'été le plus chaud depuis cent ans. Les premiers temps, elle avait apprécié l'ardeur du soleil, mais le charme de la nouveauté avait disparu depuis plusieurs semaines et se réveiller chaque matin dans des draps trempés de sueur lui était devenu détestable. Le vent frais qui s'infiltrait sous les poutres du toit fut d'autant plus délicieux. Linda rejeta la mince couverture et laissa son corps profiter de la température agréable. Sans que ça lui ressemble, elle décida de se lever avant que quelqu'un vienne la chasser du lit. Ça pourrait être sympa de ne pas prendre le petit-déjeuner seule, pour une fois. Elle entendit des bruits dans la cuisine et elle enfila un court kimono et glissa ses pieds dans une paire de pantoufles.

Son arrivée matinale fut accueillie par des mines surprises. Toute la famille était réunie là, Jacob, Marita, William et Petra, et ils interrompirent immédiatement leur conversation à voix basse en la voyant arriver. Elle se laissa tomber sur une des chaises libres et commença à se préparer une tartine.

— C'est bien que tu veuilles nous tenir compagnie pour une fois, mais j'apprécierais que tu sois un peu plus couverte quand tu descends. Pense aux enfants.

Cette foutue hypocrisie de Jacob lui donnait envie de gerber. Pour l'agacer, elle laissa le mince kimono s'ouvrir un peu et un sein se deviner dans l'entrebâillement. Jacob devint blanc de colère, mais pour une raison ou une autre il n'eut pas le courage d'engager les hostilités avec elle. William et Petra la regardèrent, fascinés, et elle leur adressa quelques grimaces qui les firent hurler de rire. Dans le fond, ces mômes étaient vraiment chouettes, il fallait l'admettre, mais avec le temps Jacob et Marita les bousilleraient, à tous les coups. Quand ils auraient terminé leur éducation religieuse, il ne leur resterait plus aucune joie de vivre.

— Vous vous calmez maintenant. Tenez-vous correctement à table quand vous mangez. Enlève tes pieds de cette chaise, Petra, et assieds-toi comme une grande fille. Et tu fermes la bouche quand tu manges, William. Je ne veux pas voir ce que tu mâches.

Le rire disparut des visages des enfants et ils s'assirent figés comme des soldats de plomb, le regard vide dirigé droit devant eux. Linda soupira intérieurement. Parfois elle avait du mal à comprendre qu'elle et Jacob étaient de la même famille. On ne pouvait trouver frère et sœur plus dissemblables, elle en était persuadée. Ce qui était vachement injuste, c'est que c'était lui, le préféré de leurs parents, ils le citaient toujours en exemple alors qu'elle ne trouvait jamais grâce à leurs yeux. Etait-ce sa faute si elle était arrivée en petite dernière non désirée ? Si la maladie de Jacob, tant d'années avant sa naissance à elle, les avait rendus réticents à avoir d'autres enfants ? Bien sûr qu'elle en comprenait la gravité, il avait failli mourir, mais était-ce une raison pour la punir ? Ce n'était pas elle qui l'avait rendu malade.

Jacob, même guéri, avait continué à être chouchouté. C'était comme si leurs parents voyaient chaque nouvelle journée de leur fils comme un don de Dieu, alors que sa vie à elle ne faisait que leur causer tracas et soucis. Sans parler de grand-père et Jacob. Elle comprenait parfaitement que le lien entre eux avait été très spécial après ce que grand-père avait fait pour Jacob, mais ça ne devait pas être aux dépens de ses autres petits-enfants. Grand-père était mort avant la naissance de Linda, et elle n'avait pas été confrontée à son indifférence, mais Johan avait raconté que Robert et lui avaient toujours été mis à l'écart de ses faveurs, toute son attention s'était focalisée sur leur cousin Jacob. Linda aurait probablement connu la même chose si grand-père avait toujours été en vie.

Toute cette injustice lui fit monter des larmes brûlantes aux yeux, mais elle les refoula comme tant de fois auparavant. Elle n'avait pas l'intention de donner à son frère la satisfaction de la voir pleurer et d'endosser ainsi une nouvelle fois le rôle du sauveur du monde. Ça le démangeait d'orienter la vie de sa sœur sur la bonne voie, mais elle préférerait mourir que devenir une carpette comme lui. Les gentilles filles allaient peut-être au paradis, mais elle avait l'intention d'aller plus loin que ça, bien plus loin. Plutôt sombrer avec perte et fracas que de se traîner dans la vie comme sa couille molle de frère que tout le monde adorait.

— Tu as des projets pour aujourd'hui ? J'aurais besoin d'un peu d'aide à la maison.

Marita préparait calmement d'autres tartines pour les enfants. C'était une femme maternelle, avec un visage ordinaire et quelques kilos de trop. Linda avait toujours pensé que Jacob aurait pu trouver mieux que ça. La vision de son frère et de sa belle-sœur au lit surgit dans son esprit. Par devoir, ils le faisaient probablement une fois par mois, la lumière éteinte et sa belle-sœur vêtue d'une chemise de nuit intégrale qui la couvrait des pieds aux épaules. Cette image la fit pouffer et les autres la regardèrent.

— Réveille-toi, Marita t'a posé une question. Est-ce que tu peux donner un coup de main à la maison aujourd'hui ? Ce n'est pas une pension de famille ici, tu sais.

— Oui, oui, j'ai entendu. Pas la peine de le seriner sans arrêt. Eh ben, non, je peux pas donner de coup de main aujourd'hui. Il faut que je… Elle chercha un bon prétexte. Il faut que je m'occupe de Sirocco. J'ai vu hier qu'il boitait un peu.

Son excuse fut accueillie par des regards sceptiques, et, prête pour la bataille, Linda afficha sa mine la plus belliqueuse. Mais, à sa surprise, personne ne la contra malgré le mensonge évident. La victoire – et encore une journée de farniente – lui revenait.

L'envie de sortir sous la pluie était irrésistible, le visage tourné vers le ciel et l'eau ruisselant sur son corps. Mais il y avait certaines choses qu'on ne pouvait se permettre en tant qu'adulte, surtout si on se trouvait sur son lieu de travail, et Martin dut réprimer son impulsion puérile. Mais c'était quand même merveilleux. Toute la chaleur étouffante qui les avait cloîtrés ces deux derniers mois était rincée, balayée en une seule pluie torrentielle. Il pouvait en sentir l'odeur par la fenêtre qu'il avait ouverte en grand. De l'eau venait éclabousser son bureau sous la fenêtre, mais comme il en avait enlevé tous les dossiers, ce n'était pas grave. Ça en valait la peine pour sentir la fraîcheur.

Patrik avait prévenu qu'il ne s'était pas réveillé à l'heure. Pour une fois, Martin était le premier au poste. L'atmosphère au commissariat avait été lourde la veille après la révélation de la bourde d'Ernst, et c'était bon de pouvoir rester au calme maintenant et réfléchir aux derniers événements. Il n'enviait pas à Patrik sa mission d'annoncer son décès à la famille de la jeune femme morte. Mais lui aussi savait pertinemment que la certitude était le premier pas vers le travail de deuil qui guérit. Il était tout à fait probable qu'ils ne savaient même pas qu'elle avait disparu, et l'annonce viendrait comme un choc. Maintenant il s'agissait de les retrouver et une des tâches de Martin aujourd'hui était de contacter ses collègues allemands. Il espérait pouvoir communiquer avec eux en anglais. Après avoir entendu son collègue bafouiller en allemand tout au long de l'entretien avec l'amie de Tanja, il comprenait que ce n'était pas Patrik qui pourrait lui venir en aide.

Il était sur le point de soulever le combiné pour appeler l'Allemagne, lorsqu'un signal strident le prit de court. Son pouls accéléra un peu quand il comprit que c'était la médico-légale à Göteborg et il se tendit pour attraper son bloc-notes déjà couvert de gribouillis. En fait, le médecin légiste devait faire son rapport à Patrik, mais comme celui-ci n'était pas encore arrivé, Martin ferait l'affaire.

— On dirait que ça se déchaîne dans votre bled depuis quelque temps.

Le médecin légiste Tord Pedersen faisait allusion à l'autopsie d'Alexandra Wijkner qu'il avait pratiquée un an et demi auparavant, et qui avait mis en branle l'une des très rares enquêtes d'homicide qu'avait eu à mener le commissariat de Tanumshede jusque-là.

— Oui, on peut se demander si une sorte de virus ne nous serait pas tombé dessus. On aura bientôt dépassé Stockholm pour les statistiques de meurtres.

Le ton léger et humoristique était une manière pour eux, comme pour tous les professionnels qui côtoyaient la mort et les malheurs, de supporter leur travail quotidien, mais tous restaient bien conscients de la gravité de leur tâche.

— Vous avez déjà eu le temps de faire l'autopsie ? Je vous croyais débordés par tous ces gens qui s'entretuent à cause de la chaleur ?

— Oui, tu as raison sur le fond. On a constaté que les gens s'enflamment plus facilement quand il fait chaud, mais il y a eu une accalmie ces derniers jours, et on a pu s'occuper de votre affaire plus vite que prévu.

— Dis-moi tout alors. Martin retint sa respiration. Bien des choses concernant l'enquête dépendaient entièrement de ce que la médicolégale avait à offrir.

— Oui, de toute évidence c'est un type particulièrement antipathique que vous avez sur les bras. La cause de la mort était assez simple à établir, la fille a été étranglée, mais c'est ce qu'on lui a fait avant de la tuer qui est tout à fait extravagant.

Pedersen fit une pause et on aurait dit qu'il chaussait une paire de lunettes.

— Oui ? Martin avait du mal à dissimuler son impatience.

— Voyons voir… Vous l'aurez par fax aussi… Hmmm.

Pedersen parcourut les lignes et Martin sentit sa main sur le téléphone devenir moite de sueur.

— Oui, voilà. Quatorze fractures à des endroits différents. Toutes faites avant la mort à en juger par le degré variable de cicatrisation.

— Tu veux dire…

— Je veux dire que quelqu'un a cassé les bras, les jambes, les doigts et les doigts de pieds de cette fille pendant approximativement une semaine.

— Les fractures ont été faites en une seule fois ou en plusieurs, vous pouvez voir ça ?

— C'est ce que j'ai dit, nous pouvons voir que les fractures ont différents degrés de cicatrisation, et mon avis de professionnel est qu'elles ont été faites tout au long de cette période. J'ai établi une esquisse de l'ordre dans lequel j'estime qu'on les lui a infligées. Ça sera dans le fax. Elle avait aussi un certain nombre de coupures superficielles sur le corps. Elles aussi à des stades de cicatrisation variables.

— Putain, quelle horreur ! Martin ne put retenir ce commentaire sorti du cœur.

— Je suis bien d'accord avec toi. La douleur a dû être absolument intolérable.

La voix de Pedersen était sèche. Ils méditèrent un instant en silence sur la cruauté de l'homme. Puis Martin se ressaisit et poursuivit :

— Vous avez relevé des traces sur le corps qui peuvent nous être utiles ?

— Oui, nous avons trouvé du sperme. Si vous mettez la main sur un coupable présumé, on pourra le lier au meurtre par l'ADN. Nous ferons évidemment des recherches dans la banque de données aussi, mais il est rare d'avoir des touches par ce biais-là. Le registre est trop mince pour l'instant. On ne peut que rêver du jour où l'ADN de tous les citoyens nous sera accessible, ça nous facilitera les choses.

— Oui, rêver est sans doute le mot. A tous les coups, ils invoqueront des restrictions à la liberté individuelle pour nous mettre des bâtons dans les roues.

— Si ce qui est arrivé à cette femme ne s'appelle pas restriction à la liberté individuelle, alors je ne sais pas où il faut aller chercher...

Il était rare que le très objectif Tord Pedersen soit aussi philosophe, et Martin comprit qu'il avait été touché par le sort de la jeune femme. En principe, ce n'était pas une chose qu'un médecin légiste pouvait se permettre, s'il voulait préserver son sommeil.

— Tu peux me dire approximativement quand elle est morte ?

— Oui, j'ai reçu les résultats des prélèvements que la brigade technique a faits sur place. Je les ai comparés avec mes propres observations, ça me permet de donner une fourchette de temps assez fiable.

— Je t'écoute.

— Selon mon estimation, elle est morte la veille, entre six et onze heures du soir.

Martin fut déçu.

— Tu ne peux pas fournir une heure plus exacte que ça ?

— C'est la pratique ici en Suède, de ne pas donner de fourchette plus serrée que cinq heures dans des cas comme celui-ci, et je ne peux pas faire mieux. Mais la fiabilité est de quatre-vingt-dix pour cent, c'est donc tout à fait valable. En revanche, je peux confirmer ce dont vous vous doutez probablement, que la brèche du Roi n'est pas le lieu du crime, elle a été tuée ailleurs et elle y est restée quelques heures avant d'être déplacée, les lividités cadavériques nous le confirment.

— C'est déjà ça. Et les squelettes ? Qu'est-ce qu'ils ont donné ? Patrik t'a bien envoyé les noms des personnes auxquelles on pense ?

— Oui, j'ai reçu ça. Et nous n'avons pas tout à fait terminé encore. Ce n'est pas aussi simple qu'on pourrait le croire de trouver des dossiers dentaires des années 1970, mais nous travaillons dessus plein pot, et dès qu'on en saura plus on vous contacte. Mais je peux te dire qu'il s'agit de deux squelettes de femme, et l'âge a l'air de correspondre. Les iliaques d'une des femmes indiquent aussi qu'elle a eu un enfant, et ça colle effectivement avec les données dont on dispose. Et le plus intéressant de tout – les deux squelettes présentent des fractures semblables à celles de la jeune femme assassinée. Entre nous, j'irais même jusqu'à dire que les fractures des trois victimes sont pratiquement identiques.

Martin fut tellement sidéré qu'il laissa échapper son stylo. Qu'est-ce qui leur était tombé dessus ? Un assassin sadique qui laissait passer vingt-quatre ans entre ses forfaits ? Il ne voulait même pas penser à l'alternative : que l'assassin n'avait pas attendu vingt-quatre ans et que tout simplement ils n'avaient pas encore trouvé les autres victimes.

— Ont-elles été tailladées au couteau aussi ?

— Il ne restait pas de matière organique, c'est donc plus difficile à dire, mais il y a quelques égratignures sur les os qui peuvent indiquer qu'elles ont subi le même traitement, oui.

— Et la cause de la mort ?

— Comme pour l'Allemande. Des os ont été enfoncés au niveau du cou et ça correspond bien aux blessures provoquées par strangulation.

Martin nota rapidement tout en parlant.

— Quoi d'autre ?

— Seulement que les corps ont probablement été enterrés, il y a des restes de terre sur les ossements qui pourront peut-être nous donner des renseignements après analyse. Mais il vous faudra patienter. Il y avait de la terre sur Tanja Schmidt aussi et sur la couverture sur laquelle elle reposait, nous allons la comparer avec les échantillons pris sur les ossements.

Pedersen fit une pause, puis il reprit :

— C'est Mellberg qui dirige l'enquête ?

Une certaine inquiétude perçait dans sa voix. Martin sourit doucement sous cape mais il put le rassurer sur ce point.

— Non, c'est Patrik qui en a la responsabilité. Quant à savoir qui en tirera la gloire si on arrive à résoudre l'affaire, ça c'est autre chose…

Ils rirent tous les deux du commentaire, mais c'était un rire qui restait un peu coincé dans la gorge de Martin.

L'entretien avec Tord Pedersen terminé, il sortit le fax et lorsque Patrik arriva il l'avait lu jusqu'au bout. Il lui en fit un résumé qui le rendit tout aussi pessimiste. Ça promettait d'être un sacré merdier !

Anna était allongée en bikini sur le pont du voilier et se laissait cuire au soleil. Les enfants faisaient la sieste dans la cabine et Gustav était à la barre. De petites gouttes d'eau salée l'éclaboussaient chaque fois que l'avant du bateau retombait dans l'eau et c'était merveilleusement rafraîchissant. Si elle fermait les yeux, elle pouvait oublier ses soucis pour un petit moment et imaginer que ceci était sa vraie vie.

— Anna, téléphone.

La voix de Gustav la sortit de sa quasi-méditation, il agitait son téléphone portable.

— C'est qui ?

— Il n'a pas voulu le dire.

Merde alors. Elle comprit immédiatement qui l'appelait, et l'inquiétude lui noua le ventre, elle se déplaça prudemment vers Gustav.

— Anna.

— C'était qui, celui-là ? siffla Lucas.

Anna hésita.

— Je t'avais dit que j'allais faire du bateau avec un copain.

— Et tu essaies de me faire croire que, ça, c'était un copain ? Comment il s'appelle ?

— Ça ne te regarde…

Lucas l'interrompit.

— IL S'APPELLE COMMENT, Anna ?

Sa résistance s'effritait de seconde en seconde en entendant la voix dans l'appareil. Elle répondit à voix basse :

— Gustav af Klint.

— Tiens donc. Avec particule, et tout. Le ton de sa voix passa du narquois au menaçant. Comment oses-tu emmener mes enfants en vacances avec un autre homme ?

— Nous sommes divorcés, Lucas, dit Anna en posant une main sur ses yeux.

— Tu sais aussi bien que moi que ça ne change rien. Tu es la mère de mes enfants et cela signifie que nous sommes liés pour toujours, toi et moi. Tu es à moi et les enfants sont à moi.

— Alors pourquoi est-ce que tu essaies de me les prendre ?

— Parce que tu es instable, Anna. Tu as toujours eu des problèmes avec les nerfs, et, très franchement, je doute de ta capacité à t'occuper de mes enfants comme ils le méritent. Regarde comment vous vivez. Tu travailles toute la journée et ils sont à la crèche. Est-ce que tu trouves que, ça, c'est une bonne vie pour nos enfants, Anna ?

— Mais il faut bien que je travaille, Lucas. Et tu ferais comment si c'était toi qui avais la garde ? Qui s'occuperait d'eux dans ce cas ?

— Il y a une solution, Anna, tu le sais très bien.

— Tu es fou ? Tu penses sérieusement que je reviendrais avec toi après ce que tu as fait à Emma ? Tu lui as cassé le bras, Lucas, ne l'oublie pas. Sans compter tout ce que tu m'as fait, à moi.

La voix d'Anna devint suraiguë. Instinctivement, elle sut qu'elle était allée trop loin.

— Ce n'était pas ma faute ! C'était un accident ! Tu t'es obstinée à me contrarier tout le temps, sans ça, je n'aurais pas eu besoin de m'emporter aussi souvent !

C'était comme de pisser dans un violon. Ça ne servait à rien. Anna savait après toutes ses années avec Lucas qu'il était persuadé d'avoir raison. Ce n'était jamais sa faute. Tout ce qui arrivait était toujours la faute des autres. Chaque fois qu'il l'avait frappée, il avait réussi à la rendre coupable ; elle n'était pas assez compréhensive, pas assez affectueuse, pas assez soumise.

Lorsqu'elle avait réussi à mobiliser des ressources insoupçonnées pour mener à bien le divorce, elle s'était pour la première fois depuis de nombreuses années sentie forte et invincible. Enfin elle allait pouvoir reconquérir sa vie. Elle et les enfants allaient pouvoir recommencer depuis le début. Mais ça avait été un peu trop facile. Lucas avait réellement été choqué d'avoir cassé le bras de sa fille pendant l'une de ses crises de fureur, et il s'était montré plus accommodant qu'il ne l'était en réalité. La vie de patachon qu'il avait menée après le divorce, durant laquelle il s'était appliqué à accumuler les conquêtes féminines, avait permis à Anna et aux enfants de rester en paix. Mais alors même qu'Anna se sentait saine et sauve, Lucas avait commencé à en avoir marre de sa nouvelle vie et avait manifesté un regain d'intérêt pour sa famille. Quand les fleurs, les cadeaux et les demandes de pardon se furent avérés inopérants, il avait enlevé les gants de velours. Il exigeait d'avoir la garde des enfants. Pour cela, il avançait un tas d'accusations sans fondement contre Anna, entre autres qu'elle n'était pas apte à être mère. Rien de tout cela n'était vrai, mais Lucas savait être persuasif et charmant quand il le voulait, et elle tremblait devant la possibilité qu'il réussisse dans son entreprise. Elle savait aussi qu'en réalité ce n'était pas les enfants qu'il voulait. Avoir deux enfants en bas âge à charge était incompatible avec sa vie professionnelle, mais il espérait faire suffisamment peur à Anna pour l'obliger à revenir. Dans les moments de faiblesse, elle était prête à le faire. Tout en réalisant que c'était impossible. Elle sombrerait si elle retournait avec lui. Elle essaya de se blinder.

— Lucas, cette discussion ne sert à rien. J'ai refait ma vie après le divorce, et tu devrais faire pareil. Oui, j'ai rencontré un homme et il te faudra apprendre à l'accepter. Les enfants vont bien et je vais bien. Est-ce qu'on ne pourrait pas essayer de gérer ceci en adultes ?

Son ton était suppliant mais le silence à l'autre bout du fil fut compact. Elle comprit qu'elle avait franchi la limite. En entendant la tonalité indiquant que Lucas avait tout bonnement raccroché, elle sut que, d'une façon ou d'une autre, elle allait le payer. Et cher.

ÉTÉ 1979

Le mal de tête infernal la poussa à se labourer le visage avec les doigts. La douleur quand ses ongles lui griffaient la peau était presque agréable comparée à l'atroce migraine et l'aidait à se concentrer.

Il faisait toujours nuit noire, mais quelque chose l'avait sortie de sa léthargie profonde. Un petit rayon de clarté s'était montré au-dessus de sa tête et, comme elle fixait son regard sur lui, il s'élargissait lentement. Peu habituée à la lumière, elle ne vit pas, mais elle entendit quelqu'un passer par la fente qui s'était ouverte, puis descendre un escalier. Quelqu'un qui s'approchait de plus en plus dans l'obscurité. La confusion l'empêchait de déterminer si elle devait ressentir de la peur ou du soulagement. Les deux sentiments se succédaient alternativement en elle.

Les derniers pas jusqu'à l'endroit où elle était blottie en position fœtale furent pratiquement silencieux. Sans qu'aucun mot n'ait été prononcé, elle sentit une main passer sur sa tête. Le geste aurait peut-être dû la calmer, mais la simplicité du mouvement eut pour effet de serrer son cœur d'épouvante.

La main poursuivit sa progression sur son corps et elle trembla dans le noir. Une seconde elle se dit qu'elle devrait opposer une résistance à l'étranger sans visage. L'idée s'enfuit aussi vite qu'elle avait surgi. Le noir était trop subjugant, et la force de la main qui la caressait pénétrait sa peau, ses nerfs, son âme. La soumission était son seul choix, elle le savait avec une effroyable lucidité.

Quand la main abandonna les caresses et commença à tordre, à forcer et à tirer, ça ne la surprit pas. D'une étrange façon, elle accueillit la douleur avec gratitude. Une douleur concrète était plus facile à gérer que la terreur dans l'attente de l'inconnu.

Le deuxième appel de Tord Pedersen était arrivé quelques heures seulement après que Patrik avait parlé avec Martin. L'identification d'un des squelettes retrouvés dans la brèche du Roi était terminée. Il s'agissait bien de Mona Thernblad, l'une des deux filles disparues en 1979.

Patrik et Martin passèrent en revue toutes les informations qu'ils avaient collectées pour l'enquête. Mellberg avait brillé par son absence, mais Gösta Flygare était de retour après une mission bien accomplie au golf. Il n'avait certes pas gagné, mais à sa grande surprise, et pour son plus grand bonheur, il avait fait un trou en un coup et s'était vu offrir le champagne au club-house. Cela faisait trois fois maintenant que Martin et Patrik l'entendaient répéter l'histoire de la balle qui avait filé directement dans le trou seize au premier coup, et ils ne doutaient pas qu'il y en aurait d'autres avant la fin de la journée. Mais ce n'était pas très grave. Ils étaient contents pour Gösta, et Patrik lui accorda un moment de répit avant de l'embarquer dans l'enquête. Gösta s'était tout de suite mis en devoir d'appeler toutes ses connaissances de golf pour leur faire part du Grand Evénement.

— Donc, nous avons une ordure qui brise les os des nanas avant de les tuer, dit Martin. Et qui les taillade au couteau.

— Oui, on dirait. A tous les coups, il y a un motif sexuel derrière ça. Un ignoble sadique qui s'excite en faisant du mal aux autres. Ils ont trouvé du sperme sur Tanja, ça le démontre bien.

— Est-ce que tu peux te charger d'informer la famille de Mona ? Je veux dire, leur annoncer qu'on l'a trouvée ?

Martin eut l'air inquiet et Patrik accepta de le faire.

— J'ai pensé aller voir son père cet après-midi. Sa mère est morte depuis longtemps et il ne reste que lui à mettre au courant.

— Comment tu le sais ? Tu les connais ?

— Non, mais Erica est allée à la bibliothèque hier et elle a sorti tout ce que la presse a écrit sur Siv et Mona. Ces disparitions ont été régulièrement reprises par les journaux, il y a deux ou trois ans par exemple, ils ont interviewé les familles. Mona n'a donc plus que son père et Siv n'avait déjà plus que sa mère quand elle a disparu. Elle avait une petite fille, je vais lui parler aussi – dès que nous aurons la confirmation que c'est bien Siv, le deuxième squelette.

— Ce serait quand même une sacrée coïncidence si c'était quelqu'un d'autre ?

— Oui, je compte sur le fait que c'est elle, mais on ne peut pas l'affirmer avec certitude. On a déjà vu des choses plus étranges que ça.

Patrik feuilleta les papiers qu'Erica lui avait sortis et en disposa quelques-uns en éventail devant lui sur le bureau. Il avait également ouvert le dossier des anciennes enquêtes qu'il était allé chercher dans les archives à la cave, dans le but de rapprocher toutes les informations qu'ils possédaient sur la disparition des filles. Beaucoup de ce que racontaient les journaux ne figurait pas dans les dossiers de l'enquête, si bien que les deux sources seraient nécessaires pour avoir un aperçu global de la situation.

— Regarde ça. Siv a disparu le week-end de la Saint-Jean en 1979 et Mona quinze jours plus tard.

Pour éclaircir et ordonner ces informations, Patrik se mit à noter sur le panneau d'affichage mural.

— Siv Lantin a été vue vivante pour la dernière fois rentrant chez elle à vélo après avoir fait la fête avec ses copains. Le tout dernier témoignage rapporte qu'elle quitte la grand-route et tourne en direction de Bräcke. Il était alors deux heures du matin, elle a été vue par le conducteur d'une voiture qui la dépasse. Après cela, personne ne l'a ni vue, ni entendue.

— Si on fait abstraction des dires de Gabriel Hult, ajouta Martin.

— Oui, si on fait abstraction du témoignage de Gabriel Hult, ce que je trouve pertinent jusqu'à nouvel ordre. Patrik hocha la tête avant de poursuivre. Mona Thernblad a disparu quinze jours plus tard. Contrairement à Siv, elle a disparu en pleine journée. Elle quitte son domicile vers trois heures de l'après-midi pour aller faire un jogging, et elle n'est jamais revenue. On a retrouvé l'une de ses chaussures sur la route le long de son parcours d'entraînement habituel, mais c'est tout.

— On a pu établir des ressemblances entre les filles ? A part leur sexe et l'âge ?

Patrik ne put s'empêcher de sourire un peu.

— Toi, tu as trop regardé *Profiler* à la télé. Mais tu vas être déçu. Si on a affaire à un tueur en série – je suppose que c'est ce que tu as en tête – il n'y a en tout cas pas de ressemblances apparentes entre elles.

Il fixa deux photographies en noir et blanc sur le tableau.

— Siv avait dix-neuf ans. Petite, brune et plantureuse. Elle faisait pas mal de conneries, ça a causé un scandale à Fjäll-backa quand elle a eu un enfant à dix-sept ans. Elle vivait avec l'enfant chez sa mère, mais d'après ce que racontent les journaux elle faisait tout le temps la bringue et n'appréciait pas de rester à la maison. Mona par contre est décrite comme une fille de bonne famille qui réussissait bien à l'école, qui avait beaucoup d'amis et était aimée de tous. Elle était grande, blonde et spor-tive. Dix-huit ans, elle habitait encore chez ses parents, sa mère était en mauvaise santé et son père ne pouvait pas s'en charger tout seul. Personne ne semble avoir eu quoi que ce soit de négatif à dire à son sujet. La seule chose que ces filles ont en commun, donc, c'est qu'elles ont disparu totalement sans lais-ser de traces il y a plus de vingt ans et qu'elles surgissent aujourd'hui sous forme d'ossements dans la brèche du Roi.

Martin appuya pensivement la tête contre sa main. Comme Patrik, il resta silencieux un moment et étudia les coupures de journaux et les notes sur le panneau d'affichage. Tous deux avaient en tête le jeune âge de ces filles. Elles avaient tant de choses à vivre encore, si le mal n'avait pas croisé leur chemin. Et ensuite Tanja, dont ils n'avaient que la photo prise *post mortem*. Elle aussi une fille jeune avec la vie devant elle. Et maintenant morte, elle aussi.

Patrik sortit du dossier une épaisse liasse de papiers tapés à la machine.

— Ils avaient engagé de gros moyens pour les interroga-toires. Des amis et les membres des familles ont été entendus. Il y a eu une opération porte-à-porte dans le secteur et les voyous locaux aussi ont été mis sur le gril. Au total une centaine d'interrogatoires ont été menés, à ce que je vois.

— Résultat ?

— Rien. Rien avant qu'ils aient eu le tuyau de Gabriel Hult. C'est lui-même qui a appelé la police pour raconter qu'il avait vu Siv dans la voiture de son frère, la nuit de sa disparition.

— Et ? Cela n'a quand même pas suffi pour qu'on le soupçonne de l'avoir tuée ?

— Non, quand le frère de Gabriel, Johannes Hult donc, a été interrogé, il a nié avoir parlé avec elle, ou même l'avoir vue, mais faute d'une piste plus brûlante on a quand même choisi de se concentrer sur lui.

— Et ça a mené où ?

— Nulle part. Et peu de temps après, Johannes Hult s'est pendu dans sa grange, et la piste s'est franchement refroidie, si je puis dire.

— C'est bizarre qu'il se suicide si vite après.

— Effectivement. Alors, si c'était réellement lui le coupable, c'est son esprit qui a tué Tanja. Les morts ne tuent pas…

— Et c'est quoi, ce truc, un frère qui appelle pour dénoncer quelqu'un de son propre sang ? Qu'est-ce qui peut bien pousser à faire ça ? Martin plissa le front. Eh, mais je suis bête. Hult – ça doit être la même famille que Johan et Robert, nos chers braqueurs toujours fidèles au poste.

— Oui, exact. Johannes était leur père. Maintenant que j'en sais un peu plus sur la famille Hult, je comprends mieux pourquoi Johan et Robert sont si assidus à la tâche. Ils n'avaient que cinq et six ans quand Johannes s'est pendu et c'est Robert qui l'a trouvé dans la grange. Tu imagines l'effet que ça peut avoir sur un gamin de six ans.

— Oh, merde. Martin secoua la tête. Bon, il me faut un peu plus de café avant de continuer. Mon taux de caféine est descendu dans le rouge. Tu en veux ?

Patrik hocha la tête et un instant après Martin revint avec deux tasses de café brûlant. Pour une fois, le temps permettait des boissons chaudes.

Patrik continua son exposé.

— Johannes et Gabriel sont les fils d'un homme du nom d'Ephraïm Hult, surnommé le Prédicateur. Ephraïm était un pasteur évangélique connu, ou de mauvaise réputation, au choix, à Göteborg. Il organisait de grands rassemblements pendant lesquels il laissait ses fils encore petits entrer en transe, parler des langues incompréhensibles et guérir des malades et des infirmes. La plupart des gens le considéraient comme un escroc et un charlatan, mais il a en tout cas tiré le gros lot le jour où une adepte de sa congrégation, Margareta Dybling, fit de lui son héritier. A sa mort, il s'est retrouvé à la tête d'une fortune considérable en liquidités mais aussi sous forme de terres, de bois et d'un manoir imposant du côté de Fjällbacka. Ephraïm a soudainement perdu toute envie de répandre la parole de Dieu, il est venu s'installer ici avec ses fils et, depuis, la famille vit sur l'argent de la vieille.

Le panneau d'affichage était maintenant rempli de gribouillages et de notes, et le bureau de Patrik jonché de papiers.

— C'est vrai que la généalogie, c'est très intéressant, mais quel rapport avec les meurtres ? Tu l'as dit toi-même, Johannes est mort plus de vingt ans avant que Tanja soit assassinée et les morts ne tuent pas. Martin eut du mal à dissimuler son exaspération.

— C'est vrai, mais j'ai parcouru tous les documents de l'ancienne enquête et le témoignage de Gabriel est la seule chose intéressante. J'avais aussi espéré pouvoir discuter avec Errold Lind, qui était le responsable de l'enquête, mais il est mort d'une crise cardiaque en 1989, et ce matériau est tout ce que nous avons. Si tu n'as pas une meilleure idée, je propose qu'on commence par en découvrir plus sur Tanja, et par un entretien avec les parents encore vivants de Siv et de Mona, après on verra si ça vaut le coup d'entendre Gabriel Hult de nouveau.

— Oui, ça semble logique. Je commence par quoi ?

— Tu n'as qu'à commencer par les recherches sur Tanja. Et veille à mettre Gösta au boulot à partir de demain matin aussi. Fini de rigoler maintenant, il a mangé son pain blanc.

— Et Mellberg et Ernst ? Qu'est-ce que tu veux faire avec eux ?

Patrik soupira.

— Ma stratégie est de les tenir à l'écart le plus possible. Ça signifiera plus de boulot pour nous trois, mais je pense qu'on sera gagnants à la longue. Mellberg est content quand il n'a rien à faire et de plus il m'a en principe délégué son pouvoir. Ernst continuera à faire ce qu'il fait déjà, à prendre autant que possible les dépositions courantes. S'il a besoin d'aide, on lui envoie Gösta ; toi et moi, on doit être disponibles un max pour mener l'enquête. Compris ?

— *Yes boss*. Martin hocha la tête avec ardeur.

— Alors en route !

Quand Martin eut quitté son bureau, Patrik se tourna vers le panneau d'affichage, les mains croisées derrière la nuque et se plongea dans ses réflexions. La tâche qui les attendait était ardue, ils n'avaient guère d'expérience en matière d'homicides et il sentit une poussée de découragement venir ébranler son moral. Restait à espérer que ce manque d'habitude serait compensé par leur enthousiasme. Martin jouait déjà le jeu, et il se mettrait en quatre pour éveiller Flygare de son sommeil de Belle au bois dormant. Si ensuite ils arrivaient à tenir Mellberg et Ernst à l'écart des investigations, Patrik pensait qu'ils avaient peut-être une chance de résoudre les meurtres. Mais cette chance était mince, d'autant plus mince que la piste concernant deux des cas était refroidie, pour ne pas dire carrément congelée. Il savait que leur meilleure chance serait de se concentrer sur Tanja, mais en même temps son instinct lui disait que le lien entre les meurtres était tellement fort et tangible qu'il fallait les instruire en parallèle. Ce ne serait pas facile de ranimer la vieille enquête, mais il fallait essayer.

Il vérifia une adresse dans l'annuaire, prit un parapluie et sortit, le cœur lourd. Certaines tâches étaient assez monstrueuses à accomplir.

La pluie tambourinait inlassablement sur les vitres et, dans d'autres circonstances, Erica aurait salué la fraîcheur qu'elle apportait. Mais le hasard et la famille parasite qu'elle hébergeait en avaient décidé autrement et elle était lentement mais sûrement poussée vers la limite de l'exaspération.

Les enfants couraient partout comme des fous, frustrés de rester enfermés, et Conny et Britta avaient commencé à se retourner l'un contre l'autre, tels des chiens aux abois. Ça n'avait pas encore pris la tournure d'une engueulade dans les règles, mais les piques allaient crescendo et avaient atteint un bon niveau de harcèlement. De vieux péchés et autres torts étaient remis sur le tapis et Erica aurait préféré aller se cacher sous sa couette. Mais, encore une fois, sa bonne éducation faisait obstacle, la menaçant du doigt et la forçant à se comporter de façon civilisée au milieu du champ de bataille.

Au moment où Patrik partait travailler, elle avait lorgné la porte avec envie. Il n'avait pas caché son soulagement de pouvoir se réfugier au commissariat, et un moment elle avait été tentée de tester la solidité de sa promesse de rester avec elle si elle l'exigeait. Mais elle savait que ce serait de l'abus et, en bonne petite épouse dévouée, elle agita la main par la fenêtre à son départ.

La maison était grande mais pas suffisamment pour que le désordre général ne vire pas au capharnaüm. Elle avait sorti quelques jeux de société pour les enfants, si bien qu'il y avait des lettres de Scrabble répandues partout dans le salon, pêle-mêle avec des maisons de Monopoly et des cartes à jouer. Elle se pencha péniblement pour ramasser les petits pions et essayer de mettre un semblant d'ordre dans la pièce. L'échange de mots sur la véranda entre Conny et Britta se faisait de plus en plus animé, et elle commença à comprendre pourquoi leurs enfants n'avaient pas plus de manières. Avec des parents qui se comportaient comme des gamins de cinq ans, il ne devait pas être facile d'apprendre le respect des autres et de leurs biens. Pourvu que cette journée soit bientôt finie ! Dès qu'il ne pleuvrait plus, elle mettrait la famille Flood à la porte. N'en déplaise à la bonne éducation et à l'hospitalité, il aurait fallu être sainte Birgitta en personne pour ne pas exploser s'ils devaient rester encore.

La goutte de trop arriva au déjeuner. Les pieds gonflés et avec une douleur lancinante au bas du dos, elle s'était tenue devant les fourneaux une heure durant pour préparer un déjeuner qui convenait à la fois à l'appétit vorace de Conny et aux goûts difficiles des enfants, et elle trouvait qu'elle ne s'en était pas mal tirée. Gratin de macaronis avec du cervelas, ça aurait dû convenir à tout le monde, mais elle s'était lourdement trompée.

— Beurk, je déteste le cervelas. C'est dégueu.

Lisa repoussa ostensiblement l'assiette et se croisa les bras.

— Dommage, parce que c'est au menu aujourd'hui. La voix d'Erica était ferme.

— Mais j'ai faaaiiim. Je veux autre chose.

— C'est ça ou rien. Si tu n'aimes pas le cervelas, tu n'as qu'à manger les macaronis avec du ketchup. Erica s'efforça de paraître douce, alors qu'elle bouillonnait.

— C'est dégueu, les macaronis ! Je veux autre chose. Ma-maaan !

— Tu n'aurais pas autre chose à lui donner, Erica ?

Britta caressa la joue de sa petite râleuse et fut récompensée par un sourire. Sûre de sa victoire, Lisa exulta et elle exhorta Erica du regard. Mais les bornes étaient dépassées. Maintenant, c'était la guerre.

— Je n'ai que ça. Soit tu manges ce qu'il y a dans ton assiette, soit tu ne manges rien.

— Je t'en prie, Erica, tu n'es pas un peu sévère là ? Conny, explique-lui comment on fait à la maison, notre politique en matière d'éducation. On ne force pas nos enfants à quoi que ce soit. Ça entraverait leur développement. Si Lisa veut autre chose, pour nous c'est évident qu'elle doit l'obtenir. Je veux dire, c'est une personne à part entière avec autant de droit de s'exprimer que nous autres. Et qu'est-ce que tu dirais si on te forçait à manger des choses que tu n'aimes pas ? Je ne pense pas que tu l'accepterais.

Britta fit la leçon avec sa voix de psychologue et Erica sentit subitement que la coupe était pleine. Avec un calme glacial, elle prit l'assiette de l'enfant, la souleva au-dessus de la tête de Britta et la renversa. Lorsque les macaronis et la béchamel coulèrent sur ses cheveux et s'infiltrèrent sous son chemisier, la stupeur coupa net le flot de paroles au milieu d'une phrase.

Dix minutes plus tard, ils étaient partis. Probablement pour ne plus jamais revenir. Elle serait désormais sur liste noire dans cette branche de la famille, mais même avec la meilleure volonté du monde Erica ne pouvait pas dire qu'elle le regrettait. Elle n'avait pas honte non plus, même si son comportement pouvait au mieux être qualifié de puéril. Ç'avait été formidable comme sensation, de donner libre cours aux frustrations de ces deux derniers jours, et elle n'avait certainement pas l'intention de s'en excuser.

Elle pensait passer le reste de la journée sur le canapé avec un bouquin et la première tasse de thé de l'été. Tout à coup, la vie lui semblait beaucoup plus radieuse.

Bien que sa véranda vitrée ne fût pas spacieuse, la végétation qui s'y épanouissait pouvait rivaliser avec le plus exubérant des jardins. Chaque fleur avait été tendrement obtenue à partir d'une graine ou d'une bouture et, canicule aidant, l'atmosphère était presque tropicale. Dans un coin, Albert Thernblad cultivait des légumes et rien ne pouvait se comparer à la satisfaction de cueillir ses propres tomates, courgettes et oignons. Il y avait même des melons et du raisin.

La villa était située sur la route de Dingle, à l'entrée sud de Fjällbacka, elle était petite, mitoyenne avec une autre mais fonctionnelle. Sa véranda apparaissait tel un superbe îlot de verdure parmi les cultures plus modestes des autres propriétaires.

C'est seulement lorsqu'il se trouvait ici parmi ses plantes que la maison de son enfance ne lui manquait pas, la maison où il avait grandi et où il s'était ensuite créé un foyer, avec sa femme et sa fille. Elles n'étaient plus, ni l'une ni l'autre, et dans la solitude sa douleur n'avait fait que croître jusqu'au jour où il avait compris qu'il lui faudrait aussi faire ses adieux à la maison et à tous les souvenirs incrustés dans les murs.

Bien sûr, la maison d'aujourd'hui n'avait pas la personnalité de l'ancienne qu'il avait tant aimée, mais c'était aussi grâce à ce côté neutre que la douleur avait pu s'atténuer. A présent l'ancienne restait en lui comme une sorte de vrombissement sourd et permanent en arrière-fond.

Lorsque Mona avait disparu, il avait pensé que Linnea et lui allaient mourir de chagrin. Sa femme avait déjà une santé fragile, mais elle s'était révélée plus résistante qu'il n'avait cru. Elle avait tenu dix ans de plus avant de mourir, dix ans pour ne pas le laisser seul avec le chagrin, il en était certain. Chaque jour elle avait lutté pour se maintenir dans une vie où elle n'était plus que l'ombre d'elle-même.

Mona avait été la lumière de leur vie. Elle était arrivée quand tous deux avaient abandonné l'espoir d'avoir un enfant, et il n'y en avait pas eu d'autres. Tout l'amour dont ils étaient capables s'était cristallisé dans la créature gaie et lumineuse dont le rire allumait de petits brasiers dans sa poitrine. Qu'elle ait pu simplement disparaître comme ça lui paraissait inconcevable. A l'époque, il aurait trouvé normal que le soleil cesse de briller, que le ciel lui tombe sur la tête. Mais rien ne s'était passé. La vie avait continué comme d'habitude à l'extérieur de leur demeure endeuillée. Les gens riaient, vivaient et travaillaient. Mais Mona n'était plus là.

Pendant longtemps, l'espoir les avait fait vivre. Elle se trouvait peut-être quelque part. Elle avait peut-être choisi de disparaître et vivait une vie sans eux quelque part. En même temps, ils connaissaient tous les deux la vérité. L'autre jeune fille avait disparu peu avant et c'était une trop grande coïncidence pour qu'ils puissent se leurrer. De plus, Mona ne leur aurait pas sciemment causé une telle douleur. C'était une fille gentille et adorable qui s'efforçait toujours de prendre soin d'eux.

Le jour où Linnea était morte, il avait reçu la preuve définitive que Mona se trouvait au ciel. La maladie et le chagrin avaient diminué sa femme adorée, et ce jour-là, lorsqu'il l'avait vue là dans le lit, il avait su que le moment était venu pour elle de le quitter. Après des heures de veille, elle avait serré sa main une dernière fois, puis un sourire s'était répandu sur son visage. La lumière qui s'était allumée dans les yeux de Linnea était une lumière qu'il n'avait pas vue depuis dix ans. Pas depuis la dernière fois qu'elle avait regardé Mona. Elle avait fixé son regard quelque part derrière lui et avait rendu l'âme. Alors il en avait été sûr. Linnea était morte heureuse parce que sa fille l'accueillait au bout du passage. D'une certaine façon, cela rendait la solitude plus facile à porter. Maintenant les deux êtres qu'il avait aimés le plus étaient réunis. Il allait pouvoir les rejoindre bientôt. Il avait hâte que ce jour arrive, mais en attendant il était de son devoir de vivre sa vie du mieux qu'il le pouvait. Le Seigneur avait peu d'indulgence pour ceux qui abandonnaient et il n'osait pas compromettre sa place au ciel, aux côtés de Linnea et de Mona.

Un coup frappé à la porte l'arracha à ses réflexions mélancoliques. Il se leva péniblement et, appuyé sur sa canne, il passa entre les plantes, traversa le vestibule et ouvrit la porte d'entrée. Un jeune homme sérieux se tenait là, prêt à frapper encore une fois.

— Albert Thernblad ?

— Oui, c'est moi. Mais je n'ai besoin de rien, si c'est pour me vendre quelque chose.

L'homme sourit.

— Non, je ne vends rien. Je m'appelle Patrik Hedström et je suis de la police. J'aurais voulu vous parler un petit instant.

Albert ne dit rien mais s'écarta pour le laisser entrer. Il l'emmena sur la véranda et indiqua le canapé. Il n'avait pas demandé ce qui l'amenait là. Ce n'était pas nécessaire. Il attendait cette visite depuis plus de vingt ans.

— Elles sont magnifiques, vos plantes. Vous avez la main verte, à ce que je vois, dit Patrik avec un petit rire nerveux.

Albert ne dit rien mais posa un regard doux sur Patrik. Il comprit que ce n'était pas une annonce facile à faire, mais l'inspecteur de police devant lui pouvait être tranquille. Après toutes ces années d'attente, c'était une bonne chose de savoir enfin. Le travail de deuil était déjà fait.

— Oui, eh bien, c'est pour vous dire que nous avons retrouvé votre fille.

Patrik se racla la gorge et recommença :

— Nous avons trouvé votre fille et nous pouvons confirmer qu'elle a été assassinée.

Albert hocha simplement la tête. En même temps, il sentit une paix envahir son esprit. Enfin il allait pouvoir s'occuper du repos de Mona. Avoir une tombe sur laquelle se recueillir. Il allait l'enterrer à côté de Linnea.

— Où l'avez-vous trouvée ?

— Dans la brèche du Roi.

— La brèche du Roi ? Albert plissa le front. Comment ça se fait qu'on ne l'ait pas retrouvée plus tôt ? Il y a beaucoup de monde qui passe par là.

Patrik Hedström lui parla de la touriste allemande assassinée et lui dit qu'ils avaient probablement trouvé Siv aussi. Ils pensaient que Mona et Siv y avaient été déposées au cours de la nuit, qu'elles avaient reposé ailleurs pendant toutes ces années.

Albert ne venait plus trop en ville, si bien que contrairement aux autres habitants de Fjällbacka il n'avait pas entendu parler de l'assassinat de la jeune Allemande. La première chose qu'il ressentit en apprenant ce qui lui était arrivé fut une douleur fulgurante au creux du ventre. Quelque part quelqu'un allait vivre le même enfer qu'ils avaient connu, lui et Linnea. Quelque part, il y avait un père et une mère qui n'allaient plus jamais revoir leur fille. Cela jetait une ombre sur la nouvelle concernant Mona. Comparé aux parents de la fille morte, il était bien loti. Pour lui, la douleur avait eu le temps de s'assourdir et de s'émousser. Eux, en revanche, avaient encore de nombreuses années de calvaire à vivre, et il sentit son cœur se serrer.

— On sait qui a fait ça ?

— Malheureusement non. Mais nous allons tout faire pour l'apprendre.

— Vous savez si c'est la même personne ?

Le policier baissa la tête.

— Non, nous ne savons même pas ça, mais tout l'indique. Il y a certaines similitudes, c'est tout ce que je peux dire pour l'instant.

Patrik jeta un regard soucieux sur le vieil homme devant lui.

— Est-ce que je peux appeler quelqu'un ? Une personne qui pourrait venir vous tenir compagnie ?

— Non, il n'y a personne. Son sourire était doux et paternel.

— Voulez-vous que j'appelle le pasteur ?

— Non merci, je n'ai pas besoin d'un pasteur. Ne vous en faites pas, j'ai déjà vécu ce jour des milliers de fois en pensée. Je veux seulement rester tranquillement ici parmi mes plantes et réfléchir. Je ne suis en manque de rien. J'ai beau être vieux, je suis solide, vous savez.

De nouveau le même sourire doux. Il posa sa main sur celle de Patrik, comme si c'était lui qui consolait. Et c'était peut-être bien le cas.

— Si vous le voulez bien, j'aimerais vous montrer quelques photos de Mona et parler un peu d'elle. Pour que vous compreniez vraiment comment elle était.

Sans hésiter, Patrik hocha la tête et Albert s'en alla en boitillant chercher les vieux albums. Pendant près d'une heure, il montra des photos et parla de sa fille. C'était un des meilleurs moments depuis longtemps et il réalisa qu'il aurait dû s'autoriser plus souvent ce genre d'incursion parmi les souvenirs.

Sur le pas de la porte, avant le départ de Patrik, il lui glissa une des photos dans la main. C'était Mona le jour de ses cinq ans, un gros gâteau avec cinq bougies devant elle et un sourire qui allait d'une oreille à l'autre. Elle était adorable avec des boucles blondes et des yeux pétillant de joie de vivre. C'était important pour lui que les policiers aient cette image-là sur la rétine en cherchant l'assassin de sa fille.

Après le départ de l'inspecteur, il retourna s'asseoir sur la véranda. Il ferma les yeux et aspira l'odeur sucrée des fleurs. Il s'endormit et rêva d'un long tunnel où Mona et Linnea l'attendaient sous forme d'ombres. Il eut l'impression qu'elles lui adressaient des signes de la main.

La porte de son cabinet de travail s'ouvrit brutalement. Solveig se rua dans la pièce et, derrière elle, il vit Laini arriver en courant, agitant les mains dans un geste d'impuissance.

— Salopard ! Espèce de putain de salopard !

Inconsciemment, il fit une grimace en entendant le choix de mots. Il avait toujours été extrêmement gêné que les gens expriment leurs sentiments de façon grossière, et il n'avait aucune indulgence pour un tel langage.

— Qu'est-ce qui se passe ? Solveig, tu te calmes maintenant, et tu arrêtes de me parler comme ça.

Trop tard, il comprit que le ton cinglant qui lui venait si naturellement ne faisait qu'échauffer Solveig davantage. On aurait dit qu'elle était prête à lui sauter à la gorge et il prit la précaution de se réfugier derrière le bureau.

— Me calmer ! Tu dis que je dois me calmer, espèce de connard d'hypocrite ! T'es qu'une couille molle !

Il vit qu'elle prenait plaisir à le voir sursauter à chaque mot d'injure. Le visage de Laini pâlit encore plus et Solveig baissa la voix d'un cran mais en y ajoutant une touche de méchanceté.

— Qu'est-ce qu'il y a, Gabriel ? Pourquoi t'as l'air si gêné ? Autrefois tu aimais bien que je te chuchote des cochonneries à l'oreille, ça te faisait bander. Tu t'en souviens, Gabriel ?

— Il n'y a aucune raison de sortir de vieilles histoires. Tu me veux quelque chose en particulier ou tu es simplement soûle et désagréable comme d'habitude ?

— Si je te veux quelque chose ? Tu te fous de ma gueule ? Figure-toi que je suis descendue à Fjällbacka et tu sais quoi ? Ils ont trouvé Mona et Siv.

Gabriel sursauta et la stupeur vint s'inscrire sur sa figure.

— Ils ont trouvé les filles ? Où ça ?

Solveig se pencha par-dessus le bureau, appuyée sur ses mains, de sorte que son visage n'était qu'à quelques centimètres de celui de Gabriel.

— Dans la brèche du Roi. Avec une jeune Allemande assassinée. Et ils pensent que c'est le même assassin. Honte à toi, Gabriel Hult ! Honte à toi qui as désigné ton propre frère, la chair de ta chair. Lui qui a dû endosser la culpabilité aux yeux des gens alors qu'il n'y avait pas la moindre preuve contre lui. Tous ces doigts pointés et les chuchotements dans son dos, c'est ça qui l'a brisé. Mais tu comptais peut-être là-dessus, que ça se termine comme ça. Tu savais qu'il était fragile. Qu'il était vulnérable. Il n'a pas supporté la honte et il s'est pendu et ça ne m'étonnerait pas si c'était exactement ce que tu espérais quand tu as appelé la police. Tu n'as jamais supporté qu'Ephraïm l'aime plus que toi.

Solveig lui appuya plusieurs fois sur la poitrine avec un doigt si dur qu'il recula à chaque coup. Il avait déjà le dos contre le rebord de la fenêtre et ne pouvait pas s'éloigner davantage. Il était acculé. Des yeux, il essaya d'indiquer à Laini de faire quelque chose pour remédier à cette situation désagréable, mais comme d'habitude elle ne faisait que rester les bras ballants et les yeux écarquillés.

— Mon Johannes était toujours plus aimé que toi, par tout le monde, et tu ne l'as pas supporté, pas vrai ? Même lorsqu'il l'a déshérité, Ephraïm a quand même continué à préférer Johannes. Toi tu as obtenu le domaine et l'argent, mais tu n'as jamais su obtenir l'amour de ton père. Même si c'était toi qui gérais le domaine pendant que Johannes faisait la fête. Et ensuite quand il t'a pris ta fiancée, c'est la goutte qui a fait déborder le vase, pas vrai ? C'est à ce moment-là que tu t'es mis à le haïr, hein, Gabriel ? C'est à ce moment-là que tu t'es mis à haïr ton frère ? Oui, bien sûr, c'était peut-être injuste, mais ça ne te donnait pas le droit de faire ce que tu as fait. Tu as gâché la vie de Johannes, et la mienne et celle des enfants aussi. Tu crois que je ne sais pas ce qu'ils fabriquent, les garçons ? Et c'est ta faute à toi, Gabriel Hult. Enfin les gens vont voir que Johannes n'a pas commis ce dont il a été accusé pendant toutes ces années. Enfin on va pouvoir redresser la tête, les garçons et moi.

La fureur sembla enfin se tarir, et fit place aux larmes. Gabriel ne savait pas ce qui était le pire. Pendant un instant, il avait vu dans sa colère une brève image de l'ancienne Solveig. La belle reine de beauté qu'il avait été fier d'avoir comme fiancée, avant que son frère ne vienne la prendre, selon son habitude de s'emparer de tout ce qu'il convoitait. Lorsque les larmes remplacèrent la colère, Solveig se dégonfla comme un ballon percé et il vit de nouveau la loque humaine obèse et négligée qui passait son temps à s'apitoyer sur elle-même.

— Que tu brûles en enfer, Gabriel Hult, en compagnie de ton père !

Elle marmonna les mots et disparut ensuite aussi vite qu'elle était arrivée. Restaient Gabriel et Laini. Pour sa part, il avait l'impression d'avoir été frappé par une grenade. Il se laissa tomber sur la chaise de bureau et lança un regard muet à sa femme. Leurs yeux exprimèrent une compréhension mutuelle. De vieux ossements étaient littéralement remontés à la surface, et ils savaient tous les deux ce que cela impliquait.

Avec zèle et confiance, Martin s'attela à essayer de savoir qui était Tanja Schmidt, le nom sur le passeport. Liese leur avait apporté toutes les affaires de son amie, et il examina minutieusement le sac à dos. Son passeport se trouvait tout au fond. Il avait l'air récent et comportait peu de tampons. En fait, seulement des tampons du trajet entre l'Allemagne et la Suède. Elle n'avait probablement jamais dépassé les frontières de l'Allemagne avant, ou alors elle s'était fait faire un nouveau passeport.

La photo d'identité était remarquablement bonne, et il se dit qu'elle avait un air sympathique, bien qu'assez ordinaire. Des yeux marron et des cheveux châtains mi-longs. Un mètre soixante-cinq, constitution normale, selon la vague formule consacrée.

A part cela, le sac à dos ne révélait rien d'intéressant. Des vêtements de rechange, quelques livres de poche malmenés, des affaires de toilette et des sachets vides de sucreries. Globalement, rien de personnel, ce qu'il trouva un peu étrange. On emporte bien au moins une photo de sa famille ou d'un petit ami, ou un carnet d'adresses ? Ils avaient trouvé un sac à main près du corps. Liese avait confirmé que Tanja avait un sac à main rouge. C'était probablement là-dedans qu'elle avait gardé ses affaires personnelles. En tout cas, elles n'y étaient plus. Pouvait-il s'agir d'un vol ? Ou bien l'assassin les avait-il prises en guise de souvenirs ? Il avait vu sur Discovery dans des émissions sur les tueurs en série que ceux-ci conservaient fréquemment des objets ayant appartenu à leurs victimes, comme une partie du rituel.

Martin se reprit. Rien pour le moment n'indiquait qu'ils avaient affaire à un tueur en série. Il ferait mieux de ne pas s'embarquer sur cette piste-là.

Il commença à noter ce qu'il fallait faire. D'abord, contacter la police allemande, l'appel de Tord Pedersen l'avait interrompu tout à l'heure. Ensuite il faudrait qu'il ait un entretien plus détaillé avec Liese et enfin il demanderait à Gösta d'aller au camping poser quelques questions. Voir si par hasard Tanja avait parlé avec quelqu'un. Mais il valait peut-être mieux que ce soit Patrik qui confie cette mission à Gösta. C'était Patrik qui avait autorité pour donner des ordres à Gösta, pas lui. Et les choses se déroulaient de façon plus souple si on suivait scrupuleusement le protocole.

De nouveau il composa le numéro de la police allemande et cette fois-ci son appel aboutit. Ce serait exagéré de dire que la conversation coula aisément, mais en raccrochant il était assez certain d'avoir réussi à balbutier correctement toutes les données importantes. Ils avaient promis de rappeler dès qu'ils auraient davantage d'informations. En tout cas, c'est ce que Martin pensait avoir compris. S'il était amené à avoir beaucoup de contacts avec les collègues allemands, il serait sans doute obligé de faire appel à un interprète.

En considérant le temps qu'il fallait pour obtenir ces informations de l'étranger, il regrettait amèrement de ne pas avoir une bonne connexion Internet ici au bureau, comme il l'avait à la maison. Pour éviter soi-disant le piratage, le commissariat ne disposait pas de l'ADSL. Il se promit de faire une recherche de chez lui sur Tanja Schmidt dans l'annuaire allemand, en espérant le trouver en ligne. Mais s'il avait bonne mémoire, Schmidt était un des noms de famille allemands les plus courants, et ses chances étaient maigres.

Dans l'attente des informations d'Allemagne qui lui permettraient de progresser, il pouvait tout aussi bien s'attaquer à la tâche suivante. Liese lui avait donné son numéro de portable et il voulait s'assurer qu'elle était toujours là. Formellement, elle n'était pas tenue de rester, mais elle avait promis de ne pas s'en aller avant deux, trois jours.

Son voyage avait dû perdre tout son charme. D'après le témoignage qu'elle avait fourni à Patrik, les deux filles étaient devenues très proches en peu de temps. Et maintenant elle se retrouvait seule dans une tente au camping à Fjällbacka, sa compagne de voyage occasionnelle assassinée. Peut-être était-elle en danger aussi ? C'était un scénario auquel Martin n'avait pas pensé auparavant. Il vaudrait mieux en toucher deux mots à Patrik dès qu'il serait de retour. On pouvait très bien imaginer que l'assassin avait vu les filles au camping et pour une raison ou une autre avait focalisé sur elles. Mais, dans ce cas, comment expliquer la présence des ossements de Mona et de Siv ? Mona et *éventuellement* Siv, se corrigea-t-il immédiatement. Il ne fallait jamais considérer comme certain ce qui n'était que presque certain, l'un des intervenants à l'école de police avait dit cela, et c'était une thèse que Martin s'appliquait à suivre dans son métier.

A la réflexion, il ne pensait pas que Liese soit en danger. Encore une fois, ils avaient affaire à des vraisemblances, et tout portait à croire que c'était uniquement le choix regrettable de cette compagne de voyage qui l'avait mêlée à tout ça.

Malgré l'appréhension qu'il avait ressentie tout à l'heure, il décida de prendre le taureau par les cornes et d'essayer d'entraîner Gösta dans du travail concret. Il enfila le couloir jusqu'à son bureau.

— Gösta, je peux t'interrompre ?

Encore tout épaté par son exploit, Gösta était au téléphone et, pris en faute, il raccrocha immédiatement.

— Oui ?

— Patrik nous a demandé de faire un tour au camping de Sälvik. Je dois rencontrer la copine de voyage de la victime et, toi, tu devais poser des questions aux campeurs, il me semble ?

Gösta grogna juste ce qu'il fallait, mais ne remit pas en question la prétendue répartition des tâches faite par Patrik. Il prit son blouson et emboîta le pas à Martin jusqu'à la voiture. L'averse s'était transformée en une légère bruine, et l'air était limpide et frais. On avait l'impression que des semaines de poussière et de chaleur étaient parties avec la pluie et tout paraissait plus propre que d'ordinaire.

— Il faut juste espérer que cette pluie n'était qu'un épisode, sinon je peux dire adieu au golf.

Gösta marmonna, maussade, dans la voiture, et Martin comprit que son collègue était sans doute le seul en ce moment à ne pas apprécier une petite pause dans la chaleur estivale.

— Ben, moi je trouve ça plutôt sympa. Cette foutue chaleur m'a presque achevé. Et pense à la copine de Patrik. Ça doit être vraiment chiant d'être enceinte jusqu'aux yeux en plein été. J'aurais du mal à tenir le coup, ça c'est sûr.

Martin bavardait, sachant très bien que Gösta avait tendance à être d'une compagnie morose quand le sujet de conversation n'était pas le golf. Et vu que les connaissances de Martin en la matière se limitaient à savoir que la balle était ronde et blanche et que les golfeurs se reconnaissaient à leur pantalon de clown à carreaux, il se prépara à tenir une conversation en solo. C'est pourquoi il n'enregistra pas tout d'abord le petit commentaire de Gösta.

— Notre petit aussi est né un début août, c'était un été très chaud, comme celui-ci.

— Tu as un fils, Gösta ? Je ne le savais pas.

Martin chercha dans ses souvenirs ce qu'il savait sur la famille de Gösta. Sa femme était décédée quelques années auparavant, mais il n'arrivait pas à se souvenir d'un enfant. Tout surpris il tourna la tête vers Gösta. Son collègue ne croisa pas son regard, il fixait ses mains qui reposaient sur ses genoux. Sans paraître s'en rendre compte, il faisait tourner l'alliance en or qu'il portait encore. Il ne semblait pas avoir entendu la question de Martin. Il continua d'une voix atone :

— Majbritt avait pris trente kilos. Elle était comme une baleine. Elle non plus n'arrivait pas à bouger à cause de la chaleur. Vers la fin, elle restait tout le temps à l'ombre, à haleter. J'allais lui chercher des carafes d'eau, sans arrêt, mais c'était comme arroser un chameau, elle avait toujours soif.

Il rit, un drôle de petit rire introverti, un peu tendre, et Martin réalisa que Gösta s'était tellement engouffré dans l'allée des souvenirs qu'en fait il parlait tout seul. Il continua :

— Le garçon était parfait quand il est né. Grand et beau, oui. Mon portrait tout craché, à ce qu'ils disaient. Mais ensuite c'est allé très vite. Gösta faisait tourner son alliance de plus en plus frénétiquement. J'étais là avec eux dans la salle de la maternité quand il a cessé de respirer. Ça a été le branle-bas de combat. Les gens arrivaient en courant de partout, et ils nous l'ont pris. Puis quand on l'a revu, il était dans son cercueil. L'enterrement était très beau. Ensuite, le cœur n'y était plus pour en faire un autre. On avait peur que ça ne recommence. On ne l'aurait pas supporté, Majbritt et moi. Et on s'est contentés l'un de l'autre.

Gösta sursauta comme s'il se réveillait d'une transe. Il jeta un regard lourd de reproches à Martin, comme si c'était sa faute s'il s'était laissé emporter par les mots.

— Je ne veux plus qu'on en parle, tu entends. Et vous autres, vous n'avez pas besoin de le commenter non plus pendant les pauses café. Ça fait quarante ans maintenant, ça ne regarde plus personne.

Martin hocha la tête. Il ne put s'empêcher de donner une petite tape sur l'épaule de Gösta. Le vieux grogna, mais Martin sentit quand même qu'à cet instant un petit lien ténu se nouait entre eux, à un endroit où auparavant il n'y avait qu'un manque réciproque de respect. Gösta n'était peut-être pas le meilleur flic que la corporation avait su produire, mais ça ne voulait pas dire qu'il manquait d'expérience.

Ils furent tous les deux soulagés d'arriver au camping. Le silence après de grandes confidences peut s'avérer lourd et les cinq dernières minutes en avaient été chargées.

Gösta partit de son côté, la mine abattue, faire du porte-à-porte parmi les campeurs. Martin demanda l'emplacement de la tente de Liese, et celle qu'il trouva était minuscule. Elle était coincée entre deux plus grandes, et semblait encore plus petite par comparaison. D'un côté, une famille avec de petits enfants qui chahutaient et jouaient bruyamment et, de l'autre, un gars plutôt costaud qui sirotait une bière sous l'auvent. Tous regardèrent Martin avec curiosité.

Il appela doucement. La fermeture Eclair s'ouvrit et une tête blonde émergea.

Deux heures plus tard, Martin et Gösta s'en allèrent sans rien avoir appris de plus. Liese n'avait pas pu fournir d'autres éléments que ce qu'elle avait déjà raconté à Patrik au poste, et les autres vacanciers n'avaient rien remarqué de notable concernant Tanja ou Liese.

Mais quelque chose titillait Martin. Il avait vu un détail qu'il aurait dû enregistrer. Il chercha fébrilement parmi les impressions visuelles du camping, mais l'élément resta insaisissable. Il tambourina irrité sur le volant et dut se résoudre à laisser tomber.

Le retour se fit dans un silence total.

Patrik espérait qu'il serait comme Albert Thernblad en vieillissant. Pas aussi seul, évidemment, mais aussi beau. Albert ne s'était pas laissé aller après la mort de sa femme, ce qui arrive souvent aux hommes âgés quand ils se retrouvent seuls. Non, il était bien habillé avec chemise et gilet, ses cheveux blancs et sa barbe étaient soignés. Malgré ses difficultés à marcher, il évoluait avec dignité, la tête haute, et à en juger d'après le peu que Patrik avait vu de la maison elle était propre et bien tenue. La façon dont il avait réagi à la nouvelle qu'il venait d'apprendre était impressionnante aussi. Il avait visiblement fait la paix avec son destin et vivait du mieux qu'il pouvait.

Les photos de Mona qu'Albert avait montrées à Patrik l'avaient secoué. Comme tant de fois auparavant, il réalisait que c'était beaucoup trop facile de réduire les victimes de crimes à un chiffre dans les statistiques, ou de leur coller une étiquette, "partie civile" ou "la victime". Toujours les mêmes termes, qu'il s'agisse de la victime d'un vol ou, comme maintenant, d'un homicide. Albert avait eu raison de lui montrer les photos. Cela lui avait permis de suivre Mona depuis le nouveau-né jusqu'à la petite fille boulotte, de l'écolière à l'étudiante et jusqu'à la jeune fille joyeuse et saine qu'elle était au moment de sa disparition.

Mais il y avait une autre fille sur laquelle il devait se renseigner. Il connaissait suffisamment la région pour savoir que les rumeurs s'étaient déjà emballées et parcouraient la petite ville comme l'éclair. Mieux valait les devancer et aller voir la mère de Siv Lantin, bien que l'identité de Siv ne fût pas encore confirmée. Il avait eu quelques problèmes pour la localiser, Gun ne s'appelait plus Lantin puisqu'elle s'était remariée, ou mariée tout court. Après quelques recherches, il avait déniché son nouveau patronyme, Struwer, et appris qu'il existait une résidence secondaire au nom de Gun et Lars Struwer dans Norra Hamngatan à Fjällbacka. Le nom de Struwer lui semblait familier, mais il n'arrivait pas à le situer.

Il eut la chance de trouver une place dans le parking en contrebas du restaurant des Bains et il fit les cent derniers mètres à pied. En été, la circulation était à sens unique dans Norra Hamngatan, mais pendant son bref trajet il croisa trois idiots qui apparemment ne savaient pas lire les panneaux de signalisation et qui le forcèrent à se serrer contre le mur de pierre lorsqu'ils se trouvèrent confrontés aux voitures venant en face. Ah, ces types en quatre-quatre, insupportables ! Sans compter qu'ils venaient probablement tous de la région de Stockholm où ce genre de véhicules tout-terrain n'avait strictement aucun sens.

Patrik avait envie de sortir sa plaque et de leur réciter la loi, mais il s'en abstint. S'ils devaient consacrer du temps à apprendre les bonnes manières élémentaires aux touristes, ils ne feraient pratiquement plus que ça.

En arrivant à la bonne adresse, une maison blanche aux boiseries bleues située à gauche de la rue, en face des cabanes de pêcheurs rouges qui donnaient à Fjällbacka son aspect si caractéristique, il trouva les propriétaires en train de décharger quelques solides valises d'une Volvo V70 dorée. Plus exactement, un homme d'un certain âge en veste à double boutonnage sortait seul les valises, en soufflant bruyamment, tandis qu'une femme assez petite, lourdement maquillée, gesticulait à ses côtés. Ils étaient tous deux bronzés, pour ne pas dire tannés, et si l'été n'avait pas été si ensoleillé Patrik aurait plutôt pensé à des vacances à l'étranger. Mais cette année les îlots de Fjällbacka avaient tout aussi bien pu leur fournir ce bronzage.

Il s'approcha d'eux et hésita une seconde avant de se racler la gorge pour attirer leur attention. Ils se tournèrent vers lui.

— Oui ? La voix de Gun Struwer était légèrement trop aiguë et Patrik nota un trait mesquin sur son visage.

— Je m'appelle Patrik Hedström, je suis de la police. J'aimerais vous parler quelques instants.

— Enfin ! Il était temps !

Elle agita ses mains aux ongles rouges et leva les yeux au ciel.

— Je ne comprends pas ce qu'ils font de l'argent des contribuables ! On a passé l'été à vous signaler que des gens se garent sur notre place de parking, sans jamais avoir de vos nouvelles. C'est de l'abus ! Bon, alors comme ça vous allez enfin vous en occuper ? On a payé très cher cette maison et on estime que c'est à nous d'utiliser notre place de parking, mais c'est peut-être trop demander !

Elle cala ses mains sur les hanches et fixa Patrik droit dans les yeux. Derrière elle, son mari avait l'air de vouloir disparaître sous terre. Manifestement, il ne trouvait pas tout ça aussi révoltant.

— Je regrette, je ne suis pas ici pour une infraction de stationnement. Mais, avant toute chose, il faut d'abord que je vous demande : Est-ce que votre nom de jeune fille est Lantin, et aviez-vous une fille nommée Siv ?

Gun se tut immédiatement et plaqua sa main sur sa bouche. C'était suffisant comme réponse. Son mari se ressaisit le premier et indiqua la porte d'entrée qui était restée ouverte. Pour ne pas tenter le diable en laissant les valises dans la rue, Patrik en saisit deux et aida Lars Struwer à les porter dans la maison, tandis que Gun les précédait.

Ils s'installèrent dans la pièce de séjour, le couple s'assit côte à côte dans le canapé et Patrik choisit le fauteuil. Gun s'accrochait à Lars, mais ses gestes réconfortants paraissaient assez machinaux, comme s'il ne faisait que ce que la situation exigeait de lui.

— Qu'est-ce qui s'est passé ? Qu'est-ce que vous avez appris ? Ça fait plus de vingt ans, comment avez-vous pu trouver quelque chose si longtemps après ? La nervosité faisait parler Gun sans discontinuer.

— Je voudrais souligner que nous ne sommes pas encore sûrs, mais il se peut que nous ayons retrouvé Siv.

La main de Gun vola vers sa gorge et cette fois elle parut sans voix.

— Nous attendons encore l'identification définitive du médecin légiste, continua Patrik, mais tout porte à croire qu'il s'agit de Siv.

— Mais comment, où... ? Elle bégaya les questions. Les mêmes, bien sûr, que celles qu'avait posées le père de Mona.

— Une jeune femme a été retrouvée morte dans la brèche du Roi. Au même endroit, on a trouvé Mona Thernblad, et probablement Siv.

Il expliqua, comme il l'avait fait à Albert Thernblad, que les victimes y avaient été déposées, et que la police s'efforçait maintenant de découvrir qui avait pu commettre ces meurtres.

Gun plaqua son visage contre la poitrine de son mari, mais Patrik nota qu'elle pleurait avec des yeux secs. Il eut l'impression que ses manifestations de chagrin étaient faites en partie pour épater la galerie, mais ça restait une impression plutôt vague.

Lorsque Gun eut repris le contrôle, elle sortit un petit miroir de poche de son sac à main et contrôla son maquillage avant de demander :

— Que va-t-il se passer maintenant ? Quand pouvons-nous récupérer la dépouille de ma pauvre petite Siv ?

Sans attendre la réponse, elle se tourna vers son mari :

— Il faut qu'on organise un vrai enterrement pour ma pauvre chérie, Lars. On pourrait avoir une petite réception ensuite dans la salle des fêtes du *Grand Hôtel*. Peut-être un vrai dîner même. Tu crois qu'on pourrait inviter…

Elle mentionna le nom d'une des sommités de la vie économique locale. Patrik savait qu'il était le propriétaire d'une des maisons situées plus bas dans la rue.

Gun poursuivit :

— Je suis tombée sur sa femme à l'épicerie d'Eva au début de l'été et elle m'a dit qu'il faut à tout prix qu'on se voie. Je pense que ça leur ferait plaisir de venir.

Un ton d'excitation était venu se glisser dans sa voix et une ride de mécontentement surgit entre les sourcils de son mari. Tout à coup, Patrik sut où il avait déjà entendu leur nom. Lars Struwer était le fondateur d'une des chaînes d'alimentation les plus importantes en Suède, mais il était à la retraite maintenant, et la chaîne avait été vendue à des étrangers. Normal qu'ils puissent s'offrir une maison aussi bien située, l'homme valait des millions. La mère de Siv avait connu une jolie ascension sociale depuis les années 1970 quand elle vivait été comme hiver dans une petite baraque avec sa fille et sa petite-fille.

— Je t'en prie, on s'occupera des questions pratiques plus tard. Il te faut un peu de temps d'abord pour digérer ces nouvelles.

Il lui jeta un regard plein de reproches, Gun baissa instantanément les yeux et se souvint de son rôle de mère éplorée.

Patrik regarda autour de lui dans la pièce et, malgré son message sinistre, il sentit le rire monter dans sa gorge. La maison était une parodie des intérieurs de vacanciers dont Erica avait l'habitude de se moquer. Toute la pièce était aménagée comme une cabine de bateau avec des thèmes marins, cartes marines sur les murs, lampadaire-phare, rideaux aux dessins de coquillage et même un vieux gouvernail reconverti en table basse. Un exemple criant de l'adage qui dit que l'argent et le bon goût ne font pas nécessairement bon ménage.

— J'aurais aimé que vous me parliez un peu de Siv. Je reviens de chez le père de Mona, et il m'a montré des photos de l'enfance de Mona. Est-ce que je pourrais éventuellement voir des photos aussi de votre fille ?

Contrairement à Albert qui s'était illuminé de pouvoir parler de ce qu'il avait eu de plus cher au monde, Gun se tortilla de malaise sur le canapé.

— Ben, je ne comprends pas à quoi ça servirait. Ils ont posé un tas de questions quand Siv a disparu et tout ça doit bien exister encore quelque part dans les vieux papiers.

— Bien sûr, mais je voulais dire sur un plan plus personnel. Comment elle était, ce qu'elle aimait, quels étaient ses projets et ce genre de choses…

— Ses projets – eh bien, elle n'avait pas beaucoup de choix. Cet Allemand l'a engrossée quand elle avait dix-sept ans, alors je l'ai sortie de l'école, ce n'était qu'une perte de temps de toute façon. C'était trop tard, et je n'avais pas l'intention de m'occuper de son môme, ça c'était sûr et certain.

Le ton était méprisant et Patrik pensa en son for intérieur, en voyant les regards que Lars jetait à sa femme, que, de l'image qu'il avait eue d'elle quand ils s'étaient mariés, il ne devait pas rester grand-chose. La fatigue et la résignation apparaissaient sur son visage creusé de rides de déception. Manifestement aussi, leur mariage en était au stade où Gun ne se donnait que sommairement la peine de masquer sa vraie personnalité. Peut-être au début s'était-il agi pour Lars d'un véritable amour, mais Patrik aurait parié que Gun avait surtout été attirée par les millions sur le compte en banque.

— Sa fille, oui, où se trouve-t-elle aujourd'hui ? Patrik se pencha en avant, curieux d'entendre la réponse.

Encore une fois des larmes de crocodile.

— Après la disparition de Siv, je ne pouvais pas m'occuper de la petite toute seule. Ce n'est pas l'envie qui me manquait, mais j'avais quelques problèmes financiers à cette époque et m'occuper d'une petite gamine, eh bien ce n'était pas possible. Alors j'ai arrangé la situation du mieux que j'ai pu et je l'ai envoyée en Allemagne, chez son père. Oui, bon, ça ne lui a pas fait très plaisir de se retrouver avec une môme sur les bras comme ça d'un coup, mais il était bien obligé d'accepter, après tout il était le père de l'enfant, j'avais des papiers qui le prouvaient.

— Alors elle habite en Allemagne aujourd'hui ?

Une petite idée prit forme dans l'esprit de Patrik. Se pouvait-il que… non, ce serait trop incroyable.

— Non, elle est morte.

L'idée de Patrik disparut aussi vite qu'elle était apparue.

— Morte ?

— Oui, dans un accident de voiture quand elle avait cinq ans. Il ne s'est même pas fendu d'un coup de fil, l'Allemand. J'ai seulement reçu une lettre où il écrivait que Matilda était morte. On ne m'a même pas demandé de venir aux obsèques, un comble ! Ma propre petite-fille et je n'ai même pas assisté à son enterrement.

Sa voix tremblait d'indignation.

— Il ne répondait pas non plus aux lettres que j'écrivais quand elle était encore vivante, la gamine. Vous ne trouvez pas que ça aurait été la moindre des choses, qu'il aide un peu la grand-mère de sa pauvre fille orpheline de mère ? Après tout, c'est moi qui avais veillé à ce que sa môme ait de quoi manger et des vêtements sur le dos les deux premières années. Et qu'est-ce que j'ai obtenu comme remerciement pour ça ?

Gun était en train de sortir de ses gonds devant toutes les injustices qu'on lui avait infligées, et elle ne s'apaisa que lorsque Lars posa sa main sur son épaule et la serra doucement mais résolument, pour l'inciter à se calmer.

Patrik s'abstint de répondre. Il savait que sa réponse n'aurait pas été appréciée. Pourquoi donc le père de l'enfant aurait-il dû lui envoyer de l'argent ? Ne voyait-elle pas l'absurdité de sa demande ? Apparemment pas, puisque ses joues tannées étaient écarlates de rage, bien que sa petite-fille fût morte depuis plus de vingt ans.

Il fit une dernière tentative pour apprendre quelque chose de personnel sur Siv.

— Vous n'avez pas de photographies ?

— Ben, je ne l'ai jamais spécialement prise en photo, mais je vais voir ce que je peux trouver.

Elle s'éloigna et laissa Patrik seul dans le séjour avec Lars. Ils ne dirent rien pendant un moment, puis Lars prit la parole, à voix très basse pour que Gun n'entende pas.

— Gun n'est pas aussi froide qu'elle en a l'air. Elle a quelques très bons côtés aussi.

C'est ça, pensa Patrik. L'affirmation de Lars avait tout du plaidoyer d'un fou. Mais il faisait sans doute ce qu'il pouvait pour justifier le fait de l'avoir épousée. Il devait avoir une vingtaine d'années de plus que Gun et il n'était pas aberrant de supposer que son choix avait été essentiellement physique.

D'un autre côté, Patrik reconnut que son métier l'avait peut-être rendu trop cynique. Il pouvait très bien s'agir d'un réel amour, allez savoir ?

Gun revint, non pas avec d'épais albums de photos comme Albert Thernblad, mais avec une seule petite photo en noir et blanc qu'elle tendit à Patrik. Elle représentait une Siv adolescente à l'air braqué tenant sa fille nouveau-née dans les bras, mais contrairement à la photo de Mona il n'y avait aucune joie sur son visage.

— Bon, maintenant il faut qu'on retrouve un peu nos marques. On revient tout juste de Provence, la fille de Lars habite là-bas. A la manière dont Gun prononça le mot "fille", Patrik comprit qu'il n'y avait pas de sentiments tendres entre elle et sa belle-fille.

Sa présence n'étant apparemment plus souhaitée, il prit congé.

— Et merci de me prêter la photo. Je promets de vous la rendre en bon état.

Gun fit un geste négligent de la main. Puis elle se souvint de son rôle et tordit son visage en une grimace.

— Faites-moi savoir dès que vous avez une confirmation, s'il vous plaît. Je voudrais tellement pouvoir enfin enterrer ma petite Siv.

— Bien sûr, je vous contacterai dès que j'ai du nouveau.

Son ton était inutilement bref, mais tout ce spectacle le mettait vraiment mal à l'aise.

Quand il ressortit dans Norra Hamngatan, le ciel ouvrit ses vannes au-dessus de lui. Il resta immobile un instant et laissa le déluge laver la sensation poisseuse que lui avait donnée sa visite chez les Struwer. Maintenant il avait besoin de rentrer à la maison, de serrer Erica dans ses bras et de sentir la vie qui pulsait quand il posait la main sur son ventre. Il avait besoin de sentir que le monde n'était pas aussi cruel et mauvais qu'il semblait l'être par moments.

ÉTÉ 1979

Il lui semblait être là depuis des mois. Mais elle savait que ça ne pouvait pas faire aussi longtemps. Pourtant, chaque heure passée dans l'obscurité était comme une vie entière.

Beaucoup trop de temps pour réfléchir. Beaucoup trop de temps pour sentir la douleur vriller chaque nerf. Trop de temps pour réfléchir à tout ce qu'elle avait perdu. Ou allait perdre.

Elle savait maintenant qu'elle ne sortirait pas d'ici. Personne ne pourrait mettre fin à une telle douleur. Pourtant elle n'avait jamais senti de mains plus douces que celles de l'homme. Aucune main ne l'avait caressée avec tant d'amour et elle en voulait encore. Pas le contact abominable et douloureux, mais celui qui venait après. Si on lui avait fait connaître un tel toucher auparavant, tout aurait été différent, elle le savait désormais. La sensation lorsqu'il déplaçait ses mains sur son corps était si pure, si innocente que l'émotion gagnait jusqu'au tréfonds d'elle-même, un endroit que personne n'avait su atteindre jusque-là.

Dans l'obscurité, il était devenu tout pour elle. Aucun mot n'avait été prononcé et elle fantasmait sur le son de sa voix. Paternel, tendre. Mais quand la douleur arrivait, elle le haïssait. Alors elle aurait pu le tuer. Si elle avait été en état de le faire.

Robert le trouva dans la remise. Ils se connaissaient tellement bien et il savait que c'était là que Johan se retirait quand il voulait réfléchir en paix. En trouvant la maison vide, il y était allé directement et avait effectivement découvert son frère, assis par terre, les genoux remontés et les bras serrés autour de ses jambes.

Ils étaient si différents que parfois Robert avait du mal à comprendre comment ils pouvaient réellement être frères. Pour sa part, il était fier de ne pas avoir consacré une seule minute de sa vie à songer aux conséquences de ses actes, ni même à essayer de les prévoir. Il agissait, puis advienne que pourra. Qui vivra verra, voilà sa devise, les choses ne se laissaient pas influencer, alors pourquoi se biler ? De toute façon, la vie vous baisait d'une manière ou d'une autre, c'était dans l'ordre des choses, point barre.

Johan, en revanche, était beaucoup trop réfléchi, ça ne lui faisait aucun bien. Dans ses rares instants de clairvoyance, Robert ressentait une pointe de regret que son petit frère ait choisi de marcher sur ses mauvaises traces, mais, d'un autre côté, c'était peut-être mieux ainsi. Sinon Johan aurait seulement été déçu. Ils étaient les fils de Johannes Hult et c'était comme si une malédiction reposait sur toute cette foutue branche de la famille. Il n'y avait pas l'ombre d'une chance que l'un d'eux réussisse quoi que ce soit, alors à quoi bon essayer.

Il ne l'avouerait pas, même sous la torture, mais il aimait son frère plus que tout au monde et il eut un coup au cœur en apercevant la silhouette de Johan dans la pénombre de la remise. Il semblait perdu à dix mille lieues dans ses pensées et Robert reconnaissait bien la tristesse qui planait sur lui.

C'était comme si un nuage de mélancolie fondait parfois sur Johan et l'acculait dans un endroit sombre et affreux, pendant des semaines. Robert n'avait pas vu son frère comme ça de tout l'été, mais à présent il le ressentait physiquement en franchissant la porte.

— Johan ?

Il n'obtint pas de réponse. Robert avança plus loin dans l'obscurité à pas de loup. Il s'accroupit à côté de son frère et posa la main sur son épaule.

— Johan, t'es encore venu te planquer ici.

Son petit frère hocha seulement la tête. Quand il se tourna vers Robert, celui-ci fut surpris de voir que son visage était gonflé par les pleurs. L'inquiétude le déchira.

— Qu'est-ce qu'il y a, Johan ? Qu'est-ce qu'il s'est passé ?

— Papa.

Le reste de ses paroles fut noyé dans des sanglots et Robert dut faire un effort pour entendre.

— Comment ça, papa, qu'est-ce que tu essaies de dire, Johan ?

Johan prit quelques profondes inspirations pour se calmer, puis il répondit :

— Tout le monde va comprendre maintenant que papa n'y était pour rien dans la disparition de ces filles. Tu comprends, les gens vont piger que ce n'était pas lui !

— C'est quoi ce délire ?

Robert secoua Johan, mais il sentit son cœur s'emballer dans sa poitrine.

— Maman est descendue en ville et elle a appris qu'ils ont trouvé une fille tuée, et en même temps ils ont trouvé les nanas qui avaient disparu. Tu piges ? Une fille a été assassinée maintenant. Là, cette fois, personne ne va quand même venir dire que c'est notre vieux qui a fait le coup ?

Johan éclata d'une sorte de rire hystérique. Robert n'arrivait toujours pas à comprendre ce qu'il disait. Depuis le jour où il avait trouvé son père dans la grange, avec un nœud coulant autour du cou, il avait rêvé d'entendre ces mots que Johan crachait à présent.

— Tu me fais pas marcher au moins ? Fais gaffe, sinon je te fous mon poing sur la gueule !

Il serra le poing, mais Johan continua à rire hystériquement et les larmes coulaient toujours. Robert se rendit compte que cette fois c'étaient des larmes de joie. Johan se retourna et le serra dans ses bras, tellement fort qu'il eut du mal à respirer, et quand il comprit enfin que son frère disait la vérité, Robert le serra en retour de toutes ses forces.

Enfin leur père serait blanchi. Enfin leur mère et eux allaient pouvoir marcher la tête haute, sans entendre les langues de vipère chuchoter dans leur dos. Elles allaient s'en mordre les doigts, ces foutues commères. Après vingt-quatre ans à répandre des saloperies sur leur famille, c'était leur tour maintenant d'avoir honte.

— Elle est où, maman ?

Robert se dégagea de l'étreinte de Johan et l'interrogea du regard, celui-ci se mit à pouffer de manière incontrôlée et à balbutier entre les crises de rire.

— Qu'est-ce que tu racontes ? Calme-toi et parle normalement. Elle est où, maman, j'ai dit ?

— Elle est chez oncle Gabriel.

Robert s'assombrit.

— Qu'est-ce qu'elle est allée foutre chez ce salopard ?

— Lui dire ses quatre vérités, j'imagine. J'ai jamais vu maman aussi en pétard. Elle a dit qu'elle montait au domaine dire à Gabriel ce qu'elle pensait de lui. Je crois qu'il a dû passer un sale quart d'heure. Tu l'aurais vue, c'était incroyable. Elle était toute hérissée, il manquait que la fumée sortant par les oreilles, je te le dis.

L'image de leur mère les cheveux dressés et des bouffées de fumée sortant des oreilles fit s'esclaffer Robert aussi. Depuis si longtemps, il la voyait comme une ombre qui se traînait en marmonnant, et c'était difficile de se la représenter en furie.

— J'aurais bien aimé voir la tronche de Gabriel. Et t'imagines tante Laini ?

Johan fit une imitation réussie, voix suraiguë, mine inquiète et les mains qui se tordaient devant sa poitrine : "Mais Solveig, qu'est-ce qui te prend ? Mais ma chère Solveig, c'est quoi cette façon de parler ?"

Pris de fou rire, les deux frères s'écroulèrent par terre.

— Dis-moi, ça t'arrive de penser au vieux ?

La question de Johan les ramena au sérieux et Robert resta silencieux un moment avant de répondre.

— Oui, bien sûr que ça m'arrive. Mais j'ai du mal à oublier la gueule qu'il avait ce jour-là. Estime-toi heureux de ne pas l'avoir vu. Et toi, t'y penses ?

— Souvent. Mais j'ai l'impression de regarder un film, si tu vois ce que je veux dire. Je me rappelle qu'il était toujours de bonne humeur, qu'il se marrait et dansait et me lançait en l'air. Mais je le regarde de l'extérieur en quelque sorte, comme dans un film.

— Ouais, je vois exactement ce que tu veux dire.

Ils restaient allongés côte à côte à fixer le plafond, tandis que la pluie tambourinait sur la tôle au-dessus d'eux.

Johan dit à voix basse :

— Il nous aimait, pas vrai, Robert ?

Robert répondit tout aussi silencieusement :

— Evidemment qu'il nous aimait, Johan, évidemment.

Elle entendit Patrik secouer un parapluie sur le perron et elle se hissa péniblement sur les coudes pour se lever du canapé et aller l'accueillir à la porte.

— Salut ?

Le ton de Patrik était hésitant et il regarda autour de lui. Il ne s'était bien sûr pas attendu à trouver la maison aussi calme. En fait, Erica aurait dû lui en vouloir un peu de ne pas l'avoir appelée de toute la journée, mais elle était trop contente de le voir rentrer à la maison pour se mettre à bouder. Elle savait aussi qu'il était toujours joignable sur son portable et elle ne doutait pas non plus qu'il avait pensé à elle des milliers de fois au cours de la journée. Telle était la confiance entre eux et c'était merveilleux de pouvoir s'y fier. Il chuchota :

— Ils sont où, Conny et les bandits ?

— Britta a pris une assiette de cervelas et macaronis sur la tête, et ensuite ils n'avaient plus envie de rester. Les gens sont tout de même ingrats, tu ne trouves pas ?

Elle s'amusait de la mine confondue de Patrik.

— J'ai pété un plomb tout simplement. Il y a quand même des limites à respecter. Je pense qu'on n'aura pas d'invitation de ce côté-là de la famille pour le siècle à venir, mais je ne le regrette pas. Et toi ?

— Oh non, certainement pas. Tu as réellement fait ça ? Tu lui as renversé un plat sur la tête ?

— Je te jure. Toute ma bonne éducation s'est envolée par la fenêtre. Je n'irai plus au paradis.

— Mmm, mais tu es un petit bout de paradis toi-même, alors tu n'en as pas besoin...

Il la taquina en lui mordillant le cou, juste là où il savait qu'elle était chatouilleuse, et elle le repoussa en riant.

— Je prépare du chocolat chaud, et tu me raconteras le Grand Affrontement. Patrik la prit par la main et l'emmena dans la cuisine, où il l'aida à s'asseoir.

— Tu as l'air fatigué, dit-elle. Comment ça se passe ?

Il mélangea le chocolat instantané avec le lait et soupira.

— Bof, ça peut aller, mais sans plus. Heureusement que les techniciens ont eu le temps de tout ratisser sur le lieu du crime avant la pluie. Si on les avait trouvées aujourd'hui au lieu d'avant-hier, il ne nous serait pas resté grand-chose à examiner. Merci d'ailleurs pour tous les documents que tu as sortis. Ça m'a vraiment servi.

Il s'installa en face d'elle en attendant que le chocolat soit chaud.

— Et toi, comment vous allez tous les deux, Bébé et toi ?

— On va très bien. Notre futur petit joueur de foot a chahuté comme d'hab', mais j'ai eu une super journée après le départ de Conny et Britta. C'était peut-être ce qu'il me fallait pour arriver à me détendre et lire un peu – une bande de cousins complètement cinglés.

— Tu veux que j'essaie de rester à la maison demain ? Je pourrais peut-être faire du boulot ici, comme ça au moins je serai tout près de vous.

— Tu es adorable, mais je suis très bien, vraiment. Il est plus important que tu te consacres entièrement à trouver l'assassin maintenant, avant que la piste refroidisse. Tu verras, dans peu de temps je vais exiger que tu sois à moins d'un mètre de moi.

Elle sourit et lui tapota la main. Puis elle continua :

— En plus j'ai l'impression qu'on va avoir une crise d'hystérie collective sur les bras. J'ai eu plusieurs coups de fil dans la journée, des gens qui essaient de me soutirer des renseignements sur votre enquête – et je ne dis rien, évidemment, puisque je ne sais rien. Apparemment l'office de tourisme a reçu pas mal d'annulations, et une grande partie des plaisanciers a déjà levé l'ancre pour aller s'abriter dans d'autres ports. Alors, si vous n'avez pas déjà senti les pressions du secteur touristique, vous feriez mieux de vous y préparer.

Patrik hocha la tête. C'était exactement ce qu'il avait craint. L'hystérie allait se répandre et s'amplifier jusqu'à ce qu'ils aient quelqu'un à mettre sous les verrous. Pour une localité comme Fjällbacka qui vivait du tourisme, c'était une catastrophe. Il se rappela un mois de juillet quelques années plus tôt où quatre viols avaient été commis avant qu'ils n'arrivent à coincer le coupable. Les touristes avaient préféré émigrer dans les stations voisines, Grebbestad ou Strömstad, et les commerçants du village en avaient bavé toute l'année. Un meurtre créerait une situation encore pire. Heureusement, c'était au chef de gérer ce genre de questions. Il laissait généreusement à Mellberg tous les appels téléphoniques de ce genre.

Patrik se frotta la racine du nez. Une migraine carabinée était en route. Il fut sur le point de prendre un antalgique quand il se rappela qu'il n'avait pas mangé de toute la journée. Manger était un de ses péchés mignons, il ne s'en privait jamais, ce dont témoignait un début de relâchement autour de la taille. Il n'arrivait pas à se rappeler avoir déjà oublié un repas, encore moins deux. Il était trop fatigué pour préparer quelque chose de consistant et il se fit quelques tartines avec du fromage et de la pâte de poisson qu'il trempa dans le chocolat chaud. Comme d'habitude, Erica exprima un léger dégoût à la vue de cette hérésie gastronomique, mais pour Patrik c'était absolument divin. Trois tartines plus tard, le mal de tête n'était plus qu'un mauvais souvenir.

— Dis, si on invitait Dan et sa copine ce week-end ? On pourrait faire des grillades.

Erica fronça le nez et prit un air peu enthousiaste.

— Quand même, tu ne lui as pas donné la moindre chance, à Maria. Combien de fois est-ce que tu l'as rencontrée ? Deux ?

— Oui, oui, je sais. Mais elle est tellement… Erica chercha le mot juste… elle n'a que vingt et un ans.

— Elle n'y est pour rien. Si elle est jeune je veux dire. Je suis d'accord, elle paraît un peu cruche par moments, mais, qui sait, elle est peut-être seulement timide ? Et pour Dan, ça vaut le coup de faire un petit effort. Je veux dire, il l'a quand même choisie. Après son divorce d'avec Pernilla, c'est normal qu'il ait rencontré quelqu'un.

— Je te trouve terriblement tolérant tout à coup, dit Erica sur un ton renfrogné, mais elle dut reconnaître que Patrik n'avait pas tort. Comment ça se fait que tu sois si magnanime ?

— J'ai toujours été magnanime quand il s'agit de nanas de vingt et un ans. Elles ont tant de qualités merveilleuses.

— Ah oui, comme quoi ? dit Erica avant de réaliser que Patrik la faisait marcher. Arrête. Bon d'accord, tu as raison. Bien sûr qu'on va inviter Dan et sa teenager.

— Eh dis donc !

— Oui, bon, Dan et MARIA. Ça sera sympa, j'en suis sûre. Je peux ressortir la maison de poupée de ma nièce, comme ça elle aura de quoi s'occuper pendant que nous, les adultes, on mange.

— Erica…

— Je VAIS arrêter. J'ai du mal à m'en empêcher, c'est tout. C'est comme une sorte de tic.

— Vilaine fille, viens plutôt par ici me faire un câlin.

Elle le prit au mot et ils se blottirent ensemble sur le canapé. C'était grâce à ça qu'il arrivait à se confronter à la face sombre de l'humanité dans son travail. Erica et le bébé, l'idée qu'il pourrait peut-être contribuer, ne serait-ce qu'un tout petit peu, à rendre le monde plus rassurant pour l'enfant qui était dans le ventre d'Erica et dont il sentait les coups de pied contre sa main posée sur la peau tendue.

Dehors, le vent tombait en même temps que le crépuscule, et la couleur du ciel passa du gris au rose flamboyant. Demain, le soleil serait probablement de retour.

Les prévisions de Patrik au sujet du soleil se révélèrent exactes. Le lendemain, c'était comme s'il n'y avait pas eu la moindre goutte de pluie, et vers midi le bitume fumait. Martin transpirait bien qu'il soit vêtu seulement d'un bermuda et d'un tee-shirt, mais ça devenait presque un état naturel. La fraîcheur de la veille lui semblait un rêve seulement.

Martin hésitait quant à la marche à suivre dans son travail. Patrik était avec Mellberg dans son bureau, et Martin n'avait pas eu le temps de le voir. La police allemande pouvait le rappeler à n'importe quel moment et il avait peur de louper quelque chose à cause de ses lacunes en allemand. Le mieux serait de commencer dès maintenant à chercher quelqu'un qui pourrait servir d'interprète, dans une conversation à trois. Mais à qui demander de l'aide ? Jusque-là, ils avaient surtout fait appel à des interprètes assermentés parlant les langues baltes, et le russe et le polonais, pour régler des problèmes de voitures volées destinées à ces pays-là, mais jamais ils n'avaient eu besoin d'aide en allemand. Il sortit l'annuaire et feuilleta un peu au hasard, incertain de ce qu'il cherchait. Une rubrique lui donna une idée. Compte tenu du nombre de touristes allemands qui affluaient à Fjällbacka chaque année, l'office de tourisme avait forcément quelqu'un parmi ses employés qui maîtrisait la langue. Tout excité, il composa le numéro, et eut une voix de femme plaisante au bout du fil.

— Office de tourisme de Fjällbacka, bonjour, Pia à l'appareil.

— Bonjour, ici Martin Molin du commissariat de Tanumshede. J'aurais voulu savoir si vous avez quelqu'un chez vous qui se débrouille en allemand ?

— Oui, j'imagine que c'est moi. Pourquoi ?

La voix paraissait de plus en plus agréable à chaque seconde, et Martin suivit une impulsion.

— Est-ce que je pourrais venir parler un peu avec vous ? Vous avez le temps ?

— Bien sûr. Je pars déjeuner dans une demi-heure. Si vous vous mettez en route tout de suite, on peut manger ensemble au café *Le Ponton* ?

— C'est parfait. On se voit dans une demi-heure alors.

Tout ragaillardi, Martin raccrocha. Il n'était pas très sûr de ce qui lui avait pris comme lubie, mais il avait trouvé sa voix tellement sympa.

Une demi-heure plus tard, une fois sa voiture garée devant la *Quincaillerie Générale* et alors qu'il se frayait un chemin parmi les vacanciers sur la place Ingrid-Bergman, il sentit son enthousiasme se refroidir. Ce n'est pas un rancard, c'est une affaire de police, se dit-il, mais il serait incontestablement très déçu si Pia de l'office de tourisme se révélait peser deux cents kilos et avoir des dents de lapin.

Il monta sur la terrasse et la chercha du regard. A une table tout au fond, une fille en chemisier bleu lui fit signe, elle avait le foulard bariolé au logo de l'office de tourisme autour du cou. Il laissa échapper un soupir de soulagement, suivi immédiatement d'un sentiment de triomphe d'avoir bien deviné. Pia était jolie à croquer. Grands yeux marron et cheveux châtains bouclés. Un sourire joyeux avec des fossettes charmantes. Ça allait être un déjeuner autrement chouette que d'avaler une salade de pâtes froides avec Hedström dans la cuisine du poste. Il n'avait rien contre Hedström, mais on ne pouvait pas le qualifier de canon !

— Martin Molin.

— Pia Löfstedt.

Les présentations expédiées, ils commandèrent chacun une soupe de poisson.

— On a de la chance. C'est Le Hareng qui est aux fourneaux cette semaine.

Elle vit que Martin ne comprenait pas ce qu'elle voulait dire.

— Christian Hellberg. Cuisinier de l'année en 2001. Il est d'ici, de Fjällbacka. Tu verras quand tu auras goûté sa soupe. Elle est divine.

Elle faisait de grands gestes en parlant, et Martin se prit à la regarder avec fascination. Pia était très différente des filles qu'il voyait en général, voilà pourquoi c'était si sympa de se trouver ici avec elle. Il fut obligé de se rappeler que ce n'était pas un déjeuner privé, mais un déjeuner de travail et qu'il avait quelque chose à lui demander.

— J'avoue que ce n'est pas tous les jours qu'on a des appels de la police. J'imagine que c'est au sujet des cadavres dans la brèche du Roi ?

La question était posée comme une constatation brève, sans la moindre envie de sensationnel, et Martin confirma en hochant la tête.

— Oui, c'est exact. La fille était une touriste allemande, vous… tu le sais sans doute déjà, et on va avoir besoin d'aide pour la langue. Tu crois que c'est dans tes cordes ?

— J'ai fait deux ans d'études en Allemagne, je pense que ça ne sera pas un problème.

La soupe arriva et, après l'avoir goûtée, Martin ne put qu'être d'accord avec le jugement de Pia. Divine, effectivement. Il fit de son mieux pour la déguster sans bruits, mais dut abandonner. Il espérait qu'elle avait vu *Zozo la Tornade*. "La soupe, ça s'lape avec du bruit, sinon on peut pas savoir que c'est d'la soupe."

Une légère brise passait entre les tables de temps à autre et dispensait quelques secondes de fraîcheur. Tous deux suivirent du regard un magnifique cotre à l'ancienne qui avançait péniblement, toutes voiles dehors. Il n'y avait pas assez de vent pour les voiliers aujourd'hui, si bien que la plupart marchaient au moteur.

— C'est bizarre…

Pia fit une pause et avala une autre cuillerée de soupe avant de continuer :

— Cette fille allemande, Tanja, c'est ça son nom ? Elle est venue nous voir à l'office de tourisme il y a une semaine environ pour qu'on l'aide à traduire des articles de journaux.

L'intérêt de Martin fut aussitôt éveillé.

— C'était quoi comme articles ?

— Des reportages sur les filles qu'ils ont retrouvées en même temps qu'elle. Sur leur disparition. De vieux articles qu'elle avait photocopiés, de la bibliothèque j'imagine.

Martin en laissa tomber sa cuillère dans le bol.

— Elle a dit pourquoi ?

— Non, elle n'a rien dit. Et je n'ai pas demandé non plus. En fait, on n'est pas supposé faire ce genre de chose pendant nos heures de bureau, mais c'était au milieu de la journée, les touristes étaient tous partis sur les rochers se baigner et c'était très calme. En plus ça paraissait tellement important que j'ai eu pitié d'elle. Ça a quelque chose à voir avec le meurtre ? J'aurais peut-être dû appeler pour avertir…

Elle paraissait inquiète et Martin se dépêcha de la calmer. Pour une étrange raison, ça le dérangeait qu'elle se sente mal à l'aise à cause de lui.

— Non, tu ne pouvais pas savoir. Mais c'est bien que tu l'aies raconté maintenant.

Ils poursuivirent le déjeuner en parlant de sujets plus agréables, et la pause déjeuner de Pia fut vite terminée. Elle dut rejoindre précipitamment le petit cabanon où était logé l'office de tourisme, pour permettre à sa collègue de filer manger à son tour. Avant que Martin ait le temps de dire ouf, elle avait disparu, après un au revoir beaucoup trop rapide. Il avait failli lui demander s'ils pouvaient se revoir, sans réussir à formuler la question. Il retourna à sa voiture en maugréant et pestant contre lui-même, mais sur la route de retour à Tanumshede ses pensées glissèrent vers ce que Pia avait raconté. Ainsi, Tanja avait demandé qu'on lui traduise des articles sur les filles disparues. Pourquoi est-ce qu'elle s'intéressait à elles ? Qui était-elle ? Quel lien invisible les reliait elle, Siv et Mona ?

La vie était belle. La vie était même très belle. Il n'arrivait pas à se rappeler quand l'air avait été si pur, les odeurs si fortes et les couleurs si éclatantes. La vie était véritablement belle.

Mellberg contempla Hedström en face de lui. Beau garçon, et bon flic. Oui, il ne l'aurait peut-être pas exprimé dans ces termes-là auparavant, mais maintenant il saisissait l'occasion. Il était important que les collaborateurs se sentent appréciés. Un bon chef dispense critique et louange avec la même fermeté, il avait lu cela quelque part. Il avait peut-être été un peu trop généreux avec la critique jusque-là, il voulait bien le reconnaître maintenant qu'il y voyait clair, mais ce sont des choses auxquelles on peut toujours remédier.

— Comment avance l'enquête ?

Hedström lui exposa les grandes lignes du travail accompli.

— Excellent, excellent. Mellberg hocha la tête avec bonhomie. Oui, j'ai reçu quelques appels désagréables aujourd'hui. Ils tiennent absolument à ce que cette affaire soit rapidement résolue pour limiter les effets négatifs sur le tourisme, comme ils l'ont si bien dit. Mais ne te laisse pas impressionner par ça, Hedström. Je les ai personnellement assurés qu'un de nos meilleurs éléments travaille jour et nuit pour coffrer le coupable. Alors, toi, tu continues sur ta lancée, tu restes performant, et moi je me charge des huiles communales.

Hedström lui jeta un regard bizarre que Mellberg lui rendit avec un large sourire en prime. Eh oui, si ce garçon savait ce que…

Le point de la situation avec Mellberg avait pris une bonne heure et en retournant dans son bureau Patrik essaya de trouver Martin, mais il ne le voyait nulle part. Il saisit l'occasion pour aller s'acheter un sandwich sous cellophane chez Hedemyrs, qu'il avala ensuite vite fait avec une tasse de café dans la cuisine du commissariat. Il venait de terminer quand il entendit les pas de Martin dans le couloir, il lui fit signe de la main de le suivre dans son bureau.

— Tu as remarqué quelque chose d'anormal avec Mellberg ces temps-ci ? demanda Patrik pour commencer.

— A part le fait qu'il ne se plaint plus, ne critique plus, qu'il sourit tout le temps, qu'il a perdu du poids et qu'il a abandonné ses vêtements des années 1980 pour passer aux années 1990 – rien, répondit Martin avec un sourire qui souligna l'ironie de ses paroles.

— C'est louche, tout ça. Enfin, je ne m'en plains pas. Mais quand même, il ne se mêle pas de l'enquête et aujourd'hui il m'a fait tant de compliments que j'en ai rougi. Il y a un truc là qui…

Patrik secoua la tête, mais ils laissèrent là leurs réflexions sur le nouveau Bertil Mellberg, conscients qu'il y avait des questions autrement plus pressantes à traiter. Pour certaines choses, mieux valait simplement se réjouir et ne pas se casser la tête.

Martin raconta la visite stérile au camping et qu'ils n'avaient rien tiré de plus de Liese. Quand il rendit compte de ce que Pia avait dit au sujet de Tanja, qu'elle s'était présentée pour se faire traduire des articles sur Mona et Siv, Patrik dressa l'oreille.

— Je savais qu'il y avait un lien ! Mais lequel ? Il se gratta la tête.

— Qu'ont dit les parents hier ?

Les deux photos qu'Albert et Gun avaient données à Patrik étaient posées sur la table, il les prit et les tendit à Martin. Il décrivit les rencontres avec le père de Mona et la mère de Siv, et il ne put dissimuler son antipathie pour cette dernière.

— Ça a quand même dû être un soulagement pour eux que les filles aient été retrouvées. Tu imagines le calvaire, passer toutes ces années sans savoir où elles étaient. Ceux qui l'ont vécu disent que l'incertitude c'est pire que tout.

— Oui, maintenant il faut seulement espérer que Pedersen confirmera que le deuxième squelette est bien Siv Lantin, sinon on va se retrouver comme des cons le bec dans l'eau.

— C'est vrai, mais je suis sûr qu'on peut sans problème partir de cette hypothèse. Toujours rien sur l'analyse de la terre sur les ossements ?

— Non, malheureusement. Et la question est de savoir ce que ça peut nous fournir comme renseignements. Ils peuvent avoir été enterrés n'importe où et même si on sait de quel type de terre il s'agit, ce sera comme chercher une aiguille dans une meule de foin.

— Moi, je mets mes espoirs dans l'ADN. Une fois qu'on aura mis la main sur un suspect, il nous suffit de comparer son ADN avec ce qu'on a et on saura tout de suite si c'est la bonne personne.

— Le hic, c'est de trouver la personne en question.

Ils méditèrent cela en silence pendant un instant jusqu'à ce que Martin rompe la morosité en se levant.

— Non, on n'avance à rien comme ça. Il faut retourner au charbon maintenant.

Il laissa un Patrik très préoccupé derrière son bureau.

L'ambiance au dîner était très tendue et dense. Rien d'inhabituel en soi depuis que Linda habitait ici, mais aujourd'hui l'air était carrément à couper au couteau. Son frère avait seulement rendu compte brièvement de la visite de Solveig chez leur père, et il n'avait pas très envie de s'étendre là-dessus. Ce qui n'empêchait pas Linda de le relancer.

— Ce n'est donc pas oncle Johannes qui a tué les deux nanas. Papa doit se sentir comme une merde, je veux dire dénoncer comme ça son propre frère alors qu'on s'aperçoit maintenant qu'il était innocent.

— Tais-toi, ne parle pas de choses que tu ne connais pas.

Tout le monde autour de la table sursauta. Ça arrivait très rarement, pour ne pas dire jamais, que Jacob hausse la voix. Même Linda eut un instant de frayeur, mais elle se reprit et continua de plus belle :

— Et pourquoi d'ailleurs est-ce que papa a cru que c'était oncle Johannes ? Personne ne me dit jamais rien.

Jacob hésita une seconde mais réalisa qu'elle ne cesserait pas ses questions, et il se décida à satisfaire sa curiosité. Au moins partiellement.

— Papa a vu l'une des filles dans la voiture de Johannes, la nuit où elle a disparu.

— Et comment ça se fait qu'il était sur les routes, papa, en pleine nuit ?

— Il était venu me voir à l'hôpital et il avait décidé de rentrer à la maison plutôt que de passer la nuit là-bas.

— C'est tout ? C'est tout ce qu'il y a eu ? C'est pour ça que papa a dénoncé Johannes ? Je veux dire, il peut y avoir un tas d'autres explications, il avait pu la prendre en stop, non ?

— Peut-être. Mais Johannes a nié avoir ne serait-ce qu'aperçu cette fille ce soir-là et il a affirmé qu'il était chez lui en train de dormir dans son lit.

— Et grand-père, qu'est-ce qu'il a dit ? Il ne s'est pas fâché quand Gabriel a dénoncé Johannes à la police ?

Linda était fascinée. Elle était née après la disparition des filles et elle ne connaissait de l'histoire que les bribes qu'on lui avait racontées. Personne n'avait voulu lui dire ce qui s'était réellement passé et presque tout ce que lui racontait son frère était nouveau pour elle. Jacob répondit avec un reniflement de mépris :

— Si grand-père s'est fâché ? Oui, on peut le dire comme ça. Sans compter que ces jours-là il était hospitalisé, pour me sauver la vie, et il a été furieux que papa agisse ainsi.

Les petits étaient déjà sortis de table. Sinon leurs yeux auraient brillé en écoutant comment leur arrière-grand-père avait sauvé la vie de leur père. Ils avaient entendu cette histoire-là maintes et maintes fois et ils ne s'en lassaient jamais.

Jacob poursuivit :

— Il était manifestement furieux au point d'envisager de refaire son testament et de désigner Johannes seul héritier, mais il n'a pas eu le temps, Johannes est mort avant. S'il n'était pas mort, nous aurions peut-être habité la maison du garde forestier à la place de Solveig et des garçons.

— Mais pourquoi est-ce que papa détestait tant Johannes, c'était son frère malgré tout ?

— Ça, je ne le sais pas vraiment. Papa n'a jamais été très disert sur le sujet, mais grand-père a raconté certaines choses qui peuvent sans doute l'expliquer. Grand-mère est morte à la naissance de Johannes et après ça grand-père emmenait ses deux fils quand il sillonnait la côte ouest et tenait ses offices et ses prédications. Grand-père m'a raconté qu'il avait compris très tôt qu'aussi bien Johannes que Gabriel avaient le don de guérir, et après chaque office il les faisait intervenir pour guérir des infirmes et des malades parmi les fidèles.

— Papa faisait ça ? Il guérissait des gens, je veux dire ? Il sait le faire encore ?

Linda était bouche bée de stupeur. La porte d'une toute nouvelle pièce dans l'histoire de sa famille venait de s'ouvrir et elle osait à peine respirer de crainte que Jacob ne se renferme et ne refuse de partager son secret. Elle savait que grand-père et lui avaient eu des liens particuliers, surtout après que la moelle osseuse de grand-père s'était révélée compatible pour une greffe sur Jacob, qui était atteint de leucémie, mais elle ignorait que grand-père lui avait raconté tant de choses. Bien sûr, elle savait que les gens appelaient grand-père le Prédicateur, et elle avait aussi entendu des rumeurs comme quoi il tenait sa fortune d'une escroquerie, mais elle avait considéré toutes ces histoires sur Ephraïm comme des racontars exagérés. Elle était toute petite quand il était mort, si bien que pour elle il n'était qu'un vieillard rigide sur des photos de famille.

Jacob eut une ébauche de sourire en pensant à son père comme guérisseur de malades et d'estropiés.

— Non, ça m'étonnerait qu'il sache encore le faire. Et je pense qu'il a dû refouler tout ça. D'après ce que disait grand-père, il arrive souvent qu'on perde le contact avec le don quand on atteint la puberté. On peut le retrouver, mais ce n'est pas facile. Je pense que ni Gabriel ni Johannes ne jouissaient encore de cette capacité après avoir franchi l'adolescence. Si papa détestait tant Johannes, c'est sans doute parce qu'ils étaient si différents de tempérament. Johannes était un vrai tombeur, très beau, plein de charme, mais il était d'une irresponsabilité désespérante. Ils avaient tous les deux reçu une grosse somme d'argent du vivant de grand-père, mais il n'a fallu que quelques années à Johannes pour dilapider la sienne. Ça a rendu grand-père fou furieux et il a rédigé un testament où presque tout devait revenir à Gabriel alors qu'auparavant sa fortune devait être partagée en parts égales entre eux. Mais comme je l'ai dit, s'il avait vécu un peu plus longtemps, il aurait eu le temps de changer d'avis encore une fois.

— Mais il y a forcément eu plus que ça, papa n'a pas pu haïr Johannes à ce point-là seulement parce qu'il était plus beau et plus charmeur que lui ! Personne ne va dénoncer son frère à la police pour ça !

— Non, évidemment, je dirais que la goutte qui a fait déborder le vase, c'est que Johannes a piqué la fiancée de papa.

— Quoi ? Papa était avec Solveig ? La grosse vache !

— Tu n'as pas vu des photos de Solveig à cette époque ? C'était une beauté, une vraie pin up, et papa et elle étaient fiancés. Puis un jour elle est simplement venue dire qu'elle était tombée amoureuse de Johannes et qu'elle préférait se marier avec lui. Je pense que ça l'a complètement brisé, papa. Tu sais à quel point il déteste le désordre et les drames.

— Oui, ça a dû le faire flipper un max.

Jacob se leva de table pour marquer que la conversation était terminée.

— Assez de secrets de famille pour aujourd'hui. Mais maintenant tu comprends pourquoi les relations sont électriques entre papa et Solveig.

Linda pouffa.

— J'aurais donné n'importe quoi pour être une petite souris dans un coin quand elle est venue engueuler papa. Ah, le cirque que ça a dû être !

— Oui, cirque est sans doute le mot juste, dit Jacob en esquissant un sourire. Mais essaie d'afficher une attitude plus sérieuse quand tu verras papa, tu seras gentille. J'ai du mal à croire qu'il appréciera le côté humoristique de tout ça.

— Oui, oui, je serai une gentille fille.

Elle rangea son assiette dans le lave-vaisselle, remercia Marita pour le repas et monta dans sa chambre. C'était la première fois depuis longtemps que Jacob et elle avaient ri ensemble. Il pouvait être assez chouette quand il s'y mettait, pensa Linda, en faisant habilement abstraction du fait qu'elle-même n'avait pas été spécialement des mieux lunées ces dernières années.

Elle souleva le combiné pour essayer de joindre Johan. A sa grande surprise, elle se rendit compte qu'elle se souciait réellement de savoir comment il allait.

Laini avait peur du noir. Une peur terrible. Malgré toutes les soirées qu'elle avait passées à la maison sans Gabriel, elle ne s'était jamais habituée. Avant, Linda au moins était avec elle, et auparavant Jacob aussi, mais maintenant elle était complètement seule. Elle savait que Gabriel était obligé de voyager, mais elle ne pouvait pas s'empêcher de ressentir de l'amertume. Ceci n'était pas la vie dont elle avait rêvé quand elle s'était mariée pour le domaine et l'argent. Non pas que l'argent en tant que tel fût si important. C'était la sécurité qui l'avait attirée. La sécurité que représentait le côté ennuyeux de Gabriel et la sécurité d'avoir un compte en banque bien garni. Elle avait voulu une vie différente de celle de sa mère.

Gamine, elle avait vécu dans la terreur des crises d'ivrognerie de son père. Il avait tyrannisé toute la famille et fait de ses enfants des êtres assoiffés d'amour et de tendresse. Des trois, il ne restait plus qu'elle maintenant, son frère et sa sœur avaient succombé aux ténèbres qu'ils portaient en eux. Elle-même était l'enfant du milieu qui n'était ni ceci ni cela. Seulement peu rassurée et faible. Pas assez forte pour se débarrasser de son anxiété, elle la laissait simplement couver sous les cendres d'année en année.

L'insécurité n'était jamais aussi tangible que lorsqu'elle déambulait le soir dans les pièces silencieuses. C'est alors que lui revenaient le plus nettement à l'esprit l'haleine puante, les coups et les caresses clandestines des nuits de son enfance.

En épousant Gabriel, elle avait réellement cru avoir trouvé la clé qui ouvrirait l'écrin sombre dans sa poitrine. Mais elle n'était pas stupide. Elle savait qu'elle n'était qu'un lot de consolation. Une femme qu'il prenait à la place de celle qu'il voulait par-dessus tout. Mais peu importait. D'une certaine façon, c'était plus facile ainsi. Pas de sentiments pour venir perturber la surface immobile. Seulement une morne prévisibilité dans une enfilade infinie de jours qui s'ajoutaient aux jours. Elle avait pensé que c'était tout ce qu'elle souhaitait.

Trente-cinq ans plus tard, elle savait combien elle s'était trompée. Quoi de pire que la solitude au sein d'un couple, et c'était cela qu'elle avait obtenu en disant oui à Gabriel. Ils avaient vécu des vies parallèles. S'étaient occupés du domaine, avaient élevé leurs enfants et parlé de la pluie et du beau temps faute d'autres sujets de conversation.

Elle était seule à savoir qu'à l'intérieur de Gabriel existait un autre homme que celui qu'il affichait tous les jours devant son entourage. Elle l'avait observé au fil des ans, l'avait étudié en cachette et elle avait lentement appris à connaître l'homme qu'il aurait pu être. Elle était surprise par l'élan que cela éveillait en elle. C'était enfoui si profondément en lui qu'il ne le savait certainement pas lui-même, mais derrière la façade ennuyeuse et contrôlée se trouvait un homme passionné. Elle voyait beaucoup de colère accumulée, mais il avait sans doute autant d'amour à donner, si seulement elle avait été capable de le faire éclater au grand jour.

Même lorsque Jacob avait été malade, ils avaient été incapables de se rejoindre. Ils étaient restés côte à côte à ce qu'ils pensaient être son lit de mort, mais sans savoir se consoler mutuellement. Et elle avait souvent eu le sentiment que Gabriel aurait préféré qu'elle ne soit pas là.

La réserve de Gabriel pouvait en grande partie être imputée à son père. Ephraïm Hult était un homme impressionnant et tous ceux qui avaient été en contact avec lui se rangeaient forcément dans l'un des deux camps : amis ou ennemis, personne ne restait indifférent devant le Prédicateur. Laini comprenait à quel point cela avait dû être difficile de grandir à l'ombre d'un tel homme. Ses fils étaient très différents l'un de l'autre. Johannes était resté un grand enfant pendant toute sa courte vie, un jouisseur qui prenait ce qu'il voulait et ne s'arrêtait jamais suffisamment longtemps pour voir les traces du chaos qu'il avait créé. Gabriel avait choisi la direction opposée. Elle savait combien il avait eu honte de son père et de Johannes, de leurs gestes si amples, de leur faculté de briller comme des phares dans tous les domaines. Pour sa part, il voulait disparaître dans un anonymat qui montrerait clairement à l'entourage qu'il n'avait rien en commun avec son père. Gabriel cherchait la respectabilité, l'ordre et la justice par-dessus tout. Il ne parlait jamais de son enfance passée par monts et par vaux avec Ephraïm et Johannes. Malgré tout, elle en connaissait certains aspects et savait combien il était important pour son mari de cacher cette partie de son passé, qui rimait si mal avec l'image qu'il voulait donner de lui-même. Ephraïm avait sauvé la vie de Jacob et cela avait suscité des sentiments contradictoires chez Gabriel. La joie d'avoir trouvé un moyen de triompher de la maladie avait été troublée par le fait que le sauveur était son père, chevalier en armure rutilante, et pas lui-même. Il aurait tout donné pour être le héros de son fils.

Les rêveries de Laini furent interrompues par un bruit venu du dehors. Du coin de l'œil, elle vit une ombre, puis deux, qui passaient furtivement dans le jardin. La peur la saisit de nouveau. Elle tâtonna pour attraper le téléphone et eut le temps de se créer une belle panique avant de le trouver à sa place sur le chargeur. Les doigts tremblants, elle composa le numéro de Gabriel. Soudain, une vitre vola en éclats et elle poussa un cri en voyant un caillou atterrir par terre dans une pluie de morceaux de verre. Une autre pierre vint briser l'autre vitre et elle se précipita en sanglotant dans l'escalier pour monter s'enfermer à clé dans la salle de bains. A bout de nerfs, elle attendit d'entendre la voix de Gabriel dans l'appareil. Elle n'obtint que l'annonce monocorde du répondeur, et elle perçut la panique dans sa propre voix quand elle laissa un message confus.

Tremblant de tout son corps, elle resta assise par terre, les bras serrés autour de ses genoux, à guetter les bruits de l'autre côté de la porte. Tout était silencieux maintenant mais elle n'osait pas remuer, ne fût-ce qu'un petit doigt.

Au matin, elle était encore là.

La sonnerie du téléphone réveilla Erica. Elle regarda l'heure. Dix heures et demie du matin. Elle avait dû se rendormir après avoir passé la moitié de la nuit en sueur à se tourner et se retourner dans le lit, sans trouver de position confortable.

— Allô. Sa voix était pleine de sommeil.

— Salut Erica, pardon, je te réveille ?

— Oui, mais ça ne fait rien, Anna. Je ne devrais pas être au lit à cette heure-ci de toute façon.

— Si, si, profite du sommeil tant que tu peux. Ensuite tu n'en verras plus trop la couleur. Comment tu vas ?

Erica saisit l'occasion de se plaindre un petit moment de toutes les épreuves de la grossesse à sa sœur, qui savait exactement de quoi elle parlait après avoir eu elle-même deux enfants.

— Ma pauvre… La seule consolation, c'est qu'on sait que ça ne va pas durer éternellement. Comment ça se passe avec Patrik à la maison ? Vous ne vous portez pas trop sur les nerfs ? Je me rappelle que, moi, j'avais surtout envie qu'on me fiche la paix les dernières semaines.

— Oui, c'est vrai, j'ai failli péter un plomb, je l'avoue. Tu comprends que je n'ai pas spécialement protesté quand il a été obligé de reprendre le boulot à cause de ce meurtre.

— Un meurtre ? Qu'est-ce qui s'est passé ?

Erica parla de la jeune Allemande qui avait été tuée et des deux filles disparues qu'ils avaient retrouvées.

— Mais c'est horrible !

Il y eut de la friture sur la ligne.

— Vous êtes où maintenant ? Ça se passe bien à bord ?

— Oui, c'est super. Emma et Adrian adorent ça, ils ne vont pas tarder à être des navigateurs accomplis si je laisse faire Gustav.

— Gustav, oui. Vous vous en sortez comment ? Il est mûr pour être présenté à la famille bientôt ?

— Figure-toi que c'est pour ça que je t'appelle. On est à Strömstad et on pensait descendre vers le sud. Dis franchement si tu ne le sens pas, mais sinon on avait l'intention de s'arrêter à Fjällbacka demain et de venir vous voir. On dort sur le bateau, on ne vous dérangera pas. Dis-moi si ça te pose un problème. Mais j'ai tellement envie de voir ton gros ventre.

— Ne t'inquiète pas pour moi, ça me ferait super plaisir de vous voir ! De toute façon, demain il y a Dan et sa copine qui viennent, on se fait une grillade, et on n'a qu'à ajouter quelques morceaux de viande sur le gril.

— Chouette, alors je verrai enfin l'agnelle que le loup a choisie.

— Ecoute, Patrik n'arrête pas de me dire d'être gentille, et il ne faut pas que toi aussi tu t'y mettes…

— Oui, je sais, mais ça demande quand même une certaine préparation. Il faut qu'on se briefe sur la musique que kiffent les djeuns en ce moment et les fringues qui marchent et si on peut toujours mettre du gloss parfumé ou si c'est totalement ringard. Voilà ce qu'on va faire : toi tu vas voir sur MTV, et moi j'achèterai un magazine people pour jeter un coup d'œil sur les pages tendance. Et *Starlet*, on le trouve toujours, tu crois ? Ça ne serait pas mal non plus.

Erica se tenait le ventre tellement elle riait.

— Arrête, je vais mourir. Et d'ailleurs, tu ferais mieux de te taire jusqu'à ce qu'on ait vu Gustav, c'est peut-être un véritable boudin, lui ?

— Ben, boudin n'est peut-être pas le mot que j'emploierais pour Gustav.

Erica entendit que sa blague avait heurté Anna. Tout de même, que sa sœur soit à ce point-là susceptible !

— Il faut que tu saches que je m'estime heureuse qu'un homme comme Gustav daigne même regarder dans ma direction, mère divorcée et tout. Il n'a que l'embarras du choix parmi les filles de la haute et pourtant c'est moi qu'il choisit, je trouve que ça en dit long sur lui. Je suis la première nana avec qui il sort qui ne figure pas dans le nobiliaire, et je ne me plains pas vraiment de mon sort.

Erica aussi trouvait que ça en disait long sur lui, mais malheureusement pas dans le même sens que sa sœur. Anna n'avait jamais eu beaucoup de jugeote concernant les hommes et la manière dont elle parlait de Gustav l'inquiétait un peu. Erica décida pourtant de ne pas le condamner avant de l'avoir vu, et espéra que ses craintes s'avéreraient infondées.

Elle lança joyeusement :

— Vous serez là quand ?

— Vers quatre heures, ça te va ?

— Ça me va super.

— A demain alors, bisous, ciao.

Après avoir raccroché, Erica se sentit tracassée. Quelque chose de forcé dans la voix d'Anna l'amenait à se demander ce qu'il en était réellement de sa relation avec ce fantastique Gustav af Klint.

Elle avait été si contente lorsque Anna avait divorcé de Lucas Maxwell, le père des enfants. Anna avait même commencé des études d'histoire de l'art, son rêve de toujours, et elle avait eu la veine de trouver un emploi à mi-temps à la salle des ventes de Stockholm. C'était là qu'elle avait rencontré Gustav. Il était issu de la très grande noblesse suédoise et passait son temps dans le Hälsingland à gérer la propriété familiale, qui avait un jour été offerte à son ancêtre par Gustave Vasa en personne. Sa famille fréquentait la famille royale, et si son père avait un empêchement, c'était Gustav lui-même qui recevait l'invitation à la chasse annuelle du roi. Anna avait solennellement raconté tout ceci à Erica, qui avait trop vu de rejetons désœuvrés de la haute à Stockholm pour ne pas ressentir une certaine inquiétude. Elle n'avait jamais rencontré Gustav, et il était peut-être complètement différent des riches héritiers qui, à l'abri de leur façade d'argent et de titres, se permettaient de se comporter comme des porcs dans les boîtes de nuit de la capitale. Demain elle saurait à quoi s'en tenir. Elle croisa les doigts pour que Gustav soit d'un tout autre genre. Il n'y avait personne à qui elle souhaitait autant de bonheur et de stabilité qu'à Anna.

Elle brancha le ventilateur et se demanda comment passer sa journée. La sage-femme lui avait expliqué que l'ocytocine, l'hormone produite par l'organisme à l'approche de l'accouchement, crée de puissants instincts de nidification chez les femmes enceintes. Cela expliquait pourquoi, ces dernières semaines, Erica s'était frénétiquement consacrée à trier, numéroter et cataloguer presque tout dans la maison, comme si c'était une question de vie ou de mort. Elle faisait une fixation sur l'idée que tout devait être prêt avant l'arrivée du bébé, et maintenant elle approchait du stade où il ne lui restait plus grand-chose à ranger. Les penderies étaient triées, la chambre d'enfant aménagée, l'argenterie astiquée. La seule chose qui restait à faire était de mettre de l'ordre dans tout le fatras de la cave. Aussitôt dit, aussitôt fait. En soufflant, elle se leva et prit résolument le ventilateur sous le bras. Il valait mieux qu'elle se dépêche avant que Patrik ne vienne la prendre en flagrant délit.

Il s'était accordé cinq minutes de pause pour manger une glace dehors au soleil devant le commissariat, lorsque Gösta pointa la tête par l'une des fenêtres ouvertes et l'appela.

— Patrik, il y a un coup de fil, là, je pense que tu devrais le prendre.

Il lécha vivement ce qui restait de son Magnum et entra. En entendant qui était au bout du fil, il fut quelque peu surpris. Après une brève conversation, pendant laquelle il griffonna quelques notes, il raccrocha et dit à Gösta :

— Quelqu'un s'amuse à casser les fenêtres chez Gabriel Hult. Tu viens avec moi, on va jeter un coup d'œil ?

Gösta parut étonné que Patrik lui demande à lui plutôt qu'à Martin, mais il acquiesça.

Un moment plus tard, alors qu'ils remontaient l'allée d'accès, ils ne purent s'empêcher de soupirer d'envie. La résidence de Gabriel Hult était un magnifique manoir. Il scintillait comme une perle blanche dans la verdure et les aulnes qui bordaient l'allée s'inclinaient respectueusement au vent. Patrik se dit qu'Ephraïm Hult avait dû être un fichtrement bon prédicateur, pour s'être retrouvé en possession de tout ceci.

Même le crépitement du gravier sous leurs pieds quand ils s'avancèrent jusqu'à l'escalier avait quelque chose de luxueux, et Patrik était très curieux de voir l'intérieur de la maison.

Ce fut Gabriel Hult en personne qui ouvrit la porte. Patrik et Gösta s'essuyèrent soigneusement les pieds sur le paillasson avant d'entrer dans le vestibule.

Tout en parlant, Gabriel les précéda dans une grande et belle pièce, avec de hautes fenêtres qui laissaient entrer un maximum de soleil. Une femme au visage inquiet était assise dans un canapé blanc et elle se leva pour les saluer.

— Laini Hult. Merci d'être venus si rapidement.

Elle se rassit et Gabriel fit un geste vers le canapé opposé. Gösta et Patrik se sentirent déplacés dans ce lieu. Ni l'un ni l'autre n'avait pris la peine de s'habiller particulièrement bien pour aller au boulot, ils étaient en short. Au moins, Patrik avait un tee-shirt correct, alors que Gösta portait une chemise synthétique à manches courtes avec un motif vert menthe, qui faisait assez ringard. Le contraste était d'autant plus frappant avec le tailleur de lin écru de Laini et le costume-cravate de Gabriel. Il doit être en nage, se dit Patrik et il espérait pour Gabriel qu'il n'était pas obligé de se balader habillé comme ça tout le temps dans la chaleur de l'été. Mais, d'un autre côté, c'était difficile de se l'imaginer dans une tenue plus décontractée. Il n'avait pas l'air de transpirer dans son costume bleu marine, alors que Patrik se couvrait de sueur rien qu'à la pensée de porter un truc pareil à cette époque de l'année.

— Votre mari nous a brièvement raconté ce qui s'est passé, mais vous pourriez peut-être développer un peu ?

Patrik adressa un sourire rassurant à Laini tout en sortant son petit bloc-notes et un stylo. Il attendit.

— Oui, donc, il n'y avait que moi à la maison hier soir. Gabriel est souvent en voyage et je passe pas mal de nuits toute seule.

Patrik remarqua de la tristesse dans sa voix et il se demanda si Gabriel Hult s'en était aperçu aussi. Elle continua :

— Je sais que c'est idiot, mais j'ai terriblement peur du noir, et je me cantonne en général à deux pièces quand je suis seule, ma chambre et le salon télé qui communiquent.

Patrik nota qu'elle disait "ma" chambre et il ne put s'empêcher de se faire la réflexion que c'était bien malheureux que des personnes mariées ne dorment même pas ensemble. Cela ne leur arriverait jamais, à Erica et lui.

— J'étais sur le point d'appeler Gabriel quand j'ai vu quelque chose qui bougeait dehors. La seconde d'après l'une des fenêtres du petit côté a volé en éclats, à gauche de l'endroit où je me tenais. J'ai eu le temps de voir que c'était une grosse pierre, puis une autre est arrivée qui a cassé l'autre vitre. Ensuite j'ai seulement entendu un bruit de course et j'ai distingué deux ombres qui disparaissaient en direction de la forêt.

Patrik nota quelques mots clés. Gösta n'avait pas ouvert la bouche depuis leur arrivée, à part pour dire son nom quand il s'était présenté. Patrik l'interrogea du regard pour voir s'il y avait quelque chose qu'il voulait éclaircir, mais il resta muet à étudier ses ongles en détail. J'aurais tout aussi bien pu emmener un seau à glace, pensa Patrik.

— Est-ce que vous avez la moindre idée d'un motif possible ?

La réponse fusa de la part de Gabriel et il sembla devancer Laini :

— Non, rien de plus qu'une bonne vieille convoitise. Depuis le début, les gens ont mal digéré que le domaine soit à nous, ils nous regardent de travers et au fil des ans on a eu à subir quelques incidents de la part d'ivrognes. Des bêtises de gamins et ça en serait resté là cette fois-ci aussi mais mon épouse a insisté pour informer la police.

Il lança un regard mécontent à Laini qui pour la première fois montra qu'elle était bien en chair et en os et lui décocha un regard furieux en retour. Ce mouvement de défi sembla allumer une étincelle en elle et, sans un regard pour son mari, elle dit calmement à Patrik :

— Je trouve que vous devriez avoir une conversation avec Robert et Johan Hult, les neveux de mon mari, et leur demander où ils étaient hier soir.

— Laini, ça, c'était vraiment inutile !

— Tu n'étais pas là hier soir, et tu ignores l'effet que ça fait, des pierres qui volent autour de toi et qui brisent les fenêtres. J'aurais pu être blessée. Et tu sais aussi bien que moi que c'étaient ces deux crétins qui étaient là !

— Laini, on s'était mis d'accord… Il parlait les mâchoires serrées et ses muscles étaient tendus à l'extrême.

— TU t'es mis d'accord !

Elle se tourna vers Patrik, encouragée par sa propre audace, si peu habituelle, et poursuivit sur sa lancée :

— Je ne les ai pas vus, c'est vrai, mais je peux jurer que c'étaient Johan et Robert. Solveig, leur mère, est venue ici dans la journée et elle s'est comportée de façon franchement désagréable et ces deux-là, ce sont de vraies petites frappes et… Oui, vous le savez aussi bien que moi, j'imagine que vous avez eu pas mal à faire avec eux.

Elle gesticulait en direction de Patrik et de Gösta qui ne pouvaient qu'acquiescer en hochant la tête. Ils avaient effectivement été confrontés aux deux voyous de frères, avec une régularité effrayante, depuis qu'ils étaient tout petits.

Laini toisa Gabriel du regard pour voir s'il osait la contredire, mais il se contenta de hausser les épaules avec résignation, comme pour indiquer qu'il s'en lavait les mains.

— Quelle était la raison de cette altercation avec leur mère ? demanda Patrik.

— Oh, c'est une personne qui n'a pas vraiment besoin d'une raison, elle nous a toujours haïs. Ce qui lui a fait perdre la tête hier, c'était la nouvelle des filles retrouvées dans la brèche du Roi. Avec ses faibles capacités intellectuelles, elle en a déduit que c'était la preuve que Johannes, son mari, avait été injustement accusé, et elle mettait ça sur le compte de Gabriel.

L'émotion renforça l'éclat de sa voix et, la paume tournée vers le haut, elle indiqua son mari, qui semblait avoir mentalement quitté la conversation.

— Oui, j'ai lu les vieux dossiers de l'époque où les filles avaient disparu et j'ai vu que vous aviez signalé votre frère comme suspect à la police. Pourriez-vous m'en dire un peu plus ?

Il y eut un tressaillement à peine visible sur le visage de Gabriel, une toute petite indication que la question l'incommodait, mais sa voix parut calme.

— C'était il y a tant d'années. Si vous me demandez si je persiste à dire que c'est bien mon frère que j'ai vu avec Siv Lantin, alors la réponse est oui. J'avais été voir mon fils à l'hôpital d'Uddevalla, il avait une leucémie à cette époque, et je rentrais à la maison. Sur la route de Bräcke, j'ai croisé la voiture de mon frère. J'ai trouvé ça un peu étrange, qu'il soit sur les routes au milieu de la nuit, et j'ai bien regardé. Sur le siège passager j'ai vu la fille, la tête appuyée sur l'épaule de mon frère. On aurait dit qu'elle dormait.

— Comment saviez-vous que c'était Siv Lantin ?

— Je ne le savais pas. Mais je l'ai reconnue dès que j'ai vu sa photo dans le journal. Par contre je voudrais souligner que je n'ai jamais dit que mon frère les a tuées, je ne l'ai jamais traité d'assassin comme les gens d'ici essaient de le faire croire. Tout ce que j'ai fait, c'était rapporter que je l'ai vu avec la fille, chose que j'estimais être de mon devoir de citoyen. Cela n'avait rien à voir avec un éventuel conflit entre nous, ni avec une vengeance comme certains l'ont prétendu. J'ai raconté ce que j'ai vu, et j'ai laissé à la police le soin d'en tirer les conséquences. Et, apparemment, ils n'ont jamais trouvé de preuves contre Johannes, si bien que toute cette discussion me paraît totalement inutile.

— Mais qu'est-ce que vous avez cru, vous ? Patrik regarda Gabriel avec curiosité. Il avait du mal à comprendre qu'on puisse être scrupuleux au point de dénoncer son propre frère.

— Je ne crois rien, je m'en tiens aux faits.

— Mais vous connaissiez bien votre frère. Pensez-vous qu'il aurait été capable de tuer ?

— Mon frère et moi n'avions pas grand-chose en commun. Parfois je m'étonnais que nous ayons les mêmes gènes, tant nous étions différents. Vous me demandez si je le crois capable de tuer quelqu'un ? Gabriel écarta les bras. Je n'en sais rien. Je ne connaissais pas suffisamment mon frère pour être en mesure de répondre à cette question. Et de plus elle semble superflue désormais, étant donné la tournure des événements, n'est-ce pas ?

Sur ce, il considéra la discussion comme close et se leva. Patrik et Gösta captèrent ce message quelque peu grossier et prirent congé.

— Qu'est-ce que tu en dis, on va demander aux deux voyous où ils étaient hier soir ?

La question était purement formelle, Patrik avait déjà pris la direction de la maison de Johan et Robert sans attendre la réponse de Gösta. L'inconsistance de son collègue durant l'entretien l'avait énervé. Qu'est-ce qu'il faudrait pour secouer ce vieux croûton ? Certes, il n'allait pas tarder à partir à la retraite, mais pour l'instant il était encore en service et supposé faire son boulot.

— Bon, qu'est-ce que tu penses de tout ça ? L'irritation dans la voix de Patrik était manifeste.

— Je pense que je ne sais pas quelle alternative est la pire. Soit nous avons un assassin qui a tué au moins trois filles en vingt ans mais nous n'avons pas la moindre idée de qui c'est.

Ou alors c'était réellement Johannes Hult qui a torturé et tué Siv et Mona et maintenant quelqu'un le copie. Pour ce qui est de la première hypothèse, on devrait peut-être vérifier les registres des prisons. Est-ce que quelqu'un est resté bouclé pendant tout le laps de temps qui sépare les disparitions de Siv et Mona et le meurtre de l'Allemande ? Ça pourrait expliquer l'interruption.

Le ton de Gösta était pensif et Patrik le regarda avec surprise. Le vieux n'était pas aussi perdu dans les vapes qu'il avait cru.

— Ça devrait être facile à vérifier. Ils ne sont pas nombreux en Suède, ceux qui sont restés bouclés pendant vingt ans. Tu t'en charges quand on sera de retour au poste ?

Gösta hocha la tête et se contenta ensuite de regarder le paysage par la vitre latérale.

La route qui menait à l'ancienne habitation de garde forestier était en fort mauvais état. A vol d'oiseau la distance était très courte entre la résidence de Gabriel et Laini et la petite bicoque de Solveig et les garçons. Mais elle semblait infinie en termes de niveau de vie. Le terrain avait tout d'un dépôt de ferrailleur. Outre un fatras indéfinissable, trois épaves de voiture à différents stades de délabrement y avaient été déposées n'importe comment. De toute évidence, les membres de cette famille étaient incapables de jeter quoi que ce soit. Patrik soupçonna qu'en farfouillant un peu ils trouveraient aussi pas mal d'objets volés dans les maisons des environs. Mais ils n'étaient pas venus pour ça. Il fallait classer les priorités.

Vêtu d'une combinaison de travail crasseuse d'un bleu-gris délavé, Robert sortit d'une remise où il bricolait une des épaves. Ses mains étaient couvertes de cambouis et il s'était manifestement frotté le visage. Tout en venant à leur rencontre, il s'essuya les mains sur un vieux chiffon.

— Qu'est-ce que vous venez foutre ici ? Si c'est pour fouiller, je veux voir le mandat avant que vous touchiez à quoi que ce soit.

Le ton était désinvolte. Et pour cause, ils étaient de vieilles connaissances depuis pas mal d'années. Patrik leva les mains en un geste apaisant :

— Du calme. On n'est pas là pour fouiller quoi que ce soit. On aimerait simplement causer un moment.

Robert les regarda avec méfiance, mais hocha la tête.

— Et on aimerait causer à ton frangin aussi. Il est là ?

A contrecœur, Robert hocha de nouveau la tête et brailla en direction de la maison :

— Johan, on a la visite des flics. Ils veulent nous causer !

— On pourrait peut-être entrer s'asseoir ?

Sans attendre la réponse, Patrik se dirigea vers la porte avec Gösta sur ses talons et Robert n'eut pas d'autre choix que de les suivre. Il ne se donna pas la peine d'enlever sa combinaison de travail, ni de se laver les mains. Depuis de précédents raids à l'aube ici, Patrik savait que la crasse faisait corps avec tout dans la maison. Un jour, autrefois, la bicoque avait sans doute été agréable, malgré sa petitesse. Mais des années de négligence avaient fait qu'aujourd'hui tout semblait à l'abandon. Le papier peint était d'une couleur marron et triste, les lés étaient décollés et pleins de taches. En plus de la saleté, on avait l'impression qu'une mince pellicule de graisse recouvrait tout.

Les deux inspecteurs hochèrent la tête vers Solveig qui manipulait ses albums devant la table bancale de la cuisine. Ses cheveux châtains pendaient en mèches tristes et lorsqu'elle écarta la frange de ses yeux d'un geste nerveux, ses doigts devinrent tout graisseux. Inconsciemment, Patrik s'essuya la main sur son short avant de s'asseoir du bout des fesses sur une des simples chaises en bois. Johan, la mine renfrognée, sortit d'une petite chambre et se laissa tomber à côté de son frère et sa mère sur la banquette. A les contempler ainsi, Patrik vit nettement la ressemblance entre eux. L'ancienne beauté de Solveig subsistait comme un écho sur le visage des garçons. Patrik avait entendu dire que Johannes avait été bel homme, et si ses fils redressaient le dos, ils ne seraient pas mal non plus. A présent, une apparence de mollesse flottait sur leurs personnes, une sorte d'émanation légèrement gluante. Malhonnêteté serait sans doute le bon mot. Dans la mesure où l'on pouvait qualifier un visage de malhonnête, cette description collait du moins avec Robert. Patrik nourrissait encore quelque espoir pour Johan. Quand ils s'étaient croisés pour des affaires de police, le benjamin avait toujours donné l'impression d'être moins endurci que son frère. Par moments, Patrik avait pu deviner une ambivalence en lui, une incertitude quant à la vie qu'il s'était choisie dans le sillage de Robert. Dommage que Robert eût tant d'influence sur lui, Johan aurait pu être totalement différent. Mais c'était comme ça.

— Qu'est-ce que vous venez foutre ici ? Johan posa la même question braquée que son frère.

— On voudrait savoir ce que vous fabriquiez hier soir. Vous n'étiez pas chez votre oncle et votre tante par hasard, à vous amuser à lancer des cailloux ?

— Non, pourquoi on aurait fait ça ? On est restés à la maison toute la soirée hier, pas vrai, maman ?

Tous deux se tournèrent vers Solveig et elle fit oui de la tête. Elle avait momentanément refermé les albums et écoutait attentivement l'entretien entre ses fils et les policiers.

— Oui, ils étaient ici tous les deux hier. On regardait la télé ensemble. Une soirée en famille, c'était très chouette.

Elle ne se donna même pas la peine de dissimuler son ironie.

— Et Johan et Robert ne sont pas sortis un petit moment ? Disons vers les dix heures ?

— Non, ils ne sont pas sortis une minute. Sont même pas allés aux chiottes, si ma mémoire est bonne.

Toujours le même ton ironique et ses fils ne se privèrent pas de ricaner.

— Alors comme ça quelqu'un leur a cassé des carreaux hier soir ? Je suppose qu'ils ont eu la pétoche là-bas ? Le ricanement se transforma en une franche hilarité.

— Ben, votre tante seulement. Gabriel n'était pas là hier, Laini était seule à la maison.

La déception se lut sur leurs figures. Ils avaient évidemment espéré flanquer la trouille au couple et il ne leur était pas venu à l'esprit que Gabriel pourrait être absent.

— J'ai entendu dire que vous aussi, Solveig, vous avez fait une petite visite chez eux au manoir hier. Il paraît qu'il y a eu des menaces. Vous avez des commentaires à faire là-dessus ?

— Ah ouais, ils ont dit que je les ai menacés ? Solveig ricana. Mais je n'ai rien dit qui n'était pas justifié. C'est Gabriel qui a dénoncé mon mari comme assassin. C'est Gabriel qui l'a tué, tout aussi sûrement que s'il l'avait pendu lui-même.

Un muscle tressaillit sur le visage de Robert quand il entendit mentionner la façon dont son père était mort et Patrik se souvint d'avoir lu que c'était Robert qui avait découvert son père après son suicide.

Solveig continua sa harangue :

— Gabriel a toujours haï Johannes. Il était jaloux de lui depuis qu'ils étaient tout petits. Johannes était tout ce que

Gabriel n'était pas, et il le savait. Ephraïm favorisait toujours Johannes et je peux le comprendre. Oui, je sais, on ne doit pas faire de distinction entre ses enfants – elle hocha la tête en direction de ses fils à côté d'elle sur la banquette – mais Gabriel était froid comme un poisson alors que Johannes débordait de vie. Je suis bien placée pour le savoir, j'ai été la fiancée de l'un et ensuite de l'autre. C'était impossible d'allumer les ardeurs de Gabriel, impossible. Il était toujours vachement correct et il voulait attendre qu'on soit mariés. Ça me portait sur les nerfs. Et puis son frère a commencé à me tourner autour, et là c'était autre chose. Ces mains-là pouvaient être partout à la fois et il vous enflammait rien qu'en vous regardant.

Elle gloussa et regarda devant elle sans rien voir, comme si elle revivait les nuits torrides de sa jeunesse.

— Putain, ta gueule maman !

Le dégoût se lisait nettement sur le visage des frères. Ils ne voulaient pas entendre de détails sur le passé amoureux de leur mère. Patrik eut la vision d'une Solveig nue, son corps obèse chaloupant voluptueusement, et il cligna les yeux pour s'en débarrasser.

— Alors quand j'ai entendu qu'ils avaient trouvé cette fille assassinée et en même temps Siv et Mona, je suis allée lui dire ses quatre vérités. Il a détruit notre vie, à Johannes et à moi et aux garçons par pure jalousie et malveillance, maintenant la vérité va enfin sauter aux yeux des gens. Ils vont avoir honte et comprendre qu'ils ont écouté le mauvais frère et j'espère que Gabriel brûlera en enfer à cause de ses péchés !

Elle était dans la même rage que la veille et Johan posa une main sur son bras, à la fois pour la calmer et pour l'avertir.

— Bon, quelle qu'en soit la raison, on ne peut pas menacer les gens comme ça ! Et on n'a pas non plus le droit de balancer des pierres par les fenêtres !

Patrik pointa un doigt sur Robert et Johan, indiquant qu'il ne croyait pas un instant au témoignage de leur mère qui parlait d'une soirée télé en famille. Ils savaient qu'il savait et il les prévenait ainsi qu'il allait les garder à l'œil. Ils ne firent que marmonner une réponse. Solveig cependant était encore écarlate de fureur et elle ignora l'avertissement de son fils :

— D'ailleurs, ce n'est pas seulement Gabriel qui devrait avoir honte ! Quand est-ce qu'on va recevoir les excuses de la police ? Vous n'arrêtiez pas de venir mettre le bordel chez nous à La Métairie, et à chercher Johannes pour interrogatoire, vous faisiez tout pour le pousser vers la mort. Il serait peut-être temps maintenant de présenter vos excuses ?

Pour la deuxième fois, ce fut Gösta qui prit la parole :

— Avant que soit déterminé exactement ce qui est arrivé à ces trois filles, personne ne présentera d'excuses pour quoi que ce soit. Et jusqu'à ce qu'on ait vu la fin de cette histoire, j'aimerais que tu te comportes correctement, Solveig !

La fermeté dans la voix de Gösta semblait venir d'un endroit insoupçonné. Plus tard, dans la voiture, Patrik demanda tout étonné :

— Vous vous connaissez, Solveig et toi ?

— Connaître, c'est un grand mot, grogna Gösta. Elle a le même âge que mon petit frère et elle venait pas mal chez nous quand j'étais gamin. Quand elle est devenue adolescente, tout le monde connaissait Solveig. C'était la plus belle fille de la région, je te jure, même si on a du mal à le croire quand on la voit aujourd'hui. Oui, quel dommage. Que la vie ait été si vache avec elle et ses fils. Et je ne peux même pas lui donner raison et dire que Johannes est mort innocent. Merde, on ne sait rien de rien !

Il secoua la tête avec regret, puis de frustration se frappa la cuisse avec le poing. Patrik eut l'impression de voir un ours se réveiller d'un long sommeil d'hibernation.

— Tu vérifies les prisons alors, au retour ?

— Oui, je l'ai déjà dit, oui ! Je ne suis pas gâteux au point de ne pas comprendre une instruction la première fois qu'on me la donne. Merde alors, recevoir ses ordres d'un morveux tout juste sorti du berceau… Gösta regarda tristement devant lui.

Fatigué, Patrik se dit qu'il restait encore du chemin à faire.

A l'approche du samedi, Erica commença à se réjouir d'avoir Patrik à la maison de nouveau. Il avait promis de prendre son week-end et à présent ils étaient en route pour les rochers de l'archipel à bord de leur petit canot en bois. Ils avaient eu la chance de trouver un bateau presque identique à celui qu'avait eu Tore, le père d'Erica. Elle ne pouvait pas imaginer en avoir un autre. La voile ne l'avait jamais particulièrement attirée, bien qu'elle ait pris quelques cours. Un in-bord en plastique avancerait certainement beaucoup plus vite, mais qui était pressé à ce point ?

Le bruit du moteur lui évoquait son enfance. Petite, elle avait souvent dormi dans le minuscule carré, bercée par le martèlement soporifique du moteur. En général, elle préférait aller se mettre à l'avant surélevé, devant les vitres, mais dans son état présent moins gracieux elle n'osa pas le faire et s'installa sur l'un des bancs derrière les vitres protectrices. Patrik tenait la barre, ses cheveux châtains ébouriffés par le vent et le sourire collé au visage. Ils étaient partis tôt pour arriver avant les vacanciers et l'air était frais et limpide. De petites giclées d'embruns venaient régulièrement inonder le bateau et Erica pouvait sentir le goût de l'air salé. Elle avait du mal à concevoir qu'elle portait en elle un petit être qui dans quelques années allait être installé à l'arrière, à côté de Patrik, équipé d'un encombrant gilet de sauvetage orange muni d'un grand col, comme elle-même tant de fois avec son père.

Ses yeux commencèrent à la picoter au souvenir de son père qui n'allait jamais rencontrer son petit-fils ou sa petite-fille. Sa mère non plus, mais comme celle-ci avait toujours été très distante avec ses deux filles, Erica voyait mal comment des petits-enfants auraient éveillé en elle les sentiments affectueux d'une grand-mère. D'autant plus qu'elle avait toujours été d'une raideur peu naturelle quand elle rencontrait les enfants d'Anna, se contentant de les serrer maladroitement dans ses bras lorsque la situation et l'entourage semblaient l'exiger. L'amertume surgit de nouveau en Erica, mais elle la contint. Dans ses moments de pessimisme, elle avait peur que la maternité ne se révèle aussi pesante pour elle qu'elle l'avait été pour Elsy. Que d'un coup elle ne se transforme en sa mère froide et inaccessible. La moitié logique de son cerveau disait que c'était ridicule de penser ainsi, mais la peur ne connaissait pas de logique. D'un autre côté, Anna était une mère chaleureuse et aimante pour Emma et Adrian, alors pourquoi Erica ne le deviendrait-elle pas ? Elle essayait ainsi de se raisonner. En tout cas, elle avait choisi le bon père pour son enfant, pensa-t-elle en regardant Patrik. Son calme et sa confiance contrebalançaient sa propre instabilité comme personne n'avait su le faire auparavant. Il serait un super papa.

Ils débarquèrent dans une petite baie protégée et étalèrent leurs draps de bain sur les dalles lisses. Ça lui avait manqué, quand elle habitait Stockholm, l'archipel y était tellement différent. Avec tous ses arbres et sa végétation, il avait un côté désordonné et envahissant. Un jardin inondé, ironisaient souvent les habitants de la côte ouest avec mépris. En comparaison, leur archipel était si pur dans sa simplicité. Le granit rose et gris réfléchissait les scintillements de l'eau et se détachait sur un ciel sans nuages dans une harmonie à vous couper le souffle. De petites fleurs des crevasses constituaient l'unique végétation, et dans cet univers aride leur beauté se révélait pleinement. Erica ferma les yeux et se sentit glisser dans un sommeil bienfaisant, au son du clapotis de l'eau et du bateau qui battait doucement contre son amarre.

Lorsque Patrik la réveilla en douceur, elle ne sut tout d'abord pas où elle était. La violence du soleil l'aveugla quelques secondes, et Patrik était comme une ombre au-dessus d'elle. Une fois qu'elle eut retrouvé ses repères, elle réalisa qu'elle avait dormi pendant deux heures et elle sentit qu'un petit café serait le bienvenu.

Ils le prirent dans de grands quarts, accompagné de petits pains à la cannelle. C'était le meilleur endroit pour un goûter, et ils savouraient ce moment. Erica ne put s'empêcher d'entamer le sujet de conversation tabou.

— Comment ça avance réellement ?

— Couci-couça. Un pas en avant et deux en arrière.

Les réponses de Patrik étaient laconiques. Il tenait manifestement à ce que le mal qui imprégnait son métier ne vienne pas envahir la quiétude ensoleillée. Mais la curiosité d'Erica était trop vive et elle chercha à en apprendre un peu plus.

— Et les articles que j'ai trouvés, ils vous ont servi ? Vous croyez que tout ça a quelque chose à voir avec la famille Hult ? Ou Johannes Hult a simplement eu la malchance de s'y trouver mêlé ?

Patrik soupira en serrant le quart entre ses mains.

— Si je le savais. Toute la famille Hult me paraît un fichu nid de guêpes et je préférerais ne pas avoir à farfouiller dans les relations qu'ils ont entre eux. Il y a un truc pas très catholique, mais je ne sais pas si ça a un rapport avec les meurtres. C'est peut-être juste que je n'ai pas envie de constater que la police s'est trompée, et qu'ils ont poussé un innocent à mettre fin à ses jours. Ceci dit, le témoignage de Gabriel était la seule piste pertinente à l'époque, après la disparition des filles. Pourtant on ne peut pas focaliser uniquement sur elles, on doit ratisser large. Mais je préfère ne pas en parler. En ce moment j'ai l'impression que j'ai surtout besoin de déconnecter de tout ce qui touche à l'affaire, et de penser à autre chose.

Erica hocha la tête.

— Je promets de ne plus poser de questions. Tu en veux un autre ?

Il prit le petit pain sans hésitation. Ils passèrent encore un bon moment sur l'îlot, à lire au soleil, avant qu'il soit l'heure de rentrer et de préparer les grillades. Au dernier moment, ils avaient décidé d'inviter aussi le père de Patrik et sa femme, si bien que, sans compter les enfants, il y aurait huit adultes à nourrir.

Gabriel tournait toujours en rond le week-end, quand il était supposé se détendre et ne pas travailler. Le problème était qu'il ne savait pas quoi faire quand il ne travaillait pas. Le travail était sa vie. Il n'avait pas de violon d'Ingres ; passer du temps avec sa femme ne l'intéressait pas et ses enfants volaient de leurs propres ailes, même si le statut de Linda pouvait encore se discuter. Si bien qu'il s'enfermait souvent dans son bureau, le nez dans la comptabilité. Les chiffres, voilà ce qu'il aimait dans la vie. Contrairement aux humains avec leur sentimentalité et leur irrationalité exaspérantes, les chiffres suivaient des règles fixes. Il pouvait toujours leur faire confiance et il se sentait à l'aise dans leur monde. Pas besoin d'être un génie pour comprendre d'où lui venait cette soif d'ordre et d'organisation, Gabriel lui-même l'attribuait à son enfance chaotique, mais il n'estimait pas qu'il y avait lieu de s'en inquiéter. Ça fonctionnait et ça lui avait bien servi, l'origine de ce besoin avait donc peu d'importance, voire aucune.

Il essayait d'écarter de son esprit les errances sur les routes du temps du Prédicateur. Mais quand il repensait à son enfance, c'était toujours ainsi que surgissait l'image de son père. Un personnage effroyable et sans visage qui remplissait leur journée d'hystériques, hurlants et délirants. Des hommes et des femmes qui essayaient de les toucher, Johannes et lui. Qui voulaient les agripper avec leurs mains griffues pour qu'ils atténuent la douleur physique ou psychique qui les tourmentait. Qui croyaient que lui et son frère avaient la réponse à leurs prières. Un canal direct vers Dieu.

Johannes avait adoré ces années-là. Il s'était épanoui dans l'attention du public et s'était volontiers mis en avant. Parfois Gabriel l'avait pris sur le fait, contemplant ses mains avec fascination, le soir quand ils étaient couchés, comme pour essayer de voir d'où venaient ces miracles merveilleux.

Alors que Gabriel avait ressenti une immense gratitude lorsque le don avait cessé, Johannes s'était désespéré. Il n'arrivait pas à se faire à l'idée que maintenant il n'était qu'un garçon ordinaire, sans qualité particulière, pareil à n'importe qui. Il avait pleuré et supplié le Prédicateur de l'aider à retrouver le don, mais leur père avait expliqué sèchement que cette vie-là était terminée maintenant, qu'une autre allait commencer et qu'insondables étaient les voies du Seigneur.

Quand ils avaient emménagé dans le manoir près de Fjällbacka, le Prédicateur était devenu Ephraïm aux yeux de Gabriel, et non père, et il avait adoré cette nouvelle vie dès le premier instant. Pas parce qu'il était plus près de son père – Johannes avait toujours été le favori et continuait à l'être – mais parce qu'il avait enfin trouvé un foyer. Un endroit où rester et autour duquel organiser son existence. Des horaires à respecter. Une école où aller. Il adora le domaine aussi et il rêvait de pouvoir le gérer seul un jour. Il savait qu'il serait un meilleur régisseur qu'Ephraïm et que Johannes, et le soir il priait que son père ne fasse pas la bêtise de donner le domaine à son fils préféré quand ils seraient grands. Ça lui était égal que Johannes reçoive tout l'amour et toute l'attention, si seulement lui, Gabriel, recevait le domaine.

Ses vœux avaient été exaucés. Mais pas de la manière qu'il s'était figurée. Dans son monde imaginaire, Johannes avait toujours été là. Ce n'était qu'après sa mort que Gabriel avait compris à quel point il avait besoin de ce frère insouciant, pour s'inquiéter de lui et s'irriter contre lui. Pourtant il n'avait pu agir autrement.

Il avait malgré tout demandé à Laini de taire qu'ils soupçonnaient Johan et Robert d'avoir jeté les pierres sur leurs fenêtres. Cela l'avait lui-même étonné. Avait-il commencé à perdre son sens de la loi et de l'ordre, ou bien se sentait-il inconsciemment responsable du sort de la famille de son frère ? Il ne savait pas, mais après coup il était reconnaissant à Laini d'avoir choisi de s'opposer à lui et de tout dire à la police. Cela aussi l'avait surpris. A ses yeux, son épouse était plus un pantin désarticulé et geignard qu'un être humain avec une volonté propre, et il avait été sidéré par l'âpreté de son ton et par le défi qu'il avait lu dans ses yeux. Cela l'inquiétait. Avec tout ce qui s'était passé cette semaine, il avait l'impression que l'ordre autour de lui s'écroulait. Pour un homme qui détestait le changement, c'était une vision effrayante du futur. Gabriel se réfugia encore plus loin dans l'univers des chiffres.

Les premiers invités arrivèrent à l'heure. Lars et sa femme Bittan furent là à quatre heures pile, avec des fleurs et une bouteille de vin. Le père de Patrik était très grand avec une grosse bedaine alors que sa femme était toute petite et ronde comme un ballon. Mais les rondeurs lui allaient bien et les pattes-d'oie autour de ses yeux témoignaient qu'elle n'était pas avare de sourires. Erica savait que Patrik trouvait plus facile de fréquenter Bittan que sa propre mère, beaucoup plus stricte et anguleuse. Le divorce avait été assez difficile, mais avec le temps il s'était établi sinon une amitié, au moins un traité de paix entre Lars et Kristina, et ils arrivaient même à se retrouver ensemble dans certaines circonstances. Le plus simple restait cependant de les inviter séparément.

Un quart d'heure plus tard, Dan et Maria arrivèrent. Ils avaient juste eu le temps de s'installer dans le jardin et de dire bonjour à Lars et Bittan qu'Erica entendit les cris d'Emma dans la montée. Elle alla accueillir Anna et ses enfants et elle put enfin saluer le nouvel homme de sa sœur.

— Bonjour, ravie de faire enfin ta connaissance !

Elle tendit la main à Gustav af Klint. Comme pour confirmer ses préjugés dès la première impression, il ressemblait exactement aux autres minets de la haute qui fréquentaient les quartiers huppés de Stureplan à Stockholm. Cheveux châtains coupés au carré et coiffés en arrière. Chemise et pantalon dans un style décontracté trompeur – Erica en connaissait à peu près le prix – et le pull obligatoire noué sur les épaules. Elle dut se forcer à ne pas le juger trop vite. Il avait à peine ouvert la bouche qu'intérieurement elle vomissait déjà son mépris sur lui. Pendant une seconde, elle se demanda avec inquiétude si ce n'était pas de la pure jalousie qui lui faisait sortir les griffes dès qu'il était question de gens nés avec une cuillère d'argent dans la bouche. Elle espérait sincèrement que tel n'était pas le cas.

— Et comment va le bébé de sa tata ? Tu es gentil avec ta maman ?

Anna gazouilla et posa son oreille contre le ventre d'Erica pour écouter la réponse, elle rit et serra Erica puis Patrik dans ses bras. Ils allèrent rejoindre les autres dans le jardin et les présentations furent faites. Les enfants pouvaient enfin se défouler en courant sur la terre ferme, pendant que les adultes buvaient un verre de vin, ou de Coca pour Erica. Comme toujours, les hommes s'assemblaient autour du barbecue pour mettre en avant leur côté viril tandis que les filles discutaient de leur côté. Erica n'avait jamais compris ce phénomène. Des hommes qui en temps normal affirmaient ignorer totalement comment on fait cuire un morceau de viande dans une poêle devenaient des virtuoses accomplis quand il s'agissait de cuire à point une viande sur un barbecue. On pouvait à la rigueur confier les légumes et les sauces aux femmes, et elles faisaient aussi l'affaire pour apporter des bières.

— Moon Dieuuu, ce que vous êtes bien ici !

Maria en était déjà à son deuxième verre de vin, alors que tous les autres avaient à peine trempé les lèvres dans le leur.

— Merci, oui, on s'y plaît.

Erica avait du mal à montrer davantage qu'une simple attitude de bienséance envers la copine de Dan. Elle n'arrivait pas à comprendre ce qu'il lui trouvait, surtout comparée à Pernilla, son ex-femme, mais elle devinait que c'était encore un de ces mystères des hommes que les femmes n'arrivent pas à saisir. La seule chose qu'elle pouvait en conclure, c'était qu'il n'avait pas choisi Maria pour sa conversation. Apparemment elle éveilla l'instinct maternel de Bittan qui s'occupa beaucoup d'elle, ce qui permit à Anna et Erica de parler un peu.

— Il est beau non ? Tu te rends compte qu'un mec comme ça s'intéresse à moi ?

Anna jeta un regard admiratif sur Gustav. Erica regarda sa jolie petite sœur et se demanda comment quelqu'un comme Anna pouvait à ce point-là perdre confiance en elle. Autrefois elle avait été forte, indépendante et libre, mais les mauvais traitements qu'elle avait subis pendant ses années avec Lucas l'avaient brisée. Erica dut réprimer une envie de la secouer. Elle regarda Emma et Adrian qui couraient comme des fous dans le jardin et c'était une énigme pour elle que sa sœur ne ressente pas plus de fierté et d'amour-propre en voyant les enfants magnifiques qu'elle avait mis au monde et élevés. En dépit de tout ce qu'ils avaient vécu durant leur courte vie, ils étaient joyeux et solides. Et ça, c'était uniquement grâce à Anna.

— Je n'ai pas encore eu le temps de parler avec lui, mais il semble sympa. Je te ferai un rapport détaillé quand j'aurai fait plus ample connaissance. On dirait que ça s'est bien passé, d'être enfermé ensemble sur un petit voilier, alors c'est bon signe, je suppose.

Son sourire lui paraissait rigide et faux.

— Pas si petit que ça, rit Anna. Il a emprunté un Najad 400 à un copain, on peut y caser un régiment.

Leur conversation fut interrompue par l'arrivée des grillades sur la table. Les hommes soufflèrent et s'installèrent pour manger, satisfaits d'avoir accompli la variante moderne de la chasse au mammouth.

— Alors les filles, on papote ?

Dan entoura Maria de son bras et elle se glissa tout près de lui en roucoulant. Leur câlin prit une tournure franchement torride et, même si de nombreuses années s'étaient passées depuis qu'Erica et Dan avaient été ensemble, elle n'apprécia pas vraiment le spectacle de leurs baisers amoureux. Gustav aussi eut l'air très réprobateur, mais il n'échappa pas à Erica que du coin de l'œil il saisissait l'occasion de plonger son regard dans le profond décolleté de Maria.

— Lars, vas-y doucement avec la sauce, tu n'es quand même pas obligé d'inonder ton steak comme ça ! Pense à ton cœur, tu sais que tu dois surveiller ton poids.

— Ben quoi, je suis fort comme un cheval ! Ça, c'est rien que du muscle, claironna le père de Patrik en se tapant le ventre. Et Erica m'a dit qu'elle utilise de l'huile d'olive, et ça c'est bon pour la santé. C'est écrit partout, l'huile d'olive est bonne pour le cœur.

Erica réprima son envie de faire remarquer que dix centi-litres dépassaient largement la quantité considérée comme bénéfique. Ils avaient déjà eu cette discussion plus d'une fois et Lars était devenu très doué pour assimiler uniquement les conseils de diététique qui lui convenaient. La nourriture était sa grande joie dans la vie et il voyait toute tentative de lui imposer des restrictions comme une atteinte à sa personne. Bittan s'était résignée depuis longtemps, mais elle essayait quand même de faire remarquer discrètement ce qu'elle pensait de ses habitudes alimentaires. Toutes les tentatives de le mettre à la diète avaient capoté du fait qu'il mangeait en douce dès qu'elle avait le dos tourné. Ensuite il prenait un air stupéfait devant son poids qui ne baissait pas alors que, affirmait-il, il ne grignotait pas plus qu'un lapin.

Maria avait cessé d'explorer la bouche de Dan avec sa langue et regardait maintenant Gustav avec fascination.

— Tu connaîtrais pas E-Type ? demanda-t-elle. Tu sais, un des mecs de la bande de Vicky, Dan m'a dit que tu voyais la famille royale, et je me suis dit que tu l'avais peut-être rencontré ? Ce mec-là, il est trop !

Gustav paraissait époustouflé que quelqu'un puisse estimer plus cool de connaître E-Type que le roi, mais il se ressaisit et répondit brièvement à Maria :

— Je suis un peu plus âgé que la princesse Victoria, mais mon petit frère la connaît assez bien, et Martin Eriksson aussi.

— C'est qui, Martin Eriksson ? dit Maria, l'air confuse.

Gustav soupira profondément, mais consentit quand même à répondre après une brève pause :

— E-Type.

— Ah bon. Cool.

Elle rit et eut l'air terriblement impressionnée. Mon Dieu, pensa Erica, est-ce qu'elle les a au moins, les vingt et un ans ? On aurait plutôt dit dix-sept. Mais, bien sûr, elle était mignonne, même Erica dut le reconnaître. Elle regarda tristement ses appas alourdis et constata qu'était sans doute terminée pour elle l'époque où les tétons pointaient en l'air comme ceux de Maria.

Ce ne fut peut-être pas leur repas le plus réussi. Erica et Patrik firent de leur mieux pour alimenter la conversation, mais Dan et Gustav auraient tout aussi bien pu venir de deux planètes différentes et Maria avait bu beaucoup trop de vin en beaucoup trop peu de temps et dut aller vomir aux toilettes.

Le seul qui tenait la forme était Lars, et il engloutissait avec application tous les restes, en ignorant superbement les regards assassins de Bittan.

A huit heures du soir, tout le monde était parti, et Patrik et Erica se retrouvèrent seuls avec la vaisselle.

Ils décidèrent de l'attaquer plus tard et de s'installer confortablement avec un verre.

— Mmm, comme j'aurais aimé boire un peu de vin. Erica jeta un regard morne dans son gobelet de Coca.

— Oui, après un repas comme celui-là je comprends que tu en aurais eu besoin. Bon sang, comment on a fait pour réunir une bande aussi hétéroclite ? A quoi on pensait ?

Il rit en secouant la tête :

— Tu connaîtrais pas E-Type ?

Patrik minauda pour imiter la voix de Maria et Erica ne put s'empêcher de pouffer.

— Mon dieu, mais c'est cooool ! Il continua avec sa voix de fausset et Erica dut laisser libre cours au rire qui montait en elle.

— Ma maman dit que ce n'est pas grave si on est un peu bête, si seulement on est beeelle !

Il inclina la tête avec coquetterie, et Erica haleta en se tenant le ventre :

— Arrête, je n'en peux plus ! Ce n'était pas toi qui me disais que je devais être sympa ?

— Oui, oui, je sais. Mais c'est difficile de ne pas se moquer d'elle. Il reprit son sérieux. Dis-moi, qu'est-ce que tu penses de ce Gustav ? Il ne me paraît pas des plus chaleureux. Tu crois vraiment qu'il est bon pour Anna ?

Le rire d'Erica s'arrêta net et elle fronça les sourcils.

— Non, je suis assez inquiète. Tout vaut mieux qu'un homme qui frappe sa femme, pourrait-on penser, et c'est vrai, mais j'aurais simplement... Elle hésita et chercha ses mots. J'aurais simplement souhaité mieux que ça pour Anna. Tu as vu sa mine quand les enfants faisaient du chahut et couraient partout, il n'était pas content du tout. Je parie qu'il est d'accord pour voir les enfants, à condition de ne pas les entendre, et ça, c'est tout le contraire de ce qu'il faut à Anna. Elle aurait besoin de quelqu'un de gentil, de chaleureux, d'aimant. Quelqu'un qui la ferait se sentir bien. Quoi qu'elle dise, je vois bien que ce n'est pas le cas maintenant. Mais elle le dit elle-même, qu'elle ne mérite pas plus.

Devant eux, le soleil était en train de se coucher comme une boule de feu dans la mer mais, pour une fois, la beauté de la soirée était gâchée. L'inquiétude pour sa sœur pesait sur Erica et la responsabilité lui paraissait parfois tellement grande qu'elle avait du mal à respirer. Si elle se faisait autant de souci pour sa sœur, comment allait-elle pouvoir assumer aussi la responsabilité d'une autre petite vie ?

Elle appuya la tête contre l'épaule de Patrik et laissa le crépuscule les envelopper.

Le lundi commença avec de bonnes nouvelles. Annika était de retour de vacances, bronzée et appétissante. Bien reposée après avoir beaucoup batifolé au lit et bu beaucoup de vin, elle avait repris sa place à la réception et elle décocha un sourire étincelant à Patrik. D'habitude il haïssait les lundis matin, mais en voyant Annika la journée lui parut tout de suite beaucoup plus facile à supporter. Elle était en quelque sorte l'axe autour duquel le reste du commissariat tournait. Elle organisait, elle débattait, elle engueulait et encourageait, selon les besoins. Quel que soit le problème, on pouvait être sûr de recevoir un mot avisé et consolateur de sa part. Même Mellberg avait commencé à la respecter et ne se permettait plus les mains aux fesses et les regards appuyés qui avaient été monnaie courante quand il venait de prendre son poste.

Patrik était là depuis une heure seulement, quand Annika vint frapper à sa porte, le visage grave.

— Patrik, j'ai un couple ici qui veut signaler la disparition de leur fille.

Ils se regardèrent et chacun sut ce que pensait l'autre.

Annika les fit entrer, et leur indiqua les fauteuils en face du bureau de Patrik. Le visage rongé par l'inquiétude, ils se présentèrent comme Bo et Kerstin Möller.

— Jenny, notre fille, n'est pas rentrée hier soir.

C'était le père, petit homme râblé d'une quarantaine d'années, qui prenait la parole. En parlant, il tripota nerveusement son bermuda bariolé, le regard fixé sur le bureau. Le fait bien tangible d'être au commissariat en train de signaler la disparition de leur fille semblait faire éclore la panique en eux. L'émotion étrangla sa voix, et sa femme, elle aussi petite et boulotte, prit le relais.

— On est au camping de Grebbestad et Jenny devait aller à Fjällbacka vers sept heures avec des copines. Elles sortaient, je ne sais pas où, et Jenny avait promis d'être de retour à une heure. Elles s'étaient arrangées avec quelqu'un pour qu'il les ramène et pour y aller elles devaient prendre le bus.

Sa voix aussi devint rauque et elle dut faire une pause avant de pouvoir continuer.

— Quand on ne l'a pas vue rentrer, on s'est inquiétés. On a frappé chez une des filles avec qui elle était sortie, on l'a réveillée et ses parents aussi. Elle nous a dit que Jenny n'était jamais venue au rendez-vous à l'arrêt de bus et elles avaient cru qu'elle avait laissé tomber. On a compris qu'il avait dû se passer quelque chose de grave. Jenny ne ferait jamais ça. Elle est fille unique, et elle fait toujours très attention de nous prévenir si elle est en retard. Qu'est-ce qui a pu se passer ? On a entendu parler de la fille qu'ils ont trouvée dans la brèche du Roi, vous croyez que…

Ici sa voix se brisa et elle éclata en sanglots désespérés. Son mari la consola en l'entourant de son bras, mais les larmes lui venaient aussi aux yeux.

Patrik était inquiet. Très inquiet, mais il essaya de ne rien en montrer.

— Je ne pense pas qu'il y ait lieu de faire de tels parallèles pour l'instant.

Putain, ce que je peux être austère, se dit-il, mais il avait du mal à gérer ce genre de situation. Alors que sa gorge se nouait de compassion devant l'angoisse de ces gens, il ne pouvait pas se permettre d'y céder, et sa seule défense était une politesse très administrative.

— Commençons par quelques données sur votre fille. Elle s'appelle donc Jenny. Elle a quel âge ?

— Dix-sept ans, bientôt dix-huit.

Kerstin pleurait toujours, le visage contre la chemise de son mari, si bien que ce fut lui qui fournit les réponses. A la question de savoir s'ils avaient une photo récente d'elle, la mère de Jenny s'essuya le visage avec un mouchoir en papier et sortit une photo scolaire en couleur de son sac à main.

Patrik prit délicatement la photo et l'examina. Une adolescente typique, avec un peu trop de maquillage et une expression légèrement rebelle dans les yeux. Il sourit aux parents et essaya de paraître très confiant.

— Jolie fille, j'imagine que vous êtes fiers d'elle.

Ils hochèrent tous les deux la tête, avec ferveur, et un petit sourire parut même sur le visage de Kerstin.

— C'est une fille bien. Mais, évidemment, les ados peuvent être difficiles. Elle ne voulait pas venir en vacances avec nous cette année, bien qu'on parte avec la caravane chaque été depuis qu'elle est toute petite, mais on l'a suppliée, on lui a dit que c'était probablement le dernier été où on pouvait faire quelque chose ensemble, et elle a cédé.

Quand Kerstin réalisa ce qu'elle était en train de dire, elle s'effondra de nouveau et son mari lui passa une main rassurante sur les cheveux.

— Vous le prenez au sérieux, n'est-ce pas ? On a entendu dire que la police laisse toujours s'écouler vingt-quatre heures avant de lancer les recherches, mais vous devez nous croire quand on dit qu'il s'est passé quelque chose, autrement elle nous l'aurait dit. Elle n'est pas du genre à nous laisser comme ça dans l'incertitude.

De nouveau Patrik essaya d'avoir l'air aussi calme que possible, mais en lui les pensées fusaient en tous sens. L'image du corps nu de Tanja dans la brèche du Roi surgit et il eut du mal à la chasser.

— Nous n'attendons jamais vingt-quatre heures, ça c'est dans les films américains, mais avant toute chose vous devez cesser de vous inquiéter. Même si je vous crois sur parole quand vous dites que Jenny est une fille très sage, j'ai déjà vu ce genre de choses arriver. Elles rencontrent quelqu'un, elles oublient l'heure, oublient où elles se trouvent, oublient qu'à la maison maman et papa s'inquiètent. Ça n'a rien d'inhabituel. Nous allons commencer à enquêter dès maintenant. Laissez un numéro où on peut vous joindre à Annika à la réception en partant, je vous contacterai dès que nous avons du nouveau. Et faites-nous savoir si vous avez des informations, ou si elle finit par rentrer, vous serez gentils. Ça va finir par s'arranger, vous verrez.

Quand ils furent partis, Patrik se demanda s'il n'avait pas trop promis. Il avait une sensation douloureuse au creux du ventre qui n'augurait rien de bon. Il regarda la photo de Jenny qu'ils lui avaient laissée. Pourvu qu'elle soit juste partie s'éclater un peu !

Il se leva et alla voir Martin dans son bureau. Il valait mieux lancer les recherches immédiatement. Si le pire était arrivé, il n'y avait pas une minute à perdre. D'après le rapport du médecin légiste, Tanja avait vécu environ une semaine en captivité avant de mourir. Le compte à rebours avait commencé.

ÉTÉ 1979

La douleur et l'obscurité faisaient s'écouler le temps en un brouillard dépourvu de rêves. Jour ou nuit, vie ou mort, aucune importance. Même les pas au-dessus d'elle et la certitude du mal qui allait s'ensuivre ne pouvaient amener la réalité à percer ce nid obscur. Le bruit d'os qu'on casse se mêlait aux cris tourmentés de quelqu'un. Peut-être les siens. Elle ne savait pas très bien.

Le plus difficile à supporter était la solitude. L'absence totale de sons, de mouvements et de contact sur sa peau. Jamais elle n'avait pu imaginer que l'absence de contact humain pouvait être aussi terrible. Elle défiait toute douleur. Elle transperçait son âme tel un couteau et déclenchait des crises de tremblements dans tout son corps.

L'odeur de l'étranger était devenue familière maintenant. Pas désagréable. Pas comme elle aurait pu imaginer l'odeur de la malveillance. Au contraire, elle était fraîche et remplie de promesses d'été et de chaleur. Rendue plus nette encore par le contraste avec les effluves sombres et humides qui emplissaient continuellement ses narines, qui l'entouraient comme une couverture mouillée et grignotaient morceau par morceau les derniers restes de celle qu'elle avait été avant de se retrouver ici. C'est pourquoi elle aspirait avidement les émanations chaudes qui surgissaient quand l'étranger venait près d'elle. Pouvoir inspirer pour quelques secondes le parfum de la vie qui se poursuivait là-haut quelque part valait la douleur qu'il fallait subir. En même temps, cela éveillait en elle des sentiments assourdissants de manque. Elle n'était plus la personne qu'elle avait été et cette personne, qu'elle ne serait plus jamais, lui manquait. C'était un adieu douloureux, mais nécessaire pour survivre.

Autrement, ce qui la tourmentait le plus ici était la pensée de sa fille. Pendant toute sa courte vie, elle lui avait reproché d'être née, mais maintenant, au tout dernier moment, elle comprenait que son enfant avait été un don du ciel. Le souvenir des bras souples autour de son cou, ou des grands yeux qui l'avaient regardée, cherchant avidement quelque chose qu'elle n'avait pas su donner, la pourchassait maintenant dans des visions en Technicolor. Elle avait devant les yeux chaque petit détail de sa fille. Chaque tache de rousseur, chaque cheveu, le petit épi sur la nuque, exactement le même que le sien. Elle fit une promesse solennelle à Dieu. Si elle échappait à cette prison, elle rendrait à la petite chaque seconde d'amour maternel qu'elle n'avait pas eue. Si...

— Tu ne sors pas habillée comme ça !

— Je sors habillée comme je veux, c'est pas tes oignons !

Mélanie défia son père du regard, et il la défia en retour. Le sujet de leur dispute était toujours le même : les vêtements, ou le peu de vêtements, qu'elle portait pour sortir.

Certes, les habits qu'elle avait choisis étaient chiches en tissu, Mélanie était obligée de le reconnaître, mais elle les trouvait sympas, et ses copines s'habillaient exactement comme ça. Elle avait dix-sept ans maintenant, elle n'était plus une gamine, et ce qu'elle mettait ne regardait qu'elle. Avec mépris elle toisa son père, à qui la colère avait fait prendre une teinte rougeâtre jusqu'à la nuque. Putain, quelle horreur de devenir vieux et con. Son short Adidas brillant était passé de mode depuis des lustres et sa chemise bariolée à manches courtes était d'un ringard achevé. Sa brioche, résultat de trop de chips devant la télé, menaçait de faire sauter quelques boutons. La cerise sur le gâteau, c'étaient ses sandales affreuses en plastique. Elle avait honte de se montrer avec lui et elle détestait rester dans ce foutu camping, et tout l'été, en plus.

Quand elle était petite, elle avait adoré passer les vacances en caravane au camping. Il y avait toujours un tas d'enfants avec qui jouer et ils pouvaient se baigner et courir librement. Mais maintenant elle avait ses copains chez elle à Jönköping et le pire de tout avait été d'être obligée de quitter Tobbe. Comme elle n'était plus là pour surveiller ses intérêts, il allait sûrement faire des conneries avec cette foutue Madde, qui le collait sans arrêt comme un sparadrap, et si jamais ça arrivait, elle faisait la promesse solennelle de haïr ses parents jusqu'à la fin de ses jours.

C'était trop nase de se trouver coincée comme ça dans un camping à Grebbestad, et pour couronner le tout ils la traitaient comme si elle avait cinq ans. Elle n'avait même pas le droit de choisir elle-même comment s'habiller. Elle rejeta la tête en arrière d'un mouvement de défi et ajusta le haut, qui n'était pas beaucoup plus grand qu'un soutien-gorge de bikini. Le minishort en jean moulait ses fesses, en réalité ce n'était pas très agréable, mais les regards qu'il provoquait chez les mecs valaient bien le désagrément. Le top, c'étaient les chaussures à semelles compensées immenses qui ajoutaient au moins dix centimètres à son mètre soixante.

— Tant que nous payons le gîte et le couvert, c'est aussi nous qui décidons et maintenant tu seras gentille de…

On frappa à la porte et Mélanie saisit ce répit et alla ouvrir. Elle se trouva face à un homme brun dans les trente-cinq ans, et elle se redressa machinalement en bombant la poitrine. Un peu trop âgé pour son goût peut-être, mais il avait l'air sympa, et ça pouvait toujours énerver son vieux.

— Je m'appelle Patrik Hedström, je suis de la police. Pourrais-je entrer un petit moment ? C'est au sujet de Jenny.

Mélanie s'écarta, juste un peu, pour lui laisser le passage et il fut obligé de se serrer contre son corps peu vêtu pour pouvoir entrer.

Après avoir fait les présentations, ils s'installèrent autour de la petite table.

— Est-ce que je dois aller chercher ma femme aussi ? Elle est à la plage.

— Non, ça ne sera pas nécessaire, c'est avec Mélanie que je voudrais échanger quelques mots. Comme vous le savez peut-être, Bo et Kerstin Möller ont signalé la disparition de leur fille Jenny, et ils ont dit que vous aviez rendez-vous pour aller à Fjällbacka hier, c'est exact ?

Imperceptiblement, elle tira sur le haut pour dégager le décolleté et humecta ses lèvres avant de répondre. Un flic, c'était carrément sexy.

— Oui, on devait se retrouver à l'arrêt de bus vers sept heures pour prendre le bus de sept heures dix. On avait rencontré des garçons de Tanum Strand, et on avait décidé d'aller voir s'il se passait quelque chose à Fjällbacka, on n'avait pas de projets précis.

— Mais Jenny n'est jamais venue ?

— Non, j'ai trouvé ça bizarre. On se connaît pas très bien, mais elle paraissait assez sérieuse comme nana et ça m'a étonnée qu'elle vienne pas. Je peux pas dire que j'ai été spécialement déçue, c'était surtout elle qui me collait et ça me faisait rien d'être seule avec Micke et Fredde, les deux mecs de Tanum Strand.

— Enfin, Mélanie !

Elle répondit par un œil noir au regard furieux de son père.

— Quoi, c'est pas ma faute si je l'ai trouvée chiante. J'y suis pour rien si elle a disparu. A tous les coups, elle s'est cassée pour rentrer chez elle à Karlstad. Elle parlait d'un mec qu'elle a rencontré, et à mon avis elle ferait mieux de laisser tomber ces foutues vacances en caravane et d'aller le rejoindre.

— Ne t'avise surtout pas de faire une chose pareille ! Ce Tobbe...

Patrik se vit obligé d'interrompre la dispute entre père et fille et il fit un petit geste de la main pour attirer l'attention. Ils se turent, heureusement.

— Tu n'as donc pas la moindre idée de la raison pour laquelle elle n'est pas venue ?

— Non, pas la moindre.

— Tu sais si elle voyait quelqu'un d'autre ici au camping, quelqu'un à qui elle a pu se confier ?

Comme par inadvertance, Mélanie frôla Patrik avec sa jambe nue et elle se régala de le voir sursauter. Les mecs étaient tellement primaires. Peu importait leur âge, ils n'avaient qu'une chose en tête, il suffisait de le savoir pour les mener par le bout du nez. Elle frôla sa jambe encore une fois et elle vit la sueur commencer à perler sur sa lèvre supérieure. Mais c'est vrai qu'il faisait assez chaud dans la caravane.

Elle le laissa mariner un peu avant de répondre.

— Il y a une sorte d'abruti qu'elle voyait ici chaque été depuis qu'elle était petite. Une vraie tête de nœud, ce mec, mais elle était pas non plus spécialement cool elle-même, alors je suppose qu'ils s'entendaient bien, tous les deux.

— Tu sais comment il s'appelle, où je peux le trouver, peut-être ?

— Ses parents ont la caravane deux travées plus loin. C'est celle avec l'auvent rayé marron et blanc et tous les pots de géranium devant.

Patrik remercia Mélanie de son aide et, les joues en feu, se fraya un passage devant elle.

Elle essaya de prendre une pose séductrice à la porte en lui disant au revoir. Son père avait recommencé sa rengaine, mais elle faisait la sourde oreille. De toute façon, rien de ce qu'il disait ne valait le coup d'être entendu.

Patrik s'en alla rapidement, en sueur pas seulement à cause de la chaleur écrasante. Ce fut un soulagement de sortir de la petite caravane exiguë et d'affronter le tohu-bohu dehors. Il s'était senti comme un pédophile quand la fille lui avait collé ses petits seins en pleine figure, et lorsqu'elle avait commencé à lui faire du pied il n'avait pas su où se mettre, tellement c'était gênant. Elle n'avait pas grand-chose comme vêtement non plus. A peu près l'équivalent d'un mouchoir réparti sur le corps. Dans un éclair de lucidité, il réalisa que dans dix-sept ans ce serait peut-être sa fille qui s'habillerait ainsi en soupirant après des hommes plus âgés. La pensée le fit frissonner et il se mit à espérer que ce serait un fils. Les adolescents, il savait au moins comment ils fonctionnaient. Cette jeune fille lui avait fait l'effet d'un extraterrestre, avec ses tonnes de maquillage et ses gros bijoux clinquants. Il n'avait pas pu s'empêcher de remarquer qu'elle portait un anneau au nombril. Il commençait peut-être à devenir trop vieux, mais il ne trouvait certainement pas cela sexy, en aucun cas. Il pensait plutôt au risque d'infection et de mauvaise cicatrisation. Il gardait encore le souvenir cuisant de l'engueulade de sa mère quand il était arrivé à la maison avec une boucle d'oreille, et il avait pourtant dix-neuf ans. Il avait dû l'ôter illico, et il n'avait jamais osé pousser l'audace plus loin que ça.

Il s'égara tout d'abord parmi les caravanes disposées presque à touche-touche. Comment pouvait-on passer de son plein gré des vacances entassés comme des sardines ? D'un autre côté, il comprenait que pour beaucoup c'était devenu un style de vie. Ce qui les attirait était justement la compagnie des autres campeurs qui revenaient chaque année. Certaines caravanes ne pouvaient plus guère porter ce nom tellement on leur avait ajouté d'auvents sur tous les côtés et elles s'étaient transformées en de petites habitations permanentes qui restaient à la même place d'année en année.

Patrik finit par trouver la caravane que Mélanie avait décrite et il vit un garçon grand et dégingandé, le visage plein d'acné, assis sur le pas de la porte. Il eut pitié de lui en voyant les éruptions blanches et rouges qu'il n'avait manifestement pas pu s'empêcher de gratter, et dont il garderait certainement des cicatrices.

Le soleil l'aveuglait et il dut se faire de l'ombre avec la main. Ses lunettes de soleil étaient restées au bureau.

— Salut, je suis de la police. Je viens de parler avec Mélanie là-bas, elle m'a dit que tu connais Jenny Möller, c'est exact ?

Le garçon se contenta de hocher la tête sans rien dire. Patrik s'assit dans l'herbe à côté de lui et il vit que, contrairement à la Lolita à quelques caravanes de là, ce garçon avait l'air sincèrement soucieux.

— Je m'appelle Patrik Hedström, et toi ?

— Per.

Patrik leva les sourcils pour marquer qu'il lui fallait plus que ça.

— Per Thorsson.

Il était occupé à arracher de l'herbe par poignées entières, nerveusement et obstinément. Sans lever les yeux, il ajouta :

— C'est ma faute s'il lui est arrivé quelque chose.

Patrik sursauta :

— Comment ça ?

— C'est à cause de moi qu'elle a loupé le bus. On se retrouve ici chaque été depuis qu'on est petits et on s'est toujours bien marré ensemble. Mais depuis qu'elle a rencontré l'autre chipie, là, Mélanie, elle est devenue vachement distante. C'est que Mélanie par-ci, Mélanie par-là, et Mélanie dit ceci et j'en passe. Avant c'était possible de parler de choses sérieuses avec Jenny, des choses qui importent, alors que maintenant c'est plus que maquillage et fringues et ce genre de conneries, et elle n'a même pas osé dire à Mélanie qu'elle me voit, parce que Mélanie trouve apparemment que je suis tarte.

Il arrachait l'herbe de plus en plus vite, une petite surface de terre nue se formait progressivement autour de lui. L'odeur de grillades flottait, lourde, au-dessus de leurs têtes et Patrik sentit son estomac crier.

— Les adolescentes sont comme ça. Ça passe, je t'assure. Elles finissent par redevenir fréquentables. Patrik sourit, puis il retrouva son sérieux. Mais comment ça, c'est ta faute ? Tu sais où elle est ? Il faut que tu comprennes que ses parents sont terriblement inquiets…

Per fit non de la main.

— Je n'ai aucune idée de l'endroit où elle peut se trouver, je sais seulement qu'elle a dû avoir un gros pépin d'une façon ou d'une autre. Jamais elle ne s'absenterait comme ça. Et comme elle devait faire du stop…

— Du stop ? Pour aller où ? Quand est-ce qu'elle a fait du stop ?

— C'est pour ça que c'est ma faute. Per exagérait son articulation en parlant à Patrik, comme s'il s'adressait à un petit enfant. J'ai commencé à l'embêter juste quand elle devait partir retrouver Mélanie au bus. J'en ai simplement eu marre d'être le bon copain uniquement quand cette pétasse de Mélanie n'était pas au courant, et j'ai chopé Jenny pour lui dire ce que j'en pensais. Ça lui a fait de la peine, mais elle ne m'a pas contredit, elle a tout encaissé sans moufter. Au bout d'un moment elle a seulement dit qu'elle avait loupé le bus et qu'elle serait obligée de faire du stop pour Fjällbacka. Puis elle s'est cassée.

Per leva les yeux de son carré désherbé et regarda Patrik. Sa lèvre inférieure trembla un peu et Patrik vit qu'il luttait fébrilement pour éviter l'humiliation de se mettre à pleurer, ici parmi tous les campeurs.

— Voilà pourquoi c'est ma faute. Si je n'avais pas commencé à lui remonter les bretelles pour quelque chose qui tout compte fait n'a aucune espèce d'importance, elle aurait eu le temps de prendre le bus et il ne se serait rien passé. Elle a dû tomber sur un putain de malade mental en faisant du stop et c'est à cause de moi.

Sa voix monta d'une octave et se rompit comme s'il était en train de muer. Patrik secoua vigoureusement la tête.

— Ce n'est pas ta faute. Et nous ne savons même pas s'il est arrivé quoi que ce soit. C'est ce que nous essayons de déterminer. Après tout, elle s'est peut-être juste offert un peu de bon temps et ne va pas tarder à refaire surface.

Le ton se voulait rassurant, mais Patrik entendait combien ça sonnait faux. Il savait que l'inquiétude qu'il lisait dans les yeux du garçon existait aussi dans les siens. A l'intérieur de leur caravane à seulement une centaine de mètres de là se trouvaient les Möller, qui attendaient leur fille. Avec une sensation glacée au creux du ventre, Patrik se dit que Per pouvait avoir raison et qu'ils attendaient peut-être en vain. Quelqu'un avait pris Jenny en stop. Quelqu'un dont les intentions n'étaient pas bonnes.

Alors que Jacob et Marita étaient à leur travail et les enfants chez leur nounou, Linda attendait Johan. C'était la première fois qu'ils se verraient à l'intérieur du corps de logis de La Métairie au lieu du grenier à foin dans la grange et Linda trouvait ça excitant. Savoir qu'ils se retrouvaient clandestinement sous le toit de son frère donnait du piment à leur rendez-vous. En voyant la mine de Johan quand il entra, elle comprit qu'être de retour dans cette maison éveillait de tout autres sentiments en lui.

Il n'y était pas revenu depuis qu'ils avaient dû quitter les lieux après la mort de Johannes. D'un pas lent, Johan fit le tour de la maison, du séjour, de la cuisine et même des toilettes. C'était comme s'il voulait aspirer chaque détail. Beaucoup de choses avaient changé. Jacob avait bricolé et peint et la maison n'était plus comme dans ses souvenirs. Linda le suivait, sur ses talons.

— Ça fait longtemps que tu n'es pas venu ici.

Johan hocha la tête et passa la main sur le rebord de la cheminée dans le séjour.

— Ça fait vingt-quatre ans. Je n'avais que cinq ans à l'époque. Il a fait beaucoup de travaux ici, Jacob, non ?

— Oui, tu sais, il a besoin que tout soit tellement parfait. Il est tout le temps en train de bricoler et réparer. Il faut que tout soit nickel.

Johan ne répondit pas. C'était comme s'il se trouvait dans un autre monde. Linda commença à regretter de l'avoir invité. Elle s'était seulement imaginé un moment à batifoler au lit, pas un voyage à travers de tristes souvenirs d'enfance. Elle préférait ne pas penser à cet aspect de la personnalité de Johan, aux sentiments et au vécu qui ne l'incluaient pas. Il avait semblé si ensorcelé par elle, presque en adoration, et c'était la confirmation de cette passion qu'elle voulait voir, pas l'homme adulte pensif et ruminant qui parcourait la maison.

Elle le tira par le bras et il sursauta comme s'il émergeait d'un rêve.

— On monte ? J'ai ma chambre sous les combles.

Johan la suivit docilement dans l'escalier. Ils passèrent par le premier étage, mais quand Linda commença à grimper l'escalier raide qui menait au grenier, Johan s'attarda. C'est ici que Robert et lui avaient leurs chambres alors, et celle de leurs parents s'y trouvait aussi.

— Attends, je reviens. Il y a un truc que je veux vérifier.

Il ne prêta pas attention aux protestations de Linda, et il ouvrit d'une main tremblante la première porte du couloir. Celle de sa chambre de petit garçon. C'était toujours une chambre de garçon, mais à présent les jouets et les vêtements de William étaient éparpillés partout. Il s'assit sur le lit et essaya d'évoquer la pièce qui avait été la sienne. Au bout d'un moment il se leva et passa dans la chambre d'à côté, qui avait été celle de Robert. Elle était encore plus transformée. Maintenant elle était occupée par une petite fille, avec du rose et du tulle et des paillettes partout. Il en ressortit presque immédiatement. Le bout du couloir l'attira comme un aimant. De nombreuses nuits, il avait marché sur le tapis que sa mère avait posé là, pour aller ouvrir la porte blanche et se glisser dans le lit de ses parents. Là, il pouvait dormir en sécurité, sans cauchemars et sans monstres sous le lit. De préférence, il se serrait contre son père et dormait tout près de lui. Il vit que Jacob et Marita avaient conservé le vieux lit somptueux, cette chambre était celle qui avait le moins changé.

Il sentit les larmes le brûler sous ses paupières et il les refoula avant de se tourner vers Linda. Il ne tenait pas à se montrer si vulnérable devant elle.

— T'as bientôt fini tes vérif, ou quoi ? Y a rien à voler ici, si c'est ce que tu crois.

Sa voix avait un ton méchant qu'il n'avait jamais entendu auparavant. La colère s'alluma en lui comme une étincelle. La pensée de tout ce qui aurait pu être souffla sur l'étincelle et il saisit brutalement le bras de Linda.

— C'est quoi ces conneries ? C'est ça que tu penses, que je vérifie s'il y a quelque chose à piquer ? T'es vraiment barrée, toi. Dis-toi que j'habitais ici bien avant ton frangin, et s'il n'y avait pas eu ton salopard de père La Métairie serait toujours à nous. Alors tu la fermes, pigé ?

Pendant une seconde, Linda resta bouche bée de stupeur devant la transformation de Johan si doux habituellement, puis elle dégagea vivement son bras et cracha :

— Hé, c'est pas la faute de mon père si ton père était un joueur et s'il s'est ruiné. Et quoi que mon père ait pu faire, c'était pas sa faute non plus si le tien était un lâche qui s'est suicidé. C'était son choix, de vous quitter, et tu peux pas mettre ça sur le dos de mon père.

La rage formait des taches blanches dans son champ de vision. Il serra les poings. Linda avait l'air si mince et si frêle qu'il se dit qu'il pourrait la casser en deux, mais il se força à respirer profondément pour se calmer. D'une étrange voix sifflante il dit :

— Il y a beaucoup de choses que je peux et que je veux mettre sur le dos de Gabriel. Ton père a gâché nos vies par pure jalousie. Maman a tout raconté. Que tout le monde adorait papa, qu'ils trouvaient Gabriel rabat-joie comme c'est pas permis et, ça, il l'a pas supporté. Mais maman est montée au manoir hier pour lui dire ses quatre vérités. Dommage seulement qu'elle lui ait pas aussi filé une rouste, mais j'imagine qu'elle a surtout pas eu envie de le toucher.

Linda ricana de mépris.

— A une époque il faisait parfaitement l'affaire en tout cas. Ça me fait gerber de penser à lui avec ta cradingue de mère, mais qu'est-ce que tu veux, c'était comme ça jusqu'à ce qu'elle se dise que ça devait être plus facile de soutirer du fric à ton père qu'au mien. Alors elle a changé de mec. Et tu sais comment on appelle ces femmes-là ? Des putes !

Des postillons giclèrent à la figure de Johan lorsque Linda, qui était presque aussi grande que lui, cracha ces mots. De peur d'être incapable de se contrôler, Johan recula lentement vers l'escalier. Par-dessus tout, il aurait aimé poser ses mains autour du cou mince de Linda et le serrer, seulement pour la faire taire, mais au lieu de cela il s'enfuit.

Confuse de voir la situation lui échapper tout à coup et en colère de ne pas être capable d'avoir le dessus, Linda se pencha par-dessus la balustrade et cria derrière lui :

— Tire-toi, connard de loser, de toute façon t'étais bon qu'à une seule chose. Et même à ça, t'étais pas spécialement bon.

Elle termina en pointant le majeur en l'air, mais il était déjà en train de passer la porte et ne vit rien.

Lentement elle baissa le doigt et, avec la rapidité de changement d'humeur si caractéristique des jeunes, elle regretta déjà ce qu'elle venait de dire. Mais c'est aussi qu'il l'avait mise dans une putain de rage !

Lorsque le fax d'Allemagne arriva, Martin venait de raccrocher après avoir parlé à Patrik. Savoir que Jenny avait probablement été prise en stop ne venait pas améliorer les choses. N'importe qui aurait pu la faire monter dans sa voiture, et à présent ils ne pouvaient qu'attendre que quelqu'un ait vu quelque chose. La presse avait harcelé Mellberg, et, avec la couverture médiatique que la nouvelle allait de toute évidence connaître, Martin espérait voir se manifester quelqu'un qui aurait aperçu Jenny monter dans une voiture. Avec un peu de chance ils réussiraient à trier les vrais pépites de la masse d'appels frauduleux, des appels de détraqués et de gens qui saisissaient l'occasion de faire des crasses à un ennemi.

Annika lui apporta le fax, bref et concis. Il déchiffra tant bien que mal les quelques phrases et comprit qu'ils avaient retrouvé un ex-mari de Tanja, pour l'instant le membre de sa famille le plus proche. Cela étonna Martin que Tanja, si jeune, soit déjà divorcée, mais la donnée était là, noir sur blanc. Après un instant d'hésitation et une rapide concertation avec Patrik sur son portable, il composa le numéro de l'office de tourisme de Fjällbacka et sourit involontairement en entendant la voix de Pia à l'autre bout du fil.

— Salut, c'est Martin Molin.

Le silence qui s'ensuivit dura une seconde de trop.

— Le commissariat de Tanumshede.

Il était furieux d'être obligé de préciser qui il était. Pour sa part, il serait capable de donner la pointure de Pia si pour une raison ou une autre on l'exigeait de lui.

— Oui, salut, pardon. Je suis nulle pour retenir les noms, ça passe mieux avec des visages. Heureusement, avec le boulot que j'ai. Qu'est-ce que je peux faire pour toi aujourd'hui ?

Par quoi vais-je commencer, se dit Martin, mais il se remémora la raison de son appel et se reprit immédiatement.

— Je dois passer un appel important en Allemagne et je n'ose pas faire confiance à mon pauvre deux sur cinq en allemand. Est-ce que tu pourrais participer à une conversation à trois pour servir d'interprète ?

La réponse fusa tout de suite.

— Aucun problème. Il faut seulement que je demande à ma collègue de s'occuper de la boutique pendant ce temps.

Il l'entendit parler avec quelqu'un dans le fond.

— C'est réglé. Ça fonctionne comment ? Tu me rappelles, c'est ça ?

— Oui, je te rappelle, reste près du téléphone, ça ne devrait prendre que quelques minutes.

Exactement quatre minutes plus tard, il avait Peter Schmidt, l'ex-mari de Tanja, et Pia en ligne simultanément. Par précaution, il commença par présenter ses condoléances et s'excusa d'être obligé de le déranger dans de si tristes circonstances. La police allemande l'avait déjà informé de la mort de son ex-épouse, si bien que Martin n'eut pas à le faire, mais il n'était quand même pas à l'aise d'appeler si peu de temps après l'annonce de sa mort. C'était un des aspects les plus difficiles de son métier et heureusement un événement assez rare dans son quotidien policier.

— Que savez-vous sur le voyage de Tanja en Suède ?

Pia traduisit aisément la question en allemand, puis la réponse de Peter en suédois.

— Rien. On ne s'est malheureusement pas séparés bons amis, si bien qu'après le divorce on ne s'est pratiquement pas parlé, mais du temps de notre mariage elle n'avait jamais mentionné qu'elle voulait aller en Suède. Elle préférait des vacances au soleil, en Espagne ou en Grèce. J'aurais plutôt pensé que pour elle la Suède était un pays trop froid.

Froid, c'est ça, pensa Martin en regardant par la fenêtre les vapeurs qui montaient de l'asphalte brûlant. Oui, oui, et des ours blancs qui se baladent dans les rues, pendant que tu y es… Il poursuivit :

— Elle n'a donc jamais dit qu'elle avait quelque chose à faire en Suède, ou quelqu'un à rencontrer ? Rien concernant un lieu qui s'appelle Fjällbacka ?

La réponse de Peter fut négative encore, et Martin ne trouva rien de plus à demander. Il ne savait toujours pas ce que Tanja était venue faire en Suède. Une dernière question surgit dans son esprit au moment où il allait remercier et raccrocher :

— Y a-t-il une autre personne que nous pouvons interroger ? La police allemande vous a indiqué comme seul parent, mais il y a peut-être une amie ou… ?

— Vous pourriez essayer de contacter son père. Il habite en Autriche. C'est sans doute pour ça que la police ici ne l'a pas trouvé dans les registres. Attendez, j'ai son numéro de téléphone quelque part.

Martin entendit Peter farfouiller et déplacer des objets. Au bout d'un moment, il fut de retour. Pia continua à traduire et prononça très distinctement les chiffres qu'il lisait.

— Je ne suis pas sûr qu'il sera en mesure de vous apprendre quoi que ce soit, lui non plus. Il y a deux ans, peu après notre divorce, il y a eu un vrai clash entre Tanja et lui. Elle n'a pas voulu dire pourquoi, et je ne pense pas qu'ils se sont parlé depuis. Mais on ne sait jamais. Passez-lui mon bonjour.

L'entretien n'avait pas donné grand-chose, mais Martin le remercia de son aide et dit qu'il le contacterait de nouveau s'il avait d'autres questions. Pia resta en ligne et lui demanda s'il voulait appeler le père de Tanja tout de suite, dans ce cas elle pouvait aider à traduire.

Les sonneries retentirent mais dans le vide. Apparemment il n'y avait personne à la maison. L'allusion de l'ex-mari de Tanja à une dispute entre elle et son père avait cependant éveillé la curiosité de Martin. A quel sujet un père et une fille pouvaient-ils se disputer qui soit suffisamment grave pour qu'ils rompent complètement le contact ? Est-ce que cela avait un rapport avec le voyage de Tanja à Fjällbacka et avec son intérêt pour la disparition des deux filles ?

Plongé dans ses réflexions, il en oublia Pia qui était toujours au bout du fil et il la remercia précipitamment pour son aide. Elle était d'accord pour l'aider à appeler le père de Tanja le lendemain.

En ruminant, Martin regarda longuement la photo de Tanja à la morgue. Qu'est-ce que Tanja était venue chercher à Fjällbacka, et qu'avait-elle trouvé ?

Lentement et en se dandinant, Erica avançait le long des pontons flottants. Il était très rare de voir des emplacements libres pour les bateaux à cette époque de l'année. Habituellement, les voiliers étaient amarrés à couple, parfois trois bateaux même bord à bord. Mais le meurtre de Tanja avait éclairci les rangs et poussé beaucoup de plaisanciers à gagner d'autres ports. Erica espérait vivement que Patrik et ses collègues boucleraient cette enquête rapidement, sinon l'hiver serait rude pour tous ceux qui faisaient leur chiffre d'affaires pendant les mois d'été.

Anna et Gustav avaient cependant choisi d'aller à contre-courant et de rester quelques jours supplémentaires à Fjällbacka.

Quand Erica vit le voilier, elle comprit pourquoi elle n'avait pas réussi à les persuader de venir dormir à la maison. Il était magnifique. D'un blanc immaculé avec un pont en teck, et assez grand pour pouvoir abriter deux familles de plus, il trônait au bout du ponton.

Anna agita une main joyeuse en voyant sa sœur approcher et elle l'aida à monter à bord. Erica était hors d'haleine et Anna lui servit tout de suite un grand verre de Coca glacé.

— C'est vrai qu'on en a marre quand le terme approche.

Erica leva les yeux au ciel.

— Tu n'imagines pas à quel point. Mais je suppose que c'est ainsi que la nature nous rend impatientes d'accoucher. Si seulement il n'y avait pas cette fichue chaleur par-dessus le marché.

Elle s'essuya le front avec une serviette, mais sentit aussitôt de nouvelles perles de sueur se former et couler le long de ses tempes.

— Ma pauvre. Anna sourit avec compassion.

Gustav sortit du carré et salua poliment Erica. Il était vêtu de façon tout aussi impeccable que la dernière fois et ses dents blanches étincelaient dans son visage bronzé. Il s'adressa à Anna sur un ton mécontent :

— Tu n'as toujours pas débarrassé le petit-déjeuner en bas. Je t'ai pourtant dit qu'il faut un minimum d'ordre à bord. C'est indispensable si on veut que ça fonctionne.

— Oh, pardon. Je m'en occupe tout de suite.

Le sourire disparut du visage d'Anna et, le regard baissé, elle se dépêcha de s'engouffrer dans le carré. Gustav s'assit à côté d'Erica, une bière glacée à la main.

— La vie à bord devient impossible si on ne maintient pas un ordre parfait. Surtout avec les enfants, autrement on ne s'en sort pas.

Erica se demanda pourquoi il ne débarrassait pas le petit-déjeuner lui-même, si c'était si important. Après tout, il ne paraissait pas manchot.

L'atmosphère était un peu tendue et Erica se rendit compte qu'un gouffre était en train de s'ouvrir, dû à leurs origines et leurs éducations différentes. Elle se sentit obligée de rompre le silence.

— Il est vraiment magnifique, ce bateau.

— Oui, une vraie beauté. Gustav débordait de fierté. Je l'ai emprunté à un ami, mais ça m'a donné envie de sauter le pas et d'en acheter un.

Silence de nouveau. Erica apprécia qu'Anna revienne. Elle s'assit à côté de Gustav et posa son verre. Une ride d'irritation se forma entre les sourcils de Gustav.

— Je préférerais que tu ne poses pas le verre juste là. Ça laisse des traces sur le bois.

— Pardon.

La voix d'Anna se fit fluette et soumise. Elle reprit vivement le verre. Gustav déplaça son attention de la mère à la fille.

— Emma. Il ne faut pas que tu joues avec la voile, je te l'ai déjà dit. Allez, va-t'en de là.

La fille d'Anna, qui n'avait que quatre ans, fit la sourde oreille et l'ignora totalement. Gustav était sur le point de se lever lorsque Anna bondit.

— Je la prends. Elle n'a pas dû t'entendre.

L'enfant hurla de colère qu'on l'emporte et se mit ensuite à bouder quand Anna la fit venir avec les adultes.

— T'es bête.

Emma visa le tibia de Gustav pour lui donner un coup de pied et Erica sourit en douce. Gustav saisit la petite par le bras pour la réprimander et Erica vit une étincelle s'allumer dans les yeux d'Anna. Elle arracha la main de Gustav et tira Emma contre elle.

— Tu ne la touches pas !

Il leva les mains en un geste d'apaisement.

— Excuse-moi, mais tes enfants sont de vraies terreurs. Il faut bien que quelqu'un leur apprenne les bonnes manières.

— Mes enfants sont parfaitement bien élevés, merci, et je m'occupe moi-même de leur éducation. Allez, on va acheter des glaces maintenant.

Elle hocha la tête en direction d'Erica qui fut plus que contente d'avoir sa sœur et les enfants pour elle un petit moment, sans monsieur J'me-la-pète. Elles mirent Adrian dans la poussette et Emma sautilla gaiement devant elles.

— Dis-moi franchement, tu trouves que j'en fais trop ? Après tout, il l'a seulement attrapée par le bras. Je veux dire, je sais que Lucas m'a rendue trop protectrice avec les enfants…

Erica prit sa sœur sous le bras.

— Je ne trouve absolument pas que tu sois trop protectrice. Personnellement j'estime que ta fille a une excellente perception des gens et tu aurais dû la laisser lui donner ce coup de pied.

— Alors là, je trouve que c'est toi qui exagères. Finalement, ce n'était pas si terrible que ça, sa façon de réagir. Quand on n'a pas l'habitude des enfants, c'est normal de s'emporter un peu.

Erica soupira. Un instant elle avait cru que sa sœur allait enfin faire preuve d'un peu de cran et exiger qu'elle-même et les enfants soient traités correctement, mais Lucas avait bien accompli son travail de sape.

— Comment ça se passe pour la garde ?

Anna eut d'abord l'air de vouloir ignorer la question, mais répondit ensuite d'une voix basse :

— Ça se passe très mal. Lucas a décidé d'utiliser tous les coups bas qu'il connaît, et le fait que j'aie rencontré Gustav le met encore plus en rage.

— Mais il n'a rien de solide ! Je veux dire, qu'est-ce qu'il peut évoquer qui ferait de toi une mauvaise mère ? Si quelqu'un a de bonnes raisons de priver l'autre de la garde, c'est bien toi !

— Oui, mais Lucas semble croire que s'il trouve un maximum d'arguments il y en aura forcément un qui sera le bon.

— Et la déposition que tu as faite contre lui, pour mauvais traitements à enfant ? Ça devrait peser plus lourd que tout ce qu'il pourra inventer, non ?

Anna ne répondit pas et une pensée désagréable surgit dans la tête d'Erica.

— Tu n'as jamais fait de déposition, c'est ça ? Tu m'as menti en me regardant dans les yeux, tu disais que tu porterais plainte mais tu ne l'as jamais fait.

Sa sœur n'osa pas affronter son regard.

— Mais réponds, bon sang ! C'est ça ? J'ai raison ?

La voix d'Anna devint revêche.

— Oui, tu as raison, chère grande sœur. Mais tu n'as pas à me blâmer. Tu n'étais pas à ma place et tu ne sais pas ce que c'est de toujours vivre dans la peur de ce qu'il pourra faire. Si j'avais porté plainte, il m'aurait pourchassée jusqu'au bout. Je me suis dit qu'il nous foutrait la paix si je n'allais pas voir la police. Et ça semble avoir fonctionné, non ?

— Oui, jusque-là, mais maintenant ça ne fonctionne plus. Enfin, merde, Anna, il faut que tu apprennes à voir un peu plus loin que le bout de ton nez !

— C'est facile pour toi de dire ça ! Toi qui es là en toute sécurité, avec un compagnon qui t'adore et qui ne te ferait jamais le moindre mal, toi qui as un tas de fric à la banque depuis le livre sur Alex. C'est vachement facile pour toi de parler ! Tu ne sais pas ce que c'est qu'être seule avec deux enfants et trimer tous les jours pour les nourrir et les habiller. Tout se passe toujours tellement bien pour toi. Et ne va pas croire que j'ai pas vu comment tu as pris Gustav de haut. Tu t'imagines que tu sais tout, mais merde, tu sais que dalle !

Anna ne donna aucune chance à Erica de répondre à son attaque, elle partit seulement en courant presque en direction de la place, avec Adrian dans la poussette et en tenant fermement Emma par la main. Sur le trottoir, Erica resta la gorge nouée, se demandant comment ça avait pu dérailler à ce point. Elle n'avait rien voulu de mal. La seule chose qu'elle voulait, c'était qu'Anna ait la vie qu'elle méritait.

Jacob fit la bise à sa mère et donna une poignée de main formelle à son père. Leur relation avait toujours été telle. Distante et correcte plutôt que chaleureuse et cordiale. C'était bizarre de regarder son père comme un étranger, mais c'était la description qui correspondait le mieux. Bien sûr qu'on lui avait raconté comment son père avait veillé à son chevet à l'hôpital jour et nuit, avec sa mère, mais Jacob n'en gardait qu'un vague souvenir, comme embrumé, et cela ne les avait pas rapprochés davantage. Il avait été plus proche d'Ephraïm, qu'il considérait davantage comme un père que comme son grand-père. Depuis qu'Ephraïm lui avait sauvé la vie en faisant un don de moelle osseuse, l'homme était nimbé de l'auréole d'un héros aux yeux de Jacob.

— Tu ne travailles pas aujourd'hui ?

Sa mère paraissait aussi inquiète que d'habitude. Jacob se demandait quels pouvaient bien être les dangers qu'elle voyait pointer à tous les coins de rue. Elle avait vécu toute sa vie comme si elle faisait de l'équilibre au bord d'un gouffre.

— J'avais pensé y aller un peu plus tard aujourd'hui. Et bosser plus ce soir. Je voulais d'abord passer prendre de vos nouvelles. J'ai entendu parler des fenêtres cassées. Maman, pourquoi tu ne m'as pas appelé, moi, plutôt que papa ? J'aurais pu être là en un rien de temps.

Laini sourit avec amour.

— Je ne voulais pas t'inquiéter. Les émotions, ce n'est pas bien pour ta santé.

Il ne répondit pas, mais sourit doucement, un sourire introverti. Elle posa sa main sur la sienne.

— Je sais, je sais, mais laisse-moi agir à ma façon. On n'apprend pas à une vieille guenon à faire la grimace.

— Tu n'es pas vieille maman, tu es encore une vraie jeunette.

Elle rougit, toute ravie. Ces échanges entre eux n'étaient pas nouveaux et il savait qu'elle adorait entendre ce genre de commentaires. Et il les lui offrait volontiers. Elle n'avait pas dû s'amuser beaucoup au cours de toutes ces années avec son père, les compliments n'étaient pas le point fort de Gabriel.

Gabriel hennit avec impatience depuis son fauteuil. Il se leva.

— Bon, maintenant la police est en tout cas allée voir tes vauriens de cousins, et avec un peu de chance ils se tiendront à carreau pendant quelque temps. Tu as le temps de jeter un coup d'œil sur les comptes ?

Jacob déposa un baiser sur la main de sa mère, hocha la tête et suivit son père dans son bureau. Gabriel avait commencé depuis plusieurs années à initier son fils aux affaires du domaine et la formation se poursuivait toujours. Il voulait s'assurer que, le jour venu, Jacob serait capable de prendre la relève. Heureusement, Jacob avait une aptitude naturelle à la gestion d'un domaine agricole et il savait se débrouiller aussi bien avec les tâches administratives que pratiques.

Après être restés penchés ensemble sur les livres un moment, Jacob s'étira et dit :

— J'avais l'intention de monter regarder un peu la chambre de grand-père. Ça fait un moment que je n'y suis pas allé.

— Hmmm, quoi, oui, vas-y. Gabriel se trouvait loin dans le monde des chiffres.

Jacob grimpa l'escalier au premier étage et se dirigea lentement vers la porte qui menait à l'aile gauche du manoir. C'est là que grand-père Ephraïm avait vécu jusqu'à sa mort et Jacob y avait passé de nombreuses heures dans son enfance.

Il entra. Tout était intact. Jacob avait demandé à ses parents de ne rien déplacer ou changer dans cette partie de la maison, et ils avaient respecté son souhait, bien conscients du lien unique qui le liait à Ephraïm.

Les pièces témoignaient d'une certaine puissance, avec une ambiance masculine et feutrée. Elles se distinguaient nettement de l'aménagement clair du reste du manoir et pour Jacob c'était toujours comme d'entrer dans un autre monde.

Il s'assit dans le fauteuil en cuir devant une des fenêtres et posa les pieds sur le tabouret. C'était comme ça qu'Ephraïm était assis quand Jacob venait lui rendre visite. Pour sa part, il restait toujours accroupi par terre devant lui comme un chiot, à écouter dans une sorte de recueillement les histoires d'antan.

Les récits des assemblées évangéliques l'avaient passionné. Ephraïm décrivait avec beaucoup d'inspiration l'extase sur les visages des gens et leur totale concentration sur le Prédicateur et ses fils. Ephraïm avait une voix de stentor et Jacob n'avait jamais été surpris qu'elle ensorcelle autant. Ce qu'il préférait, c'était quand grand-père parlait des miracles que Gabriel et Johannes accomplissaient. Chaque jour avait apporté un nouveau miracle, et pour Jacob c'était absolument merveilleux. Il ne comprenait pas pourquoi son père ne voulait jamais parler de cette période de sa vie, oui, pourquoi il semblait même en avoir honte. Avoir la capacité de guérir, de soulager les malades et de remettre sur pied les infirmes ! Quel chagrin ils avaient dû ressentir le jour où ce don leur avait été enlevé ! D'après Ephraïm, il avait disparu du jour au lendemain. Gabriel avait haussé les épaules, tandis que Johannes avait été au désespoir. Il suppliait Dieu le soir de le lui rendre et dès qu'il voyait un animal blessé il se précipitait et essayait de ressusciter la faculté qu'il avait possédée.

Jacob n'avait jamais compris pourquoi Ephraïm riait d'une drôle de façon en parlant de cette époque. Cela avait dû être une grande déception pour Johannes, et un homme qui était aussi près de Dieu que le Prédicateur aurait dû le comprendre. Mais Jacob adorait son grand-père et ne remettait jamais en question ce qu'il disait, ni la manière dont il le disait. A ses yeux, son grand-père était infaillible. Il lui avait sauvé la vie. Pas en imposant les mains, soit, mais en faisant don de son corps à Jacob et en lui insufflant ainsi une vie nouvelle.

Mais, le plus extraordinaire, c'étaient les paroles par lesquelles Ephraïm terminait toujours ses histoires. Après un silence théâtral, il regardait son petit-fils droit dans les yeux et disait :

— Et toi Jacob, tu as aussi le don en toi. Quelque part, loin là-dedans, il attend d'apparaître au grand jour.

Jacob adorait ces mots.

Il n'avait jamais réussi, mais grand-père avait dit que la force se trouvait là, et cela lui suffisait. Pendant sa maladie, il avait essayé de fermer les yeux et de la faire venir, pour pouvoir se guérir lui-même, mais quand il baissait les paupières il ne voyait que des ténèbres, les mêmes qui l'enserraient à présent dans un étau de fer.

Peut-être aurait-il pu trouver le bon chemin si grand-père avait vécu plus longtemps. Il avait appris à Gabriel et à Johannes, alors pourquoi n'aurait-il pas pu lui apprendre aussi ?

Le cri puissant d'un oiseau au-dehors le tira de ses songes. L'obscurité lui serra de nouveau le cœur et il se demanda si cela pouvait aller jusqu'à le faire cesser de battre. Ces derniers temps, la noirceur était arrivée plus fréquente et plus dense que jamais.

Il remonta les jambes sur le fauteuil et passa ses bras autour de ses genoux. Si seulement Ephraïm avait été ici. Il aurait pu l'aider à trouver la lumière qui guérit.

— Nous partons de l'hypothèse que Jenny Möller n'a pas disparu de son plein gré. Nous aimerions avoir l'aide du public et nous vous demandons instamment de nous signaler si vous l'avez vue, et en particulier dans une voiture ou près d'une voiture. Selon les données dont nous disposons, elle aurait fait du stop pour Fjällbacka et toutes les observations à ce sujet sont du plus grand intérêt.

Avec gravité, Patrik regarda chacun des journalistes droit dans les yeux. En même temps, Annika fit circuler la photographie de Jenny, et elle allait veiller à ce que tous les journaux y aient accès pour publication. Ce n'était pas toujours le cas, mais à ce stade la presse pouvait leur être très utile.

A la grande surprise de Patrik, Mellberg lui avait proposé de diriger la conférence de presse organisée à la hâte. Luimême resta en retrait dans la petite salle de réunion du commissariat et observa Patrik qui tenait le devant de la scène.

Plusieurs mains étaient levées.

— Est-ce que la disparition de Jenny a un rapport avec le meurtre de Tanja Schmidt ? Avez-vous trouvé quelque chose qui relie ce meurtre avec les corps de Mona Thernblad et Siv Lantin ?

Patrik se racla la gorge.

— Premièrement, l'identification de Siv n'est pas encore confirmée, alors j'apprécierais que vous n'en parliez pas dans vos articles. Pour le reste, je ne peux pas faire de commentaire sur ce que nous avons déduit ou pas, pour des motifs techniques liés à l'enquête.

Les journalistes murmurèrent de mécontentement d'avoir à buter encore et toujours sur des motifs techniques liés à l'enquête, mais ils s'obstinèrent quand même à l'interpeller.

— Les touristes ont commencé à déserter Fjällbacka. Ont-ils raison de s'inquiéter pour leur sécurité ?

— Il n'y a aucune raison de s'inquiéter. Nous travaillons d'arrache-pied pour résoudre ces affaires, mais pour l'instant notre priorité est de retrouver Jenny Möller. C'est tout ce que je peux vous dire. Je vous remercie.

Il quitta la pièce sous les protestations des journalistes, mais du coin de l'œil il vit que Mellberg s'y attardait. Pourvu que l'énergumène n'aille pas dire des bêtises maintenant.

Il alla trouver Martin et s'assit sur le bord de son bureau.

— C'est comme de plonger la main dans un nœud de vipères, je te jure.

— Sauf qu'en ce moment ils peuvent nous être utiles.

— Oui, il y a forcément quelqu'un qui a vu Jenny monter dans une voiture, si elle a bien fait du stop comme l'a dit ce jeune. Avec toute la circulation sur la route de Grebbestad, ça tiendrait du miracle si personne n'avait rien remarqué.

— On a déjà vu des choses plus étranges que ça, soupira Martin.

— Tu n'as toujours pas réussi à joindre le père de Tanja ?

— Je n'ai pas réessayé. Je pensais le faire ce soir. Il est probablement au boulot.

— Oui, tu as raison. Tu sais si Gösta a vérifié dans les prisons ?

— Oui, c'est incroyable, mais il l'a fait. Rien. Personne n'est resté coffré pendant tout ce temps et jusqu'à maintenant. Mais ce n'était pas une piste vraiment sérieuse. Je veux dire, on peut zigouiller le roi, de toute façon on se retrouve dehors quelques années plus tard pour bonne conduite. Et on obtient une permission au bout de quelques semaines seulement. Enervé, Martin lança son stylo sur le bureau.

— Allez, ne sois pas cynique. Tu es beaucoup trop jeune pour ça. Après dix années dans le métier, tu pourras commencer à te sentir amer, jusque-là continue à être naïf et à avoir confiance dans le système.

— Oui, l'ancêtre.

Martin fit un salut militaire paresseux et Patrik se leva en riant.

— Par ailleurs, dit-il, on ne peut pas partir de l'hypothèse que la disparition de Jenny ait un rapport avec les meurtres de Fjällbacka. Il faut que tu demandes à Gösta de vérifier si un violeur aurait été relâché ces jours-ci. Demande-lui de vérifier tous ceux qui ont été condamnés pour viols, violences aggravées envers des femmes et ce genre de crimes, quelqu'un qui serait connu pour opérer dans la région.

— L'idée est bonne, mais ça peut tout aussi bien être quelqu'un venu d'ailleurs, un touriste.

— C'est vrai, mais il faut qu'on commence quelque part et c'est un début qui en vaut un autre.

Annika passa la tête.

— Excusez-moi de vous déranger, messieurs, mais tu as le labo au bout du fil, Patrik. Je te passe la communication ici, ou tu préfères la prendre dans ton bureau ?

— Passe-la dans mon bureau, mais donne-moi trente secondes pour y arriver.

Son cœur se mit à battre plus vite. Attendre un appel du Laboratoire central était un peu comme attendre le père Noël. On ne savait jamais quelles surprises on trouverait dans les paquets.

Dix minutes plus tard il retourna dans le bureau de Martin, mais il resta à la porte.

— On vient d'avoir la confirmation que le deuxième squelette est bien celui de Siv Lantin, comme prévu. Et l'analyse de la terre est terminée. On peut tenir quelque chose de solide là.

Martin se pencha en avant, tout ouïe, et joignit les mains.

— Ne me laisse pas sur le gril. Qu'est-ce qu'ils ont trouvé ?

— Premièrement, c'est le même type de terre sur le corps de Tanja, sur la couverture où elle était posée et sur les ossements.

Cela démontre qu'à un moment au moins elles se sont trouvées au même endroit. Ensuite ils ont isolé un engrais dans la terre qui est utilisé uniquement par les agriculteurs. Ils ont même réussi à trouver la marque et le nom du fabricant. Et, cerise sur le gâteau – il n'est pas vendu en magasin mais directement par le fabricant et ce n'est pas une des marques les plus courantes sur le marché. Il faut que tu leur passes un coup de fil dare-dare, tu leur demandes de sortir les listes des clients qui ont acheté ce produit, et on va enfin pouvoir avancer. Tiens, ça c'est le nom de l'engrais et celui du fabricant. Le numéro devrait figurer dans les pages jaunes.

Martin agita la main pour le calmer.

— Je m'en occupe. Je te tiens au courant dès que j'ai obtenu les listes.

— Super. Il tambourina légèrement sur le montant de la porte.

— Tiens, j'y pense…

Patrik était déjà reparti dans le couloir et il fit volte-face en entendant la voix de Martin.

— Oui ?

— Ils ont dit quelque chose à propos de l'ADN ?

— Ils y travaillent encore. C'est le Labo central qui fait ces analyses-là, et il y a apparemment un sacré embouteillage pour ce genre de tests. C'est la saison des viols, tu comprends.

Martin poussa un soupir de découragement. Il comprenait très bien. C'était un des avantages des mois d'hiver. Beaucoup de violeurs trouvaient qu'il faisait trop froid dehors pour baisser leur pantalon, alors qu'en été rien ne les en empêchait.

Patrik retourna dans son bureau en fredonnant. Enfin ils avaient une piste. Même si elle était mince, ils avaient au moins quelque chose de concret pour avancer.

Ernst s'offrit un hot-dog avec de la purée sur la place de Fjällbacka. Il s'assit sur un des bancs donnant sur la mer et surveilla d'un œil méfiant les mouettes qui lui tournaient autour. Si elles en avaient l'occasion, elles lui piqueraient la saucisse, et il ne les quittait pas du regard une seule seconde. Saloperie de rats volants ! Enfant, il s'était amusé à attacher une ficelle à un poisson en tenant fermement l'autre bout de la ficelle. Une fois que la mouette avait englouti le poisson en toute confiance, Ernst se retrouvait avec un cerf-volant vivant, voletant autour de lui, complètement paniqué. Un autre de ses tours favoris avait été de piquer de la gnôle maison à son père et d'y tremper des bouts de pain qu'il lançait ensuite aux mouettes. Ça le faisait toujours mourir de rire de les voir complètement désorientées sur des ailes instables. Il n'osait plus ce genre de bêtises, même s'il en avait encore bien envie. Des putains de vautours, voilà ce qu'elles étaient, ces bestioles.

Il aperçut un visage familier. Gabriel Hult dans sa BMW s'arrêtait au bord du trottoir devant le kiosque Relais. Ernst se redressa sur son banc. Il s'était tenu informé de l'enquête sur les meurtres des filles, par pur dépit d'en avoir été exclu, et il était au courant du témoignage de Gabriel contre son frère. Peut-être, seulement peut-être, pensa Ernst, y avait-il encore des choses à tirer de ce foutu prétentieux. Rien que la pensée du domaine avec toutes les terres dont Gabriel Hult était le propriétaire le fit saliver de jalousie et il se sentirait mieux s'il pouvait le coincer un peu. Et s'il avait la moindre petite chance de trouver du nouveau pour l'enquête et de clouer le bec à ce foutu Hedström, ce serait un putain de bonus.

Il jeta le reste de son hot-dog dans la poubelle la plus proche et partit nonchalamment en direction de la voiture de Gabriel. La BMW argentée scintillait au soleil et il ne put s'empêcher de passer une main envieuse le long du toit. Merde alors, c'est une caisse comme ça qu'il lui fallait. Il retira vivement sa main lorsque Gabriel sortit du kiosque, un journal à la main. Il regarda Ernst avec méfiance, adossé comme il l'était à la porte du passager.

— Excusez-moi, mais, ça, c'est ma voiture.

— En effet, oui. Ernst Lundgren. Du commissariat de Tanumshede.

Ernst mit dans le ton autant d'insolence qu'il osait. Valait mieux inspirer du respect dès le départ. Gabriel soupira.

— Qu'est-ce qu'il y a maintenant ? Johan et Robert ont encore fait des bêtises ?

Ernst ricana.

— Probablement, si je les connais bien, ces voyous, mais pour l'instant on ne m'a rien signalé. Non, j'ai quelques questions au sujet de ces femmes que nous avons trouvées dans la brèche du Roi. Il hocha la tête en direction de l'escalier en bois qui y grimpait le long de la paroi rocheuse.

— Qu'est-ce que vous imaginez que je pourrais vous dire là-dessus ? Ce n'est quand même pas encore cette vieille histoire avec mon frère ? J'ai déjà répondu aux questions d'un de vos collègues. Ça fait un bail maintenant, et les événements de ces derniers jours apportent bien la preuve que Johannes n'y était pour rien ! Regardez ça !

Gabriel déplia le journal qu'il avait tenu coincé sous le bras et le brandit devant Ernst. La une était occupée par une photo de Jenny Möller, à côté d'une photo d'identité floue de Tanja Schmidt. Le titre, comme de bien entendu, était racoleur.

— Vous voulez dire que mon frère est sorti de sa tombe pour faire ça ? La voix de Gabriel trembla d'émotion. Vous avez l'intention de perdre combien de temps à farfouiller dans ma famille pendant que le vrai coupable court les rues ? La seule chose que vous avez contre nous est un témoignage que j'ai fourni il y a plus de vingt ans. J'étais sûr de moi à ce moment-là, c'est vrai, mais que voulez-vous, c'était la nuit, je revenais du chevet de mon fils mourant et je me suis peut-être tout simplement trompé !

Il fit le tour de la voiture d'un pas indigné, s'arrêta devant la portière du chauffeur et actionna la télécommande des fermetures centralisées. Avant de monter dans la voiture, il lança à Ernst une dernière tirade énervée.

— Si ça continue, je vais contacter nos avocats. J'en ai assez de voir les gens se dévisser la tête à force de me regarder depuis que vous avez trouvé les filles, et je n'ai pas l'intention de vous laisser ranimer les ragots autour de ma famille, seulement parce que vous n'avez rien de mieux à faire.

Gabriel claqua la portière et partit sur les chapeaux de roues. Il remonta Galärbacken à une telle vitesse que les passants furent forcés de se plaquer contre les murs.

Ernst gloussa. Gabriel Hult avait peut-être de l'argent, mais en tant que flic Ernst avait le pouvoir de flanquer du désordre dans son petit monde privilégié. La vie lui parut bien meilleure tout à coup.

— Nous sommes face à une crise qui concerne tout le canton. Stig Thulin, l'homme fort de la commune de Fjällbacka, fixa Mellberg droit dans les yeux, mais celui-ci n'eut pas l'air spécialement impressionné.

— Oui, je l'ai déjà dit, à toi comme à tous ceux qui ont téléphoné, on travaille à plein temps sur cette enquête.

— Je reçois des dizaines d'appels tous les jours de la part de commerçants qui s'inquiètent, et je comprends leur inquiétude. Tu as regardé les campings et les ports par ici ? Ça ne déteint pas seulement sur le commerce de Fjällbacka, ce qui en soi aurait été suffisamment embêtant. Avec la disparition de l'autre fille, les touristes désertent les localités voisines aussi. Grebbestad, Hamburgsund, Kämpersvik, même jusqu'à Strömstad, tous commencent à en ressentir les effets. Je veux savoir ce que vous faites concrètement pour dénouer la situation ?

Des rides d'agacement étaient maintenant apparues sur le front distingué de Stig Thulin, qui d'ordinaire affichait un sourire Colgate. Il était le premier représentant de la commune depuis plus de dix ans, et il avait aussi la réputation d'un vrai coureur de jupons. Mellberg était obligé d'avouer qu'il comprenait la propension qu'avaient les femmes à succomber à son charme. Il fallait admettre que Stig Thulin était particulièrement bien pour son âge, avec le charme poivre et sel du quinqua combiné à des yeux bleus polissons.

Mellberg afficha un sourire rassurant.

— Tu sais aussi bien que moi, Stig, que je ne peux pas aborder les détails de notre travail dans cette enquête, mais tu dois me croire sur parole quand je dis qu'on mobilise toutes nos ressources pour retrouver la fille Möller et celui qui a commis ces crimes épouvantables.

— Mais avez-vous réellement la capacité de mener une enquête de cette envergure ? Est-ce que vous ne devriez pas demander des renforts de… je ne sais pas, moi… de Göteborg, par exemple ?

La sueur perlait sur les tempes grisonnantes de Stig. Sa plate-forme politique reposait sur le degré de satisfaction des commerçants, et l'agacement qu'ils avaient manifesté ces derniers jours n'augurait rien de bon pour les prochaines élections. Il se sentait comme un coq en pâte dans les couloirs du pouvoir, et il savait que ses conquêtes féminines étaient en grande partie dictées par sa notoriété politique.

Le front de Mellberg, qu'il n'avait pas aussi distingué, se plissa aussi.

— On n'a absolument pas besoin d'aide dans cette affaire, je peux te l'assurer. Et je dois dire que je n'apprécie pas que notre compétence soit ainsi mise en doute. Il n'y a jamais eu de plaintes concernant notre façon de travailler et je ne vois aucune raison pour que ce genre de critique sans fondement soit formulée à ce stade de l'enquête.

Grâce à une bonne connaissance de ses semblables, qui lui avait été bien utile dans les méandres de la politique, Stig Thulin comprit qu'il était temps de reculer. Se mettre la police locale à dos ne servait pas ses intérêts et il prit une profonde inspiration avant de dire :

— Oui, c'était sans doute un peu prématuré d'avancer ce genre de questions. Evidemment que vous avez notre entière confiance. Mais je tiens quand même à souligner qu'il est fondamental de résoudre l'affaire au plus vite !

Mellberg hocha seulement la tête en guise de réponse et, après les habituelles phrases de remerciement, l'homme fort de la commune se dépêcha de quitter le commissariat.

Elle s'observa d'un œil critique dans le miroir en pied que ses parents avaient finalement accepté d'accrocher dans la caravane pour mettre fin à son harcèlement. Pas mal. Mais deux kilos en moins seraient encore mieux. Mélanie rentra le ventre pour voir. Mais oui, c'était tout de suite mieux. Elle ne voulait plus voir une once de graisse et décida que pour les semaines à venir elle ne mangerait qu'une pomme au déjeuner. Sa mère pouvait dire ce qu'elle voulait, elle donnerait n'importe quoi pour ne pas devenir aussi grosse et dégueu qu'elle.

Après avoir ajusté son string une dernière fois, elle prit son sac de plage et son drap de bain et elle s'apprêtait à sortir lorsqu'on frappa à la porte. C'était sûrement les potes qui venaient lui proposer d'aller se baigner. Elle ouvrit. La seconde d'après, elle fut propulsée en arrière et alla heurter du coccyx contre la petite table. La douleur lui voila les yeux et elle eut le souffle coupé. Un homme fit irruption et elle chercha dans son souvenir si elle l'avait déjà vu. Il paraissait vaguement familier mais le choc et la douleur lui brouillèrent les idées. Une pensée surgit cependant immédiatement, celle de Jenny et de sa disparition. La panique acheva d'éliminer ce qui lui restait de lucidité, et elle s'effondra par terre, sans défense.

Mélanie ne protesta pas lorsqu'il la tira par le bras et la poussa vers le lit. Mais quand il se mit à arracher son soutien-gorge, la terreur lui donna de la force et elle asséna un coup de pied en direction de l'entrejambe de l'homme. Elle rata sa cible et toucha la cuisse, et la réponse fusa immédiatement. Un coup de poing atterrit dans le bas de son dos au même endroit où la table l'avait touchée et de nouveau elle eut le souffle coupé. Elle s'affaissa sur le lit et capitula. Face à la puissance de l'homme elle se sentit minuscule et désarmée, et survivre devint son unique pensée. Elle se prépara à mourir. De la façon dont elle était sûre maintenant que Jenny était morte.

Il y eut un bruit et l'homme se retourna alors qu'il venait de baisser le string du bikini. Avant qu'il n'ait eu le temps de réagir, quelque chose s'abattit sur sa tête et avec un son rauque il tomba à genoux. Avant de sombrer dans l'inconscience, Mélanie vit ce grand plouc de Per, une batte de base-ball à la main.

— Meeerde, j'aurais dû le reconnaître !

Martin trépigna de frustration et gesticula en direction de l'homme menotté qu'on poussait à l'arrière d'une voiture de police.

— Comment est-ce que tu aurais pu le reconnaître ? Il a pris au moins vingt kilos derrière les barreaux et en plus il est devenu blond. Même sa mère ne l'aurait pas reconnu. Et avec ça, tu as seulement vu sa tronche en photo.

Patrik essaya de calmer Martin de son mieux, mais il avait l'impression de parler à un sourd. Ils étaient devant la caravane de Mélanie et ses parents, et une foule de curieux s'était formée autour d'eux. Mélanie avait déjà été transportée en ambulance à l'hôpital d'Uddevalla. Patrik avait réussi à joindre les parents au centre commercial de Svinesund et, encore sous le choc, ils étaient partis directement à l'hôpital.

— Je l'ai eu en face de moi, Patrik. Je pense même que je lui ai fait un signe de la tête. Il a dû se marrer comme une baleine quand on est partis. En plus, sa tente était juste à côté de celle de Tanja et Liese. Bordel de merde, ça devrait être interdit d'être con à ce point !

Il se frappa le front pour souligner ses paroles et sentit l'angoisse s'accumuler et grandir dans sa poitrine. Le jeu diabolique du "si" avait déjà commencé à le tarabuster. Si seulement il avait reconnu Mårten Frisk, Jenny serait avec ses parents en ce moment. Si ceci, si cela.

Patrik savait parfaitement ce qui se jouait dans l'esprit de Martin, mais il ignorait quels mots utiliser pour atténuer ce tourment. A sa place, il aurait probablement raisonné de la même façon, même s'il savait que ce genre de reproches n'avait pas lieu d'être. Il aurait été quasiment impossible de reconnaître le violeur arrêté pour quatre viols cinq ans plus tôt. A cette époque-là, Mårten Frisk n'avait que dix-sept ans, un adolescent brun et frêle qui avait utilisé un couteau pour forcer ses victimes à se soumettre. A présent c'était un colosse aux cheveux blonds qui manifestement estimait que sa propre force suffisait pour le rendre maître de la situation. Patrik devina aussi que des stéroïdes, assez faciles à se procurer dans les pénitenciers du pays, jouaient un rôle dans la métamorphose physique de Mårten, et ils ne devaient certainement pas calmer son agressivité innée, au contraire, ils transformaient des braises tout juste fumantes en un brasier infernal.

Martin désigna le jeune homme mal à l'aise qui restait à l'écart du centre des événements et se rongeait nerveusement les ongles. L'anxiété était inscrite en grosses lettres sur sa figure. Apparemment il ne savait pas s'il allait être qualifié de héros ou de criminel par le bras de la justice. De la tête, Patrik fit signe à Martin de le suivre, et il s'approcha du jeune homme angoissé.

— Per Thorsson, c'est ça ?

Il hocha la tête.

Patrik expliqua à Martin.

— C'est un copain de Jenny Möller. C'est lui qui m'a appris qu'elle devait faire du stop à Fjällbacka.

Patrik se tourna de nouveau vers Per.

— C'est une sorte d'exploit que tu viens d'accomplir là. Comment est-ce que tu savais que Mélanie était en train de se faire violer ?

Per fixa le sol.

— J'aime observer les gens qui viennent ici. Celui-là, je l'ai remarqué tout de suite quand il a monté sa tente, l'autre jour. Quelque chose dans sa façon de frimer devant les petites nanas. Il devait se trouver cool avec ses bras de gorille. J'ai vu comment il reluquait les meufs. Surtout quand elles n'avaient pas beaucoup de vêtements sur le dos.

— Et aujourd'hui ? Impatient, Martin essayait de l'aider à en venir aux faits.

Les yeux toujours baissés, Per continua :

— J'ai vu qu'il regardait les parents de Mélanie partir et ensuite il est resté à attendre un moment.

— Combien de temps ? demanda Patrik.

Per réfléchit.

— Peut-être cinq minutes. Ensuite il s'est dirigé, d'un pas décidé je dirais, vers la caravane de Mélanie, et j'ai pensé qu'il allait peut-être essayer de la draguer, mais quand elle a ouvert, il s'est jeté sur elle et alors je me suis dit putain de merde, ça doit être lui qui a fait disparaître Jenny, je suis allé chercher une batte là-bas, les mômes venaient de faire une partie, et je lui ai tapé sur la tête avec.

Ici il fut obligé de s'arrêter et de chercher sa respiration et pour la première fois il leva le regard et fixa Patrik et Martin. Ils virent que sa lèvre inférieure tremblait.

— Je vais me trouver dans la merde à cause de ça ? Parce que je l'ai assommé, je veux dire ?

Patrik le calma en posant une main sur son épaule.

— Je pense pouvoir te promettre qu'il n'y aura pas de suites pour toi. Comprends-moi bien, on n'encourage évidemment pas la population à agir ainsi, mais le fait est que si tu n'étais pas intervenu il aurait eu le temps de violer Mélanie.

Le soulagement fit littéralement s'affaisser Per, mais il se redressa rapidement et dit :

— Est-ce que ça peut être lui qui… pour Jenny, je veux dire… ?

Il n'arrivait même pas à prononcer les mots et Patrik fut à court de paroles rassurantes.

— Je ne sais pas. Est-ce que tu as remarqué s'il regardait Jenny de cette manière-là ?

Per réfléchit fébrilement, mais secoua finalement la tête.

— Je ne sais pas. Je veux dire, il le faisait probablement, il reluquait toutes les nanas qui passaient, mais je ne peux pas dire s'il la regardait, elle, plus particulièrement.

Ils remercièrent Per et le rendirent à ses parents qui se faisaient du mauvais sang. Puis ils prirent le chemin du commissariat.

Là, derrière les barreaux, se trouvait peut-être celui qu'ils cherchaient si désespérément. Sans se rendre compte qu'ils avaient le même geste, Martin et Patrik croisaient littéralement les doigts pour qu'il en soit ainsi.

Dans la salle d'interrogatoire, l'ambiance était électrique. La pensée de Jenny Möller les stressait tous dans leur ardeur à extirper la vérité de Mårten Frisk, mais ils savaient aussi que certaines choses ne venaient pas en les forçant. Patrik menait l'interrogatoire, et personne n'avait été surpris qu'il demande à Martin d'y assister. Après avoir expédié la procédure obligatoire avec les données personnelles, la date et l'heure, pour le compte du magnétophone, ils commencèrent leur travail.

— Tu es arrêté pour tentative de viol sur Mélanie Johansson, tu as un commentaire à faire ?

— Putain, ouais !

Mårten était assis paresseusement penché en arrière sur la chaise, l'un de ses énormes biceps reposant sur le dossier. Il était en vêtements d'été, débardeur et short, un minimum de tissu pour exposer un maximum de muscles. Ses cheveux décolorés étaient un peu trop longs, la frange n'arrêtait pas de lui tomber sur les yeux.

— J'ai rien fait qu'elle voulait pas que je fasse, et si elle dit autre chose c'est qu'elle ment ! On avait fixé rendez-vous quand ses parents partaient faire les courses et on venait juste de commencer à s'amuser un peu quand l'autre con arrive avec sa batte de base-ball. D'ailleurs je voudrais porter plainte pour violences. Vous avez qu'à le noter dans vos carnets, là. Il montra les blocs-notes devant Patrik et Martin, et ricana.

— On parlera de ça plus tard, pour l'instant il est question des accusations qui sont portées contre toi.

Le ton bref de Patrik contenait tout le mépris que l'homme éveillait en lui. Dans son monde, les hommes qui s'attaquaient aux jeunes filles faisaient partie de la pire espèce, tout en bas de l'échelle.

Mårten haussa les épaules comme s'il s'en fichait totalement. Les années de prison l'avaient bien formé. La dernière fois qu'il s'était trouvé devant Patrik, c'était un adolescent de dix-sept ans, maigre et peu sûr de lui, qui vidait son sac et reconnaissait les quatre viols presque tout de suite. Maintenant il avait appris des grands, et sa transformation physique correspondait bien à sa transformation mentale. Ce qui était resté intact, par contre, était sa haine des femmes et sa façon de s'attaquer à elles. A leur connaissance, cela s'était manifesté en viols brutaux, pas en homicides, mais ce qui inquiétait Patrik, c'est que la prison avait pu causer plus de mal que ce qu'ils pouvaient imaginer. Est-ce que Mårten Frisk avait sauté le pas de violeur en tueur ? Dans ce cas, où se trouvait Jenny Möller et quel rapport y avait-il avec la mort de Mona et de Siv ? A l'époque où elles avaient été assassinées, Mårten Frisk n'était même pas né !

Patrik soupira et poursuivit l'interrogatoire.

— Disons qu'on te croit. Il reste quand même une énorme coïncidence qui nous cause des soucis, le fait que tu te trouves au camping de Grebbestad quand une fille du nom de Jenny Möller disparaît et que tu étais au camping de Sälvik à Fjällbacka quand une touriste allemande a disparu, qu'on a ensuite retrouvée assassinée. Ta tente était même juste à côté de celle de Tanja Schmidt et sa copine. Un peu troublant, à notre avis.

Mårten pâlit visiblement.

— Non, déconnez pas, j'ai rien à voir avec ça.

— Mais tu sais de quelle fille on parle ?

A contrecœur, il dit :

— Oui, bien sûr, j'ai vu les deux gouines dans la tente à côté de la mienne, mais les brouteuses m'ont jamais fait bander et en plus elles étaient un peu trop vieilles à mon goût. Des tronches de bonnes femmes, toutes les deux.

Patrik pensa au visage de Tanja sur la photo d'identité, peut-être assez quelconque mais si sympathique, et il réprima l'impulsion de lancer son bloc-notes à la figure de Mårten. Son regard était glacé quand il fixa l'homme en face de lui.

— Et Jenny Möller alors ? Dix-sept ans, mignonne, blonde. Exactement dans tes goûts, non ?

Des perles de sueur commencèrent à apparaître sur le front de Mårten. Il avait de petits yeux qui cillaient avec régularité quand il devenait nerveux et maintenant il clignait frénétiquement des paupières.

— J'ai rien, RIEN à voir avec ça. Putain, je l'ai pas touchée, je le jure !

Il lança les bras en l'air d'un mouvement supposé signaler qu'il était innocent et, malgré lui, Patrik eut l'impression d'entendre une intonation de vérité dans sa voix. Son comportement quand ils parlaient de Tanja et de Jenny était tout autre que lorsqu'ils l'avaient questionné sur Mélanie. Du coin de l'œil, il vit que Martin aussi avait l'air hésitant.

— Bon, je veux bien reconnaître que la meuf aujourd'hui était peut-être pas tout à fait d'accord, mais il faut me croire, pour les deux autres, j'ai pas la moindre idée de quoi vous parlez. Je le jure !

La panique dans la voix de Mårten était manifeste et, après s'être consultés des yeux, Martin et Patrik décidèrent de mettre fin à l'interrogatoire. Malheureusement, ils croyaient Mårten sur parole. Cela signifiait que quelque part ailleurs quelqu'un détenait Jenny Möller, si elle n'était pas déjà morte. Et la promesse que Patrik avait faite à Albert Thernblad de trouver l'assassin de sa fille sembla tout à coup très, très difficile à tenir.

Gösta était angoissé. C'était comme si une partie de son corps, engourdie depuis longtemps, s'était brusquement ranimée. Son travail l'avait rempli d'indifférence pendant si longtemps que c'était bizarre de ressentir quelque chose comme un engagement. Il frappa doucement à la porte de Patrik.

— Je peux entrer ?

— Comment ? Heu, oui, bien sûr. Patrik leva distraitement les yeux de sa table de travail.

Gösta entra, l'air penaud, et s'assit sur la chaise des visiteurs. Il ne dit rien, et au bout d'un long moment Patrik dut lui venir en renfort.

— Bon ? Tu voulais me dire quelque chose ?

Gösta se racla la gorge et étudia minutieusement ses mains sur ses genoux.

— J'ai reçu la liste hier.

— Quelle liste ? Patrik fronça les sourcils.

— Celle avec des violeurs du coin qui ont été libérés de prison. Il n'y avait que deux noms, dont l'un était celui de Mårten Frisk.

— Et c'est pour ça que tu fais cette tête ?

Gösta leva les yeux. L'angoisse fut là de nouveau, comme une grosse balle dure dans son ventre.

— Je n'ai pas fait mon boulot. J'avais l'intention de vérifier les noms, où ils étaient, ce qu'ils faisaient, aller les voir et avoir un mot avec eux. Mais j'ai glandé. C'est la vérité vraie, Hedström. J'ai glandé. Et maintenant…

Patrik ne répondit pas et attendit pensivement la suite.

— Maintenant, il ne me reste qu'à avouer que si j'avais fait mon boulot cette gamine aujourd'hui n'aurait peut-être pas été attaquée, presque violée, et on aurait aussi eu la possibilité de poser des questions sur Jenny un jour plus tôt. Qui sait, ça fera peut-être la différence entre la vie et la mort pour elle. Hier elle était peut-être vivante et aujourd'hui elle est peut-être morte. Et ça parce que j'ai pas été foutu de bouger mon cul et de faire mon boulot ! Il se frappa la cuisse avec le poing pour souligner ses paroles.

Patrik observa un moment de silence, il se pencha ensuite par-dessus le bureau et joignit ses mains. Le ton de sa voix était confiant, pas réprobateur comme Gösta avait pensé qu'il le serait. Il leva les yeux, surpris.

— C'est vrai que ton travail laisse à désirer par moments, Gösta, on le sait tous les deux. Mais ce n'est pas à moi d'entamer cette question avec toi, c'est le chef qui doit gérer ça. En ce qui concerne Mårten Frisk et le fait que tu ne l'aies pas vérifié hier, tu peux l'oublier. Premièrement, tu ne l'aurais jamais localisé au camping aussi vite, il t'aurait fallu au moins deux, trois jours. Deuxièmement, je pense, malheureusement, que ce n'est pas lui qui a enlevé Jenny Möller.

— Mais je croyais que c'était pratiquement établi. Gösta regarda Patrik, perplexe.

— Oui, c'est bien ce que j'avais cru aussi. Je ne suis pas tout à fait certain, mais ni Martin ni moi n'avons eu cette impression pendant l'interrogatoire.

— Merde alors ! Gösta médita la nouvelle en silence. L'angoisse ne l'avait quand même pas totalement abandonné. Il y a quelque chose que je peux faire ?

— Comme je le disais, on n'est pas entièrement sûrs, on a fait un prélèvement de sang sur Frisk qui établira définitivement s'il est notre homme ou pas. L'échantillon est déjà parti au labo, on a expliqué que ça urge, mais ce serait bien si tu pouvais leur mettre un peu la pression. Si contre toute attente c'est lui, chaque heure pourra avoir son importance pour la fille Möller.

— Compte sur moi, je m'en occupe. Je vais les tanner comme un pitbull.

Patrik sourit à la métaphore. S'il devait comparer Gösta à un chien, ce serait plutôt un vieux beagle fatigué.

Dans sa ferveur de bien faire, Gösta bondit de la chaise et sortit de la pièce comme s'il avait le feu aux fesses. Le soulagement de ne pas avoir commis la grande faute qu'il avait cru faire lui donnait des ailes. Il se promit de travailler plus dur que jamais à partir de maintenant, peut-être même quelques heures sup ce soir ! Ah non, c'est vrai, il avait réservé pour un parcours à cinq heures. Bah, il pourrait toujours les faire un autre jour, les heures sup !

Elle détestait être obligée d'entrer dans la crasse et le fatras. C'était comme entrer dans un autre monde. Avec prudence elle enjamba de vieux journaux, des sacs-poubelles et Dieu sait quoi encore.

— Solveig ?

Pas de réponse. Elle serra son sac à main contre son corps et entra plus loin dans le vestibule. La voilà. L'aversion l'inondait littéralement. Elle haïssait cette femme plus qu'elle n'avait jamais haï qui que ce soit, y compris son père. En même temps, elle avait besoin d'elle. Cette pensée suscitait toujours en elle une sorte d'écœurement.

Un sourire illumina le visage de Solveig quand elle vit Laini.

— Tiens, tiens, qu'est-ce que je vois ? Ponctuelle comme d'habitude. On peut vraiment compter sur toi, Laini. Elle referma l'album qui la tenait occupée et fit signe à Laini de s'asseoir.

— Je préférerais te le donner tout de suite, je suis un peu pressée…

— Allons Laini, tu connais les règles du jeu. D'abord on prend un café, sans se presser, et ensuite on passe au règlement. Ce serait de la goujaterie de ne pas proposer quelque chose à boire quand j'ai du beau monde qui vient me voir.

La raillerie dégoulinait de sa voix. Laini était assez avisée pour ne pas protester. Cette danse sinistre, elles l'avaient dansée maintes et maintes fois au fil des ans. Elle épousseta un coin de la banquette de cuisine et ne put s'empêcher de faire une grimace de dégoût en s'asseyant. En rentrant chez elle après une visite ici, elle se sentait toujours sale pendant des heures.

Solveig se leva péniblement et rangea soigneusement ses albums. Elle sortit deux tasses ébréchées et Laini dut réprimer le geste d'essuyer la sienne. Ensuite il y eut aussi de petits sablés, secs et brisés, et Solveig lui dit de se servir. Elle prit un petit bout de biscuit et pria intérieurement pour que la visite soit bientôt terminée.

— Pas vrai qu'on s'amuse bien, hein ?

Solveig trempa avec délectation son biscuit dans le café réchauffé et regarda malicieusement Laini, qui se tut pour toute réponse.

— Qui pourrait croire que l'une de nous habite un manoir et l'autre une remise de merde, alors qu'on est là comme deux vieilles copines, pas vrai, Laini ?

Laini ferma les yeux en se disant que l'humiliation serait bientôt terminée. Jusqu'à la fois d'après. Elle serra les mains sous la table et se rappela pourquoi elle s'exposait à ceci, encore et encore.

— Tu sais ce qui me cause souci, Laini ? Solveig parla la bouche pleine et de petites miettes de biscuit tombaient sur la table. C'est que tu nous envoies les flics. Tu sais, Laini, je croyais qu'on avait un accord, toi et moi. Mais quand la flicaille se pointe ici et prétend quelque chose d'aussi grotesque, je me pose forcément des questions. Alors, comme ça, mes garçons auraient cassé des carreaux chez vous ?

Laini ne put que hocher la tête.

— Je trouve que je mérite des excuses pour ça, tu n'es pas de mon avis ? Parce que, on l'a expliqué à la police, les garçons sont restés ici toute la soirée. Ils n'ont donc pas pu lancer des cailloux là-haut au manoir.

Solveig prit une gorgée de café et brandit sa tasse en direction de Laini.

— Allez – j'attends.

— Je te présente mes excuses. J'ai dû me tromper.

Son regard était plein de défi quand il croisa celui de Solveig, mais sa belle-sœur sembla satisfaite.

— Bon, voilà une chose de réglée. Ce n'était pas si difficile que ça ? Alors on va pouvoir régler l'autre petite affaire aussi ?

Elle se pencha sur la table et se lécha les lèvres. Laini prit à contrecœur le sac à main sur ses genoux et en sortit une enveloppe. Solveig l'attrapa avec cupidité et compta scrupuleusement le contenu avec ses doigts graisseux.

— Le compte est bon. Comme d'habitude. Oui, je l'ai toujours dit, toi t'es vraiment réglo, Laini. Toi et Gabriel, vous êtes vraiment réglo tous les deux.

Avec l'impression d'être un hamster qui tourne à l'infini dans sa roue, Laini se leva et se dirigea vers la porte. Une fois dehors, elle respira à fond l'air frais de l'été. Avant de claquer la porte derrière elle, Solveig lança :

— C'est toujours un plaisir de te voir, Laini. On remet ça le mois prochain, d'accord ?

Laini ferma les yeux et se força à respirer calmement. Par moments, elle se demandait si l'enjeu valait vraiment tout ça.

Puis elle se rappela la puanteur de l'haleine de son père tout près de son oreille et pourquoi la sécurité de la vie qu'elle s'était créée devait à tout prix être sauvegardée. Bien sûr que ça le valait.

Dès qu'il eut franchi la porte, Patrik vit que quelque chose clochait. Erica était assise sur la véranda, lui tournant le dos, mais tout dans son attitude indiquait que ça n'allait pas. L'inquiétude prit le dessus pendant une seconde avant qu'il réalise qu'elle l'aurait appelé sur le portable s'il y avait un problème avec le bébé.

— Erica ?

Elle se tourna vers lui et il vit que ses yeux étaient rouges de pleurs. En quelques enjambées, il l'avait rejointe et s'était assis à côté d'elle sur le canapé en rotin.

— Mais, ma chérie, qu'est-ce qu'il y a ?

— Je me suis disputée avec Anna.

— Et c'est quoi cette fois ?

Il connaissait très bien tous les coins et recoins de leur relation compliquée et les raisons qui les menaient sans arrêt sur des trajectoires de collision, mais depuis qu'Anna avait rompu avec Lucas elles semblaient avoir conclu une sorte de paix provisoire.

— Elle n'a jamais porté plainte contre Lucas pour ce qu'il a fait à Emma !

— Merde, c'est pas vrai !

— Si, et maintenant que Lucas a entamé une procédure pour la garde des enfants, je croyais que c'était ça, la carte maîtresse d'Anna. Mais elle n'a rien contre lui, alors que lui va fignoler un tas de mensonges comme quoi Anna n'est pas une bonne mère.

— Oui, mais il n'a aucune preuve dans ce sens.

— Non, nous, on le sait. Mais imagine qu'il lui balance suffisamment de merde pour qu'elle soit quand même salie. Tu sais comme il sait bien s'y prendre. Je ne serais absolument pas surprise s'il réussissait à charmer les juges et mettre tout le monde dans sa poche. Si Anna devait perdre les enfants, elle craquerait.

Au désespoir, Erica appuya le visage sur l'épaule de Patrik, qui l'entoura de son bras et l'attira contre lui pour la calmer.

— On va pas laisser notre imagination s'emballer comme ça. C'était stupide de la part d'Anna de ne pas porter plainte, mais d'une certaine manière je peux la comprendre. Lucas a montré plus d'une fois qu'il n'est pas un enfant de chœur, et c'est normal qu'elle ait eu peur.

— Oui, je suppose que tu as raison. Mais ce qui m'a le plus révoltée, c'est qu'elle m'ait menti tout ce temps. Maintenant après coup, je me sens trahie aussi. Chaque fois que je lui ai demandé où ça en était, elle a esquivé en disant qu'à Stockholm la police a tellement de boulot qu'il leur faut un temps fou pour examiner toutes les plaintes. Oui, tu sais aussi bien que moi ce qu'elle disait. Et ce n'étaient que des mensonges. Et, d'une étrange façon, elle réussit toujours à me mettre ça sur le dos. Erica sentit monter une nouvelle crise de pleurs.

— Allons ma chérie. Calme-toi maintenant. Il ne faut pas que Bébé ait l'impression d'arriver dans une vallée de larmes.

Elle ne put s'empêcher de rire un peu, et elle s'essuya les yeux avec sa manche.

— Ecoute-moi maintenant, dit Patrik. Parfois Anna et toi, vous avez plus une relation mère-enfant qu'une relation de sœurs et c'est ça qui vous joue des tours sans arrêt. Tu t'es occupée d'Anna à la place de votre mère, et elle, maintenant, elle a ce besoin de se libérer de toi. Tu comprends ce que je veux dire ?

— Oui, je sais, hoqueta-t-elle. Mais je trouve tellement injuste d'être punie parce que je me suis occupée d'elle.

— Tu n'es pas en train de te prendre pour une martyre, là ? Patrik écarta une mèche du front d'Erica. Vous allez résoudre ça comme vous avez toujours tout résolu, et je trouve que cette fois-ci tu pourrais bien prendre sur toi pour être plus généreuse. Ça ne doit pas être très facile pour Anna en ce moment. Lucas est un adversaire puissant et, très sincèrement, je comprends très bien qu'elle soit terrorisée. Pense un peu à ça avant de t'apitoyer sur toi-même.

Erica se dégagea des bras de Patrik et le regarda les sourcils froncés.

— Tu n'es pas censé être de mon côté ?

— Je suis toujours de ton côté, ma chérie, toujours.

Il lui caressa les cheveux et sembla tout à coup à des milliers de kilomètres de là.

— Pardon – je suis là à chialer sur mes problèmes – comment ça se passe pour vous ?

— Hou là, ne m'en parle pas. Aujourd'hui, ça a été une vraie journée de merde.

— Mais tu ne peux pas donner de détails, renchérit Erica.

— Exactement. Mais comme je disais, ça a été une journée de merde. Il soupira lourdement mais se ressaisit. Et si on se faisait une petite soirée sympa en tête-à-tête ? J'ai l'impression que ça nous ferait du bien à tous les deux. Je file chez le poissonnier acheter quelques petits trucs, tu n'as qu'à mettre la table. Qu'est-ce que t'en dis ?

Erica acquiesça et leva la tête pour un bisou. Il avait vraiment de bons côtés, le père de son enfant.

— Prends des chips aussi et la sauce mexicaine, tu sais. Faut que j'en profite maintenant que je suis grosse de toute façon !

— A vos ordres, chef !

Agacé, Martin tapota son stylo sur la table. L'irritation était dirigée contre lui-même. Les événements de la veille lui avaient totalement fait oublier d'appeler le père de Tanja Schmidt. Ça méritait un coup de pied au cul. Sa seule excuse était d'avoir pensé que ce n'était plus très important du moment qu'ils avaient coincé Mårten Frisk. Il n'allait probablement pas réussir à le joindre avant le soir, mais rien n'empêchait d'essayer. Il regarda l'heure. Neuf heures. Il décida de vérifier d'abord si M. Schmidt était chez lui, avant d'appeler Pia et de lui demander de servir d'interprète.

Il entendit sonner, une fois, deux, trois, quatre et il était sur le point de raccrocher lorsqu'une voix pleine de sommeil répondit après la cinquième sonnerie. Gêné de l'avoir réveillé, Martin réussit tant bien que mal à expliquer en allemand qui il était et à dire qu'il allait le rappeler aussitôt. La chance était avec lui et Pia répondit immédiatement à l'office de tourisme. Elle fut d'accord pour l'aider encore une fois et quelques minutes plus tard il les avait tous les deux au bout du fil.

— Je voudrais commencer par vous présenter mes condoléances.

L'homme le remercia poliment pour sa sollicitude, mais Martin entendait très nettement à travers ses paroles le chagrin qui pesait sur la conversation. Il hésita sur la marche à suivre. La douce voix de Pia traduisait tout ce qu'il disait, mais pendant qu'il réfléchissait on n'entendait que leur respiration.

— Savez-vous qui a fait ça à ma fille ?

La voix tremblait légèrement et Pia n'avait pas besoin de traduire. Martin comprenait quand même cela.

— Pas encore. Mais nous allons le trouver.

Tout comme Patrik, quand il était en face d'Albert Thernblad, Martin se demanda s'il ne promettait pas trop, mais il était simplement obligé d'essayer d'atténuer le chagrin de l'homme de la seule façon qui était en son pouvoir.

— Nous avons parlé avec la compagne de voyage de Tanja et elle dit que Tanja est venue à Fjällbacka pour une raison précise. Nous avons posé la question à son ex-mari, mais il ne voyait pas du tout pourquoi. Est-ce que vous avez une idée ?

Martin retint son souffle. Un long silence s'ensuivit, presque insupportable. Ensuite le père de Tanja commença à parler.

Lorsqu'il finit par raccrocher, Martin se demanda s'il devait vraiment en croire ses oreilles. L'histoire était trop fantastique. Mais elle avait malgré tout un ton manifeste de vérité et il croyait à ce que disait le père de Tanja. Juste au moment de raccrocher à son tour, Martin réalisa que Pia était toujours en ligne. En hésitant, elle demanda :

— Tu as appris ce que tu voulais ? Je crois que j'ai tout bien traduit.

— Je suis persuadé que tout a été parfaitement traduit. Et oui, j'ai appris ce que je voulais. Je sais que je n'ai pas besoin de te le dire, mais...

— Je sais, je ne dois en parler à personne. Je promets de rester bouche cousue.

— C'est bien. Et d'ailleurs, je pensais...

— Oui ?

Avait-il bien entendu, était-ce un soupçon d'espoir dans la voix ? Mais le courage le quitta et il sentit aussi que le moment était mal choisi.

— Non, rien. On en parlera une autre fois.

— D'accord.

Il eut l'impression de percevoir une déception dans la voix de Pia, mais sa confiance en lui était encore en trop mauvais état après son dernier chagrin d'amour pour croire qu'il ne se faisait pas des idées.

Après avoir remercié Pia et raccroché, ses pensées glissèrent cependant tout de suite vers des choses plus sérieuses. Il mit rapidement au propre les notes qu'il avait prises pendant la conversation et alla trouver Patrik dans son bureau avec la copie. Enfin ils tenaient une ouverture.

Ils étaient tous deux sur la réserve quand ils se retrouvèrent. C'était la première fois depuis leur rendez-vous désastreux à La Métairie et chacun attendait de l'autre qu'il fasse le premier pas vers une réconciliation. Comme c'était Johan qui avait appelé et que Linda avait assez mauvaise conscience vu son rôle dans la dispute, elle prit la parole.

— Ecoute, j'ai dit pas mal de conneries l'autre jour. Je regrette. Mais ça m'a mise tellement en rogne.

Ils se trouvaient à leur point de rencontre habituel dans le grenier à foin et le profil de Johan était comme taillé dans le granit lorsque Linda le regardait. Puis elle vit ses traits s'adoucir.

— Bof, laisse tomber. Moi aussi, j'y suis allé un peu fort. C'est seulement que... Il hésita et chercha les bons mots. C'est seulement que c'était difficile de revenir dans la maison, avec tous les souvenirs et ces trucs-là. Ça n'avait pas grand-chose à voir avec toi.

En observant toujours une certaine prudence dans ses mouvements, Linda vint se blottir derrière lui et l'entoura de ses bras. Leur prise de bec avait eu ceci de positif : elle avait maintenant du respect pour lui. Elle l'avait toujours considéré comme un garçon, quelqu'un qui était pendu aux jupes de sa mère et aux basques de son grand frère, mais ce jour-là elle avait aussi vu un homme. Cela l'attirait. Ça l'attirait énormément. Elle avait également aperçu un trait dangereux et cela aussi le rendait plus attirant. Il avait réellement failli s'attaquer à elle, elle l'avait vu dans ses yeux, et maintenant qu'elle était assise la joue contre son dos, le souvenir la fit vibrer. C'était comme voler tout près d'une flamme, suffisamment pour en sentir la chaleur, mais avec assez de contrôle pour ne pas se brûler. Si quelqu'un maîtrisait cet équilibre-là, c'était bien elle.

Elle laissa ses mains se promener vers l'avant. Avidement et avec exigence. Elle pouvait toujours sentir une certaine résistance en lui, mais elle avait la rassurante certitude que c'était elle qui détenait le pouvoir dans leur relation. Relation qui reposait avant tout sur des rapports physiques, et elle estimait que dans ce domaine-là les femmes avaient le dessus, et elle plus particulièrement. Un avantage qu'elle utilisait à présent. Avec satisfaction, elle se rendit compte que la respiration de Johan se faisait plus rapide et que sa résistance commençait à fondre.

Linda se déplaça, et lorsque leurs langues se rencontrèrent elle sut qu'elle était sortie victorieuse de la lutte. Elle était encore dans cette illusion lorsqu'elle sentit Johan saisir ses cheveux d'une main ferme et lui tirer la tête en arrière pour pouvoir la regarder du dessus, droit dans les yeux. Si le but était de faire en sorte qu'elle se sente faible et vulnérable, ce fut réussi. Un instant elle vit la même lueur dans ses yeux que pendant leur dispute, et elle se demanda malgré elle si sa voix porterait un appel au secours jusqu'au bâtiment principal. Probablement pas.

— Il faut que tu sois gentille avec moi, tu sais. Sinon un petit oiseau ira peut-être siffler aux flics ce que j'ai vu ici l'autre jour.

Les yeux de Linda s'écarquillèrent. Sa voix sortit dans un chuchotement.

— Tu ne ferais pas ça ? Tu as promis, Johan.

— D'après ce que disent les gens, une promesse de quelqu'un de la famille Hult ne signifie pas grand-chose. Tu devrais le savoir.

— Il ne faut pas faire ça, Johan. Je t'en prie, tu peux me demander n'importe quoi.

— Booon, c'est qu'ils ont raison alors, les liens familiaux sont les plus forts après tout.

— Tu dis toi-même que tu n'arrives pas à comprendre pourquoi mon père a fait ça à oncle Johannes. Et tu serais prêt à faire la même chose ?

La voix de Linda était suppliante. La situation lui avait totalement échappé et, perplexe, elle se demanda comment elle avait pu se retrouver dans une telle position d'infériorité, alors qu'au départ elle avait le contrôle.

— Pourquoi je ne le ferais pas ? On pourrait peut-être dire que c'est un karma. La boucle qui se referme en quelque sorte. Johan eut un sourire méchant. Mais tu marques peut-être un point là. Disons que je me tairai. Mais n'oublie pas que ça peut changer à tout moment, et tu feras mieux d'être gentille avec moi – ma chérie.

Il caressa son visage, tout en maintenant sa prise douloureuse. Puis il poussa sa tête encore plus bas. Elle ne protesta pas. L'équilibre était définitivement ébranlé.

ÉTÉ 1979

Elle fut réveillée par des pleurs. Dans le noir, elle eut du mal à localiser le son, mais elle se traîna lentement jusqu'à sentir du tissu et quelque chose qui bougeait sous ses doigts. Le paquet par terre, une fille, se mit à hurler de terreur, mais elle la calma avec des chut en lui caressant les cheveux. Elle était bien placée pour savoir comment la terreur vous déchire avant qu'un sourd abandon ne vienne la remplacer.

Elle avait conscience que c'était égoïste, mais elle ne pouvait s'empêcher de se réjouir de n'être plus seule. Il lui semblait que ça faisait une éternité qu'elle n'avait pas eu la compagnie d'un autre être humain, mais en fait il ne devait s'agir que de quelques jours. C'était difficile de conserver la notion du temps ici dans l'obscurité. Le temps n'existait que là-haut. Dans la lumière. Ici, il était un ennemi qui vous maintenait dans la conscience d'une improbable vie.

Les pleurs de la fille taris, arriva le flot de questions. Elle n'avait pas de réponses à donner. Au lieu de cela, elle essaya d'expliquer l'importance de se laisser aller, de ne pas lutter contre le mal obscur. Mais la fille ne voulait pas comprendre. Elle pleurait et demandait, elle suppliait et priait un Dieu en lequel elle-même n'avait jamais cru un seul instant, sauf peut-être pendant une courte période de son enfance. Mais pour la première fois elle se mit à espérer s'être trompée, à espérer qu'il existait vraiment un Dieu. Sinon, quelle serait la vie de la petite, sans mère et sans Dieu vers qui se tourner ? C'était pour son enfant qu'elle avait cédé à la peur, qu'elle s'y était laissée couler, et la manière de résister de la nouvelle venue commença à la mettre en colère. Encore et encore elle essayait d'expliquer que ça ne servait à rien, mais la fille ne voulait pas écouter. Elle n'allait pas tarder à lui transmettre son ardeur belliqueuse, et l'espoir serait rapidement de retour et la rendrait vulnérable.

Elle entendit la trappe s'ouvrir et les pas s'approcher. Vivement elle repoussa la fille qui avait posé sa tête sur ses genoux. Peut-être aurait-elle de la chance, peut-être s'en prendrait-il à l'autre plutôt qu'à elle cette fois-ci.

Le silence était assourdissant. Le bavardage de Jenny qui remplissait d'ordinaire tout l'espace de la caravane avait cessé. Ils étaient assis l'un en face de l'autre à la petite table, chacun enfermé dans sa bulle. Chacun plongé dans son propre monde de souvenirs.

Dix-sept années se déroulaient devant leurs yeux comme dans un film. Kerstin sentit le poids du petit corps nouveau-né de Jenny dans ses bras, qu'inconsciemment elle tenait comme un berceau. Le nourrisson grandissait et, avec le recul, c'était passé si vite. Trop vite. Pourquoi avaient-ils gaspillé tant de temps précieux dernièrement à se chamailler et se disputer ? Si elle avait su ce qui allait se produire, elle n'aurait pas dit un seul mot de travers à Jenny. Assise là, le cœur brisé, elle se jura que si tout rentrait dans l'ordre jamais plus elle n'élèverait la voix contre sa fille.

Bo était le reflet du chaos qui régnait en elle. En quelques jours seulement, il avait pris une dizaine d'années et son visage s'était résigné et creusé de rides. Cette période aurait dû les rapprocher, ils auraient dû s'épauler l'un l'autre, mais la terreur les paralysait.

Ses mains sur la table étaient agitées de mouvements involontaires et Bo les joignit dans une tentative d'arrêter les tremblements, mais les rouvrit aussitôt en se rendant compte qu'on pourrait croire qu'il priait. Il ne voulait pas faire appel aux puissances suprêmes. Cela l'obligerait à reconnaître ce qu'il n'osait encore affronter. Il s'accrochait au vain espoir que sa fille était seulement partie pour une aventure irréfléchie. Mais, dans le fond de son être, il savait que trop de temps s'était écoulé pour que cela soit vraisemblable. Jenny était bien trop prudente, trop affectueuse pour leur causer sciemment une telle angoisse. Bien sûr qu'ils avaient connu des crises, surtout au cours des deux dernières années, mais il s'était quand même toujours senti rassuré par la solidité de leurs liens. Il savait qu'elle les aimait et la seule réponse possible à son absence prolongée était terrifiante. Quelque chose était arrivé. Quelqu'un avait fait du mal à leur Jenny adorée. Il rompit le silence. Sa voix céda et il fut obligé de se racler la gorge avant de pouvoir continuer.

— Tu veux qu'on rappelle la police pour voir s'ils ont du nouveau ?

Kerstin secoua la tête.

— On a déjà appelé deux fois aujourd'hui. Ils nous tiendront au courant s'ils apprennent quoi que ce soit.

— Mais, merde, on ne peut pas rester comme ça sans rien faire !

Il se leva avec brusquerie et se cogna la tête dans le rangement au-dessus.

— Putaiiiin, c'est trop petit ici ! Pourquoi on l'a forcée à venir avec nous dans ce foutu camping, alors qu'elle n'en avait pas envie ! Si seulement on l'avait laissée avec ses copains au lieu de l'obliger à rester enfermée ici avec nous dans ce cagibi à la con !

Il s'en prit au rangement auquel il s'était cogné la tête. Kerstin le laissa faire et, lorsque sa colère se transforma en pleurs, elle se leva sans un mot et le serra dans ses bras. Ils restèrent longtemps, longtemps en silence, enfin réunis dans leur terreur et dans un deuil qu'ils avaient déjà commencé à anticiper, même s'ils essayaient de s'accrocher à l'espoir.

Kerstin sentait encore le poids du nourrisson dans ses bras.

Cette fois, le soleil brillait tandis qu'il remontait Norra Hamngatan. Il hésita une seconde devant la porte. Mais le devoir prit le dessus et il frappa résolument deux coups. Personne n'ouvrit. Il essaya encore une fois, avec encore plus de détermination. Toujours pas de réponse. Evidemment, il aurait dû téléphoner avant de venir. Mais il avait réagi impulsivement lorsque Martin était venu lui faire part de ce que le père de Tanja avait raconté. Il regarda autour de lui. Une femme était en train de s'occuper de ses plantes devant la maison voisine.

— Excusez-moi, vous ne sauriez pas où sont les Struwer ? Leur voiture est là, alors j'ai pensé qu'ils étaient chez eux.

Elle interrompit son activité et hocha la tête.

— Ils sont à la cabane. Elle pointa la petite pelle de plantation qu'elle avait à la main en direction de l'une des cabanes de pêcheurs rouges donnant sur la mer.

Patrik la remercia et descendit un petit escalier en pierre qui menait au cabanon. Il aperçut Gun en maillot deux pièces allongée dans une chaise longue sur le ponton, en train de cuire au soleil. Il nota que son corps était aussi bronzé que son visage, et aussi fripé. Certains n'avaient manifestement rien à faire du risque de cancer de la peau. Il s'éclaircit la gorge pour attirer son attention.

— Bonjour, je suis désolé de vous déranger comme ça en pleine matinée, mais j'aurais voulu vous parler.

Patrik avait adopté son ton formel, comme toujours quand il avait de tristes nouvelles à annoncer. Il devait jouer son rôle de policier, oublier l'être humain, c'était la seule solution pour pouvoir ensuite rentrer chez lui et dormir sur ses deux oreilles.

— Oui, bien sûr. La réponse avait tout d'une question. Un instant, je vais juste aller me couvrir un peu.

Patrik s'assit devant une table en attendant et se permit pendant une seconde de jouir du paysage. Le port était plus vide que d'habitude, mais la mer scintillait et les mouettes circulaient effrontément au-dessus des pontons à la recherche de nourriture. Cela prit du temps, mais Gun finit par sortir du cabanon, elle avait mis un short et un débardeur et Lars était avec elle. Il salua Patrik d'une mine grave et s'installa à la table avec sa femme.

— Qu'est-ce qui s'est passé ? Vous avez attrapé celui qui a tué Siv ? La voix de Gun était impatiente.

— Non, ce n'est pas pour ça que je suis ici. Patrik fit une pause et soupesa ses mots. Il se trouve que ce matin nous avons parlé avec le père de la jeune Allemande assassinée.

De nouveau une pause. Gun leva les sourcils.

— Oui ?

Patrik prononça le nom du père de Tanja et il ne fut pas déçu de la réaction de Gun. Elle sursauta et chercha sa respiration. Lars la regarda, perplexe, car il n'était pas suffisamment au courant pour comprendre le lien entre ces personnages.

— Mais, ça, c'est le père de Matilda. Qu'est-ce que vous racontez ? Matilda est morte, non ?

C'était difficile de s'exprimer avec tact. Mais si on voulait voir les choses froidement, sa tâche n'était pas d'être diplomate. Patrik décida de tout simplement dire ce qu'il en était.

— Elle n'était pas morte. Il vous a menti. D'après ce qu'il dit, il avait apparemment trouvé que votre demande de compensation avait commencé à devenir un peu, comment dire, pénible. C'est pourquoi il avait inventé une histoire disant que votre petite-fille était morte dans un accident.

— Mais la fille qui est morte ici s'appelait Tanja, pas Matilda ? demanda Gun.

— Apparemment il en a profité pour changer son prénom aussi. Mais il n'y a aucun doute, Tanja est votre petite-fille.

Pour une fois, Gun Struwer demeura muette. Puis Patrik vit que ça commençait à bouillonner en elle. Lars essaya de poser une main sur son épaule pour la calmer, mais elle se dégagea d'une secousse.

— Mais il se prend pour qui, ce salaud ! T'as entendu, Lars, il est quand même gonflé ! Il m'a menti, il a dit que ma petite-fille était morte, la chair de ma chair, qu'elle était morte ! Pendant toutes ces années, elle s'est portée comme un charme, alors que moi j'ai cru que ma pauvre chérie était morte, d'une mort atroce ! Et il a le culot de dire qu'il a fait ça parce qu'il me trouvait pénible, t'as entendu, Lars ! Seulement parce que je demandais mon dû, et voilà que je deviens pénible !

Encore une fois, Lars essaya de la calmer, mais elle se secoua de nouveau pour se libérer de son bras. Elle était tellement hors d'elle que des bulles de salive se formaient aux commissures de ses lèvres.

— Je vais lui dire ce que j'en pense, moi ! Vous avez son numéro de téléphone, vous serez gentil de me le donner, merci, et il verra de quel bois je me chauffe, cet enfoiré de Chleuh, il verra ce que je pense de toute cette histoire !

Intérieurement, Patrik poussa un profond soupir. Il pouvait comprendre qu'elle soit révoltée, mais elle passait d'après lui totalement à côté du point capital. Il la laissa se démener un moment, puis dit calmement :

— Je comprends que ça peut être difficile à entendre, mais c'est bien votre petite-fille que nous avons trouvée assassinée il y a une semaine. En même temps que Siv et Mona. Alors je suis obligé de vous demander : n'avez-vous eu aucun contact avec une fille qui disait s'appeler Tanja Schmidt ? Elle n'a pas cherché à vous joindre d'une façon ou d'une autre ?

Gun secoua violemment la tête, mais Lars eut l'air pensif. Il dit lentement :

— On a reçu plusieurs coups de téléphone, quelqu'un qui se taisait au bout du fil. Tu t'en souviens, n'est-ce pas, Gun ? C'était il y a deux, trois semaines et on a cru que c'était quelqu'un qui voulait nous harceler. Vous pensez que c'était peut-être… ?

— C'est très possible. Patrik hocha la tête. Son père lui a tout avoué il y a deux ans, et elle a sans doute trouvé qu'après ça il était difficile de prendre contact avec vous. Elle est aussi allée à la bibliothèque faire des copies des articles sur la disparition de sa mère, et on peut imaginer qu'elle était venue ici pour essayer d'apprendre exactement ce qui lui était arrivé.

— Mon pauvre petit cœur. Gun venait de comprendre ce qu'on attendait d'elle et maintenant les larmes de crocodile coulaient à flots. Dire que ma petite chérie était en vie, qu'elle était là, tout près de nous. Si seulement on avait pu la rencontrer avant… Mais qui est-ce qui me fait ça à moi ? D'abord Siv et ensuite ma petite Matilda. Une pensée la frappa subitement. Vous pensez que je suis en danger ? Que quelqu'un cherche à m'atteindre ? Est-ce que j'ai besoin d'une protection policière ? Les yeux de Gun erraient entre Patrik et Lars, désorientés.

— Je ne pense pas que ce soit nécessaire. Nous ne pensons pas que les meurtres aient un lien avec vous en quoi que ce soit, et je ne m'inquiéterais pas si j'étais vous. Patrik ne sut résister à la tentation : De plus, l'assassin semble se concentrer sur des femmes jeunes.

Il regretta immédiatement et se leva pour marquer que l'entretien était terminé.

— Je suis vraiment désolé de vous apporter de telles nouvelles. Mais je vous serais très reconnaissant de m'appeler si vous vous rappelez autre chose. Pour commencer, on va vérifier cette histoire d'appels téléphoniques.

Avant de partir, il jeta un dernier coup d'œil envieux sur la mer. Gun Struwer était la preuve criante que les bonnes choses n'arrivent pas seulement à ceux qui les méritent.

— Qu'est-ce qu'elle a dit ?

Martin prenait un café avec Patrik dans la cuisine du poste. Comme d'habitude, la cafetière était restée allumée trop longtemps, mais ils s'étaient fait au goût de réchauffé et ils l'avalèrent sans problème.

— Ce n'est pas bien de dire ça, mais merde, quelle conne, cette femme. Ce qui l'a le plus révoltée, ce n'est pas d'avoir raté tant d'années de la vie de sa petite-fille, ou de savoir qu'elle a été assassinée. Non, elle était ulcérée que le père ait trouvé une manière si efficace de lui sucrer son dédommagement.

— C'est vraiment incroyable.

Ils méditaient la mesquinerie de l'être humain dans une atmosphère d'abattement. Le commissariat était remarquablement silencieux. Mellberg ne s'était pas encore montré, il semblait s'offrir une bonne grasse matinée, et Gösta et Ernst étaient partis à la chasse aux pirates de la route. Ou pour le dire plus clairement, ils s'offraient une pause quelque part sur une aire de stationnement en espérant que les pirates allaient venir se présenter et demander à être emmenés au trou. "Du travail préventif", disaient-ils. Et ils n'avaient pas entièrement tort. Au moins le parking où ils se trouvaient était-il sécurisé tant qu'ils restaient garés là.

— Qu'est-ce que tu crois qu'elle était venue chercher ici ? Elle n'a quand même pas voulu jouer les détectives et essayer de trouver ce qui était arrivé à sa mère ?

Patrik secoua la tête.

— Non, je ne pense pas. Mais je peux concevoir qu'elle ait eu envie de savoir ce qui s'était passé. Elle voulait peut-être voir de ses propres yeux. Tôt ou tard, elle aurait probablement pris contact avec la grand-mère. Mais j'imagine que la description qu'en avait faite son père n'était pas spécialement flatteuse, et je comprends qu'elle ait hésité. Quand on aura les relevés téléphoniques des Struwer, je ne serais pas étonné qu'on découvre que les appels en question ont été passés d'une cabine à Fjällbacka, pourquoi pas de celle du camping ?

— Mais comment ça se fait qu'elle s'est retrouvée dans la brèche du Roi en même temps que les restes de sa mère et de Mona Thernblad ?

— Toutes les hypothèses se valent sans doute, mais la seule chose que j'arrive à imaginer, c'est qu'elle a dû tomber sur quelque chose, ou plus exactement sur quelqu'un qui était mêlé d'une façon ou d'une autre à la disparition de sa mère et de Mona.

— Si c'est ça, ça élimine automatiquement Johannes, dit Martin. Lui, il est bien à l'abri dans une tombe au cimetière de Fjällbacka.

Patrik leva les yeux.

— Qu'est-ce qu'on en sait ? Est-ce qu'on peut être sûr, absolument sûr, qu'il est réellement mort ?

— Tu rigoles ? Martin rit. Il s'est pendu en 1979. Difficile d'être plus mort que ça !

Une certaine excitation se glissa dans la voix de Patrik.

— Je sais que ça peut paraître incroyable, mais écoute ça : Imagine que la police avait commencé à s'approcher un peu trop de la vérité, et que ça sentait le roussi pour lui. C'est un Hult, et il sait mobiliser de grosses sommes d'argent, ne serait-ce que par le biais de son père. Quelques pots-de-vin par-ci, par-là, et voilà comment on se retrouve avec un faux certificat de décès et un cercueil vide.

Martin partit d'un grand éclat de rire.

— Ma parole, tu es complètement siphonné ! On est à Fjällbacka, pas dans le Chicago des années 1920 ! Tu es sûr que tu n'es pas resté un peu trop longtemps sur leur ponton, à croire que tu as attrapé une insolation. C'est son fils qui l'a retrouvé ! Comment pourrait-on pousser un enfant de six ans à raconter de tels mensonges ?

— Je n'en sais rien, mais j'ai l'intention de le trouver. Tu viens avec moi ?

— Tu vas où ?

Patrik leva les yeux au ciel et articula avec un soin exagéré.

— Causer un peu avec Robert.

— Comme si on n'était pas suffisamment débordés comme ça, soupira Martin tout en se levant. A la porte, il se rappela quelque chose. Et l'engrais ? J'avais l'intention de m'en occuper maintenant avant le déjeuner.

— Demande à Annika de le faire, lança Patrik par-dessus l'épaule.

Martin s'arrêta à l'accueil et laissa tous les renseignements nécessaires à Annika. C'était assez calme à son poste et elle fut contente d'avoir quelque chose de concret à faire.

Martin se demandait s'ils ne gaspillaient pas un temps précieux. L'hypothèse de Patrik lui semblait vraiment tirée par les cheveux, trop farfelue pour avoir un ancrage dans la réalité. Mais c'était lui, le boss, dans cette affaire...

Annika se jeta sur sa tâche. Elle avait eu quelques journées fébriles, puisque c'était elle qui avait coordonné et organisé les battues pour retrouver Jenny. Mais le calme était revenu maintenant, après trois jours de recherches infructueuses, et comme la majorité des touristes avait quitté la région en raison des événements de cette dernière semaine, le standard du commissariat observait un silence lugubre. Même les journalistes avaient commencé à se désintéresser de l'affaire au profit d'autres faits divers racoleurs.

Elle regarda le bout de papier où elle avait noté les informations de Martin, puis chercha dans l'annuaire. Après avoir été baladée parmi les différents services de l'entreprise, elle finit par obtenir le nom du chef des ventes. On la mit en attente et tandis que la musique d'ambiance se déversait dans son oreille, elle se mit à rêver à la semaine passée en Grèce, qui semblait à présent infiniment loin. En rentrant, elle s'était sentie reposée, forte et belle. Mais elle avait rapidement été happée par l'effervescence du commissariat et les effets des vacances s'étaient déjà estompés. Avec nostalgie, elle revoyait les plages de sable blanc, l'eau turquoise et de grands bols de tzatziki. La divine nourriture méditerranéenne leur avait fait prendre deux bons kilos, à son mari et elle, mais ce n'était pas grave. Ils acceptaient leurs rondeurs comme une réalité de la vie et vivaient dans une indifférence heureuse aux conseils de régimes des magazines. Quand ils se serraient l'un contre l'autre, leurs formes s'adaptaient parfaitement et ils devenaient une grande et chaude vague de chair ondoyante. Et ils ne s'en étaient pas privés pendant leur semaine de vacances...

Les souvenirs d'Annika furent brutalement interrompus par une voix masculine mélodieuse, à l'accent typique de Lysekil plus au sud sur la côte. On racontait que certains snobs de Stockholm imitaient cette prononciation si particulière des *i* parce qu'ils voulaient montrer qu'ils étaient assez fortunés pour avoir une maison de campagne sur la côte ouest. Elle ne savait pas dans quelle mesure cette affirmation était vraie, mais l'histoire était savoureuse.

Annika annonça ce qu'elle avait sur le cœur.

— Oh, c'est excitant, fit l'homme. Une enquête de meurtre. En trente ans de métier, c'est la première fois que j'ai à me rendre utile pour ce genre de chose.

Je suis contente d'égayer ta journée, pensa Annika vertement, mais elle garda pour elle son commentaire, ce n'était pas le moment de refréner son ardeur à lui fournir des informations. Parfois, la soif de sensationnel de l'homme de la rue touchait à la morbidité.

— On aurait besoin que vous nous sortiez la liste des clients qui ont acheté votre engrais, le FZ-302.

— Aïe, ça ne va pas être facile. On a cessé de le commercialiser en 1985. C'était un produit super, mais la nouvelle réglementation sur l'environnement nous a obligés à arrêter la production. Malheureusement, soupira lourdement le chef des ventes, comme s'il regrettait que le souci de préserver la nature soit venu mettre un terme à la vente d'un produit qui marchait bien.

— Mais j'imagine qu'il vous reste un genre de document ? tenta Annika.

— Oui, il me faut vérifier avec l'administration, il est fort probable qu'il reste quelque chose dans les vieilles archives. Jusqu'en 1987 on archivait tout manuellement, mais ensuite on a été informatisés. Et je ne pense pas qu'on ait jeté quoi que ce soit.

— Vous ne vous rappelez pas par hasard qui achetait… – elle vérifia sur son papier – votre produit FZ-302 ici dans la région ?

— Oh non, ça fait trop longtemps, j'ai du mal à m'en souvenir comme ça, de but en blanc. Beaucoup d'eau a coulé sous les ponts depuis.

— Bon, je n'imaginais pas non plus que ça serait aussi facile. Combien de temps il vous faudra pour trouver cette liste ?

Il réfléchit un instant.

— Ben, si je passe voir les filles à l'administration avec un gâteau et quelques compliments, je pense que vous aurez une réponse en fin de journée ou au plus tard tôt demain matin. Est-ce que ça ira ?

C'était plus rapide que ce qu'Annika avait osé espérer quand il avait évoqué de vieilles archives, et elle l'en remercia. Elle résuma son appel à l'attention de Martin et laissa la note sur son bureau.

— Hé, Gösta ?
— Oui, Ernst.
— Elle est pas mal la vie, tout compte fait, non ?

Ils étaient assis autour d'une des tables de pique-nique d'une petite aire de stationnement près de Tanumshede. Ils n'étaient pas des amateurs dans ce domaine, et ils avaient eu la prévoyance de passer prendre un thermos de café chez Ernst et d'acheter un gros sachet de brioches à la boulangerie de Tanumshede. Ernst avait déboutonné sa chemise d'uniforme et exposait au soleil sa poitrine blanche et creuse. Du coin de l'œil il louchait sur une bande de filles d'une vingtaine d'années qui se défoulaient avec force cris et éclats de rire.

— Tais-toi donc et boutonne ta chemise. Tu vois le topo si un collègue passait ? On est supposés avoir l'air de travailler.

Gösta transpirait dans son uniforme. Il n'avait pas l'audace d'Ernst pour mépriser comme lui le règlement et n'osait pas ouvrir sa chemise.

— Hé, lâche-toi un peu. Ils sont tous en train de rechercher la meuf qui a disparu. Tout le monde se fout bien de ce qu'on fait.

Gösta s'assombrit.

— Elle s'appelle Jenny Möller. Pas "la meuf". Et on devrait y être aussi d'ailleurs, au lieu de reluquer des filles comme de vieux pédophiles lubriques.

Il hocha la tête en direction des filles peu vêtues quelques tables plus loin, dont Ernst semblait avoir du mal à détacher le regard.

— Putain alors, ce que t'es devenu vertueux. D'habitude tu te plains pas quand je te sors de la mine. Me dis pas que tu as viré croyant sur tes vieux jours ?

Ernst tourna le regard vers lui, ses yeux s'étaient étrécis en deux fentes inquiétantes. Gösta se fit plus petit. C'était peut-être une connerie, ce genre de commentaires. Il avait toujours eu un peu peur d'Ernst. Il lui rappelait trop les mecs de l'école qui l'attendaient à la sortie des cours. Ils avaient eu le nez pour sentir ses faiblesses et tirer profit sans scrupule de leur supériorité. Gösta avait déjà vu ce qui arrivait à ceux qui se rebiffaient contre Ernst, et il regretta ses paroles. Il marmonna quelque chose en réponse.

— Bah, je me suis laissé emporter. C'est simplement que j'ai de la compassion pour ses parents. Elle n'a que dix-sept ans, la môme.

— De toute façon, au commissariat ils ne veulent pas de notre aide. Mellberg ne fait que lécher le cul à ce connard de Hedström, va savoir pourquoi, alors je n'ai pas l'intention de faire des putains d'efforts inutilement.

Il parlait sur un ton tellement fort et fielleux que les filles se retournèrent pour les regarder. Gösta n'osa pas le faire taire mais il baissa lui-même la voix en espérant qu'Ernst suivrait son exemple. Il ne s'aventura pas à dire à qui était la faute s'il ne participait pas à l'enquête. Ernst avait très à propos passé sous silence sa négligence de rapporter la disparition de Tanja.

— Moi, je trouve que Hedström fait du bon boulot. Molin aussi a travaillé dur. Et il faut bien le dire, moi je n'ai pas contribué autant que j'aurais dû.

Ernst eut l'air de ne pas en croire ses oreilles.

— C'est quoi ces conneries, Flygare ! T'es en train de prétendre que deux gamins qui n'ont pas l'ombre de notre expérience seraient capables de faire un meilleur boulot que nous ? Quoi ? C'est ça que t'es en train de dire, ducon !

Si Gösta avait réfléchi un peu avant de parler, il aurait sûrement pu prévoir l'effet que son commentaire allait avoir sur l'ego blessé d'Ernst. Maintenant il lui fallait faire marche arrière illico.

— Ben, ce n'est pas exactement ce que je voulais dire. J'ai seulement dit que… non, évidemment qu'ils n'ont pas notre expérience. Et ils n'ont pas vraiment eu de résultats encore, alors…

— Exactement, renchérit Ernst, plus satisfait. Ils n'ont pas su démontrer quoi que ce soit encore, alors…

Soulagé, Gösta put souffler. Son désir de faire preuve d'un peu de force de caractère s'était rapidement envolé.

— Bon, qu'est-ce que t'en dis, Flygare ? On se prend un autre p'tit café ?

Gösta hocha seulement la tête. Cela faisait tellement long-temps qu'il vivait sous la loi de la moindre résistance que c'était devenu une seconde nature chez lui.

Martin regarda avec curiosité autour de lui quand ils s'ar-rêtèrent devant la petite maison. Il n'était jamais allé chez Solveig et ses fils auparavant, et il contempla le capharnaüm avec fascination.

— Comment est-ce qu'on peut vivre comme ça ?

Ils descendirent de la voiture et Patrik écarta les bras.

— Oui, ça dépasse mon entendement. Les doigts me déman-gent de mettre un peu d'ordre ici.

Ils frappèrent et des pas traînants se firent entendre. Sol-veig était probablement à sa place habituelle à la table de la cuisine et elle ne se pressait absolument pas pour venir ouvrir.

— C'est quoi encore ? Pouvez pas laisser les honnêtes gens tranquilles ?

Martin et Patrik échangèrent un regard. Les paroles de Solveig étaient contredites par la longueur du casier judi-ciaire de chacun de ses fils.

— On voudrait vous parler un peu. Et à Johan et Robert aussi, s'ils sont là.

— Ils dorment.

De mauvaise grâce, elle s'écarta pour les laisser entrer. Martin n'arriva pas à dissimuler une grimace de dégoût et Patrik lui donna un coup de coude. Il se composa rapidement un visage et suivit Patrik et Solveig dans la cuisine. Elle les laissa pour aller réveiller ses fils, qui, exactement comme elle l'avait dit, dormaient dans leur chambre commune :

— Debout les gars, les flics sont encore venus fouiner. Quelques questions, à ce qu'ils disent. Magnez-vous, comme ça on pourra les mettre à la porte vite fait.

Elle se souciait comme d'une guigne de savoir si Patrik et Martin entendaient ce qu'elle disait, et revint calmement dans la cuisine s'asseoir à sa place. Encore à moitié endormis, Johan et Robert arrivèrent en slip.

— C'est quoi ce harcèlement ? Vous allez nous casser les couilles comme ça pendant longtemps encore ?

Robert était très cool, comme d'habitude. Johan les contempla par en dessous et tendit la main pour attraper le paquet de cigarettes sur la table. Il en alluma une et jongla nerveusement avec le paquet jusqu'à ce que Robert lui crache d'arrêter.

Martin se demanda comment Patrik allait aborder cette question sensible. Il était toujours convaincu qu'il s'était lancé dans un combat contre des moulins à vent.

— Nous avons quelques questions concernant la mort de votre mari.

Solveig et ses fils regardèrent Patrik avec la plus grande surprise.

— La mort de Johannes ? Pourquoi ? Il s'est pendu et il n'y a pas grand-chose d'autre à en dire, à part que c'étaient des gens comme vous qui l'y ont poussé !

Enervé, Robert essaya de faire taire sa mère. Il regarda Patrik d'un œil furibond.

— Qu'est-ce que tu cherches là ? Elle a raison, ma mère. Il s'est pendu et c'est tout ce qu'il y a à dire.

— Nous voulons simplement que tout soit absolument clair. C'est toi qui l'as trouvé ?

Robert fit oui de la tête.

— Oui, et c'est une vision que je trimballerai toute ma vie.

— Est-ce que tu pourrais raconter exactement ce qui s'est passé, ce jour-là ?

— Je comprends vraiment pas pourquoi, fit Robert, bourru.

— J'apprécierais quand même que tu le fasses, dit Patrik en essayant de l'amadouer. Après un moment d'attente, il eut un haussement d'épaules indifférent.

— Bon, si c'est le genre de choses qui te fait bander...

Comme son frère, il alluma une cigarette et la fumée commença à envahir la petite cuisine.

— J'étais rentré de l'école et je suis sorti dans la cour pour jouer. J'ai vu que la porte de la grange était ouverte, ça m'a intrigué et je suis allé vérifier. Comme toujours, il faisait assez sombre dedans, la seule lumière était celle qui passait par les planches des murs. Ça sentait le foin.

Robert semblait avoir disparu dans son monde. Il poursuivit, en hésitant :

— Il y avait quelque chose qui clochait. Je n'arrive pas trop à le décrire, mais j'ai senti que quelque chose était différent.

Johan contempla son frère, fasciné. Martin eut l'impression que c'était la première fois qu'il entendait le récit détaillé du jour où son père s'était pendu.

— J'ai avancé encore un peu plus loin, poursuivit Robert. Je faisais semblant d'être sur la trace d'Indiens. Tout doucement je me suis dirigé vers le grenier à foin et là j'ai vu qu'il y avait quelque chose par terre. Je me suis approché. C'était papa et j'ai été tout content. J'ai cru que c'était un jeu. Que je devais m'approcher de lui et qu'il allait sauter sur ses pieds et commencer à me chatouiller ou un truc comme ça. Robert avala. Mais il ne bougeait pas. Je l'ai touché un peu avec le pied, mais il était tout immobile. Puis j'ai vu qu'il avait une corde autour du cou. J'ai levé les yeux et j'ai vu qu'il restait un bout de corde autour de la poutre.

La main qui tenait la cigarette tremblait. Martin jeta un regard prudent sur Patrik pour voir comment il réagissait à ce récit. Pour lui, Robert n'inventait pas. Sa douleur était tellement tangible que Martin eut l'impression qu'il pourrait la toucher. Il vit que son collègue pensait la même chose. Découragé, Patrik demanda :

— Qu'est-ce que tu as fait ensuite ?

Robert souffla un rond de fumée en l'air et le regarda s'effacer et disparaître.

— Je suis allé chercher maman, évidemment. Elle est venue voir, elle a hurlé à me faire péter les tympans et ensuite elle a appelé grand-père.

Patrik tiqua :

— Pas la police ?

— Non, j'ai appelé Ephraïm, dit Solveig en grattant nerveusement la nappe. C'est la première chose qui m'est venue à l'esprit.

— La police n'est jamais venue ici ?

— Non, Ephraïm s'est occupé de tout. Il a appelé le Dr Hammarström qui était le médecin de district à cette époque-là. Il est venu examiner Johannes, puis il a établi un certificat sur la cause de la mort, je ne sais pas comment ça s'appelle déjà, et il a veillé à ce que les pompes funèbres viennent le chercher.

— Mais aucun policier ? insista Patrik.

— Non, je viens de le dire. Ephraïm s'est occupé de tout ça. Le Dr Hammarström a sûrement parlé avec la police, mais ils ne sont jamais venus voir ici en tout cas. Pourquoi ils auraient fait ça ? C'était un suicide !

Patrik ne se donna pas la peine d'expliquer qu'il faut toujours faire venir la police sur les lieux d'un suicide. Ephraïm Hult et ce Dr Hammarström avaient apparemment décidé de leur propre initiative de ne pas contacter la police avant que le corps soit emporté. La question était de savoir pourquoi. En tout cas, ils eurent le sentiment qu'ils n'iraient pas plus loin que ça. Mais Martin eut une inspiration :

— Vous n'avez pas vu une femme dans le secteur ? Vingt-cinq ans, brune, taille moyenne.

Robert rit. Plus aucune trace du ton sérieux que sa voix avait pris avant.

— Vu le nombre de nanas qui passent ici, faudrait être un peu plus précis.

Johan les observa attentivement. Il dit à Robert :

— Tu l'as vue en photo. Il veut parler de la nana dans le journal. L'Allemande qu'ils ont trouvée avec les deux autres.

Solveig eut une réaction explosive.

— C'est quoi ces insinuations à la con ? Pourquoi voulez-vous qu'elle soit venue ici ? Vous avez l'intention de nous traîner dans la boue encore ? D'abord vous accusez Johannes et maintenant vous venez poser des questions qui mettent en cause mes fils ! Sortez d'ici ! Je ne veux plus vous voir ! Allez vous faire foutre !

Elle s'était levée et les mit littéralement à la porte en les poussant de son corps volumineux. Robert rit, mais Johan eut l'air pensif.

Quand Solveig revint, essoufflée, après avoir claqué la porte de toutes ses forces derrière Martin et Patrik, Johan retourna dans la chambre sans un mot. Il tira la couverture sur sa tête et fit semblant de dormir. Il avait besoin de réfléchir.

Sans poser de questions, Gustav avait été d'accord pour appareiller rapidement et il la laissait tranquille à l'avant, les bras serrés autour de ses genoux. Il avait accepté ses excuses avec une aura de magnanimité et promis de les amener, elle et les enfants, à bord du grand voilier luxueux, jusqu'à Strömstad, d'où ils pourraient prendre le train pour rentrer à Stockholm. Anna se sentait misérable.

Toute sa vie n'était qu'un foutu chaos. L'injustice des paroles d'Erica lui fit monter des larmes de colère, à laquelle se mêlait la tristesse suscitée par ces éternels conflits entre elles. Tout était si compliqué avec Erica. Elle ne pouvait jamais se contenter d'être juste une grande sœur, de seulement la soutenir et l'encourager. Non, de son propre chef, elle avait adopté le rôle de maman sans comprendre que cela ne faisait qu'augmenter le regret d'avoir eu une mère aussi distante.

Contrairement à Erica, Anna n'avait jamais blâmé Elsy pour l'indifférence qu'elle témoignait à ses filles. En tout cas, elle avait toujours cru prendre cela avec philosophie. Mais à la mort de ses parents, disparus dans un accident de voiture, elle avait réalisé qu'elle avait tout le temps espéré voir Elsy s'adoucir et finir par accepter son rôle de mère. Cela aurait permis aussi à Erica de n'être qu'une sœur. Mais la mort de leur mère les avait piégées dans leurs personnages et aucune des deux ne savait comment s'en défaire. Des périodes d'une paix tacite étaient immanquablement remplacées par des guerres de position, et chaque fois une partie de son âme était déchirée.

En même temps, Erica et les enfants étaient tout ce qui lui restait maintenant. Même si elle n'avait pas voulu le reconnaître devant Erica, elle voyait bien Gustav tel qu'il était, superficiel et gâté. Pourtant, elle n'avait pas su résister à la tentation, c'était un baume pour la confiance en soi de se montrer avec un homme comme lui. A son bras, elle devenait visible. Les gens chuchotaient et se demandaient qui elle était et les femmes regardaient avec envie les beaux vêtements de marque dont Gustav la couvrait. Même sur l'eau, les plaisanciers se retournaient pour admirer le magnifique voilier, et elle avait ressenti une fierté idiote à être allongée sur le pont dans une pose décorative.

Pourtant, dans ses moments de lucidité, elle avait honte en réalisant que c'étaient les enfants qui payaient les frais de son besoin d'affirmation. Ils avaient été suffisamment malmenés pendant les années avec leur père et, même avec la meilleure volonté du monde, Anna ne pouvait pas affirmer que Gustav était un bon substitut. Il était froid, maladroit et impatient avec les enfants et elle hésitait à le laisser seul avec eux.

Parfois, elle était tellement jalouse d'Erica que ça lui donnait des nausées. Alors qu'elle-même était au beau milieu d'une lutte avec Lucas pour la garde des enfants, qu'elle avait du mal à joindre les deux bouts et qu'elle entretenait une relation amoureuse qui sonnait creux, il fallait avoir l'honnêteté de reconnaître qu'Erica avait tout d'une Madone enceinte. L'homme qu'Erica avait choisi comme père pour son enfant était exactement le type d'homme qu'il fallait à Anna pour être heureuse, mais que par un comportement inné d'autodestruction elle rejetait chaque fois. Le fait aussi qu'Erica n'avait plus aucun souci financier et qu'elle jouissait d'une certaine célébrité ravivait la rivalité entre elles et faisait se pointer les petits démons de la jalousie. Anna ne voulait pas être aussi mesquine, mais il était difficile de résister à l'amertume quand elle voyait sa propre vie peinte exclusivement en gris.

Les cris excités des enfants suivis par un hurlement de Gustav l'arrachèrent à son auto-apitoiement et elle revint à la réalité. Elle serra la veste de quart plus près de son corps et retourna vers l'arrière du bateau en longeant la filière de sécurité. Après avoir calmé les enfants, elle prit sur elle d'adresser un sourire à Gustav. Même si le jeu était minable, il fallait jouer avec les cartes qu'on avait en main.

Comme tant de fois auparavant ces derniers temps, elle errait sans but dans la grande maison. Gabriel était parti pour encore un autre de ses voyages d'affaires et elle était seule. La rencontre avec Solveig lui avait laissé un sale goût dans la bouche, et l'état désespéré de la situation la frappa encore. Jamais elle ne serait libre. Le monde crasseux et tordu de Solveig collait à elle comme une mauvaise odeur.

Elle s'arrêta devant l'escalier qui menait à l'étage de l'aile gauche. L'étage d'Ephraïm. Laini n'y était pas montée depuis qu'Ephraïm était mort. De son vivant, elle n'y allait guère non plus. Cela avait toujours été le domaine de Jacob, et exceptionnellement de Gabriel. Là-haut, Ephraïm recevait les hommes en audience, comme un seigneur féodal. Dans son monde, les femmes n'étaient que des ombres, dont la tâche était de plaire et de s'occuper du service.

D'un pas hésitant, elle grimpa l'escalier. Elle marqua un arrêt devant la porte, puis l'ouvrit résolument. Tout y était comme dans ses souvenirs. Une odeur masculine flottait toujours dans les pièces silencieuses. C'était ici que son fils avait passé tant d'heures de son enfance. Elle avait été tellement jalouse. Ni elle ni Gabriel n'avaient réussi à soutenir la comparaison avec grand-père Ephraïm. Pour Jacob, ils n'étaient que des mortels ordinaires et ternes, alors qu'Ephraïm avait le statut de divinité. Quand il était mort brutalement, la stupeur avait été la première réaction de Jacob. Ephraïm ne pouvait quand même pas simplement disparaître comme ça, du jour au lendemain. Il avait été une forteresse imprenable, un fait établi et inébranlable.

Elle en avait honte, mais à sa mort le soulagement avait été son premier sentiment. Et aussi une sorte de joie triomphale de voir que son beau-père n'avait pas su vaincre les lois de la nature. Il était arrivé à Laini d'en douter parfois. L'homme semblait si certain de pouvoir manipuler et influencer Dieu lui-même.

Son fauteuil était toujours devant la fenêtre, avec vue sur la forêt. Tout comme Jacob, elle ne résista pas à la tentation de s'y asseoir et, pendant un bref instant, elle eut l'impression de sentir l'esprit d'Ephraïm dans la pièce. Pensivement, elle laissa ses doigts courir sur les dessins du tissu.

Les histoires sur les dons de guérison que possédaient Gabriel et Johannes avaient influencé Jacob. Elle n'avait pas aimé cela. Parfois il revenait avec une expression proche de la transe. Ça lui faisait toujours peur. Alors elle le prenait dans ses bras, fort, et serrait la tête de son fils contre elle jusqu'à ce qu'elle le sente se détendre. Quand elle le relâchait, tout était redevenu normal. Jusqu'à la fois suivante.

Mais le vieux était mort et enterré depuis longtemps. Heureusement.

— Tu penses réellement qu'elle tient la route, ta théorie ? Que Johannes n'est pas mort ?

— Je ne sais pas, Martin. Mais, en ce moment, je suis prêt à saisir tous les fétus de paille que je trouve. Admets quand même que c'est un peu bizarre que la police n'ait jamais pu voir Johannes sur le lieu du suicide.

— Oui, bien sûr, mais ça voudrait dire que le médecin et le croque-mort étaient de mèche, dit Martin.

— Ce n'est pas si farfelu que ça. Rappelle-toi qu'Ephraïm était un homme très fortuné. L'argent a déjà acheté des services plus importants que ça. Je ne serais pas étonné non plus s'ils se connaissaient plutôt bien. Des hommes en vue dans le village, sûrement actifs dans la vie associative, Lions, club citoyen, et ce genre de truc.

— Mais de là à aider quelqu'un soupçonné de meurtre ?

— Pas soupçonné de meurtre, soupçonné d'enlèvement. D'après ce que j'ai compris, Ephraïm Hult était également un homme très habile. Il les a peut-être persuadés que Johannes était innocent, mais que la police cherchait à le coincer et que c'était la seule façon de le sauver.

— Enfin, quand même. Tu crois que Johannes aurait abandonné sa famille de cette façon ? Deux fils en bas âge ?

— N'oublie pas comment Johannes a été décrit en tant qu'individu. Un joueur, un homme qui suivait toujours la loi de la paresse. Qui ne se souciait pas trop des règles ni des engagements. S'il y a quelqu'un qui aurait été prêt à sauver sa propre peau aux dépens de sa famille, c'est bien Johannes. C'est exactement lui !

Martin était toujours sceptique.

— Mais où il serait allé pendant toutes ces années alors ?

Patrik regarda attentivement dans les deux directions avant de prendre à gauche vers Tanumshede. Il dit :

— A l'étranger peut-être. Les poches pleines du fric de papa. Tu ne sembles pas très convaincu par la pertinence de ma théorie ?

— Non, c'est le moins qu'on puisse dire. Martin rit. A mon avis, tu es complètement à côté de la plaque, mais d'un autre côté jusqu'ici rien dans cette affaire n'a été vraiment normal, alors pourquoi pas ?

Patrik redevint sérieux.

— Je vois tout le temps Jenny Möller devant moi. Retenue par quelqu'un qui la torture au-delà de l'imaginable. C'est pour elle que j'essaie de sortir des sentiers battus et de penser différemment. On ne peut pas se permettre d'être aussi conformistes que d'habitude. On n'a pas assez de temps pour ça. Il faut qu'on envisage même l'impossible. Il se peut, c'est même probable, que ce ne soit qu'une lubie absurde de ma part, mais il n'y a rien qui me prouve le contraire, et je dois à la petite Möller de le vérifier, même si ça me fera passer pour un barjo total.

Martin comprenait un peu mieux le raisonnement de Patrik. Et il était même enclin à reconnaître qu'il avait peut-être raison.

— Mais comment est-ce que tu vas pouvoir imposer une exhumation sur des bases aussi floues, et aussi vite ?

Patrik prit un air convaincu pour répondre :

— De l'obstination, Martin, de l'obstination.

Ils furent interrompus par la sonnerie de son portable. Il répondit uniquement par monosyllabes et Martin essayait de deviner le sujet de la conversation. Après une minute seulement, Patrik reposa l'appareil.

— C'était qui ?

— C'était Annika. Le labo a appelé au sujet de l'échantillon d'ADN qu'on a pris sur Mårten Frisk.

— Oui ? Martin retint sa respiration. Il souhaitait de tout son cœur qu'ils se soient trompés. Que ce soit l'assassin de Tanja qu'ils avaient derrière les barreaux.

— Ça ne correspond pas. Le sperme qu'on a trouvé sur Tanja ne vient pas de Mårten Frisk.

Martin réalisa qu'il avait retenu son souffle et il expira lentement l'air de ses poumons.

— Merde alors. Mais ce n'est pas vraiment une surprise, n'est-ce pas ?

— Non, mais on pouvait toujours espérer.

Ils observèrent un silence maussade un moment. Puis Patrik laissa échapper un profond soupir, comme pour rassembler ses forces devant la tâche qui se dressait devant eux telle une montagne gigantesque.

— Bon, alors il ne reste plus qu'à obtenir cette exhumation en un temps record.

Patrik prit son téléphone portable et s'exécuta. Il allait falloir être plus persuasif qu'il ne l'avait jamais été dans sa carrière, alors qu'il n'était pas du tout sûr de lui, loin s'en fallait.

Le moral d'Erica était au plus bas. L'inactivité la faisait errer sans but dans la maison, ramassant un truc par-ci, arrangeant un truc par-là. La dispute qu'elle avait eue avec Anna couvait dans son esprit comme une gueule de bois et dégradait encore davantage son humeur. De plus, elle s'apitoyait un peu sur elle-même. D'accord, en un certain sens elle avait approuvé que Patrik retourne travailler, mais elle n'avait pas pensé qu'il serait aussi absorbé. Même quand il était à la maison son esprit était en permanence accaparé par l'enquête. Elle avait beau comprendre l'importance de ce qu'il faisait, une petite voix minable en elle souhaitait égoïstement qu'il focalise un peu plus son attention sur elle.

Elle appela Dan. Avec un peu de chance, il serait chez lui et aurait le temps de passer prendre un café. Sa fille aînée répondit, son père était sorti en bateau avec Maria. Typique. Tout le monde était pris par ses affaires alors qu'elle était là à se rouler les pouces sur son gros ventre.

Le téléphone sonna juste quand elle venait de raccrocher et elle se jeta dessus avec une telle avidité qu'elle faillit le faire tomber de sa tablette.

— Erica Falck.

— Oui, allô. Je cherche à joindre Patrik Hedström.

— Il travaille. Je peux vous aider, ou je vous donne son numéro de portable ?

L'homme à l'autre bout hésita.

— Pour tout vous dire, c'est la mère de Patrik qui m'a donné votre numéro. Nos familles se connaissent depuis longtemps et la dernière fois que j'ai parlé avec Kristina elle m'a dit de ne pas hésiter à téléphoner à Patrik si nous passions par là. Et comme nous arrivons juste à Fjällbacka, ma femme et moi, je me suis dit que...

Une idée lumineuse fit son chemin en Erica. La solution à ses problèmes d'occupation était là, toute trouvée, devant elle.

— Mais venez nous voir ! Patrik rentre vers cinq heures, comme ça on lui fera la surprise. Et on aura le temps de faire connaissance ! Vous étiez des copains d'enfance, c'est ça ?

— Eh bien ça serait vraiment super ! Oui, on passait pas mal de temps ensemble quand on était jeunes. On ne s'est pas trop vus depuis qu'on est adultes. C'est toujours pareil, le temps file à toute allure. Il rit, un petit gloussement.

— Alors il est grandement temps d'y remédier. Vous pouvez être là à quelle heure ?

Elle l'entendit échanger quelques mots avec quelqu'un.

— On n'a rien de spécial au programme, on pourrait venir tout de suite, si ça ne pose pas de problème ?

— Non, aucun, à tout de suite alors.

Erica sentit l'enthousiasme revenir à la perspective de rompre la routine. Elle leur donna une rapide description du chemin et se dépêcha d'aller préparer du café. Quand on sonna à la porte, elle réalisa qu'elle n'avait même pas demandé leur nom. Bon, comme ça ils commenceraient par des présentations.

Trois heures plus tard, elle était au bord des larmes. Elle essayait de cligner des yeux et de mobiliser ses dernières ressources pour paraître intéressée.

— L'aspect le plus intéressant de mon travail est de suivre le flot des CDR. Comme je le disais, CDR, c'est pour *call data record*, c'est-à-dire les détails sur le temps qu'on passe au téléphone, la destination des appels et ainsi de suite. Lorsqu'on valorise les CDR, ils deviennent une source fabuleuse d'informations sur le comportement de nos clients…

Erica avait l'impression qu'il parlait depuis une éternité. Jörgen Berntsson était intarissable et tellement rasoir qu'Erica en pleurait presque, et sa femme le talonnait de près. Pas parce qu'elle tenait le même genre d'exposés interminables et totalement dépourvus d'intérêt que son mari, mais parce que depuis qu'elle était arrivée elle n'avait pas dit un mot à part son nom.

Quand elle entendit les pas de Patrik sur le perron, elle se leva précipitamment du canapé pour aller l'accueillir.

— On a de la visite, chuchota-t-elle.

— C'est qui ? Lui aussi chuchota.

— Un de tes copains d'enfance. Jörgen Berntsson. Et sa femme.

— Oh non, dis-moi que c'est une blague. Un gémissement lui échappa.

— Malheureusement pas.

— Merde, comment il a atterri ici ?

Se sentant prise en faute, Erica lui avoua :

— C'est moi qui les ai invités. Ça devait être une surprise pour toi.

— Tu as fait quoi ? dit Patrik un peu trop fort et il baissa la voix : Pourquoi tu les as invités ?

— Je m'embêtais. Erica fit un grand geste avec les bras. Et il disait qu'il était un vieux copain d'enfance à toi, alors j'ai pensé que ça allait te faire plaisir !

— Est-ce que tu as la moindre idée du nombre de fois où on m'a forcé à jouer avec lui quand on était petits ? Et il n'était absolument pas plus drôle à l'époque.

Ils réalisèrent qu'ils étaient restés trop longtemps dans le vestibule pour que ça paraisse normal et ils respirèrent à fond tous les deux pour se donner de la force.

— Ben dis donc, quelle surprise ! Salut !

Erica fut impressionnée par les talents de comédien de Patrik. Pour sa part, elle se contenta d'afficher un pâle sourire en retrouvant Jörgen et Madeleine.

Une heure plus tard, elle était prête à se faire hara-kiri. Patrik avait du retard par rapport à elle et réussissait encore à paraître relativement intéressé.

— Alors, comme ça, vous êtes de passage ?

— Oui, on pensait monter le long de la côte. On est allés voir une vieille copine de classe de Madeleine à Smögen et un pote à moi à Lysekil. Le meilleur de deux mondes. Etre en vacances et renouer de vieilles amitiés en même temps.

Il balaya un grain de poussière imaginaire sur son pantalon et échangea un coup d'œil avec sa femme avant de se tourner vers Erica et Patrik. En fait, il n'avait pas besoin d'ouvrir la bouche. Ils savaient ce qu'il allait dire.

— Maintenant qu'on a vu comme c'est chouette chez vous – et grand –, dit-il en appréciant le séjour du regard, on pensait vous demander s'il serait possible de rester une nuit ou deux ? C'est vrai que c'est pratiquement impossible de trouver une chambre d'hôtel.

Pleins d'espoir ils regardaient Patrik et Erica. Erica n'avait pas besoin d'être télépathe pour sentir les ondes vengeresses que Patrik lui envoyait. Mais l'hospitalité était une loi naturelle. Il n'y avait pas moyen de s'y soustraire.

— Bien sûr. Vous pouvez vous installer dans la chambre d'amis.

— Super ! Et vous verrez, on va bien se marrer ensemble ! Où en étais-je d'ailleurs ? Oui, quand on a récolté suffisamment d'infos tirées des CDR pour procéder aux analyses statistiques, on…

La soirée se déroula comme dans un brouillard. Cela dit, ils en apprirent énormément sur les techniques de télécommunication.

Les sonneries retentissaient. Pas de réponse. Seulement le répondeur de son portable qui répétait : "Salut, c'est Linda. Laissez-moi un message après le bip, et je vous rappellerai dès que possible." Johan avait déjà laissé quatre messages et elle ne l'avait toujours pas rappelé. En hésitant, il composa le numéro de La Métairie. Il espérait que Jacob serait au boulot. La chance fut avec lui. C'est Marita qui répondit.

— Bonjour, est-ce que Linda est là ?

— Oui, elle est dans sa chambre. C'est de la part de qui ?

Il hésita encore. Mais Marita ne reconnaîtrait probablement pas sa voix, même s'il disait son nom.

— C'est de la part de Johan.

Il l'entendit poser le combiné et monter l'escalier. Il pouvait visualiser l'intérieur de la maison beaucoup plus nettement à présent qu'il l'avait revue après tant d'années.

Au bout d'un moment, Marita fut de retour. Maintenant sa voix était plus prudente.

— Elle dit qu'elle ne veut pas te parler. Est-ce que je peux demander de quel Johan il s'agit ?

— Merci, il faut que j'y aille maintenant. Il se dépêcha de raccrocher.

Des sentiments contradictoires le déchiraient. Jamais il n'avait aimé personne comme il aimait Linda. Quand il fermait les yeux, il pouvait toujours revivre la sensation de sa peau nue. En même temps, il la haïssait. La réaction en chaîne avait commencé quand ils en étaient venus aux mains à La Métairie. La haine et la volonté de la blesser avaient été si fortes qu'il avait eu du mal à les maîtriser. Comment deux sentiments aussi contradictoires pouvaient-ils coexister ?

Il avait peut-être été idiot d'imaginer qu'ils avaient quelque chose en commun. Que c'était davantage qu'un jeu pour elle. Assis près du téléphone il se sentit stupide et ce sentiment alimentait la colère qui brûlait en lui. Mais il y avait une chose qu'il pouvait faire pour l'amener à partager le sentiment d'humiliation que lui-même éprouvait. Elle allait regretter d'avoir cru qu'elle pouvait le traiter n'importe comment.

Il allait raconter ce qu'il avait vu.

Jamais Patrik n'aurait imaginé qu'il pourrait apprécier une exhumation comme une pause bienvenue. Mais, après la pénible et interminable soirée de la veille, même ça lui paraissait une véritable distraction.

Mellberg, Martin et Patrik observaient en silence la scène macabre qui se déroulait devant eux au cimetière de Fjällbacka. A sept heures du matin, la température était encore agréable, même si le soleil était levé depuis un bon moment déjà. De rares voitures passaient sur la route devant le cimetière et, à part le gazouillis des oiseaux, le seul bruit qu'on entendait était celui des pelles dans la terre.

Tous les trois vivaient une expérience nouvelle. Une exhumation était un événement rare dans le quotidien d'un policier, et ils s'étaient tous demandé comment cela se passait en pratique. Est-ce qu'on faisait venir une petite pelle mécanique qui ôtait les couches de terre jusqu'au cercueil ? Ou bien faisait-on appel à une équipe de fossoyeurs professionnels qui exécutaient manuellement cette tâche lugubre ? Cette dernière alternative était la plus proche de la réalité. Les mêmes personnes qui creusaient les tombes pour les inhumations contribuaient maintenant à exhumer le cadavre. Les dents serrées, ils enfonçaient régulièrement leurs pelles dans la terre, sans un mot. Qu'auraient-ils pu dire ? Commenter les matchs de la veille à la télé ? Le barbecue du week-end ? Non, le sérieux de l'instant posait une lourde chape de silence sur leur travail qui se poursuivrait jusqu'à ce que le cercueil puisse être sorti de son repos.

— T'es sûr de savoir ce que tu fais, Hedström ?

Mellberg avait l'air soucieux et Patrik partageait son inquiétude. Il avait usé de toute sa capacité de persuasion – il avait demandé, menacé et supplié – pour faire tourner plus vite que jamais les rouages de la justice afin d'obtenir l'autorisation d'ouvrir la tombe de Johannes Hult. Mais le soupçon n'était encore qu'un sentiment, rien de plus.

Patrik n'était pas croyant, mais l'idée de déranger la paix d'une tombe le troublait malgré tout. La quiétude du cimetière avait quelque chose de sacré et il espérait qu'ils allaient trouver une bonne raison d'avoir importuné les morts dans leur repos.

— Stig Thulin m'a passé un coup de fil hier de la mairie et il n'était pas très content, tu sais, dit Mellberg. L'un de ceux que tu as harcelés hier au téléphone l'a rappelé pour signaler que tu étais en plein délire. Tu avais parlé d'une conspiration entre

Ephraïm Hult et deux des hommes les plus respectés de Fjällbacka. Apparemment tu avais aussi évoqué des pots-de-vin et Dieu sait quoi encore. Il était vachement énervé. Ephraïm a beau être mort, le Dr Hammarström vit encore et le croque-mort aussi, et si les gens apprennent qu'on accuse des innocents, eh ben…

Mellberg écarta les bras. Il n'avait pas besoin de terminer sa phrase. Patrik connaissait les conséquences. D'abord il prendrait le savon de sa vie et ensuite il serait la risée éternelle du commissariat.

Mellberg paraissait lire dans ses pensées.

— Donc, tu as vachement intérêt à avoir raison, Hedström !

Il pointa un petit doigt boudiné sur la tombe de Johannes et piétina d'inquiétude. Le tas de terre avait grandi, il mesurait un bon mètre de hauteur, et la sueur brillait sur le front de ceux qui creusaient. Ils ne devaient pas être très loin maintenant.

L'humeur de Mellberg était moins bonne ce matin que ces derniers jours. Et ça ne semblait pas lié seulement à l'heure matinale et à la tâche désagréable. Il y avait autre chose. Le caractère de cochon qui était une composante permanente de sa personnalité, et qui s'était envolé pendant quelques semaines remarquables, était de retour. Il n'avait pas encore atteint sa pleine puissance, mais ça n'allait pas tarder. Depuis son arrivée, Mellberg n'avait fait que rouspéter, râler et se plaindre. Paradoxalement, cela paraissait nettement plus facile à gérer que sa courte période de bonhomie. Plus habituel. Mellberg les planta là, toujours en jurant, pour aller cirer les pompes à l'équipe qui arrivait en renfort d'Uddevalla. Martin chuchota du coin de la bouche :

— J'ignore ce qui lui était arrivé mais, en tout cas, c'est terminé maintenant.

— Qu'est-ce que tu crois que c'était ?

— Une confusion mentale momentanée, répondit Martin, toujours en chuchotant.

— Hier, Annika a entendu une drôle de rumeur.

— Quoi ? Raconte !

— Il est parti tôt avant-hier, tu te souviens…

— Ça n'a rien de révolutionnaire.

— Non, évidemment. Mais Annika l'a entendu appeler Arlanda. Et il semblait terriblement pressé de s'y rendre.

— L'aéroport ? Il devait aller chercher quelqu'un ? En tout cas, il n'a pas pris l'avion, puisqu'il est toujours ici.

Martin eut l'air aussi confondu que Patrik. Et aussi curieux.

— Je ne sais pas plus que toi ce qu'il devait y faire. Mais le mystère s'épaissit…

L'un des hommes devant la tombe leur fit signe. Tout en gardant une certaine réserve, ils s'approchèrent du grand tas de terre et regardèrent dans le trou. Un cercueil brun avait été dégagé.

— Voilà votre gars. On vous le sort ?

Patrik fit oui de la tête.

— Mais soyez prudents. Je préviens l'équipe, ils prendront la relève dès que vous l'aurez monté.

Il alla voir les trois techniciens d'Uddevalla, qui s'entretenaient avec Mellberg. Une voiture de l'entreprise de pompes funèbres s'était avancée jusque dans l'allée gravillonnée et, hayon ouvert, se tenait prête à transporter le cercueil, avec ou sans cadavre.

— Ils ont presque terminé maintenant. On ouvre le cercueil ici, ou vous le faites à Uddevalla ?

Le chef de l'unité technique, Torbjörn Ruud, ne répondit pas directement à Patrik, il commença par demander à la seule femme de l'équipe d'aller prendre des photos. Il se tourna alors vers Patrik :

— Je pense qu'on ouvrira le couvercle ici. Si tu as raison et qu'on ne trouve rien dans le cercueil, l'affaire est réglée. Si c'est mon scénario qui se joue, et c'est le plus probable, c'est-à-dire qu'il y ait effectivement un cadavre dans le cercueil, on l'emporte à Uddevalla pour identification. C'est bien ce que vous voulez ?

Sa moustache de morse montait et descendait pendant qu'il regardait Patrik dans l'attente d'une réponse. Celui-ci hocha la tête.

— Oui, s'il y a quelqu'un dans le cercueil, j'aimerais avoir une confirmation à cent pour cent que c'est bien Johannes Hult.

— Ça va pouvoir se faire. J'ai demandé qu'on me trouve son dossier dentaire dès hier, comme ça tu n'auras pas à attendre la réponse trop longtemps. Puisque ça urge…

Ruud baissa le regard. Il avait lui-même une fille de dix-sept ans et il n'avait pas besoin qu'on lui écrive en lettres de feu sur le mur l'importance d'agir vite. Il suffisait d'imaginer ne fût-ce qu'une seconde la terreur dans laquelle devaient vivre les parents de Jenny Möller.

En silence ils attendirent pendant que le cercueil était lentement remonté de la tombe. Bientôt, le couvercle dépassa le niveau du sol, Patrik sentit ses mains trembler légèrement. D'ici peu ils sauraient. Du coin de l'œil, il remarqua une agitation un peu plus loin dans le cimetière. Il tourna la tête pour mieux voir. Merde alors. Par la grille du côté de la caserne des pompiers il vit Solveig arriver à toute vapeur. Incapable de courir, elle avançait en tanguant comme un navire dans la houle, cap droit sur la tombe où le cercueil était maintenant visible dans sa totalité.

— Qu'est-ce que vous êtes en train de foutre, espèce d'enflures de mes deux ?

Les techniciens d'Uddevalla, qui n'avaient jamais auparavant été en contact avec Solveig Hult, sursautèrent, frappés par ce langage ordurier. Patrik réalisa, mais trop tard, qu'ils auraient dû prévoir ça et organiser une forme de barrage. Il s'était dit que l'heure matinale de l'exhumation suffirait pour tenir les gens à distance. Mais Solveig n'était évidemment pas n'importe qui. Il alla à sa rencontre.

— Solveig, vous ne devriez pas vous trouver ici.

Patrik la prit doucement par le bras. Elle se dégagea violemment et continua son chemin.

— Alors vous n'abandonnez jamais ! Maintenant il vous faut aussi déranger Johannes dans sa tombe ! Il vous faut à tout prix continuer à gâcher nos vies !

Avant que quelqu'un n'ait eu le temps de réagir, Solveig fut devant le cercueil et se jeta dessus. Elle hurla comme une matrone italienne pendant un enterrement et martela le couvercle avec ses poings. Tous étaient comme figés. Personne ne savait quoi faire. Puis Patrik repéra deux personnages qui arrivaient en courant du même coin que Solveig. Johan et Robert se contentèrent de leur jeter des regards haineux avant de s'occuper de leur mère.

— Ne fais pas ça, maman. Viens, on rentre à la maison.

Tout le monde était pétrifié. Dans le cimetière, on n'entendait que le hurlement de Solveig et les voix suppliantes de ses fils. Johan se retourna.

— Elle n'a pas dormi de la nuit. Depuis que vous l'avez prévenue de ce que vous alliez faire. On a fait ce qu'on a pu pour la retenir, mais elle nous a échappé. Espèces de salauds, ça ne va donc jamais s'arrêter !

Ses paroles étaient comme un écho à celles de sa mère. Un instant, ils se sentirent tous honteux de cette sale occupation qu'ils avaient été obligés d'entreprendre. Pourtant, ils devaient mener à terme ce qu'ils avaient commencé.

Torbjörn Ruud fit un signe du menton à Patrik et ils s'avancèrent pour aider Johan et Robert à éloigner Solveig du cercueil. On aurait dit qu'elle avait épuisé ses dernières forces et elle s'effondra sur la poitrine de Robert.

— Faites ce que vous avez à faire, mais foutez-nous la paix ensuite, dit Johan, sans les regarder dans les yeux.

Les deux fils emmenèrent leur mère entre eux en direction du portail du cimetière. C'est seulement lorsqu'ils eurent complètement disparu qu'on bougea de nouveau. Personne ne commenta l'incident.

— Vous avez l'impression qu'il y a quelqu'un dedans ? demanda Patrik aux hommes qui avaient soulevé le cercueil.

— Difficile à dire. Le cercueil lui-même pèse. Parfois il y a aussi de la terre qui s'infiltre. La seule façon de savoir, c'est de l'ouvrir.

L'instant ne pouvait plus être repoussé. La photographe avait pris toutes les photos nécessaires. Avec des mains gantées, Ruud et ses collègues se mirent à l'œuvre.

Lentement le couvercle du cercueil fut ouvert. Tous retinrent leur respiration.

Annika rappela à huit heures pile. Ils avaient eu tout l'après-midi de la veille pour chercher dans leurs archives et ils devraient tout de même avoir trouvé quelque chose maintenant. Elle avait raison.

— Quel timing ! On vient juste de retrouver la liste des clients du FZ-302. Mais malheureusement je n'ai pas de bonnes nouvelles. Ou peut-être que c'en est une, justement. On n'a qu'un client dans votre périmètre, Rolf Persson, il est toujours client d'ailleurs, mais pas pour ce produit, évidemment. Je vous donne son adresse.

Annika nota les renseignements sur un Post-it, déçue de ne pas avoir obtenu plus de noms que ça. Un peu maigre, un seul client à contrôler, mais le chef des ventes pouvait avoir raison, c'étaient peut-être de bonnes nouvelles. Un seul nom pourrait suffire, après tout.

— Gösta ?

Tout en restant assise, elle roula sa chaise de bureau jusqu'à la porte, pointa la tête dans le couloir et appela. Pas de réponse. Elle appela encore une fois, un peu plus fort, et fut récompensée par la tête de Gösta qui apparut dans le couloir.

— J'ai une mission pour toi. On vient d'avoir le nom d'un paysan du coin qui utilisait l'engrais qu'ils ont trouvé sur les filles.

— On devrait peut-être d'abord demander à Patrik ?

Gösta était récalcitrant. Il n'était pas encore complètement éveillé, il avait passé le premier quart d'heure devant son bureau à bâiller et à se frotter les yeux.

— Patrik est à l'exhumation avec Mellberg et Martin. On ne peut pas les déranger pour le moment. Tu sais pourquoi ça presse. Tant pis, on ne suivra pas les règles cette fois-ci, Gösta.

Même en temps normal, il était difficile de résister à Annika quand elle voulait vraiment obtenir quelque chose, et Gösta dut bien reconnaître que cette fois-ci elle avait tout à fait raison d'insister. Il soupira.

— Mais n'y va pas tout seul, dit Annika. Ce n'est pas un simple bouseux qui distille sa gnôle en douce qu'on cherche, ne l'oublie pas. Prends Ernst avec toi. Elle murmura tout bas pour que Gösta ne l'entende pas : Qu'il se rende un peu utile pour une fois, ce branleur. Puis elle leva la voix de nouveau. Et profitez-en pour bien examiner le lieu. Si vous voyez le moindre truc suspect, vous faites comme si de rien n'était, puis vous revenez ici faire un rapport à Patrik, et ce sera à lui de décider de la suite des événements.

— Ça alors, je ne savais pas que tu étais passée de secrétaire à chef de la police, Annika. C'était pendant tes vacances peut-être ? fit Gösta, acerbe. Mais il n'osa pas le dire suffisamment fort pour qu'Annika l'entende. Ça aurait été con de pousser l'audace jusque-là.

Derrière sa vitre, Annika sourit, ses lunettes de soleil comme d'habitude tout au bout du nez. Elle savait exactement quelles pensées hargneuses rebondissaient entre les oreilles de Flygare, mais cela lui était assez égal. Il y avait belle lurette qu'elle avait cessé de respecter ses opinions. Il fallait seulement espérer qu'il s'attellerait à son boulot maintenant et ne le ferait pas foirer. Ernst et lui en binôme, ça pouvait être une combinaison dangereuse. Mais elle n'avait pas le choix, elle devait composer avec ce qu'elle avait sous la main.

Ernst n'apprécia pas d'être tiré du sommeil. Il espérait profiter d'un bon moment sous la couette pendant que son patron était occupé ailleurs sans pouvoir vérifier sa présence au bureau, et la sonnerie stridente vint définitivement contrecarrer ses projets.

— Putain, qu'est-ce qui se passe ?

Devant la porte, Gösta avait bloqué son doigt sur la sonnette.

— Faut qu'on bosse.

— Ça peut pas attendre une heure ? dit Ernst avec humeur.

— Non, il faut qu'on aille entendre un paysan qui a acheté le produit que les techniciens ont trouvé sur les cadavres.

— C'est cet enfoiré de Hedström qui a décidé ça ? Et il a dit que moi je devais t'accompagner – je croyais que j'étais banni de sa foutue enquête ?

Gösta se demanda s'il devait mentir ou dire ce qu'il en était. Il décida de dire la vérité.

— Non, Hedström est à Fjällbacka avec Molin et Mellberg. C'est Annika qui nous l'a demandé.

— Annika ? Ernst poussa un ricanement vulgaire. Depuis quand est-ce qu'on prend nos ordres d'une foutue secrétaire, toi et moi ? Nan, nan, si c'est comme ça, je vais retourner pioncer encore un moment.

Toujours en rigolant, il s'apprêta à fermer la porte au nez de Gösta. Un pied entre la porte et le chambranle l'en empêcha.

— Ecoute, je pense qu'on va quand même aller vérifier cette histoire. Gösta se tut, puis il usa du seul argument qu'il savait qu'Ernst écouterait. Tu vois la mine de Hedström si on résout l'affaire, tous les deux ? Qui sait, il tient peut-être la fille dans sa ferme, le cul-terreux. Ça te plairait pas de venir annoncer ça à Mellberg ?

La lueur qui passa sur le visage d'Ernst Lundgren confirma que l'argument avait fait mouche. Ernst entendait déjà les louanges de son chef.

— Attends, je m'habille. On se retrouve à la voiture.

Dix minutes plus tard, ils roulaient en direction de Fjäll-backa. La ferme de Rolf Persson était située un peu au sud du domaine de la famille Hult, et Gösta ne put s'empêcher de se demander si c'était un hasard. Après s'être trompé de route une fois, ils finirent par trouver et ils se garèrent dans la cour. Pas un chat en vue. Ils descendirent de la voiture et inspectèrent les lieux tout en montant vers la maison.

C'était une ferme comme toutes les autres fermes de la région. Une grange en bois peinte en rouge située à un jet de pierre de la maison, blanche avec des encadrements de fenê-tre bleus. Malgré tout ce qu'écrivaient les journaux sur la manne des subventions de l'Europe qui pleuvaient sur les paysans suédois, Gösta savait que la réalité était tout autre. Une irrémédiable vétusté planait sur les bâtiments. Manifes-tement, les propriétaires faisaient de leur mieux pour les entretenir, mais la peinture avait commencé à s'écailler aussi bien sur la maison que sur la grange et un sentiment diffus d'abandon collait aux murs. Ils montèrent sous l'auvent devant l'entrée, où les menuiseries ajourées avec amour indiquaient que la maison avait été construite avant que la modernité n'ait sacralisé les notions de vitesse et d'efficacité.

— Entrez.

La voix crépitante d'une petite vieille se fit entendre et ils essuyèrent soigneusement leurs pieds sur le paillasson devant la porte avant d'entrer. Le plafond bas obligea Ernst à baisser la tête, mais Gösta, qui n'avait jamais fait partie du club des grands et imposants, put passer sans avoir peur de se blesser le crâne.

— Bonjour, nous sommes de la police. Nous cherchons Rolf Persson.

La vieille, qui était en train de préparer un petit-déjeuner, s'essuya les mains sur un torchon.

— Un instant, j'vais aller l'chercher. Il est en train de piquer un roupillon, voyez-vous. Voilà c'qui arrive quand on d'vient vieux. Elle gloussa et quitta la pièce.

Gösta et Ernst regardèrent autour d'eux, ne sachant pas trop quoi faire, puis ils s'assirent devant la table. Cette cui-sine rappelait à Gösta la maison de son enfance, même si le couple Persson n'avait guère qu'une dizaine d'années de plus que lui-même. La vieille lui avait semblé assez âgée au premier coup d'œil, mais à y regarder de plus près ses yeux faisaient plus jeunes que son corps. Résultat d'une vie de dur labeur.

Ils utilisaient toujours un fourneau à bois pour cuisiner. Le sol était couvert d'un lino et dissimulait probablement un parquet magnifique. La jeune génération adorait les remettre en état, mais pour Gösta et les Persson le parquet était encore un rappel trop fort de la pauvreté de leur enfance. Le lino, quand il fut introduit, était le signe qu'on s'était affranchi de la vie misérable des parents.

Le lambris des murs était usé, mais éveilla quand même des souvenirs sentimentaux. Gösta ne put résister à l'impulsion de laisser son index courir dans le creux entre les lamelles de bois comme il le faisait dans la cuisine de ses parents quand il était petit, et la sensation fut la même.

Seul le tic-tac tranquille d'une horloge résonnait dans la cuisine, mais après un moment ils entendirent des murmures dans la pièce d'à côté. Une des voix s'emportait, alors que l'autre suppliait. Au bout de quelques minutes, la vieille revint avec son mari. Lui aussi paraissait plus âgé que ses probables soixante-dix ans, et le fait d'être réveillé de sa sieste n'était pas à son avantage. Ses cheveux étaient tout ébouriffés et des rides de fatigue traçaient de profonds sillons sur ses joues. La vieille retourna à son fourneau. Elle gardait les yeux baissés et se concentra sur le gruau qu'elle touillait dans la casserole.

— Et qu'est-ce qui peut bien amener la police ici ?

La voix était autoritaire et Gösta remarqua que la vieille sursauta. Il commença à deviner pourquoi elle semblait beaucoup plus vieille que son âge. Elle fit du bruit avec la casserole et son mari rugit :

— Mais arrête ça, bon sang ! Tu continueras plus tard ! Laisse-nous tranquilles maintenant !

Elle courba le front et retira vivement la casserole du feu. Sans un mot, elle les laissa dans la cuisine et s'en alla. Gösta eut envie de la suivre pour lui dire un mot aimable qui lui ferait sans doute du bien, mais il s'en abstint.

Rolf Persson se versa un verre de gnôle et s'assit. Il ne demanda pas à Ernst et Gösta s'ils en voulaient et de toute façon ils n'auraient pas osé dire oui. Après l'avoir bu cul sec, il s'essuya la bouche avec le dos de la main et les exhorta du regard.

— Bon ? Alors, qu'est-ce que vous voulez ?

Ernst jeta un regard envieux sur le verre vide et ce fut Gösta qui prit la parole.

— Est-ce que vous aviez l'habitude d'utiliser un engrais qui s'appelait…, il consulta son bloc-notes, FZ-302 ?

Le paysan Persson rit cordialement.

— C'est pour ça que vous me tirez de ma sieste ? Pour demander quel engrais j'utilise ? Eh ben mon cochon, on peut vraiment dire que la police n'a pas grand-chose à faire de nos jours !

— Nous avons de bonnes raisons de vous poser cette question. Et nous aimerions avoir une réponse. Gösta n'était pas d'humeur à plaisanter et son aversion pour l'homme se renforçait de minute en minute.

— Oui, oui, il n'y a pas de quoi s'exciter. Je n'ai rien à cacher.

Il rit de nouveau et se servit un autre verre.

Ernst se lécha les babines, les yeux rivés sur le verre. A en juger par l'haleine de Rolf Persson, ce n'était pas le premier verre de la journée. Compte tenu des vaches à traire, cela devait déjà faire un moment qu'il était debout. En comptant généreusement et avec un peu de bonne volonté on pouvait dire que ce devait être l'heure du déjeuner pour Rolf Persson. Mais même en calculant ainsi c'était un peu tôt pour boire de l'alcool, de l'avis de Gösta.

— Je l'ai utilisé jusque vers 1984, 1985, je crois. Ensuite il y a eu une administration écolo à la con qui a estimé qu'il pouvait avoir un "effet négatif sur l'équilibre de la biodiversité". Il parlait d'une voix forte en mimant les guillemets en l'air avec les doigts. Et alors il a fallu changer pour un engrais dix fois moins bien et dix fois plus cher. Des connards, je vous le dis, tous autant qu'ils sont.

— Pendant combien de temps l'avez-vous utilisé ?

— Ben, pendant une dizaine d'années peut-être. J'ai sans doute les dates exactes dans mes livres, mais il me semble bien que c'était vers le milieu des années 1970. Pourquoi est-ce que ça vous intéresse tant ? Il regarda Ernst et Gösta en plissant des yeux méfiants.

— C'est en rapport avec une enquête que nous menons en ce moment.

Gösta ne dit rien de plus, mais il vit que le paysan y voyait clair soudain.

— Ça a quelque chose à voir avec les filles, c'est ça ? Les filles de la brèche du Roi ? Et cette autre fille qui a disparu ? Et vous croyez que j'ai quelque chose à voir avec ça ? Hein, c'est ça que vous vous êtes mis en tête ? Faites gaffe à ce que vous dites !

Il se leva, et tangua un peu sur ses jambes. Rolf Persson était un homme imposant. Aucun des dégâts physiques dus à l'âge ne semblait l'avoir atteint et ses bras étaient musclés et forts sous la chemise. Ernst leva les mains en signe d'apaisement et se mit debout, lui aussi. C'était dans des moments comme ça que Lundgren pouvait se révéler utile, pensa Gösta avec gratitude. Il vivait pour ce genre de situations.

— On se calme maintenant. Nous avons une piste et nous la suivons, il y a d'autres personnes à qui nous rendons visite. Vous n'avez aucune raison de vous sentir visé. Mais nous aimerions jeter un coup d'œil ici. Seulement pour pouvoir vous rayer de la liste.

Le paysan sembla méfiant, puis il hocha la tête. Gösta saisit l'occasion de demander :

— Est-ce que je peux vous demander d'utiliser vos toilettes ?

Sa vessie laissait à désirer et le besoin avait grandi jusqu'à devenir une réelle urgence maintenant. Rolf Persson fit un signe du menton en direction d'une porte.

Lorsque Gösta revint des toilettes, Ernst et Rolf Persson avaient l'air de vieux copains.

— Eh oui, merde, ils se gênent plus, les gens, ils vous voleraient même votre chemise. Qu'est-ce qu'on peut faire, nous, les gens honnêtes comme vous et moi… Pris en faute, Ernst s'interrompit. Un verre vide devant lui révélait qu'il avait fini par se faire offrir le coup de gnôle convoité.

Une demi-heure plus tard, Gösta prit son courage à deux mains et engueula son collègue.

— Tu pues l'alcool, c'est infect. Comment tu penses passer devant Annika avec une haleine pareille ?

— Bof, t'inquiète. T'es pire qu'une vieille maîtresse d'école, toi. Je me suis envoyé une petite rincette, c'est tout, je vois pas où est le problème. Et ça se fait pas de refuser quand on vous invite à boire.

Gösta se contenta de souffler bruyamment, sans faire d'autres commentaires. Il se sentait abattu. Une demi-heure de balade sur les terres du paysan n'avait apporté aucun résultat. Aucune trace ni d'une fille, ni d'une tombe récemment creusée, et la matinée paraissait gaspillée. Ernst et le paysan avaient eu le temps de sympathiser pendant le court moment où Gösta s'était absenté et ils n'avaient pas arrêté de bavarder pendant la visite de la ferme. Personnellement, Gösta pensait qu'il aurait été davantage approprié de maintenir plus de distance avec un éventuel suspect dans une enquête d'homicide, mais Lundgren suivait comme d'habitude ses propres lois.

— Il n'a rien dit de consistant, ce Persson ?

Ernst souffla dans sa main courbée et renifla. Il ignora d'abord la question et dit :

— Ecoute, Flygare, arrête-toi par là, je vais m'acheter une boîte de pastilles pour la gorge.

Dans un silence maussade, Gösta s'arrêta à la station-service OKQ8 et attendit dans la voiture pendant qu'Ernst courait acheter de quoi masquer son haleine. C'est seulement lorsqu'il fut assis dans la voiture à nouveau qu'Ernst répondit à la question de Gösta.

— Non, on s'est plantés en beauté. Mais le gars est vachement sympa en tout cas, je peux jurer qu'il n'a rien à voir avec cette histoire. Nan, c'est une hypothèse qu'on peut éliminer tout de suite. Ce truc avec l'engrais, c'est sans doute une fausse piste. Ces putains de techniciens légistes, ils sont assis sur leur cul dans un labo toute la journée à faire des analyses à la mords-moi le nœud, alors que nous sur le terrain on voit à quel point leurs théories sont ridicules. L'ADN et des cheveux et des engrais et des empreintes de pneu et toutes ces foutaises qu'ils remuent. Nan, rien ne vaut une bonne raclée bien placée au bon endroit, avec ça on obtient ce dont on a besoin, je te le dis comme je le pense, Flygare.

Il serra le poing pour illustrer ses propos et, satisfait d'avoir montré qu'il savait parfaitement comment on fait du bon boulot de flic, il se laissa aller contre l'appuie-tête et ferma les yeux un petit moment.

Gösta poursuivit la route vers Tanumshede sans dire un mot de plus. Ce que pensait Ernst était une chose, lui n'était pas aussi certain.

La nouvelle était aussi arrivée jusque chez Gabriel. Tous trois observaient le silence autour de la table du petit-déjeuner, chacun plongé dans ses réflexions. A leur grande surprise, Linda était arrivée la veille au soir avec son sac et était allée se coucher sans un mot dans son ancienne chambre qui était toujours prête pour elle.

En hésitant, Laini rompit le silence.

— Je suis contente que tu sois rentrée, Linda.

Linda murmura une réponse, le regard fixé sur la tartine qu'elle était en train de se préparer.

— Parle plus fort, Linda, c'est malpoli de marmonner comme tu fais.

Gabriel reçut un coup d'œil assassin de Laini, mais cela ne lui faisait ni chaud ni froid. C'était chez lui ici, et il n'avait pas l'intention de prendre des gants avec la gamine rien que pour le plaisir incertain de l'avoir à la maison pendant quelques jours.

— J'ai dit que je suis là seulement pour une nuit ou deux, ensuite je retourne à La Métairie. Simplement un petit changement d'air. Là-bas ils n'arrêtent pas avec leurs bondieuseries. Ils harcèlent les mômes, c'est franchement déprimant. Ça fout les jetons, des mômes qui ne font que parler de Jésus…

— Oui, je le lui ai dit, à Jacob, que je les trouve un peu trop stricts peut-être avec les enfants. Mais ça part d'un bon sentiment. Et la foi est importante pour Jacob et Marita, il faut qu'on le respecte. Je sais par exemple que ça révolte terriblement Jacob de t'entendre jurer comme ça. Ce n'est vraiment pas un langage convenable pour une jeune fille.

Enervée, Linda leva les yeux au ciel. Elle avait seulement voulu s'éloigner de Johan un moment, il n'oserait jamais appeler ici. Mais leur rabâchage commençait déjà à lui porter sur les nerfs. Tout compte fait, elle retournerait peut-être chez le frangin dès ce soir. Ici, l'ambiance était vraiment insupportable.

— Je suppose que vous avez parlé de l'exhumation, chez Jacob. Ton père l'a appelé pour l'informer tout de suite hier quand la police l'a contacté. A-t-on déjà entendu des bêtises pareilles ! Que tout ça serait une machination d'Ephraïm pour faire croire que Johannes était mort, je n'ai jamais rien entendu de plus saugrenu !

Des marbrures rouges s'étaient formées sur la peau blanche du cou de Laini. Elle n'arrêtait pas de tripoter son collier de perles et Linda dut réprimer une envie de se jeter sur elle, d'arracher le collier et de lui fourrer ses foutues perles dans la bouche.

Gabriel s'éclaircit la gorge et se mêla de la conversation avec une voix autoritaire. Cette histoire d'exhumation le mettait mal à l'aise. Elle déstabilisait son équilibre et soulevait de la poussière dans son monde ordonné, et tout cela lui déplaisait fortement. Pas un seul instant il ne croyait que les affirmations de la police étaient fondées, mais ce n'était pas ça, le problème. Ce n'était pas non plus l'idée que la paix de la tombe de son frère soit dérangée qui l'irritait, même si cette pensée n'était pas très agréable, évidemment. Non, c'était le désordre que toute la procédure représentait. Les cercueils étaient faits pour être enterrés, pas déterrés. Les tombes qui avaient un jour été creusées devaient être respectées et les cercueils qui avaient été fermés devaient rester fermés. C'est comme ça que ça devait être. Débit et crédit. De l'ordre.

— Oui, je trouve assez remarquable que la police ait le droit d'agir ainsi de sa propre initiative. J'ignore quels coups tordus ils ont faits pour obtenir l'autorisation, mais j'ai l'intention d'aller jusqu'au bout, croyez-moi. On ne vit tout de même pas dans un Etat policier.

Encore une fois, Linda murmura quelque chose dans son assiette.

— Pardon, qu'est-ce que tu as dit, mon cœur ? dit Laini.

— J'ai dit que vous devriez peut-être penser un tout petit peu à Solveig, Robert et Johan, à ce qu'ils doivent vivre en ce moment ? Vous vous rendez compte de ce que ça doit leur faire qu'on ouvre comme ça la tombe de Johannes ? Mais non, la seule chose que vous trouvez à faire, c'est pleurer sur votre propre sort. Pensez un peu aux autres pour une fois !

Elle lança la serviette sur son assiette et quitta la table. Les mains de Laini partirent toutes seules vers le collier de perles et elle paraissait sur le point de suivre sa fille. Un regard de Gabriel la cloua sur place.

— Oui, en tout cas on sait d'où elle tient ce caractère hystérique.

Son ton était accusateur. Laini ne dit rien.

— Quel culot de dire que nous ne pensons pas à Solveig et aux garçons. Bien sûr que ça nous concerne, mais d'un autre côté ils ont montré tant de fois qu'ils ne veulent pas de notre sympathie, et comme on fait son lit on se couche…

Parfois Laini haïssait son époux. Il était là, si satisfait de lui-même, et mangeait son œuf de bon appétit. Dans son for intérieur, elle s'imagina avançant vers lui, prenant son assiette et la plaquant lentement sur sa poitrine. Au lieu de cela, elle commença à débarrasser la table.

ÉTÉ 1979

Elles partageaient la douleur à présent. Comme deux sœurs siamoises, elles se serraient l'une contre l'autre dans une symbiose composée d'amour et de haine. D'une part, ne pas être seule dans l'obscurité créait un sentiment de sécurité. D'autre part, du désir d'échapper au mal jaillissait une hostilité, une envie que la douleur soit destinée à l'autre à la prochaine venue de l'homme.

Elles ne parlaient pas beaucoup. Leurs voix résonnaient de façon trop lugubre ici dans les ténèbres aveugles. Lorsque les pas s'approchaient, chacune partait de son côté, elles abandonnaient les bras et la peau de l'autre qui avaient été leur seule protection contre le froid et le noir. Alors tout ce qui comptait était d'esquiver la douleur et elles s'affrontaient dans une lutte pour que ce soit l'autre qui se retrouve entre les mains de l'être malveillant.

Cette fois-ci, elle gagna et elle entendit les cris commencer. D'une certaine façon, c'était presque tout aussi horrible d'être celle qui était épargnée. Le bruit des os qui se brisaient était bien gravé dans sa mémoire et elle ressentit dans son propre corps chaque cri de l'autre fille. Elle savait aussi ce qui venait après les cris. Alors les mains qui avaient tordu et vrillé, percé et blessé, se transformaient, et se posaient chaudes et tendres là où la douleur était la plus forte. Elle connaissait maintenant ces mains-là aussi bien que ses propres mains. Elles étaient grandes et fortes, douces et sans aspérités. Les doigts étaient longs et sensibles comme ceux d'un pianiste, et bien qu'elle ne les eût jamais vraiment vus elle pouvait les imaginer très nettement.

Les cris s'intensifiaient maintenant et elle aurait voulu pouvoir lever les bras pour se boucher les oreilles. Mais ils pendaient mous et inutilisables le long de son torse et refusaient de lui obéir.

Quand les cris eurent cessé et que la petite trappe au-dessus de leurs têtes fut ouverte puis refermée, elle se traîna sur le sol froid et humide vers la source des hurlements.

Le temps de consoler était venu.

Quand le couvercle du cercueil glissa sur le côté, il y eut un silence total. Malgré lui, Patrik se retourna pour guetter l'église avec inquiétude. Il ne savait pas trop ce qu'il attendait. Un éclair venu du clocher qui viendrait les frapper au beau milieu de leur occupation blasphématoire. Mais rien de tel n'arriva.

Lorsqu'il vit le squelette dans le cercueil, sa gorge se noua. Il s'était trompé.

— Et voilà, Hedström. Maintenant tu nous as foutus dans un sacré merdier.

Mellberg le toisa avec regret et cette seule phrase donna l'impression à Patrik que sa tête était posée sur le billot. Son supérieur hiérarchique avait raison. C'était un sacré merdier.

— On l'emporte avec nous alors, pour déterminer si c'est le bon gars. Mais je pense qu'il n'y aura pas beaucoup de surprises. A moins que tu n'aies aussi des théories sur des corps substitués ou des trucs comme ça…

Patrik secoua seulement la tête. Il n'avait que ce qu'il méritait. Les techniciens firent leur boulot et un moment plus tard, quand les ossements furent en route pour Göteborg, Patrik et Martin montèrent dans la voiture pour retourner au commissariat.

— Tu aurais pu avoir raison. Ce n'était pas si délirant que ça.

La voix de Martin était compatissante, mais Patrik secoua de nouveau la tête.

— Non, c'est toi qui avais raison. C'était un complot franchement trop surprenant pour être crédible. J'imagine que je vais avoir à vivre avec ça un bon bout de temps.

— Oui, comptes-y, dit Martin. Mais pose-toi la question : est-ce que tu aurais pu te regarder dans la glace tous les jours si tu ne l'avais pas fait et si tu avais appris trop tard que tu avais raison et que ça avait coûté la vie à Jenny Möller ? Au moins, tu as essayé et maintenant il faut qu'on continue à travailler sur toutes les idées qui nous viennent à l'esprit, délirantes ou pas. C'est notre seule chance de la retrouver à temps.

— Si ce n'est pas déjà trop tard, dit Patrik très sombre.

— Tu vois, voilà exactement comment il ne faut pas penser. On ne l'a pas encore retrouvée morte, donc elle est en vie. Il n'y a pas d'alternative.

— Tu as raison. Simplement, je ne sais pas quelle direction prendre. Où doit-on chercher ? On revient tout le temps à cette foutue famille Hult mais il n'y a jamais rien de concret à suivre.

— On a le lien entre les meurtres de Siv, Mona et Tanja.

— Et rien ne nous dit qu'il y a un lien avec la disparition de Jenny.

— Non, reconnut Martin. Mais en fait ça n'a pas d'importance, n'est-ce pas ? Le principal, c'est qu'on fait tout ce qu'on peut pour trouver l'assassin de Tanja et celui qui a enlevé Jenny. On verra bien si c'est la même personne ou non. Mais on fait tout notre possible.

Martin souligna chaque mot dans cette dernière phrase en espérant que ses paroles feraient leur chemin. Il comprenait bien pourquoi Patrik se flagellait après l'exhumation ratée, mais en ce moment ils ne pouvaient pas se permettre d'avoir un meneur d'enquête qui n'avait plus confiance en lui. Il devait croire en ce qu'ils faisaient.

A peine rentrés au commissariat, ils furent hélés par Annika, qui brandit le téléphone, une main plaquée sur le microphone.

— Patrik, c'est Johan Hult. Il insiste pour te parler tout de suite. Tu le prends ?

Il fit oui de la tête et se dirigea vers son bureau d'un pas rapide. Une seconde après, le téléphone sonna.

— Patrik Hedström.

Il écouta attentivement, glissa quelques questions et fila jusqu'au bureau de Martin avec une énergie retrouvée.

— Viens avec moi, Molin, il faut qu'on aille à Fjällbacka.

— Mais on en revient juste. Pour quoi faire ?

— On va s'entretenir un peu avec Linda Hult. Je pense qu'on a quelque chose d'intéressant qui se profile, quelque chose de très, très intéressant.

Erica avait espéré qu'à l'instar de la famille Flood ils auraient envie de faire une sortie en mer dans la journée, ainsi elle en aurait été débarrassée. Sur ce point, elle se trompait totalement.

— On n'aime pas trop la mer, Madeleine et moi. On préfère rester dans le jardin, comme ça on pourra te tenir compagnie. La vue est tellement belle.

Jörgen jeta un regard enjoué sur les îlots et se prépara à passer une journée au soleil. Erica eut du mal à réprimer un rire. Il avait une de ces dégaines. Blanc comme un cachet d'aspirine et avec l'intention manifeste de le rester. La crème solaire dont il s'était enduit de la tête aux pieds le rendait encore plus blanc, son nez était couvert d'une gadoue fluo protection renforcée et un grand chapeau de soleil venait compléter son look. Après avoir consacré une demi-heure à tous ces préparatifs, il soupira d'aise et se laissa tomber à côté de sa femme dans une des chaises longues qu'Erica s'était sentie tenue de leur sortir.

— Ah, ça c'est le top, pas vrai Madde ?

Il commença à s'assoupir et Erica se disait qu'elle allait saisir l'occasion de s'échapper un petit moment, lorsqu'il rouvrit un œil :

— Tu le prendrais mal si je te demandais quelque chose à boire ? Un grand verre de grenadine serait le bienvenu. Et pour Madeleine aussi. Hein Madde ?

Sa femme hocha seulement la tête sans même lever les yeux. A peine installée, elle s'était plongée dans un livre sur la fiscalité, et comme son mari elle semblait avoir une peur panique de se retrouver un tant soit peu hâlée. Un pantalon et une chemise à manches longues empêchaient efficacement tout bronzage. Elle aussi avait un chapeau de soleil et un nez fluo. Apparemment, on n'était jamais assez prévoyant. Côte à côte comme ça, on aurait dit deux extraterrestres qui auraient atterri sur la pelouse.

Erica rentra à pas lents préparer le sirop. Tout, n'importe quoi, pourvu qu'elle soit dispensée de leur conversation.

C'était sans conteste les gens les plus ennuyeux qu'elle ait jamais rencontrés. Si la veille au soir on l'avait laissée choisir entre passer la soirée avec eux et regarder sécher de la peinture, le choix aurait été facile. A l'occasion elle dirait deux mots à la mère de Patrik au sujet de son empressement à communiquer leur numéro de téléphone.

Patrik avait la chance de pouvoir s'échapper au boulot, lui. Mais elle voyait qu'il était fatigué. Elle ne l'avait jamais vu aussi atteint, aussi pressé d'obtenir des résultats. Jamais auparavant non plus l'enjeu n'avait été aussi important.

Elle aurait voulu pouvoir l'aider davantage. Au cours de l'enquête sur la mort de son amie Alex, elle avait pu venir en aide à la police à plusieurs reprises, mais elle avait un lien personnel avec la victime. A présent, elle était entravée par le volume de son corps. Le ventre et la chaleur conspiraient pour la forcer, pour la première fois de sa vie, à rester inactive. De plus, elle avait l'impression que son cerveau s'était bloqué dans une sorte d'attente. Toutes ses pensées allaient vers l'enfant et l'effort herculéen qui allait être exigé d'elle dans un proche avenir. Son esprit s'obstinait à refuser de se concentrer sur autre chose et elle s'émerveillait des mamans qui travaillaient jusqu'à la veille de l'accouchement. Elle était peut-être différente, mais au fur et à mesure que la grossesse progressait elle avait été réduite – ou élevée, selon la façon de voir – à un organisme de reproduction destiné à couver et nourrir. Chaque fibre de son corps avait pour but de mettre l'enfant au monde et les intrus en étaient d'autant plus pénibles. Ils dérangeaient tout simplement sa concentration. Elle n'arrivait pas à comprendre que le fait d'être seule à la maison ait pu l'énerver autant. A présent, la solitude lui apparaissait comme le paradis absolu.

En soupirant, elle prépara une grande carafe de grenadine, y ajouta des glaçons et l'apporta aux deux Martiens dehors sur la pelouse.

Une rapide vérification à La Métairie leur apprit que Linda n'était pas là. Marita eut l'air perplexe en voyant les deux inspecteurs de police, mais elle ne posa pas de question directe et les envoya seulement au manoir. Pour la deuxième fois en peu de temps, Patrik remonta la longue allée. Encore une fois, il fut frappé par la beauté de l'endroit. A côté de lui, Martin aussi en était bouche bée.

— Merde alors, quels veinards !

— Oui, certains ont de la chance, dit Patrik.

— Et ils ne sont que deux à habiter cette grande maison ?

— Trois si on compte Linda.

— Eh ben, ça explique pourquoi il y a pénurie de logements en Suède, dit Martin.

Cette fois-ci, ce fut Laini qui ouvrit la porte quand ils sonnèrent.

— Qu'est-ce que je peux faire pour vous ?

Y avait-il un soupçon d'inquiétude dans sa voix ? Patrik se le demanda.

— On cherche Linda. On est allés à La Métairie – il en désigna la direction de la tête – mais votre belle-fille a dit qu'elle était ici.

— Qu'est-ce que vous lui voulez ? Gabriel arriva derrière Laini qui n'avait toujours pas ouvert la porte suffisamment pour les faire entrer.

— On a quelques questions à lui poser.

— Personne ne posera de questions à ma fille sans que je sache de quoi il s'agit.

Gabriel bomba le torse et se prépara à défendre sa descendance. Au moment où Patrik s'apprêtait à argumenter, Linda surgit au coin du manoir. Elle portait des vêtements d'équitation et semblait se diriger vers l'écurie.

— C'est moi que vous cherchez ?

Patrik hocha la tête, soulagé de ne pas avoir à s'engager dans une confrontation directe avec son père.

— Oui, on a quelques questions à te poser. On reste là, dehors, ou tu préfères qu'on rentre ?

Gabriel l'interrompit.

— C'est quoi cette histoire, Linda ? Tu as fait quelque chose que nous devrions savoir ? Il est hors de question que la police t'interroge sans notre présence, sache-le !

Linda, qui tout à coup eut l'air d'une petite fille peureuse, hocha la tête.

— Je préfère qu'on rentre.

Passivement, elle suivit Martin et Patrik dans la salle de séjour et, sans le moindre égard pour le tissu blanc, se laissa tomber dans le canapé avec ses vêtements qui puaient le cheval. Laini ne put s'empêcher de froncer le nez. Linda lui lança un regard plein de défi.

— Ça te va, si on te pose des questions en présence de tes parents ? Si ça avait été un interrogatoire dans les règles, on n'aurait pas pu leur refuser d'être présents, puisque tu n'es pas encore majeure, mais pour l'instant on aimerait juste poser quelques questions…

Gabriel semblait prêt à se lancer dans une nouvelle argumentation à ce sujet, mais Linda ne fit que hausser les épaules. Un instant, Patrik eut aussi l'impression de voir une sorte d'assouvissement venir se mêler à la nervosité. Mais il disparut aussitôt.

— On vient d'avoir un appel de Johan Hult, ton cousin. Est-ce que tu sais ce qu'il avait à nous dire ?

Elle se contenta de hausser de nouveau les épaules et se mit à tripoter le bord de ses ongles avec indifférence.

— Vous vous êtes rencontrés ces derniers temps, n'est-ce pas ?

Patrik avançait sur des œufs. Johan lui avait expliqué certaines choses sur leur relation et il supposait que la nouvelle n'allait pas être très bien accueillie par Gabriel et Laini.

— Ben oui, on s'est vus un peu.

— Qu'est-ce que c'est que ces conneries ?

Aussi bien Laini que Linda sursautèrent. Tout comme Jacob, Gabriel n'utilisait jamais de gros mots. Elles ne se rappelaient pas l'avoir jamais entendu le faire.

— Quoi ? Je vois qui je veux. C'est pas à toi de décider.

Patrik intervint avant que la situation ne dérape complètement :

— Ça ne nous intéresse pas de savoir quand vous vous êtes vus, ni à quelle fréquence, ça, tu peux le garder pour toi en ce qui nous concerne, mais il y a un rendez-vous qui nous intéresse particulièrement. Johan a dit que vous vous êtes vus un soir il y a une quinzaine de jours, au grenier à foin de La Métairie.

Le visage de Gabriel s'empourpra de colère, mais il ne dit rien et attendit impatiemment la réponse de Linda.

— Oui, c'est possible. On s'y est retrouvés plusieurs fois, alors je ne peux pas dire exactement quand.

Elle tripotait toujours ses ongles avec une grande concentration et ne regardait aucun des adultes qui l'entouraient.

Martin reprit le fil là où Patrik s'était arrêté.

— Ce soir-là, vous avez vu quelque chose de particulier, d'après Johan. Tu ne sais toujours pas à quoi on fait allusion ?

— Puisque vous semblez le savoir, vous pouvez peut-être me le dire plutôt ?

— Linda ! Ne rends pas les choses pires qu'elles ne le sont par ton insolence. Maintenant sois gentille de répondre aux questions de l'inspecteur. Si tu sais de quoi il parle, alors tu le dis. Mais si c'est quelque chose auquel ce… voyou t'a mêlée, alors je vais…

— Arrête, tu sais que dalle sur Johan. Avec ton hypocrisie, tu…

— Linda… La voix de Laini l'interrompit, comme un avertissement. Ne complique pas les choses. Fais ce que dit ton père et réponds aux questions, ensuite on parlera du reste entre nous.

Après un moment de réflexion, Linda parut prendre sa mère au mot et poursuivit d'un air boudeur :

— Je suppose que Johan a dit qu'on a vu la nana.

— Quelle nana ? Le point d'interrogation était manifeste sur le visage de Gabriel.

— L'Allemande, celle qui a été tuée.

— Oui, c'est ce que Johan nous a dit, confirma Patrik, puis il attendit en silence que Linda continue.

— Je ne suis pas du tout aussi sûre que Johan que c'était bien elle. On a vu sa photo dans les journaux et c'était assez ressemblant, j'imagine, mais il doit y avoir un tas de filles comme ça. Et qu'est-ce qu'elle serait venue faire à La Métairie ? Ce n'est pas tout à fait un lieu touristique, non ?

Martin et Patrik ignorèrent sa question. Ils savaient parfaitement ce qu'elle était venue faire à La Métairie. Suivre la seule piste possible autour de la disparition de sa mère – Johannes Hult.

— Où se trouvaient Marita et les enfants ce soir-là ? Johan a dit qu'ils n'étaient pas à la maison, mais il ne savait pas où ils étaient.

— Ils étaient partis passer quelques jours chez les parents de Marita.

— Jacob et Marita font ça de temps en temps, expliqua Laini. Quand Jacob a besoin de pouvoir bricoler en paix sur la maison, elle part quelques jours chez ses parents avec les enfants. Comme ça ils voient leurs grands-parents maternels un peu aussi. Nous, on habite tellement près, on peut les voir pratiquement tous les jours.

— Disons que tu ne sais pas si c'était Tanja Schmidt, mais est-ce que tu peux décrire la fille que tu as vue ?

Linda hésita.

— Brune, taille moyenne. Cheveux aux épaules. Comme n'importe qui. Pas trop mignonne, ajouta-t-elle avec la supériorité de celle qui se sait née avec un physique avantageux.

— Et elle était habillée comment ? Martin se pencha en avant pour essayer de capter le regard de l'adolescente. Il échoua.

— C'est-à-dire, je ne m'en souviens pas trop. C'était il y a quinze jours et la nuit avait commencé à tomber…

— Essaie. Martin l'incita à faire un effort.

— Style un jean, je crois. Un tee-shirt moulant et un pull. Un pull bleu et un tee-shirt blanc, je crois, à moins que ce ne soit le contraire ? Et puis, oui, un sac rouge en bandoulière.

Patrik et Martin échangèrent des regards. Elle venait de décrire exactement les vêtements que Tanja portait le soir où elle avait disparu. Et le tee-shirt était bien blanc et le pull bleu, pas le contraire.

— A quel moment de la soirée l'avez-vous vue ?

— C'était assez tôt je crois. Vers six heures.

— Tu as vu si Jacob l'a fait entrer ?

— Personne n'a ouvert quand elle a frappé à la porte en tout cas. Ensuite elle a contourné la maison et alors on ne pouvait plus la voir.

— Vous avez vu si elle est repartie ?

— Non, la route n'est pas visible de la grange. Et comme je viens de le dire, je ne suis pas aussi sûre que Johan que c'est cette nana-là qu'on a vue.

— As-tu une idée de qui ça pouvait être d'autre ? Je veux dire, il ne doit pas y avoir beaucoup d'étrangers qui viennent frapper à la porte à La Métairie ?

Encore un haussement d'épaules indifférent. Après un moment de silence, elle répondit :

— Non, je ne vois pas qui ça pourrait être. Peut-être quelqu'un qui voulait vendre quelque chose, qu'est-ce que j'en sais ?

— Mais Jacob n'a pas fait allusion à cette visite ensuite ?

— Non.

Elle ne développa pas davantage sa réponse et aussi bien Patrik que Martin réalisèrent qu'elle était beaucoup plus préoccupée par ce qu'elle avait vu que ce qu'elle ne voulait laisser entendre devant eux. Peut-être aussi devant ses parents.

— Puis-je demander ce que vous cherchez ? Je vous le répète, tout ça commence à ressembler à du harcèlement à l'encontre de ma famille. Comme s'il ne vous suffisait pas de déterrer mon frère ! Qu'en est-il d'ailleurs ? Le cercueil était vide, ou quoi ?

Le ton de Gabriel était railleur et Patrik ne put qu'accepter la critique sous-entendue.

— Il y avait quelqu'un dans le cercueil, oui. Probablement votre frère Johannes.

— Probablement, renifla Gabriel et il croisa les bras sur sa poitrine.

— Et maintenant vous allez vous attaquer à notre pauvre Jacob aussi ?

Effarée, Laini regarda son mari. C'était comme si elle comprenait maintenant seulement les conséquences des questions de la police, et elle se mit à se tripoter la gorge :

— Non, vous ne pensez tout de même pas que Jacob… !

— On ne pense rien pour l'instant, mais on a hâte de déterminer les déplacements de Tanja avant sa disparition, et Jacob peut être un témoin important.

— Un témoin ! En tout cas vous faites ce que vous pouvez pour présenter les choses joliment, je dois vous le concéder. Mais n'imaginez pas une seule seconde qu'on vous croit. Vous cherchez à terminer ce que vos incapables de collègues ont commencé en 1979, et peu importe qui vous coincerez, pourvu que ce soit un Hult, n'est-ce pas ? D'abord vous envisagez l'hypothèse de dingues que Johannes serait toujours en vie et se serait mis à tuer des filles après une interruption de vingt-quatre ans, ensuite lorsqu'il se révèle être bel et bien mort dans son cercueil, vous vous attaquez à Jacob.

Gabriel se leva et montra la porte.

— Sortez d'ici ! Je ne veux plus vous revoir chez moi sans les mandats nécessaires et sans notre avocat. En attendant, vous pouvez allez vous faire foutre !

Les jurons sortaient de plus en plus facilement de sa bouche et il avait de la salive aux coins des lèvres. Patrik et Martin savaient reconnaître quand leur présence n'était plus souhaitée et ils quittèrent la pièce. Quand la porte d'entrée se referma lourdement derrière eux, la dernière chose qu'ils entendirent fut la voix de Gabriel qui hurla à sa fille :

— Et toi, qu'est-ce que tu es allée faire encore comme conneries ?

— C'est dans les eaux les plus calmes…

— Oui, jamais je n'aurais cru que de telles braises couvaient sous cette apparence de calme, dit Martin.

— Cela dit, dans un certain sens, je peux le comprendre. Vu de son côté… Les pensées de Patrik filèrent de nouveau vers le fiasco monumental de la matinée.

— N'y pense plus, je te dis. Tu as fait de ton mieux et maintenant t'arrêtes de pleurer sur toi-même, dit Martin assez sèchement.

Patrik le regarda, surpris. Martin sentit son regard et haussa les épaules pour s'excuser :

— Je suis désolé. Le stress commence à avoir ma peau à moi aussi, je suppose.

— Non, non. Tu as entièrement raison. Le moment n'est pas bien choisi pour m'apitoyer sur moi-même. Il lâcha la route des yeux une seconde et regarda son collègue. Et ne t'excuse jamais d'être sincère.

— D'accord.

Le silence fut pesant un instant. Quand ils dépassèrent le golf de Fjällbacka, Patrik dit pour alléger l'ambiance :

— Tu ne vas pas bientôt prendre ta carte verte ? Comme ça on pourra se faire un parcours ensemble.

— Tu oserais faire ça ? Martin lui adressa un sourire taquin. Je suis peut-être un talent qui s'ignore, attention, je pourrais te damer le pion.

— Ça m'étonnerait. C'est un as du green que tu as en face de toi.

— Oui, bon, en tout cas il ne faut pas trop traîner, sinon ça sera bientôt trop tard.

— Comment ça ? Patrik eut l'air sincèrement surpris.

— Tu l'as peut-être oublié, mais tu as un môme qui arrive dans quelques semaines. Il n'y aura plus beaucoup de temps ensuite pour te changer les idées, tu sais.

— Oh, il y a toujours des solutions. Ça dort beaucoup, ces petites choses-là, et je pense qu'on trouvera toujours un créneau. Erica comprend très bien que j'ai besoin d'avoir mes trucs à moi de temps en temps. C'est ce qu'on s'est dit quand on a décidé de faire un bébé, que c'était à condition de conserver du temps et de l'espace pour nous aussi et pas être seulement des parents.

Quand Patrik fut arrivé à la fin de sa phrase, Martin avait les larmes aux yeux tellement il riait. Il fit entendre un gloussement en secouant la tête.

— Oh oui, vous aurez certainement énormément de temps à vous. Ça dort beaucoup, ces petites choses-là, singea-t-il, et ça le fit rire encore plus.

Patrik, qui savait que la sœur de Martin avait cinq enfants, eut l'air un peu inquiet et il se demanda ce que Martin connaissait que lui-même aurait loupé. Mais, avant d'avoir le temps de le lui demander, son téléphone portable sonna.

— Hedström.

— Bonjour, c'est Pedersen. Je te dérange ?

— Non, pas du tout. Attends simplement que je trouve un endroit pour me garer.

Ils étaient en train de dépasser le camping de Grebbestad et leurs visages s'assombrirent. Patrik roula encore sur quelques centaines de mètres, jusqu'au parking du pont où il s'arrêta.

— Ça y est, je suis garé. Vous avez trouvé quelque chose ?

Il ne put dissimuler son exaltation et Martin l'observa, impatient. Un flot de vacanciers passa devant la voiture, entrant et sortant des boutiques et des restaurants.

— Oui et non. On s'apprête à faire un examen plus approfondi, mais vu les circonstances j'ai pensé que tu apprécierais d'entendre que ton exhumation précipitée n'a pas été inutile.

— C'est vrai que je suis allé un peu vite en besogne. Je me sens assez con, alors si tu as quelque chose, inutile de te dire que ça m'intéresse.

— Premièrement, le dossier dentaire nous certifie que le gars dans le cercueil est bel et bien Johannes Hult, aucun doute là-dessus. En revanche, ajouta le médecin, et il ne résista pas à la tentation d'observer une pause pour un plus bel effet, dire qu'il est mort par pendaison est totalement absurde. Son décès prématuré est plutôt dû à un coup violent qu'il a pris sur la nuque.

— Putain, redis-le-moi ! Martin sursauta tellement Patrik cria fort. Comment ça, un coup violent ? On l'a cogné avec une massue, c'est ça que tu essaies de me dire ?

— Quelque chose dans le genre. Mais il est sur le billard, là, dès que j'en sais un peu plus, je te rappelle. Avant de l'avoir examiné de plus près je ne peux rien dire.

— Merci d'avoir appelé si vite. Et rappelle-moi dès que tu en sais davantage.

Patrik referma triomphalement son portable.

— Qu'est-ce qu'il a dit, qu'est-ce qu'il a dit ? Martin bégayait presque d'impatience.

— Que je ne suis pas totalement un imbécile.

— Oui, je suppose qu'il faut un médecin pour constater une chose pareille, mais à part ça ? dit Martin sèchement.

— Il a dit que Johannes a été assassiné.

Martin se pencha et se prit le visage dans les mains avec un désespoir feint.

— Merde alors, là, je démissionne de cette foutue enquête. Ça frise la folie tout ça ! Tu dis donc que le principal suspect de la disparition de Siv et Mona, ou de leur mort comme on le sait maintenant, a lui-même été assassiné ?

— C'est exactement ce que je dis. Et si Gabriel Hult croit qu'il lui suffit de gueuler très fort pour nous obliger à arrêter de farfouiller dans leur linge sale, il se goure complètement. Ce qu'on vient d'apprendre prouve que la famille Hult dissimule quelque chose. L'un d'eux sait comment et pourquoi Johannes Hult a été tué, et je parie que ça a quelque chose à voir avec les meurtres des filles ! Il se frappa la paume avec son poing et sentit que le découragement de la matinée s'était mué en énergie renouvelée.

— J'espère seulement qu'on pourra résoudre tout ça à temps, pour Jenny Möller, dit Martin.

Son commentaire fit l'effet d'un seau d'eau froide sur la tête de Patrik. Il ne fallait pas qu'il laisse l'instinct de compétition prendre le dessus. Il ne devait pas oublier le but de leur enquête. Ils restèrent un moment à contempler les passants. Puis Patrik redémarra la voiture et continua vers le commissariat.

Kennedy Karlsson pensait que tout avait commencé avec son prénom. C'était la seule chose qu'il trouvait à invoquer. D'autres mecs pouvaient avoir de bonnes excuses, comme par exemple des parents qui buvaient et les frappaient. Pour lui, c'était le prénom.

Sa mère avait passé quelques années aux Etats-Unis après l'école. Autrefois, c'était un petit événement quand quelqu'un de la région se rendait aux USA, et en général on restait là-bas. Mais au milieu des années 1980, quand sa mère était partie, un billet pour les States ne signifiait plus un aller simple. Les jeunes qui s'en allaient en ville ou à l'étranger étaient nombreux. La seule chose qui n'avait pas changé, c'étaient les langues qui se déliaient pour dire que ça ne pourrait jamais bien se passer. Pour ce qui concernait sa mère, les mauvaises langues avaient eu raison, en un certain sens. Après quelques années sur le nouveau continent, elle était revenue enceinte de lui. Il n'avait jamais connu son père. Mais, même ça, ce n'était pas une bonne excuse. Avant sa naissance, sa mère s'était mariée avec Christer, et il avait été aussi bon qu'un vrai papa. Non, c'était cette histoire de prénom. Il supposait qu'elle avait voulu se faire remarquer et montrer que, bien qu'elle fût revenue au pays dans une situation peu enviable, elle avait quand même visité le vaste monde. Et, lui, il en serait le rappel constant. Si bien qu'elle ne loupait jamais une occasion de raconter que son fils aîné était nommé d'après John F. Kennedy, "puisque durant ses années aux USA elle avait tant admiré cet homme". Il se demandait pourquoi dans ce cas elle ne l'avait pas baptisé John tout simplement.

Christer et sa mère avaient donné une meilleure chance à ses frères et sœur. Pour eux, Emelie, Mikael et Thomas avaient fait l'affaire. De bons noms suédois ordinaires, qui le différenciaient encore plus de la portée. Que son père biologique soit un Noir ne venait pas améliorer les choses, mais Kennedy ne pensait pas que c'était ça qui le rendait différent des autres. C'était seulement ce foutu nom, il en était sûr.

Il s'était réjoui d'aller à l'école. Il s'en souvenait nettement. L'excitation, la joie, l'empressement de commencer quelque chose de nouveau, de voir un nouveau monde s'ouvrir. Il n'avait fallu qu'un jour ou deux pour le faire déchanter. Et c'était la faute à ce putain de nom. Il comprit vite sa douleur d'être différent. Un nom bizarre, des cheveux bizarres, des vêtements démodés, peu importe. Ça montrait qu'on était différent. Dans son cas, les autres estimaient qu'il se prenait pour quelqu'un avec ce nom original, et ils avaient considéré cela comme une circonstance aggravante. Comme si c'était lui qui l'avait choisi. S'il avait pu choisir, il se serait appelé Johan, ou Oskar, ou Fredrik. Quelque chose qui lui donnait automatiquement accès au groupe.

L'enfer des premiers jours en primaire n'avait fait que continuer. Les piques, les coups, l'exclusion l'avaient amené à construire un mur autour de lui, solide comme du granit, et bientôt les actes suivirent ses pensées. Toute la colère qu'il avait accumulée derrière le mur se mettait à suinter par de petits trous qui devenaient de plus en plus grands, jusqu'à ce que tout le monde puisse la voir, sa colère. Alors il fut trop tard. Il avait gâché l'école et la confiance de sa famille, et ses amis n'étaient pas du genre convenable.

Pour sa part, Kennedy s'était résigné devant le sort que son prénom lui avait réservé. Sur son front était tatoué le mot "problème" et la seule chose qui lui restait à faire était de répondre aux attentes. Une façon de vivre assez facile, mais paradoxalement difficile aussi.

Tout cela avait changé lorsque à contrecœur il était arrivé au lieu d'accueil de Bullaren. Il s'était fait arrêter pour un malencontreux vol de voiture, et le séjour ici était une condition assortie à sa peine. Il avait décidé d'opposer le moins de résistance possible pour pouvoir dégager de là au plus vite. Ensuite il rencontra Jacob. Et par Jacob, il rencontra Dieu.

A ses yeux, les deux se valaient.

Cela ne s'était pas passé comme par miracle. Il n'avait pas entendu une voix de stentor venue d'en haut, ni vu un éclair frappant le sol devant lui comme preuve de Son existence. C'était plutôt au fil des heures passées à discuter avec Jacob qu'il avait graduellement vu se dessiner l'image du Dieu de Jacob. Comme un puzzle qui lentement produit l'image représentée sur la boîte.

Au début, il s'était cabré. Il avait fugué et fait des conneries avec ses potes. Picolé à s'en péter le crâne et s'était fait piteusement ramener, pour croiser le lendemain, avec une gueule de bois carabinée, le regard doux de Jacob qui bizarrement semblait toujours dépourvu de reproches.

Il s'était plaint à Jacob de cette histoire de nom, selon lui à l'origine de tous ses faux pas. Alors Jacob avait réussi à lui expliquer que son prénom était une chose positive, une indication de la direction que devait prendre sa vie. C'était un don qu'il avait reçu, expliquait Jacob. Se voir doté, dès la naissance, d'une identité aussi unique signifiait forcément que Dieu l'avait choisi parmi tant d'autres. Ce nom le rendait spécial, pas bizarre.

Avec la voracité d'un affamé à la table du dîner, Kennedy avait aspiré tous les mots. Lentement il avait réalisé que Jacob avait raison. Son nom était un don. Il faisait de lui un être spécial et montrait que Dieu avait un plan particulier pour Kennedy Karlsson. Et s'il avait appris cela à temps, c'était grâce à Jacob Hult.

Jacob avait paru soucieux dernièrement, et cela tracassait Kennedy. Il avait forcément entendu les ragots sur sa famille et ses liens supposés avec les filles assassinées, et il croyait comprendre la raison de l'inquiétude de Jacob. Lui-même avait eu à affronter la malveillance d'une société qui flairait le sang. Maintenant c'était apparemment la famille Hult qui était le gibier.

Il frappa doucement à la porte de Jacob. Il lui avait semblé entendre des voix énervées, et quand il ouvrit la porte Jacob était en train de raccrocher le téléphone, le visage ravagé.

— Comment ça va ?

— Quelques problèmes familiaux seulement. Ne t'en fais pas.

— Tes problèmes sont mes problèmes, Jacob. Tu le sais. Tu ne veux pas me raconter ? Tu peux me faire confiance, comme je t'ai fait confiance.

Jacob se frotta les yeux d'un geste las et se tassa.

— C'est tellement stupide comme histoire. A cause d'une bêtise qu'a faite mon père il y a vingt-quatre ans, la police est allée imaginer que nous sommes mêlés au meurtre de cette touriste allemande, tu sais, les journaux en ont parlé.

— Mais c'est terrible.

— Oui, et la dernière chose en date, c'est qu'ils ont exhumé mon oncle Johannes ce matin.

— Mais c'est terrible ! Ils ont violé sa sépulture ?

Jacob eut un sourire en coin. Un an auparavant, Kennedy aurait dit "sépul-quoi-putain-de merde ?".

— Malheureusement, oui. Toute ma famille en pâtit. Mais on ne peut rien faire.

Kennedy sentit la vieille colère monter dans sa poitrine. Mais il la supportait mieux maintenant. Désormais, c'était la colère de Dieu.

— Mais vous ne pouvez pas porter plainte ? Pour harcèlement ou un truc comme ça ?

De nouveau le sourire de guingois, affligé, de Jacob.

— Toi, avec ton expérience de la police, tu ne veux quand même pas me faire croire que ça aboutit à quelque chose ?

Non, évidemment. Son respect des flics était mince, pour ne pas dire inexistant. Si quelqu'un comprenait la frustration de Jacob, c'était bien lui.

Il ressentait une immense gratitude envers Jacob de l'avoir choisi, lui entre tous, pour partager ses peines. Encore un présent dont il allait remercier Dieu dans sa prière du soir. Kennedy était sur le point d'ouvrir la bouche pour le dire à Jacob, lorsque la sonnerie du téléphone le coupa dans son élan.

— Excuse-moi. Jacob souleva le combiné.

En raccrochant quelques minutes plus tard, il était encore plus pâle. Kennedy avait compris que c'était le père de Jacob qui appelait et il avait fait de gros efforts pour ne pas montrer qu'il écoutait avidement.

— Il s'est passé quelque chose ?

Jacob enleva lentement ses lunettes et les posa.

— Mais dis quelque chose, qu'est-ce qu'il voulait ? Kennedy ne pouvait pas dissimuler son angoisse.

— C'était mon père. La police est venue poser des questions à ma sœur. Mon cousin Johan les a appelés pour dire qu'elle et lui ont vu cette fille qui a été assassinée, chez moi. Juste avant qu'elle ne disparaisse. Seigneur viens-moi en aide.

— Que le Seigneur te vienne en aide, chuchota Kennedy en écho.

Ils s'étaient réunis dans le bureau de Patrik. C'était serré, mais avec un peu de bonne volonté ils avaient réussi à tous se caser. Mellberg avait offert d'utiliser le sien, trois fois plus spacieux que les autres bureaux, mais Patrik ne voulait pas déménager tout ce qu'il avait affiché au mur.

Le tableau d'affichage était couvert de bouts de papier et de notes et au milieu il y avait les photos de Siv, Mona, Tanja et Jenny. Patrik était à moitié assis sur son bureau. Tout le monde était là, Martin, Mellberg, Gösta, Ernst et Annika, tous les cerveaux du commissariat de Tanumshede réunis pour la première fois depuis un bon bout de temps, et tous observaient Patrik. Il sentit subitement le poids de la responsabilité peser sur ses épaules et il se mit à transpirer. Il avait toujours détesté se trouver au centre. Savoir que les autres attendaient avec impatience ce qu'il allait dire lui donnait des fourmis dans tout le corps. Il s'éclaircit la gorge.

— Il y a une demi-heure, Tord Pedersen de la médico-légale a appelé pour dire que l'exhumation de ce matin n'était pas totalement inutile.

Ici, il fit une pause et s'autorisa à ressentir une certaine satisfaction de ce qu'il venait de leur annoncer. La perspective d'être la risée de ses collègues pendant des mois ne l'avait pas spécialement réjoui.

— L'examen du cadavre de Johannes Hult montre qu'il ne s'est pas pendu. Tout indique qu'il a reçu un coup violent à l'arrière de la tête.

Un brouhaha traversa l'assemblée. Patrik continua, bien conscient que maintenant il avait la pleine attention de tous.

— Nous avons donc encore un meurtre sur les bras, même s'il ne date pas d'hier. Et j'ai trouvé qu'il était temps qu'on se réunisse pour faire le point. Avez-vous des questions ? Non ? Bon, alors on démarre.

Patrik commença par exposer tout ce qu'ils savaient de Siv et Mona, dont le témoignage de Gabriel. Il poursuivit avec la mort de Tanja et l'autopsie montrant qu'elle avait exactement le même type de blessures que Siv et Mona, et qu'elle s'était avérée être la fille de Siv, puis les affirmations de Johan qui soutenait avoir vu Tanja chez Jacob à La Métairie.

Gösta fit entendre sa voix :

— Et Jenny Möller ? Je ne suis pas du tout persuadé qu'il y ait un lien entre sa disparition et les meurtres.

Tous les yeux se focalisèrent sur la photo de l'adolescente blonde qui leur souriait sur le panneau d'affichage. Ceux de Patrik aussi.

— Je suis d'accord avec toi, Gösta, dit-il. Pour l'instant, ce n'est qu'une théorie parmi d'autres. Mais la battue n'a pas donné de résultat et la vérification des violeurs connus de la région nous a seulement menés sur la fausse piste de Mårten Frisk. Tout ce qu'on peut faire maintenant, c'est espérer que la population viendra à notre rescousse, que quelqu'un a vu quelque chose, et on continuera à travailler avec l'hypothèse que c'est la même personne qui a tué Tanja et enlevé Jenny. Est-ce que ça répond à ta question ?

Gösta hocha la tête. La réponse signifiait en principe qu'ils ne savaient rien, et ça confirmait à peu près ce qu'il pensait.

— D'ailleurs, Gösta, Annika m'a dit que vous êtes allés vérifier cette histoire d'engrais. Qu'est-ce que ça a donné ?

Ernst répondit à la place de Gösta.

— Que dalle. Le paysan avec qui on a parlé n'a rien à voir avec tout ça.

— Mais vous avez quand même jeté un coup d'œil chez lui, pour être sûrs ? demanda Patrik qui ne se laissait pas convaincre par les affirmations d'Ernst.

— Oui, évidemment. Et comme je viens de le dire, on n'a trouvé que dalle, dit Ernst avec humeur.

Patrik interrogea Gösta du regard et celui-ci hocha la tête pour confirmer.

— Tant pis. Alors il faut qu'on réfléchisse à une autre façon de poursuivre cette piste. Entre-temps, on a reçu un témoignage de quelqu'un qui a vu Tanja peu de temps avant sa disparition. Le fils de Johannes, Johan, m'a appelé ce matin pour dire qu'il avait vu une fille à La Métairie, et il est sûr que c'était Tanja. Sa cousine, Linda, la fille de Gabriel donc, était avec lui, et Martin et moi sommes allés lui parler dans la matinée. Elle confirme qu'ils ont vu une fille mais elle n'est pas aussi persuadée que c'était Tanja.

— Est-ce qu'on peut faire confiance au témoin ? Avec le casier de Johan et la rivalité dans la famille, ça ne me paraît pas très pertinent de se fier à ce qu'il dit, non ? dit Mellberg.

— Oui, ça me pose un souci aussi. Il nous faudra attendre de voir ce que va dire Jacob Hult. Mais je trouve intéressant que, d'une façon ou d'une autre, on en revienne toujours à cette famille. Où qu'on se tourne, on tombe sur la famille Hult.

La chaleur monta vite dans la petite pièce. Patrik avait ouvert une fenêtre, mais ça ne servait pas à grand-chose, puisque dehors il faisait tout aussi chaud. Annika essaya d'obtenir un peu d'air en s'éventant avec son bloc-notes. Mellberg s'essuya la sueur du front avec la main et le visage de Gösta avait pris une inquiétante teinte grise sous le bronzage. Martin avait déboutonné le haut de sa chemise, ce qui permit à Patrik de noter avec une certaine jalousie que certains avaient du temps à consacrer à la salle de sport. Seul Ernst avait l'air totalement épargné. Il dit :

— Eh bien, moi en tout cas, je miserais sur un de ces foutus voyous. Ce sont les seuls qui ont déjà eu affaire à la police.

— A part leur père, rappela Patrik.

— Exact, à part leur vieux. Ce qui prouve bien qu'il y a quelque chose de pourri dans cette branche-là de la famille.

— Et le fait que la dernière fois que Tanja a été vue, c'était à La Métairie ? D'après sa sœur, Jacob était à la maison à ce moment-là. Est-ce que ça ne le désignerait pas lui, plutôt ?

Ernst souffla.

— Et qui c'est qui le dit, que la nana y était ? Johan Hult. Non, moi je ne croirais pas un mot de ce qu'il dit, ce gars-là.

— Quand est-ce que tu penses qu'on pourra parler avec Jacob ? demanda Martin.

— J'avais pensé que, toi et moi, on irait directement à Bullaren après cette réunion. J'ai appelé pour vérifier, il y est aujourd'hui.

— Tu ne penses pas que Gabriel l'a appelé pour l'avertir ? dit Martin.

— Sans aucun doute, mais on n'y peut rien. On verra bien ce qu'il dira.

— Et le fait que Johannes a été assassiné, qu'est-ce qu'on en fait ? poursuivit Martin, obstiné.

Patrik ne voulut pas reconnaître qu'il ne savait pas très bien. Ça faisait trop de choses à démêler en même temps, et il avait peur que, en faisant un pas en arrière pour avoir une vue d'ensemble, l'immensité de la tâche ne le paralyse. Il soupira.

— Prenons les choses une par une. On ne le dira pas à Jacob. Je ne veux pas qu'il aille mettre au courant Solveig et les garçons.

— L'étape suivante est donc de leur parler ?

— Oui, j'imagine. Quelqu'un a une meilleure idée ?

Silence. Personne ne semblait avoir de proposition à faire.

— Et nous, qu'est-ce qu'on va faire ?

Gösta respirait lourdement et Patrik se demanda, inquiet, s'il n'était pas en train de faire un infarctus.

— Annika disait que la population a fourni pas mal de renseignements depuis qu'on a demandé qu'ils mettent la photo de Jenny à la une des journaux. Elle a fait un tri de ce qui semble le plus intéressant, et je propose qu'Ernst et toi vous commenciez à éplucher la liste.

Patrik espérait ne pas faire d'erreur en laissant Ernst réintégrer l'enquête, mais il fallait lui donner une deuxième chance. C'était la conclusion à laquelle il était arrivé après avoir constaté qu'Ernst s'était apparemment tenu à carreau quand il avait vérifié avec Gösta la piste de l'engrais.

— Annika, je voudrais que tu rappelles l'entreprise qui a vendu le produit pour leur demander d'élargir le périmètre des clients. Certes, j'ai du mal à croire que les corps aient été transportés sur une grande distance, mais ça peut valoir le coup de le vérifier.

— Pas de problème. Annika agita le bloc-notes avec encore plus de vigueur. Des gouttes de sueur perlaient sur sa lèvre supérieure.

Aucune tâche ne fut donnée à Mellberg. Patrik se rendait compte qu'il avait du mal à donner des ordres à son supérieur et il préférait aussi ne pas le voir se mêler du travail quotidien de l'enquête. Mais il était obligé de reconnaître que Mellberg avait fait un boulot étonnamment efficace pour tenir les hommes politiques à distance.

Il avait toujours un comportement étrange. En général, la voix de Mellberg dominait largement toutes les autres, alors que là l'homme était tout silencieux et semblait évoluer dans un autre monde. La gaieté qui les avait tant intrigués pendant quelques semaines était remplacée par un silence encore plus inquiétant. Patrik demanda :

— Bertil, tu as quelque chose à ajouter ?

— Quoi ? Pardon ? Mellberg sursauta.

— As-tu quelque chose à ajouter ? répéta Patrik.

— Ah, oui. Il se racla la gorge en voyant tous les regards dirigés sur lui. Euh non, je ne pense pas. Tu sembles avoir la situation sous contrôle.

Annika et Patrik échangèrent un regard. D'habitude, elle était parfaitement au courant de tout ce qui se tramait au commissariat, mais à présent elle haussa simplement les sourcils pour signifier qu'elle non plus n'avait pas la moindre idée.

— Des questions ? Non ? Bon, alors, au boulot.

Ils quittèrent tous avec soulagement la pièce surchauffée, pour aller essayer de dénicher un coin de fraîcheur quelque part. Seul Martin s'attarda.

— On part quand ?

— On déjeune d'abord.

— D'accord. Tu veux que j'aille nous acheter quelque chose ?

— Oui, ce serait sympa, comme ça j'aurai le temps de passer un coup de fil à Erica.

— Fais-lui une bise de ma part, lança Martin depuis la porte.

Patrik composa le numéro de chez lui. Il espéra qu'Erica n'avait pas été totalement assommée par ces raseurs de Jörgen et Madde…

— Ça a l'air vachement isolé.

Martin regarda autour de lui, il ne voyait que des arbres. Ça faisait un quart d'heure qu'ils roulaient sur de petites routes forestières et il se demanda s'ils ne s'étaient pas trompés.

— T'inquiète pas, je sais ce que je fais. Je suis venu ici une fois déjà, quand un des mecs avait pété un plomb, je connais le chemin.

Patrik avait raison. Peu après, ils arrivèrent à la ferme.

— Pas mal comme endroit.

— Oui, ils ont bonne réputation. En tout cas ils ont toujours affiché une belle façade. Personnellement, je suis un peu sceptique quand il y a trop de bondieuseries, mais ça n'engage que moi. Même si l'intention est généreuse au départ dans toutes ces congrégations évangéliques, tôt ou tard elles attirent fatalement des gens bizarres. Elles offrent une solidarité et un vrai sentiment de famille et ça séduit ceux qui ont l'impression de n'être chez eux nulle part.

— Tu sais de quoi tu parles, on dirait ?

— Ben, ma frangine s'est retrouvée avec de drôles de gens à un moment donné. La période de l'adolescence où on se cherche, tu sais. Ce n'est pas allé trop loin et elle s'en est tirée sans dégâts. Mais j'ai appris suffisamment sur leur fonctionnement pour être sceptique, c'est mieux pour ma santé morale.

Cela dit, je n'ai jamais rien entendu de négatif sur ce qui se passe ici, et je suppose qu'il n'y a aucune raison de croire qu'ils ne sont pas réglo.

— Oui, quoi qu'il en soit, ça n'entre pas dans le cadre de notre enquête, dit Martin.

Cela ressemblait à une mise en garde, et c'était un peu le sens qu'il voulait y mettre aussi. Habituellement, Patrik était très maître de lui, mais il avait eu un ton méprisant qui inquiétait un peu Martin et il se demanda comment allait se passer l'interrogatoire de Jacob Hult.

Ce fut comme si Patrik avait lu dans ses pensées. Il sourit.

— Ne t'inquiète pas. C'est seulement un de mes chevaux de bataille, ça n'a rien à voir avec notre mission.

Patrik se gara et ils descendirent de la voiture. Le lieu bouillonnait d'activité. Des garçons et des filles semblaient travailler aussi bien dehors qu'à l'intérieur. Tout ici était idyllique à souhait. Martin et Patrik frappèrent à la porte. Un grand adolescent ouvrit. Tous les deux eurent un sursaut. Ils le reconnurent, mais uniquement grâce au regard sombre.

— Salut Kennedy.

— Qu'est-ce que vous voulez ? Le ton était hostile.

Ni Patrik ni Martin ne purent s'empêcher de le dévisager. Envolés les cheveux longs, envolés aussi les vêtements noirs et la peau malsaine. Le garçon qui se tenait devant eux était si propre et soigné qu'il scintillait littéralement. Mais il avait toujours le même regard hostile que chaque fois qu'ils l'avaient arrêté pour vols de voitures, détention de drogue et autres joyeusetés.

— Tu as l'air d'aller bien, Kennedy. Patrik se fit amical. Il avait toujours plaint ce garçon.

Kennedy ne daigna pas lui répondre. Au lieu de cela, il répéta sa question :

— Qu'est-ce que vous voulez ?

— On veut parler à Jacob Hult. Il est là ?

Kennedy leur bloqua le passage.

— Et pourquoi ?

— Ça ne te regarde pas. La voix de Patrik restait amicale. Alors je te le redemande : est-ce qu'il est là ?

— Vous avez intérêt à arrêter de le harceler. Lui et sa famille. Je suis au courant de ce que vous essayez de faire, c'est ignoble.

Mais vous aurez votre châtiment. Dieu voit tout et il voit dans vos cœurs.

Martin et Patrik échangèrent un regard.

— Oui, ne t'inquiète pas pour ça, Kennedy. Maintenant il vaudrait mieux que tu te pousses.

L'intonation de Patrik était devenue menaçante et, après un moment d'affrontement, Kennedy recula pour les laisser entrer, à contrecœur visiblement.

— Merci, dit Martin sèchement et il suivit Patrik qui s'avançait dans le vestibule, il paraissait connaître le chemin.

— Son bureau se trouve tout au bout du couloir si mes souvenirs sont exacts.

Kennedy leur emboîta le pas, telle une ombre silencieuse. Martin frissonna dans la chaleur.

Ils frappèrent à la porte. Jacob était assis derrière sa table de travail.

— Jacob, les flics sont là, annonça Kennedy en serrant les poings.

— Tiens, tiens. Le bras long de la justice. Vous n'avez donc pas de véritables criminels à pourchasser ? Merci, Kennedy, tu peux nous laisser un moment.

Sans un mot, Kennedy obéit à l'ordre et sortit en refermant la porte.

— Je suppose que vous savez pourquoi on est là ?

Jacob ôta ses lunettes de soleil et se pencha en avant. Il avait l'air ravagé.

— Oui, mon père m'a appelé il y a une heure environ. Il m'a raconté une histoire abracadabrante comme quoi mon cher cousin aurait affirmé qu'il a vu chez moi la fille qui a été assassinée.

— Est-ce vraiment une histoire abracadabrante ? fit Patrik en observant attentivement Jacob.

— Bien sûr que oui. Il tambourina avec les lunettes sur le bureau. Pourquoi serait-elle venue à La Métairie ? Si j'ai bien compris, c'était une touriste, et notre ferme est située bien en dehors des sentiers touristiques. Et en ce qui concerne le prétendu témoignage de Johan... Oui, à ce stade vous êtes au courant de notre situation familiale, malheureusement Solveig et sa famille saisissent toutes les occasions qui se présentent pour calomnier la nôtre. C'est triste, mais certaines personnes n'ont pas Dieu dans leur cœur...

— Ça se peut. Patrik sourit obligeamment. Mais il se trouve que nous savons pourquoi elle aurait pu avoir une raison de venir à La Métairie. Il sembla percevoir une lueur d'inquiétude dans les yeux de Jacob. Il poursuivit : Elle n'était pas à Fjällbacka en tant que touriste, mais pour chercher ses racines. Et peut-être pour en savoir un peu plus sur la disparition de sa mère.

— Sa mère ? dit Jacob, déconcerté.

— Oui, Tanja était la fille de Siv Lantin.

Les lunettes de soleil tombèrent de sa main sur le bureau. Sa stupéfaction était-elle réelle ou feinte, se demanda Martin, qui laissait le soin à Patrik de manier la parole pour pouvoir se concentrer entièrement sur les réactions de Jacob durant l'entretien.

— Eh bien, pour des nouvelles ! Mais je ne comprends toujours pas pourquoi cela l'aurait menée chez moi ?

— Comme je le disais, elle semblait vouloir se renseigner sur ce qui était arrivé à sa mère. Et comme votre oncle était le suspect principal de la police, alors… Il ne termina pas la phrase.

— Tout cela ressemble à des spéculations sans queue ni tête. Mon oncle était innocent, mais vous l'avez quand même poussé à la mort avec vos insinuations. Et comme il n'est plus là, vous essayez de coincer un autre d'entre nous à la place. Je me demande quelle épine vous avez dans le cœur qui vous donne ce besoin de détruire ce que d'autres ont construit ? Est-ce notre foi et la joie que nous y trouvons qui vous gênent ?

Jacob s'était mis à parler comme s'il prêchait et Martin comprenait pourquoi c'était un prédicateur si apprécié. Les modulations de sa voix avaient quelque chose de tout à fait ensorcelant.

— Nous faisons notre boulot, c'est tout.

Le ton de Patrik était bref et il dut se maîtriser pour ne pas montrer son aversion devant ce qu'il tenait pour du baratin de cul-bénit. Néanmoins, il fut obligé d'admettre que Jacob dégageait quelque chose de particulier quand il parlait. Des êtres faibles pouvaient facilement se laisser absorber par cette voix et être attirés par son message. Il poursuivit :

— Vous affirmez donc que Tanja Schmidt n'est jamais venue à La Métairie ?

Jacob fit un grand geste des mains.

— Je jure que je n'ai jamais vu cette fille. Il y a autre chose ?

Martin pensa à l'information que Pedersen leur avait donnée. Que Johannes ne s'était pas suicidé. C'était une nouvelle qui pourrait sans doute ébranler Jacob. Mais il savait que Patrik avait raison. Ils auraient à peine le temps de quitter la pièce que le téléphone sonnerait chez les autres membres de la famille Hult.

— Non, je pense que nous en avons terminé. Mais il n'est pas impossible que nous revenions plus tard.

— Je n'en serais pas étonné.

Jacob avait perdu son ton de prédicateur et sa voix était de nouveau égale et calme. Martin fut sur le point de poser sa main sur la poignée lorsque la porte s'ouvrit sans un bruit devant lui. Kennedy s'était tenu en silence de l'autre côté et il l'ouvrit pile au bon moment. Il avait forcément écouté, le feu noir qui brûlait dans ses yeux balayait toute hésitation là-dessus. Martin fut obligé de reculer devant la haine qu'il y lisait. Jacob avait dû lui parler davantage de "œil pour œil" que de "tu aimeras ton prochain".

L'atmosphère autour de la petite table était tendue. Mais depuis la mort de Johannes elle n'avait jamais été spécialement gaie.

— Quand est-ce que ça va s'arrêter, tout ça ! Solveig pressa la main contre sa poitrine et gémit. On se retrouve toujours dans la merde. C'est comme si les gens imaginaient qu'on est là à attendre les coups de pied ! Tout le monde va apprendre que la police a déterré Johannes ! Ils vont se mettre à jaser encore plus ! Quand ils ont trouvé cette dernière fille, j'ai cru qu'ils allaient enfin arrêter de nous baver dessus, et voilà que tout recommence.

— Putain, t'as qu'à les laisser jaser ! Qu'est-ce que ça peut nous foutre, ce qui se raconte dans les chaumières ? dit Robert en écrasant sa cigarette avec tant de violence que le cendrier se renversa. Solveig retira vivement les albums de photos.

— Robert ! Fais attention ! Ça peut faire des taches sur mes albums.

— J'en ai marre de tes albums ! Tous les jours, t'es là à les tripoter, tes photos à la con ! T'as pas pigé que ce temps-là c'est fini ! Y a cent ans de ça, et toi t'es encore là à soupirer et à tourner les pages de tes putains d'albums. Papa est mort ! Tu n'es plus une reine de beauté. Mais regarde-toi !

Robert prit les albums et les jeta par terre. Solveig poussa un cri et s'accroupit pour ramasser les photos qui s'étaient éparpillées sur le sol. Cela ne fit qu'accroître la colère de Robert. Ignorant le regard suppliant de Solveig, il se pencha, ramassa une poignée de photos et commença à les déchirer en mille morceaux.

— Non, Robert, non, pas mes photos ! Je t'en prie, Robert ! La bouche de Solveig était comme une plaie béante.

— T'es plus qu'une vieille obèse ! Et papa s'est pendu ! Il serait temps que tu connectes !

Johan, qui était resté comme figé devant la scène, se leva et saisit fermement le poignet de Robert. Il ouvrit de force les doigts qui serraient convulsivement les morceaux de photographies et força son frère à écouter :

— Maintenant tu te calmes. T'es en train de faire exactement ce qu'ils veulent, tu vois ? Ils veulent qu'on se retourne les uns contre les autres pour que la famille se déchire. Mais on va pas leur donner cette satisfaction, t'entends ! On reste solidaires. Maintenant t'aides maman à ramasser ses albums.

La fureur de Robert s'affaissa comme un ballon qui se dégonfle. Il se passa la main sur les yeux et regarda avec consternation le désordre autour de lui. Solveig gisait par terre comme un gros tas mou de désespoir, elle sanglotait en laissant s'échapper de petits bouts de photos entre ses doigts. Ses pleurs étaient un vrai crève-cœur. Robert tomba à genoux à côté d'elle et la prit dans ses bras. Tendrement, il écarta une mèche grasse de son front et l'aida à se remettre debout.

— Pardon, maman, pardon, pardon, pardon. Je vais t'aider à les recoller, tes photos. Pour celles qui sont déchirées, c'est foutu, mais il y en a pas tant que ça. Regarde, la plus sympa, elle n'a rien. Regarde-toi, comme tu étais belle.

Il lui montra une photo. Solveig en maillot de bain une pièce tout à fait décent avec un ruban lui barrant la poitrine : "Reine de mai 1967." Elle était belle. Ses pleurs se transformèrent en sanglots hoquetés. Elle lui prit la photo et son visage s'illumina.

— Oui, j'étais belle, pas vrai Robert ?

— Oui, maman, t'étais belle ! La plus belle fille que j'ai jamais vue !

— Tu le penses vraiment ?

Elle sourit avec coquetterie et lui caressa les cheveux. Il l'aida à s'asseoir.

— Oui, je le pense. Croix de bois, croix de fer.

Un instant plus tard, tout était ramassé et Solveig était de nouveau en train de feuilleter ses albums, heureuse. Johan fit signe à Robert de sortir. Ils s'assirent sur le perron devant la maison et allumèrent une cigarette.

— Merde, Robert, c'est pas le moment de péter un boulon.

Robert racla le gravier avec le pied. Il ne dit rien. Qu'y avait-il à dire ?

Johan avala la fumée et la laissa ensuite voluptueusement filtrer entre ses lèvres.

— Il faut surtout pas qu'on entre dans leur jeu. C'est sérieux, ce que je viens de dire. Il faut qu'on reste solidaires.

Robert ne dit toujours rien. Il avait honte. Un creux s'était formé dans le gravier devant lui. Il jeta son mégot dans le trou et le couvrit de terre, une mesure en soi assez inutile. Tout autour d'eux, le sol était jonché de vieux mégots. Au bout d'un moment, il tourna le regard vers Johan.

— Dis-moi, cette histoire comme quoi t'aurais vu la fille à La Métairie. Il hésita. C'est vrai ?

Johan tira une dernière bouffée de sa cigarette, et jeta le mégot par terre, lui aussi. Il se leva sans regarder son frère.

— Putain oui, évidemment que c'est vrai. Puis il entra dans la maison.

Robert resta dehors. Pour la première fois de sa vie, il sentit un gouffre se former entre lui et son frère. Ça lui fichait la trouille.

L'après-midi passa dans un calme trompeur. Tant qu'il n'avait pas obtenu davantage de détails sur les restes exhumés de Johannes, Patrik évitait toute action prématurée, et restait en attente du coup de fil. Ne tenant pas en place, il alla voir Annika histoire de passer le temps en bavardant un peu.

— Vous vous en sortez, de cette histoire ? Comme d'habitude, elle le regarda par-dessus ses lunettes.

— Bof, la canicule n'arrange pas les choses.

Il nota un agréable courant d'air dans le bureau d'Annika. Un grand ventilateur bourdonnait sur sa table de travail et Patrik ferma les yeux d'aise.

— Pourquoi je n'ai pas pensé à ça, moi ? J'en ai acheté un pour Erica à la maison, pourquoi est-ce que je n'en ai pas acheté un pour ici aussi ? Dès demain matin, je m'en occupe.

— Erica, oui, comment va-t-elle ? La pauvre, ça doit être pénible pour elle avec cette chaleur.

— Oui, avant qu'elle ait le ventilo, elle a failli devenir dingue. Elle dort mal, elle a des crampes aux mollets, et elle ne peut pas se coucher sur le ventre, enfin, tu sais, tous ces trucs-là.

— Ben, non, je ne peux pas vraiment dire que je sais, dit Annika.

Patrik se rendit compte de ce qu'il venait de dire. Annika et son mari n'avaient pas d'enfants et il n'avait jamais osé demander pourquoi. Ils ne pouvaient peut-être pas en avoir et dans ce cas il avait vraiment mis les pieds dans le plat avec son commentaire inconsidéré.

— Ne t'inquiète pas. C'est un choix qu'on a fait. On n'a jamais ressenti l'envie d'avoir des enfants. On a nos chiens, ce sont eux qui profitent de notre affection.

— Ouf, j'ai eu peur d'avoir fait une gaffe. Patrik sentit la couleur revenir sur ses joues. Quoi qu'il en soit, c'est assez fatigant pour tous les deux, même si évidemment c'est Erica qui souffre le plus. On voudrait bien voir ça se terminer, maintenant. Et en plus on a été un peu envahis ces derniers temps.

— Envahis ? Annika haussa les sourcils.

— La famille et les soi-disant amis qui trouvent que Fjällbacka en juillet c'est une idée formidable.

— Et ils veulent profiter de l'occasion de vous avoir tout à eux un petit moment, c'est ça ? ironisa Annika. Eh oui, je connais le baratin. On avait ce même problème de parasites au début quand on venait d'acheter notre maison de campagne, puis on en a eu marre et on les a envoyés paître. On n'a pas eu de leurs nouvelles depuis, mais ce ne sont pas vraiment des gens qui vous manquent. Les vrais amis, ils viennent aussi en novembre. Les autres, tu t'en passes sans le moindre problème.

— C'est vrai, mais plus facile à dire qu'à faire. Erica a effectivement mis la première fournée à la porte, mais en ce moment on se farcit la deuxième en feignant l'hospitalité par politesse. Et ma pauvre Erica qui est là toute la journée à leur service, soupira Patrik.

— C'est peut-être à toi de te montrer l'homme de la situation et d'arranger tout ça ?

— Moi ? Patrik jeta un regard froissé sur Annika.

— Oui, si Erica est en train de se tuer à la tâche alors que toi tu es à l'abri ici toute la journée, tu pourrais peut-être faire preuve d'autorité pour qu'elle retrouve un peu de calme. Ça ne doit pas être facile pour elle. Elle qui est habituée à mener sa barque toute seule, avec la grossesse elle est clouée à la maison à se regarder le nombril pendant que, toi, tu continues à vivre comme d'habitude.

— Je ne l'avais pas vu comme ça, dit Patrik, et il se sentait assez crétin.

— C'est bien ce que je me suis dit. Ce soir, tu vas les mettre à la porte, tes chers hôtes, quoi que le bon vieux Luther te chuchote à l'oreille. Puis tu t'occuperas de la future mère comme il faut. Est-ce que tu parles avec elle au moins, tu lui demandes comment elle se sent, seule comme ça à la maison ? Je suppose qu'elle ne doit pas trop sortir, avec cette chaleur ?

— Non…

Patrik n'en avait presque plus de voix. C'était comme si un rouleau compresseur était passé sur lui. Il avait la gorge nouée d'angoisse. Pas besoin d'être un génie pour comprendre qu'Annika avait raison. Un mélange d'égoïsme borné et de sa tendance à se laisser absorber par le boulot lui avait fait totalement négliger la situation d'Erica. Il la connaissait pourtant très bien, il savait à quel point c'était important pour elle d'être active. Mais cela avait dû l'arranger de se leurrer ainsi.

— Allez, rentre donc un peu plus tôt t'occuper de ta compagne.

— Mais j'attends un appel.

Sa réponse fusa machinalement et le regard que lui jeta Annika lui indiqua que ce n'était pas la bonne.

— Tu veux dire que ton téléphone portable ne fonctionne qu'entre les murs du commissariat ? Assez limité comme périmètre, je veux dire s'il est supposé être vraiment portable ?

— Oui, gémit Patrik, au supplice. Il bondit de la chaise. Bon, je me casse chez moi alors. S'il y a des appels, tu es gentille de me les faire suivre sur le portable…

Annika le regarda comme s'il était complètement abruti et il sortit de la pièce à reculons. S'il avait eu un bonnet, il l'aurait tenu à la main – et il aurait fait des courbettes aussi…

Pourtant, des événements imprévus allaient l'empêcher de partir avant encore une bonne heure.

Ernst était en train d'explorer le rayon gâteaux chez Hedemyrs. Il avait d'abord pensé aller à la pâtisserie, mais il y avait une telle queue qu'il avait préféré se rendre au libre-service.

Au beau milieu du dilemme qui consistait à choisir entre des petits pains à la cannelle et des éclairs au chocolat, son attention fut attirée par du raffut à l'étage. Il reposa les gâteaux et alla voir ce qui se passait. Le grand magasin était réparti sur trois niveaux. Au rez-de-chaussée se trouvaient le restaurant, le kiosque à journaux et la librairie, au premier étage l'alimentation et à l'étage supérieur les vêtements, les chaussures et la boutique cadeaux. Deux femmes étaient en train de se disputer un sac à main aux caisses du deuxième étage. L'une avait un badge épinglé sur la poitrine indiquant qu'elle faisait partie du personnel, tandis que l'autre paraissait sortir tout droit d'un film russe de série B : minijupe, bas résille, débardeur taille douze ans et suffisamment de maquillage pour ressembler à une palette de peintre.

— *No, no, my bag !* criait-elle d'une voix stridente dans un anglais approximatif.

— Je vous ai vue prendre quelque chose, répondit la vendeuse, elle aussi en anglais mais avec un accent suédois très net. Elle eut l'air soulagée en voyant Ernst.

— Dieu soit loué, il faut arrêter cette femme. Je l'ai vue passer dans les rayons et mettre des articles dans son sac et elle essayait de partir avec tout ça.

Ernst n'hésita pas. En deux grandes enjambées, il fut près de la voleuse supposée et la prit par le bras. Comme il ne parlait pas un mot d'anglais, il ne se donna pas la peine de poser de questions. Il lui arracha brutalement le gros sac à main et vida tout bonnement son contenu par terre. Un sèche-cheveux, un rasoir électrique, une brosse à dents électrique et, pour une étrange raison, un cochon en céramique avec une couronne de fleurs sur la tête se déversèrent du sac.

— Qu'est-ce que tu dis de ça, hein ? dit Ernst. La vendeuse traduisit en anglais.

La femme secoua seulement la tête avec l'air de ne rien comprendre. Elle dit :

— *I know nothing. Speak to my boyfriend, he will fix this. He is boss of the police !*

— Qu'est-ce qu'elle dit ? siffla Ernst. Ça l'agaçait d'être obligé de se faire aider par une femme pour comprendre ce qu'on disait.

— Elle dit qu'elle ne sait rien. Et que vous devez parler avec son petit ami. Elle dit qu'il est chef de la police !

Le regard confus de la vendeuse alla d'Ernst à la femme, qui avait maintenant un sourire triomphal aux lèvres.

— Oh que oui, elle va pouvoir parler avec la police. Et on verra si elle continue à dire ce genre de connerie. "Petit ami qui est chef de la police." C'est une chanson qui fonctionne peut-être en Russie, ou quel que soit le foutu endroit d'où tu viens, ma petite dame, mais ici ça ne prend pas, cria-t-il, le visage à seulement quelques centimètres de celui de la femme. Elle ne comprenait pas un traître mot, mais elle avait l'air moins sûre d'elle.

Ernst la tira brutalement hors du magasin et dans la rue jusqu'au poste de police. Elle se laissait littéralement traîner derrière lui sur ses talons hauts et les gens dans leurs voitures ralentirent pour observer la scène. Annika ouvrit de grands yeux quand il passa en trombe devant l'accueil.

— Mellberg !

Il se faisait entendre dans tout le commissariat. Patrik, Martin et Gösta pointèrent le nez. Ernst appela encore une fois en direction du bureau de Mellberg.

— Mellberg, viens voir par là, je tiens ta fiancée !

Il gloussa tout seul. Cette fille allait en avoir pour ses frais. Un silence inquiétant régnait dans le bureau de Mellberg et Ernst se demanda si le boss avait eu le temps de sortir pendant les quelques minutes où lui-même s'était absenté pour acheter des gâteaux.

— Mellberg ? appela-t-il une troisième fois, maintenant un peu moins enthousiasmé par son projet de faire avaler son mensonge à la femme. Au bout d'une très longue minute, où Ernst se tenait dans le couloir, une main ferme autour du bras de la femme et les yeux de tous dirigés sur eux, Mellberg finit par sortir de son bureau. Le regard baissé et le ventre noué,

Ernst réalisa que l'affaire n'allait peut-être pas tourner aussi bien qu'il l'avait escompté.

— Beeertil !

La femme se dégagea et courut vers Mellberg qui se figea dans ses mouvements comme un chevreuil devant les phares d'une voiture. Comme elle mesurait vingt centimètres de plus que lui, l'effet fut pour le moins comique lorsqu'elle se jeta à son cou. Ernst était bouche bée. Il lui semblait que le sol allait se dérober sous ses pieds et il se voyait déjà plancher sur sa lettre de démission. Avant d'être viré. Avec effarement il comprit que plusieurs années de flagornerie zélée venaient d'être réduites à néant par une seule initiative malheureuse.

La femme lâcha Mellberg et se retourna pour pointer un doigt accusateur sur Ernst, qui tenait toujours le sac à main, l'air penaud.

— *This brutal man put his hands on me ! He say I steal ! Oh, Bertil, you must help your poor Irina !*

Mellberg lui tapota maladroitement l'épaule, geste qui exigeait qu'il lève sa main à peu près à hauteur de son propre nez.

— *You go home, Irina,* OK *? To house. I come later.* OK *?*

Son anglais pouvait au mieux être qualifié d'hésitant, mais elle comprit qu'il lui disait de rentrer à la maison et elle n'appréciait pas.

— *No, Bertil. I stay here. You talk to that man, and I stay here and see you work,* OK *?*

Il secoua fermement la tête et la poussa devant lui avec détermination. Elle se retourna, inquiète et dit :

— *But Bertil, honey, Irina not steal,* OK *?*

Puis elle tortilla des fesses pour sortir sur ses talons aiguilles après un dernier coup d'œil malveillant en direction d'Ernst. Celui-ci fixait toujours le sol et n'osait pas rencontrer le regard de Mellberg.

— Lundgren ! Dans mon bureau !

Aux oreilles d'Ernst, ça sonnait comme le Jugement dernier. Docilement, il suivit Mellberg. Dans le couloir, tous ceux qui avaient tendu la tête pour voir ce qui se passait restaient bouches bées. Maintenant ils savaient en tout cas à quoi étaient dues toutes les récentes sautes d'humeur de Mellberg...

— Tu vas me faire le plaisir de raconter ce qui s'est passé maintenant, dit Mellberg.

Ernst acquiesça d'un faible hochement de la tête. La sueur coulait sur son front et ce n'était plus à cause de la chaleur.

Il raconta l'altercation chez Hedemyrs où il avait vu cette femme se battre avec une vendeuse pour le sac à main. D'une voix tremblante il raconta aussi comment il avait déversé le contenu du sac et trouvé un certain nombre d'articles qui n'avaient pas été payés. Puis il se tut et attendit le verdict. A sa surprise, Mellberg se pencha en arrière dans son fauteuil avec un profond soupir.

— Oui, je me retrouve dans un sacré merdier.

Il hésita un instant, ouvrit un tiroir et sortit une brochure qu'il lança sur la table devant Ernst.

— Ça, c'est ce que j'attendais. Page trois.

Sa curiosité éveillée, Ernst prit ce qui ressemblait à un annuaire de lycée avec les photos et les données personnelles des élèves, et l'ouvrit. Les pages étaient remplies de photos de femmes, avec de brèves indications de taille, de poids, de couleur des yeux et de passe-temps favoris. Subitement il réalisa ce qu'était Irina. Une "épouse par correspondance". Bien qu'il n'y eût pas beaucoup de ressemblance entre l'Irina qu'il avait vue et son portrait dans le catalogue. Elle y avait au bas mot dix années, dix kilos et un kilo de maquillage en moins. Sur la photo elle était belle et innocente et elle regardait l'objectif avec un large sourire. Les yeux d'Ernst allèrent du portrait à Mellberg qui fit un grand geste avec les bras.

— Tu vois, ÇA, c'est ce que j'attendais. On s'est écrit pendant un an et tu peux imaginer que j'étais pressé de la faire venir ici, celle-là. Il hocha la tête en direction du catalogue sur les genoux d'Ernst et soupira. Puis elle est arrivée. Tu parles d'une douche froide. Et tout de suite ça a été : "Bertil, mon chéri, achète-moi ci, achète-moi ça." Je l'ai même prise en flagrant délit de fouiller mon portefeuille. Oui, je te jure, un vrai merdier.

Il se tapota le nid de cheveux sur son crâne et Ernst nota que le Mellberg qui se souciait de son apparence avait disparu. Maintenant sa chemise était de nouveau sale, et les ronds de transpiration sous les bras grands comme des soucoupes. C'était rassurant en quelque sorte. Les choses étaient rentrées dans l'ordre.

— Je te fais confiance pour ne pas aller crier ça sur tous les toits.

Mellberg leva un doigt vers Ernst qui secoua la tête avec empressement. Pas un mot ne franchirait ses lèvres. Un soulagement le submergea, après tout il ne serait pas viré.

— Alors on pourrait oublier ce petit incident ? Je vais m'occuper de gérer ça comme il faut. Un retour simple par le premier vol.

Ernst se leva et sortit de la pièce avec force courbettes.

— Et puis tu diras à tes collègues d'arrêter leurs potins et de se remettre au boulot.

Ernst afficha un grand sourire en entendant le ton cassant de Mellberg. Le chef était remonté en selle.

S'il avait eu des doutes sur l'exactitude des paroles d'Annika, ils furent balayés dès qu'il eut franchi la porte. Erica se jeta littéralement dans ses bras et il vit ses traits tirés par la fatigue. La mauvaise conscience l'assaillit de nouveau. Il aurait dû être plus à l'écoute, plus attentif. Au lieu de cela, il s'était enterré dans le travail encore plus que d'habitude, et l'avait laissée errer complètement désœuvrée entre quatre murs.

— Ils sont où ? chuchota-t-il.

— Dans le jardin, chuchota Erica en retour. Oh Patrik, je ne supporterai pas de les avoir ici un jour de plus. Ils sont restés vissés sur leurs fesses toute la journée à attendre que je les serve. Je n'en peux plus.

Elle s'effondra dans ses bras et il lui caressa la tête.

— Ne t'inquiète pas, je m'en charge. Je suis désolé, je n'aurais pas dû travailler autant cette semaine.

— Je t'avais dit que j'étais d'accord. Et tu n'avais pas vraiment le choix, marmonna Erica tout contre sa poitrine.

Malgré sa mauvaise conscience, il reconnaissait qu'elle avait raison. Comment aurait-il pu faire autrement, alors qu'une jeune fille avait disparu, peut-être retenue de force quelque part. Mais, en même temps, Erica et l'enfant et leur santé devaient passer en premier.

— Je ne suis pas seul au commissariat. Je peux déléguer pas mal de choses. Mais, pour commencer, on a un problème plus urgent à résoudre.

Il se dégagea des bras d'Erica, prit une profonde inspiration et sortit dans le jardin.

— Salut. Ça se passe bien pour vous ?

Jörgen et Madeleine tournèrent leur nez fluo vers lui et hochèrent gaiement la tête. Un peu mon neveu, que ça se passe bien pour vous, pensa Patrik, avec quelqu'un à votre service toute la journée. Vous croyez sans doute que c'est un foutu hôtel ici.

— Ecoutez, j'ai résolu votre problème. J'ai appelé un peu partout pour vérifier. Beaucoup de touristes ont quitté Fjäll-backa et il y a des chambres libres au *Grand Hôtel*, mais vous semblez avoir un budget assez serré, c'est peut-être trop cher pour vous ?

Jörgen et Madeleine, qui avaient eu l'air inquiets pendant une seconde, abondèrent dans son sens. Oui, c'était un peu trop cher.

— J'ai aussi appelé le gîte d'étape sur Valö, dit Patrik et il vit avec satisfaction leur air soudain soucieux. Et figurez-vous – eux aussi ont de la place. C'est chouette, non ? Bon marché, propre et sympa, que demander de plus ?

Il frappa des mains avec un enthousiasme exagéré et devança les protestations qu'il vit se former sur leurs lèvres.

— Je pense qu'il vaudrait mieux commencer à faire vos bagages tout de suite, je veux dire, le ferry pour l'île part dans une heure.

Jörgen commença à dire quelque chose, mais Patrik leva tout de suite la main pour l'arrêter.

— Non, non, ne me remercie pas. C'était si peu, juste quelques coups de fil à donner.

Avec un grand sourire, il entra retrouver Erica qui avait tout suivi par la fenêtre de la cuisine. Ils se tapèrent dans la main et durent se retenir pour ne pas rire.

— Bien joué, chuchota Erica avec admiration. Je ne savais pas que je vivais avec un champion en machiavélisme !

— Il y a beaucoup de choses que tu ignores à mon sujet, ma chérie, dit-il. Je suis un être très complexe, tu sais…

— Ah oui ? Moi j'ai toujours pensé que tu étais d'une simplicité confondante, le taquina-t-elle avec un sourire.

— Si tu n'avais pas cette grosse boule qui gêne le passage, je te montrerais tout de suite où elle en est, ma simplicité. Patrik joua le séducteur et il sentit les tensions se relâcher comme après de petites chamailleries d'amoureux. Puis il redevint sérieux.

— Tu as eu d'autres nouvelles d'Anna ?

Le sourire d'Erica disparut.

— Non, aucune. Je suis descendue voir au ponton, mais le bateau n'y était plus.

— Tu crois qu'elle est rentrée chez elle ?

— Je ne sais pas. Soit elle y est, soit ils continuent leur cabotage le long de la côte. Mais tu sais quoi, je m'en fiche. J'en ai marre, elle est tellement susceptible, elle se met à bouder dès que je dis quelque chose qui ne lui va pas.

Elle soupira et fut interrompue par Jörgen et Madeleine qui, mines renfrognées, passèrent pour aller ramasser leurs affaires.

Un moment plus tard, lorsque Patrik eut accompagné les vacanciers récalcitrants au ferry de Valö, ils s'assirent sur la véranda et jouirent de la quiétude retrouvée. Soucieux de bien faire et avec un sentiment d'avoir pas mal de choses à rattraper, Patrik massa les pieds et les chevilles gonflés d'Erica qui soupira d'aise. Il repoussa loin dans un coin de sa tête la pensée des filles assassinées et de Jenny Möller disparue. Il fallait bien que l'âme prenne un peu de repos de temps en temps.

L'appel arriva le matin. Pour souligner sa résolution de mieux s'occuper de sa compagne, Patrik avait pris sa matinée et ils étaient en train de petit-déjeuner au calme dans le jardin lorsque Pedersen appela. Avec un regard d'excuse à Erica, Patrik se leva, et elle lui fit signe d'y aller, avec un sourire. Elle avait déjà l'air d'aller beaucoup mieux.

— Oui, tu as quelque chose d'intéressant ? dit Patrik.

— Oui, c'est le moins qu'on puisse dire. D'abord, en ce qui concerne la cause de la mort de Johannes Hult, ma première observation était correcte. Johannes ne s'est pas pendu. Si tu dis qu'on l'a retrouvé par terre avec un nœud coulant autour du cou, c'est que la corde a été ajoutée après sa mort. Il a reçu un violent coup mortel à l'arrière de la tête frappé avec un objet dur, pas arrondi, mais plutôt tranchant. Il a aussi une meurtrissure à la mâchoire, qui peut être le résultat d'un coup aussi.

— On peut donc être sûr qu'il s'agit d'un homicide ? demanda Patrik la main crispée sur le combiné.

— Oui, il est impossible qu'il ait pu s'infliger une telle blessure lui-même.

— Et sa mort remonte à quand ?

— Difficile à dire. Mais il est resté enterré longtemps. Je dirais qu'il a bel et bien dû mourir à l'époque où on a cru qu'il s'était pendu. Il n'a pas été mis dans la tombe plus tard, si c'est ce que tu essaies d'insinuer, dit Pedersen avec un ton amusé.

Patrik réfléchit en silence à ce que Pedersen venait de dire, puis une pensée vint le frapper :

— Tu disais que tu avais trouvé autre chose. C'est quoi ?

— Oh, tu vas apprécier. On a une stagiaire ici pendant l'été et elle est plus que consciencieuse. Elle a eu l'idée de faire un test d'ADN sur Johannes, maintenant que de toute façon il était déterré, si je puis dire, et de comparer avec les échantillons de sperme sur Tanja Schmidt.

— Oui ? Patrik s'entendit respirer avec force.

— Tu vas pas me croire, on a trouvé une putain de correspondance ! Le salopard qui a tué Tanja Schmidt est de la même famille que Johannes Hult sans le moindre doute possible !

Patrik n'avait jamais auparavant entendu le très correct Pedersen utiliser de gros mots, mais à présent il était prêt à faire pareil. Putain ! Quand il eut retrouvé ses esprits, il dit :

— Vous pouvez voir quel est le degré de parenté ? Son cœur battit la chamade.

— Oui, on est en train de vérifier. Mais pour ça il nous faut davantage de matériel de comparaison, alors ta mission maintenant sera de faire prélever des échantillons de sang sur tous les membres connus de la famille Hult.

— Tous ? dit Patrik et il se sentit défaillir rien qu'à la pensée de la réaction du clan à cette intrusion dans leur vie privée.

Il remercia Pedersen pour l'information et retourna à la table du petit-déjeuner où Erica trônait comme une madone, la chemise de nuit blanche gonflée par ses formes arrondies et les cheveux blonds libres. Elle continuait à lui couper le souffle.

— Vas-y, vas-y. Elle lui fit signe de la main de s'en aller et il lui posa une bise sur la joue en remerciement.

— Tu as quelque chose à faire aujourd'hui ? demanda-t-il.

— Un des avantages des visiteurs exigeants, c'est que maintenant je me régale à l'idée de ne rien faire pendant toute une journée. Autrement dit, je vais passer la journée à glander. Bouquiner dans le jardin, grignoter un peu.

— Ça me semble un bon plan. Je vais essayer de rentrer tôt aujourd'hui aussi. Je serai là au plus tard à quatre heures, promis.

— Oui, oui, fais au mieux. Tu rentreras quand tu peux. File maintenant, je vois bien que tu ne tiens plus en place.

Elle n'eut pas besoin de le dire deux fois. Il se précipita au commissariat.

Quand il arriva vingt bonnes minutes plus tard, les autres étaient en train de boire le café. Pris en défaut, il réalisa qu'il arrivait sans doute avec beaucoup plus de retard que prévu.

— Salut Hedström, tu as oublié de régler ton réveil ou quoi ?

Ernst, dont la confiance en soi était totalement restaurée depuis la veille, mit juste ce qu'il fallait d'insolence dans le ton.

— Non, je dirais qu'il s'agit plutôt d'une petite compensation pour toutes mes heures sup. Il fallait aussi que je m'occupe de ma compagne, dit Patrik avec un clin d'œil à Annika, qui avait déserté son poste à l'accueil un petit moment.

— Oui, je suppose que ça fait partie des privilèges du patron, de pouvoir s'octroyer une matinée par-ci par-là pour faire la grasse mat'. Ernst ne put s'empêcher de renvoyer la balle.

— C'est vrai que je suis responsable de cette enquête, mais je ne suis pas un patron pour autant, fit remarquer Patrik avec douceur.

Les regards qu'Annika jeta à Ernst n'étaient pas aussi doux.

— Et en tant que responsable de l'enquête j'ai du nouveau – et une nouvelle mission, poursuivit Patrik.

Il leur fit part de ce que lui avait appris Pedersen et pendant un petit moment l'atmosphère dans la cuisine du poste de police de Tanumshede fut triomphale.

— Bon, ça veut dire qu'on a restreint le champ à quatre personnes possibles, dit Gösta. Johan, Robert, Jacob et Gabriel.

— Oui, et n'oublions pas à quel endroit Tanja a été vue pour la dernière fois, dit Martin.

— D'après Johan en tout cas, rappela Ernst. C'est lui qui l'affirme, il faut le garder en tête. Pour ma part, j'aimerais avoir un témoin un peu plus fiable d'abord.

— Oui, mais Linda dit aussi qu'ils ont vu quelqu'un ce soir-là, alors…

Patrik mit fin à la discussion entre Ernst et Martin.

— Peu importe, dès que nous aurons fait des tests ADN à tous les membres de la famille Hult, nous n'aurons plus besoin de spéculer. Nous saurons. Et j'ai déjà appelé pour obtenir les autorisations nécessaires. Tout le monde sait pourquoi ça presse, et j'attends le feu vert du procureur d'un moment à l'autre.

Il se versa une tasse de café et s'installa avec ses collègues. Il posa son téléphone portable au milieu de la table et personne ne put s'empêcher d'y jeter un coup d'œil de temps à autre.

— Qu'est-ce que vous avez pensé du spectacle d'hier ?

Ernst gloussa, il avait déjà oublié sa promesse de ne pas divulguer les confidences de Mellberg. A ce stade, tout le monde avait entendu parler de la fiancée par correspondance de Mellberg. Ça faisait une éternité qu'ils n'avaient pas eu un ragot pareil à se mettre sous la dent, et là ils tenaient quelque chose à commenter en long et en large pour un bon bout de temps.

— Un sacré show, quand même ! rit Gösta. Si on est à ce point en manque d'une femme, qu'on la commande sur catalogue, il ne faut pas venir se plaindre ensuite.

— J'aurais voulu voir sa mine quand il est allé la chercher à l'aéroport et qu'il a compris qu'elle n'était pas à la hauteur de ses attentes.

Annika rit cordialement du désastre. Rire du malheur des autres ne paraissait pas aussi affreux quand c'était Mellberg qui était la cible.

— Oui, je dois dire qu'elle ne s'est pas endormie sur ses lauriers, rigola Ernst. Elle a filé droit au magasin remplir le sac. Et c'était surtout l'étiquette du prix qu'elle regardait, pas tellement l'objet en lui-même, semble-t-il. Tiens, à propos de voler, qu'est-ce que vous dites de ça. Persson, le vieux qu'on est allés voir hier, Gösta et moi, il nous a dit qu'un connard venait régulièrement lui piquer de son foutu engrais. Après chaque livraison, il se rendait compte qu'il manquait plusieurs sacs. Putain, ce que les gens peuvent être radins, aller piquer des sacs de merde, hein ? Une merde hors de prix apparemment, mais quand même… Il se frappa les genoux en riant aux éclats. Eh oui, on croit rêver, dit-il et il essuya une larme. Puis il réalisa qu'un silence de mort s'était formé autour de lui.

— Qu'est-ce que tu viens de dire ? La voix de Patrik était lourde de menaces. Ernst avait déjà entendu ce ton-là, quelques jours plus tôt, et il comprit qu'il avait encore fait une gaffe.

— Ben, il m'a raconté que quelqu'un lui volait régulièrement des sacs d'engrais.

— Et en considérant que La Métairie est la ferme la plus proche, tu ne t'es pas dit que cela pouvait avoir son importance comme information ?

La voix était tellement glaciale qu'Ernst sentit le froid lui picoter la peau. Patrik tourna le regard vers Gösta.

— Tu l'as entendu aussi, Gösta ?

— Non, le fermier a dû le lui dire quand je m'étais absenté aux toilettes quelques minutes. Il jeta un regard noir sur Ernst.

— Je n'y ai pas pensé, maugréa Ernst. Merde alors, on peut pas avoir tout en tête non plus.

— C'est pourtant exactement ce qu'il faudrait. Mais on en reparlera plus tard, la question maintenant est de savoir ce que ça signifie pour nous.

Martin leva la main, comme s'il était à l'école.

— Est-ce que je suis le seul à penser qu'on s'approche de plus en plus de Jacob ? Premièrement, on a un témoignage, même si la source est douteuse, disant que Tanja se trouvait à La Métairie peu avant sa disparition. Deuxièmement, l'ADN sur le corps de Tanja indique quelqu'un de la famille de Johannes, et, troisièmement, des sacs d'engrais ont disparu d'une ferme qui se trouve être, littéralement, la plus proche de La Métairie. C'est suffisant, je trouve, pour le cueillir et avoir un petit entretien avec lui et pour aller jeter un coup d'œil sur ses terres.

Personne ne dit toujours rien et Martin continua son argumentation :

— Tu l'as dit toi-même, Patrik, ça urge. On n'a rien à perdre à jeter un coup d'œil et à serrer la vis à Jacob. C'est seulement en ne faisant rien qu'on peut perdre. Bien sûr, on aura une réponse claire dès qu'on aura pu comparer le sang de toute la famille avec l'ADN trouvé, mais en attendant on ne peut pas rester à se rouler les pouces ici. Il faut faire quelque chose !

Patrik finit par prendre la parole :

— Martin a raison. On a suffisamment de données pour que ça vaille le coup de lui parler, et ça ne peut pas faire de mal de jeter un coup d'œil à La Métairie par la même occasion. Voici ce qu'on va faire : Gösta et moi, on va chercher Jacob. Martin, tu contactes Uddevalla et tu demandes du renfort pour une perquisition à La Métairie. Demande de l'aide à Mellberg pour obtenir les autorisations, et veille bien à ce qu'elles concernent tous les bâtiments de la ferme, pas seulement la maison d'habitation. On fera nos rapports à Annika au fur et à mesure. OK ? Des questions ?

— Oui, comment on fait pour les prises de sang ? dit Martin.

— Oui, merde, je les ai oubliées. On aurait vraiment besoin de pouvoir se cloner. Patrik réfléchit un instant. Martin, tu peux t'en occuper aussi ? Martin hocha la tête. Bien, appelle le centre médical de Fjällbacka aussi et fais venir quelqu'un qui pourra faire les prélèvements. Et tu fais gaffe à ce que les tubes soient correctement étiquetés et envoyés dare-dare à Pedersen. Allez, on y va. Et n'oubliez pas pourquoi ça presse !

— Et moi, qu'est-ce que je fais ? Ernst entrevit une chance de rentrer en grâce de nouveau.

— Tu restes ici, dit Patrik et il ne gaspilla pas davantage de salive à discuter.

Ernst marmonna quelque chose mais il savait quand il valait mieux ne pas la ramener. Il allait cependant en toucher un mot à Mellberg une fois que tout ça serait terminé. Ce n'était quand même pas gravissime à ce point-là. Personne n'est parfait, putain de merde !

Marita sentait son cœur palpiter. Le culte en plein air était merveilleux, comme d'habitude, et c'était son Jacob qui était au centre. Droit et fort et sûr de ce qu'il disait, il prêchait la parole de Dieu. Beaucoup de personnes se trouvaient réunies là. Outre la plupart des jeunes de la ferme d'accueil – certains n'avaient cependant pas encore vu la lumière, et avaient refusé de venir –, une centaine de fidèles étaient venus. Ils étaient assis dans l'herbe, le regard fixé sur Jacob, debout à sa place habituelle sur le rocher, dos tourné au lac. Tout autour d'eux, les bouleaux se dressaient hauts et denses, ils fournissaient de l'ombre quand la chaleur était écrasante et leurs murmures venaient accompagner la voix mélodieuse de Jacob. Parfois elle avait du mal à comprendre son bonheur. Cet homme, que tout le monde regardait avec tant d'admiration dans les yeux, l'avait choisie, elle.

Elle n'avait que dix-sept ans quand elle l'avait rencontré. Jacob en avait vingt-trois et il avait déjà la réputation d'un homme fort à la congrégation. Un peu grâce à son grand-père, dont la célébrité déteignait sur lui, mais la plus grande partie était quand même due à son propre rayonnement. Douceur et intensité étaient l'étrange combinaison qui lui donnait cette force d'attraction à laquelle personne ne pouvait échapper. Ses parents et elle étaient membres de la congrégation depuis longtemps et ils ne rataient jamais un service. Dès la première fois où elle avait participé à un service de Jacob Hult, elle avait ressenti un frémissement d'excitation, comme si elle savait que quelque chose de grand allait se passer. Et ce fut le cas. Elle n'avait pas pu le quitter du regard et ses yeux étaient restés suspendus à sa bouche d'où ruisselait la parole de Dieu. Quand le regard de Jacob avait commencé à croiser le sien, elle avait envoyé des prières à Dieu. Des prières fébriles, suppliantes, implorantes. Elle, qui avait appris qu'on ne devait jamais rien quémander pour soi dans ses prières, demandait maintenant quelque chose d'aussi frivole qu'un homme. C'était plus fort qu'elle. Tout en sentant la brûlure des flammes du purgatoire à la poursuite de la pécheresse, elle avait fébrilement continué ses prières et ne s'était arrêtée que lorsqu'elle avait été sûre qu'il avait laissé son regard reposer sur elle et l'avait trouvée à son goût.

En réalité elle ne comprenait pas pourquoi Jacob l'avait choisie pour épouse. Elle savait que son physique était quelconque et qu'elle était silencieuse et introvertie. Mais il l'avait voulue et, le jour de leur mariage, elle s'était promis de ne jamais réfléchir à ça ni de remettre en question la volonté de Dieu. Il les avait manifestement distingués parmi tous et il avait vu que cela serait bon, comme le reste de sa création, et elle devait se contenter de cette explication. Peut-être un être aussi fort que Jacob avait-il besoin d'une partenaire faible qui ne résisterait pas. Ou quelque chose comme ça.

Les enfants assis par terre à côté d'elle commençaient à se tortiller d'impatience. Marita les fit taire avec sévérité. Elle savait que ça les démangeait de courir et de jouer, mais ils auraient le temps pour ça plus tard, à présent ils devaient écouter leur père quand il prêchait la parole de Dieu.

— C'est lorsque nous rencontrons des difficultés que notre foi est mise à épreuve. Mais c'est également ainsi qu'elle se renforce. Sans résistance, la foi s'affaiblit et nous rend rassasiés et paresseux. Alors nous ne tardons pas à faire fausse route. Personnellement, j'ai eu à affronter des épreuves ces derniers temps, vous le savez sans doute. Ma famille aussi. Des forces maléfiques semblent vouloir éprouver notre foi. Je le dis, elles sont condamnées à l'échec. Car ma foi ne fait que grandir et se renforcer. Elle a tant grandi que les forces du mal n'ont aucune possibilité de m'atteindre. Gloire à Dieu qui me donne une telle puissance !

Il leva les mains vers le ciel et l'assemblée s'exclama "Alléluia", les visages rayonnant de joie et de conviction. Marita aussi leva les mains vers le ciel et remercia Dieu. Les paroles de Jacob lui firent oublier les difficultés de ces dernières semaines. Elle avait confiance en lui et elle avait confiance en le Seigneur et, si seulement ils étaient ensemble, rien ne pourrait les ébranler.

Jacob termina le culte un moment plus tard, et des groupes de gens vinrent l'entourer. Tout le monde voulait lui serrer la main, le remercier et lui témoigner son soutien. Tous semblaient avoir besoin de le toucher pour ainsi recevoir une partie de son calme et de sa conviction afin de l'emporter avec eux. Tous voulaient une partie de lui. Marita restait en retrait, dans la certitude triomphale que Jacob était à elle. Parfois elle se demandait, fautive, si c'était un péché de ressentir un tel besoin de posséder son mari, de vouloir le garder tout entier pour elle, mais elle écartait toujours rapidement ce genre de pensées. C'était manifestement la volonté de Dieu qu'ils soient ensemble, alors ça ne pouvait pas être mauvais.

Quand la foule autour de lui se fut dispersée, elle prit la main des enfants et alla à sa rencontre. Elle le connaissait si bien. Elle vit la fatigue apparaître dans ses yeux et chasser ce qui l'avait rempli pendant le service.

— Viens, on rentre, Jacob.

— Pas encore, Marita. J'ai deux, trois choses à faire d'abord.

— Rien que tu ne pourras pas faire demain. Je te ramène à la maison maintenant, il faut que tu te reposes un peu, je vois bien comme tu es fatigué.

Il sourit et prit sa main.

— Comme toujours, tu as raison, ma chère et si sage épouse. Je vais juste chercher mes affaires au bureau, et on y va.

Ils avaient commencé à remonter vers la ferme lorsqu'ils virent deux hommes s'approcher d'eux. D'abord le soleil les empêcha de voir qui c'était, mais ensuite Jacob poussa un gémissement d'irritation.

— Et qu'est-ce que vous voulez encore ?

Le regard perplexe de Marita allait de Jacob aux hommes jusqu'à ce qu'elle comprenne, à en juger par le ton de Jacob, qu'ils devaient être de la police. Elle les dévisagea d'un œil haineux. C'étaient eux qui avaient causé tant de soucis à Jacob et la famille dernièrement.

— On voudrait vous parler un moment, Jacob.

— Qu'est-ce qu'il peut bien y avoir de plus à dire, que je n'ai pas déjà dit hier ? Il soupira. Bon, autant qu'on en finisse. Allons dans mon bureau.

Les policiers ne bougèrent pas. Embarrassés, ils regardèrent les enfants, et Marita commença à flairer quelque chose. Instinctivement, elle serra les enfants contre elle.

— Pas ici. On voudrait vous parler au poste.

C'était le plus jeune des deux inspecteurs qui parlait. L'autre se tenait un peu sur le côté et regardait Jacob, la mine grave. La terreur planta ses griffes dans le cœur de Marita. C'étaient véritablement les forces du mal qui s'approchaient, exactement comme Jacob l'avait dit dans son prêche.

ÉTÉ 1979

Elle comprit que l'autre fille n'était plus. De son coin dans l'obscurité elle avait entendu son dernier soupir, et, les mains jointes, elle pria frénétiquement Dieu d'accueillir sa camarade dans la détresse. En un certain sens, elle l'enviait. Elle l'enviait parce qu'elle était débarrassée de la souffrance.

La fille était déjà là quand elle-même s'était retrouvée en enfer. Tout d'abord la terreur l'avait paralysée, mais les bras de l'autre autour d'elle et son corps chaud lui avaient procuré un étrange sentiment de sécurité. En même temps, elle n'avait pas toujours été gentille. La lutte pour survivre les avait obligées à s'approcher mais aussi à se séparer. Contrairement à l'autre fille, elle avait conservé l'espoir, et elle savait que celle-ci l'avait parfois haïe pour ça. Mais comment pourrait-elle laisser l'espoir s'en aller ? Toute sa vie elle avait appris que chaque difficulté, si inconcevable soit-elle, avait sa solution, alors pourquoi celle-ci serait-elle différente ? Elle voyait le visage de son père et de sa mère et conservait sereinement la certitude qu'ils allaient bientôt la retrouver.

Elle la plaignait, cette autre fille. Sa vie avait été si vide. Dès qu'elle avait senti son corps chaud dans le noir elle avait compris qui elle était, même si dans la vraie vie, celle d'en haut, elles ne s'étaient jamais parlé. Par un accord tacite elles ne s'appelaient pas non plus par leur prénom. Cela aurait trop ressemblé à la normalité et ni l'une ni l'autre n'aurait été capable de supporter un fardeau pareil. Mais elle avait parlé de son enfant. C'était la seule fois où sa voix s'était un peu animée.

Joindre les mains et prier pour celle qui n'était plus avait exigé un effort presque surhumain. Ses membres ne lui obéissaient plus, mais en rassemblant les dernières forces qui lui restaient elle avait réussi à joindre ses mains récalcitrantes en quelque chose qui ressemblait à un geste de prière.

Patiemment elle attendait dans le noir avec sa douleur. Maintenant ce n'était plus qu'une question de temps avant qu'ils la retrouvent, maman et papa. Bientôt…

— Bon d'accord, je vais vous suivre au poste. Mais après, ça suffit ! Vous entendez ! dit Jacob, agacé.

Du coin de l'œil, Marita vit Kennedy s'approcher. Elle avait toujours éprouvé de l'aversion pour lui. Quand il regardait Jacob, il y avait dans ses yeux quelque chose de désagréable qui se mêlait à l'adoration. Mais Jacob l'avait réprimandée quand elle lui avait fait part de ses sentiments. Kennedy était un enfant malheureux qui commençait enfin à ressentir la paix en lui. Ce dont il avait besoin maintenant, c'était d'amour et de sollicitude, pas de méfiance. Pourtant l'inquiétude ne la quittait pas vraiment. Un geste de Jacob fit reculer Kennedy, contre son gré, et il retourna vers la maison. On dirait un chien de garde qui veut défendre son maître, pensa Marita.

Jacob se tourna vers elle et prit son visage entre ses mains.

— Rentre avec les enfants. Il n'y a pas de problème. Tout ce qu'ils veulent, ces policiers, c'est ajouter un peu de bois sur le bûcher où ils vont brûler eux-mêmes…

Il sourit pour adoucir ses paroles, mais elle serra les enfants contre elle. Ils les regardaient avec inquiétude, elle et Jacob. A la manière des petits, ils sentaient que quelque chose venait déranger l'équilibre de leur monde.

Le plus jeune des inspecteurs de police reprit la parole. Cette fois-ci il eut l'air un peu embarrassé en parlant.

— Je vous conseillerais de ne pas rentrer avec les enfants avant ce soir. Nous…, il hésita, nous allons procéder à une perquisition chez vous cet après-midi.

— Qu'est-ce que vous manigancez ? Jacob était tellement hors de lui qu'il eut du mal à articuler.

Marita sentit les enfants réagir avec inquiétude. Ils n'étaient pas habitués à entendre leur père lever la voix.

— On vous le dira, mais quand on sera arrivés au commissariat. On peut y aller maintenant ?

Jacob finit par hocher la tête avec résignation, et pour ne pas alarmer davantage les enfants il leur fit un petit câlin, embrassa Marita sur la joue et partit encadré des deux inspecteurs.

Marita resta figée à regarder la voiture emmener Jacob. Du côté de la maison, Kennedy observait. Ses yeux étaient noirs comme la nuit.

Au manoir également, l'agitation était à son comble.

— J'appelle mon avocat ! C'est insensé tout ça ! Nous faire des prises de sang et nous traiter comme de vulgaires criminels !

Gabriel était tellement furieux que sa main sur la poignée de porte tremblait. En face de lui sur le perron, Martin répondit calmement au regard de Gabriel. Derrière lui se tenait le médecin de district, le Dr Jacobsson, qui transpirait abondamment. Son corps volumineux était peu adapté à la température ambiante élevée, mais la cause première de la sueur sur son front était qu'il trouvait la situation extrêmement désagréable.

— Faites, faites, dit Martin, mais n'oubliez pas de lui décrire en détail les documents dont nous disposons, et votre avocat vous dira que nous sommes dans notre plein droit. Et s'il n'arrive pas dans le quart d'heure, nous sommes habilités, étant donné le caractère urgent de l'affaire, à exécuter le mandat en dehors de sa présence.

Martin parlait sciemment un langage aussi administratif que possible. Il se dit que c'était probablement la langue qui atteignait le mieux Gabriel, et ça fonctionna. De mauvais gré, Gabriel les fit entrer. Il prit les papiers que Martin lui avait montrés et se dirigea directement vers le téléphone. Martin fit signe d'entrer aux deux policiers venus en renfort d'Uddevalla et se prépara à attendre. Gabriel parla au téléphone en gesticulant avec agitation, et quelques minutes plus tard il revint dans le vestibule.

— Il sera là dans dix minutes, dit-il d'un ton renfrogné.

— Bien. Où sont votre femme et votre fille ? On doit leur faire un prélèvement aussi.

— A l'écurie.

— Tu peux aller les chercher ? dit Martin à l'un des agents d'Uddevalla.

— Bien sûr. C'est par où ?

— Il y a un petit sentier devant l'aile gauche. Vous le suivez et vous trouverez l'écurie deux cents mètres plus loin. Malgré des gestes qui indiquaient clairement ce qu'il pensait de la situation, Gabriel essayait de sauver les apparences. Sur un ton guindé, il ajouta : Je suppose que, vous autres, vous pouvez entrer en attendant.

En silence et mal à l'aise, ils étaient assis sur le bout des fesses au bord du canapé dans le séjour, lorsque Linda et Laini arrivèrent.

— C'est quoi cette histoire, Gabriel ? L'agent de police là, il dit que le Dr Jacobsson va nous faire une prise de sang ! Dis-moi que c'est une plaisanterie !

Linda, qui avait du mal à détacher les yeux du jeune homme en uniforme qui était venu les chercher dans l'écurie, était d'un autre avis.

— Cool !

— Malheureusement ils semblent tout à fait sérieux, Laini. J'ai appelé maître Lövgren, il sera là d'un moment à l'autre. Et avant ça, pas question de faire le moindre prélèvement.

— Mais je ne comprends pas pourquoi vous tenez à faire tout ça ? Laini avait l'air perplexe, pourtant elle se maîtrisait.

— Je regrette, on ne peut rien vous dire pour des raisons techniques liées à l'enquête. Mais tout aura son explication sous peu.

Gabriel était en train d'étudier les autorisations devant lui.

— Je vois là que vous êtes aussi autorisés à faire des prélèvements sur Jacob et Solveig et les garçons.

Etait-ce une impression ou Martin vit-il une ombre passer sur le visage de Gabriel ? La seconde d'après, on frappa un coup léger à la porte et l'avocat entra.

Une fois les formalités réglées et que l'avocat eut expliqué à Gabriel et sa famille que la police avait toutes les autorisations légales, le médecin procéda aux prises de sang. D'abord

Gabriel, puis Laini, qui, à la surprise de Martin, semblait être la plus calme d'entre eux. Il nota même que Gabriel avait regardé sa femme avec stupeur, mais aussi avec une certaine approbation. Le Dr Jacobsson préleva en dernier le sang de Linda, qui avait engagé un intense contact visuel avec le jeune brigadier. Martin se sentit obligé de le mettre en garde en usant d'un regard sévère.

— Voilà, c'est fait. Le médecin se leva péniblement et ramassa les tubes. Ils étaient soigneusement étiquetés avec le nom de chacun et furent rangés dans une glacière.

— Vous allez chez Solveig maintenant ? demanda Gabriel. Subitement il afficha un sourire narquois. Veillez à mettre vos casques et sortir vos matraques, je ne la vois pas vous laisser prendre son sang sans résistance.

— Je pense qu'on saura gérer la situation, dit Martin sèchement. Il n'aimait pas la lueur sarcastique dans les yeux de Gabriel.

— Bon, ne venez pas dire ensuite que je ne vous ai pas avertis... gloussa-t-il.

Laini lui cracha :

— Gabriel, comporte-toi en adulte !

Stupéfait d'être corrigé comme un môme par sa femme, Gabriel se tut et se rassit. Il l'observa comme s'il la voyait pour la première fois.

Martin partit avec ses collègues et le médecin et ils se répartirent dans deux voitures pour se rendre chez Solveig. Il eut un appel de Patrik pendant le trajet.

— Salut, comment ça s'est passé pour vous ?

— Comme prévu, dit Martin. Gabriel est sorti de ses gonds et a appelé son avocat. Mais on a obtenu ce qu'on voulait, et on va chez Solveig maintenant. J'imagine que ça ne va pas se passer aussi facilement là-bas...

— Probablement pas. Fais attention seulement que ça ne dégénère pas.

— Oui, oui, je vais déployer toute ma diplomatie. Ne t'inquiète pas. Et vous, comment ça se passe ?

— Sans problèmes. Il est avec nous dans la voiture et on arrive bientôt à Tanumshede.

— Bonne chance alors.

— A vous aussi.

Martin mit fin à la conversation juste au moment d'arriver devant la masure de Solveig Hult. Cette fois-ci, le délabrement ne le frappa pas autant, puisqu'il le connaissait. Mais il se demanda quand même comment on arrivait à vivre de cette façon. Pauvre, d'accord, mais on peut quand même veiller à ce que ce soit propre et ordonné autour de soi.

Il frappa à la porte avec une certaine appréhension. Mais même dans son imagination la plus débridée il n'aurait pas prévu l'accueil qui lui était réservé. Paf ! Une gifle atterrit sur sa joue droite et la surprise lui coupa le souffle. Il sentit, à défaut de le voir, les policiers derrière lui se raidir pour entrer en force, mais il leva une main apaisante pour les stopper.

— Du calme, du calme. On n'en est pas à utiliser la force ici, n'est-ce pas Solveig ? dit-il d'une voix douce à la femme devant lui. Elle respirait fort mais parut se calmer au son de sa voix.

— Comment osez-vous vous montrer ici après avoir déterré Johannes ! Elle mit les mains sur ses hanches et bloqua efficacement l'entrée de la maison.

— Je comprends que vous ayez trouvé ça difficile à supporter, Solveig, mais nous faisons simplement notre boulot et je préférerais vous voir coopérer.

— Qu'est-ce que vous voulez maintenant alors ? cracha-t-elle.

— J'aimerais entrer un moment, je vais vous expliquer.

Il se tourna vers les hommes derrière lui et dit :

— Attendez ici un instant. Solveig et moi, on va d'abord discuter un peu.

Il entra tout bonnement et referma la porte derrière lui. Solveig fut tellement désarçonnée qu'elle recula et le laissa entrer. Martin mobilisa tous ses talents de diplomate et lui expliqua minutieusement la situation. Au bout d'un moment, ses protestations diminuèrent et quelques minutes après il rouvrit la porte pour faire entrer ses collègues.

— Il faut faire venir vos fils aussi, Solveig. Ils sont où ?

— Ils se terrent probablement derrière la maison en attendant de savoir pourquoi vous êtes ici. Je suppose qu'ils commencent à en avoir marre de voir vos sales tronches, eux aussi. Elle rit et ouvrit une fenêtre crasseuse.

— Johan, Robert, amenez-vous ! La flicaille est de retour !

Il y eut du mouvement dans les buissons, puis Johan et Robert arrivèrent sans se presser. Méfiants, ils regardèrent le groupe qui se bousculait dans la petite cuisine.

— C'est quoi maintenant ?

— Maintenant ils veulent notre sang aussi, fit Solveig, constatant simplement les faits.

— Merde alors, vous êtes complètement fêlés. Jamais de la vie que je vous donnerai de mon putain de sang !

— Robert, ne fais pas d'histoires, dit Solveig fatiguée. J'ai parlé avec l'inspecteur ici et j'ai promis qu'il n'y aurait pas de problèmes. Alors vous vous asseyez et vous la fermez. Plus vite on sera débarrassés d'eux, mieux ça vaudra.

Au grand soulagement de Martin, ils obéirent à leur mère. La mine renfrognée, ils regardèrent Jacobsson sortir une seringue. Après avoir fait la prise de sang à Solveig aussi, il rangea comme précédemment les prélèvements bien étiquetés dans la glacière et expliqua que pour lui le travail était terminé.

— C'est pour quoi faire, tout ça ? demanda Johan, par pure curiosité.

Martin fournit la réponse qu'il avait déjà servie à Gabriel. Puis il se tourna vers le plus jeune des deux policiers d'Uddevalla :

— Il faudra que tu ailles à Tanumshede chercher l'autre prélèvement et que tu files ensuite direct à Göteborg avec tout ça.

Le jeune homme qui avait dragué Linda un peu trop ostensiblement hocha la tête.

— Je m'en occupe. Deux hommes sont en route d'Uddevalla pour vous assister dans... – il se tut et regarda un peu hésitant Solveig et ses fils qui écoutaient attentivement le dialogue – ... dans l'autre affaire. Ils vous retrouveront... – il fit encore une pause embarrassée – ... à l'autre endroit.

— Bien, fit Martin. Il se tourna vers Solveig. Merci à vous, on s'en va maintenant.

Un instant, il envisagea de leur parler de Johannes, mais il n'osa pas s'opposer à l'ordre formel qu'il avait reçu. Patrik ne voulait pas qu'ils soient au courant pour l'instant, et il en resterait là.

Devant la maison, il s'arrêta un instant. Si on faisait abstraction de la bicoque délabrée, des épaves de voitures et de tout le fatras qui s'accumulait là, ils avaient un environnement de toute beauté. Il espérait seulement qu'ils levaient de temps en temps les yeux de leur dénuement pour admirer le cadre divin dans lequel ils vivaient. Mais il en doutait.

— Bon, alors direction La Métairie maintenant, dit Martin. Il regagna la voiture d'un pas décidé. Une tâche accomplie, une autre l'attendait. Il se demanda comment ça se passait pour Patrik et Gösta.

— A votre avis, pourquoi êtes-vous ici ? dit Patrik. Il était assis à côté de Gösta, en face de Jacob, dans la petite pièce prévue pour les interrogatoires.

Jacob les contempla calmement, les mains jointes sur la table.

— Comment voulez-vous que je le sache ? Il n'y a aucune logique dans tout ce que vous avez entrepris contre ma famille, et j'imagine que tout ce qu'il y a à faire, c'est se soumettre et essayer de garder la tête hors de l'eau.

— Vous voulez dire que vous croyez sincèrement que la police a pour mission prioritaire de tracasser votre famille ? Et quel serait notre motif ? Patrik se pencha en avant, avide de connaître la réponse.

— Le mal et la malveillance n'exigent pas de motif, répondit Jacob toujours avec le même aplomb. Mais qu'est-ce que j'en sais, vous avez peut-être le sentiment de vous être ridiculisés avec Johannes et maintenant vous essayez de vous trouver une justification.

— Comment ça ? dit Patrik.

— Je veux dire que vous avez peut-être l'impression que si vous arrivez à nous coincer cette fois-ci c'est que vous aviez raison pour Johannes à l'époque.

— Vous ne trouvez pas ça un peu tiré par les cheveux ?

— Que dois-je croire ? Je sais seulement que vous vous êtes collés sur nous comme des sangsues et que vous refusez de lâcher prise. Ma seule consolation est que Dieu voit la vérité.

— Tu parles beaucoup de Dieu, mon garçon, dit Gösta, qui à son âge n'hésitait pas à tutoyer Jacob. Est-ce que ton père est aussi croyant que toi ?

La question sembla embarrasser Jacob, exactement comme Gösta l'avait voulu.

— La foi de mon père se situe quelque part au fond de lui. Mais sa…, il semblait réfléchir à quel mot choisir. Sa relation compliquée avec son propre père a relégué la foi en Dieu au second plan. Pourtant elle existe en lui.

— Son père, oui. Ephraïm Hult. Le Prédicateur. Tu avais un lien très proche avec lui. Gösta constatait plus qu'il ne questionnait.

— Je ne comprends pas pourquoi cela peut vous intéresser, mais oui, grand-père et moi étions très proches. Jacob serra les lèvres.

— Il vous a sauvé la vie ? dit Patrik.

— Oui, il m'a sauvé la vie.

— Qu'a pensé votre père d'une telle situation, que c'était son père à lui avec qui il avait une… relation compliquée, ce sont vos mots, qui était en mesure de vous sauver la vie, et pas lui-même ? poursuivit Patrik.

— Tout père a envie d'être le héros de son fils, je suppose, mais je ne pense pas qu'il voyait les choses ainsi. En fin de compte, grand-père m'a sauvé la vie et papa lui en est resté éternellement reconnaissant.

— Et Johannes ? Quelle était sa relation avec Ephraïm – et avec votre père ?

— Je ne comprends pas quelle importance ça peut avoir ? Ça s'est passé il y a plus de vingt ans !

— On en est conscients, mais on apprécierait quand même que tu répondes à nos questions, dit Gösta.

La façade calme que Jacob se donnait avait commencé à se fissurer, il se passa la main dans les cheveux.

— Johannes… Oui, papa et lui avaient sans doute quelques problèmes, mais Ephraïm l'aimait. Ils n'étaient pas particulièrement liés, mais cette génération-là était sans doute comme ça. Il ne fallait pas montrer ses sentiments.

— Est-ce qu'ils se disputaient beaucoup, votre père et Johannes ?

— Se disputaient, se disputaient, c'est beaucoup dire. Ils avaient leurs différends, mais c'est courant entre frères…

— D'après ce que disent les gens, c'était plus que des différends. Certains affirment même que Gabriel haïssait son frère. Patrik mit la pression.

— La haine est un grand mot qu'on ne doit pas lancer à la légère. Certes, papa n'avait sans doute pas des sentiments très tendres pour Johannes, mais s'ils avaient bénéficié de plus de temps, tous les deux, je suis sûr que Dieu serait intervenu. Un homme ne doit pas s'opposer à son frère.

— J'imagine que vous faites allusion à Abel et Caïn. C'est intéressant que ce soit cet épisode biblique précisément qui vous vienne à l'esprit. Ça allait donc si mal que ça entre eux ?

— Non, absolument pas. Après tout, papa n'a pas tué son frère, n'est-ce pas ? Jacob semblait retrouver une partie du calme qu'il avait perdu et il joignit de nouveau ses mains comme pour prier.

— Tu en es sûr ? La voix de Gösta était pleine de sous-entendus.

Le regard perplexe de Jacob allait de l'un à l'autre.

— De quoi vous parlez ? Johannes s'est pendu, tout le monde sait ça.

— Ben, le problème est que, en examinant les ossements de Johannes, nous avons trouvé autre chose. Johannes ne s'est pas suicidé. Il a été tué.

Les mains jointes sur la table se mirent à trembler. Jacob essaya de parler, mais aucun mot ne sortait de sa bouche. Patrik et Gösta se penchèrent en arrière, de concert, et observèrent Jacob en silence. Pour le moins, il semblait tomber des nues.

— Comment a réagi votre père en apprenant la mort de Johannes ?

— Je, je... je ne sais pas trop, balbutia Jacob. J'étais encore hospitalisé. Puis une pensée lui vint comme un éclair : Vous essayez d'insinuer que papa aurait tué Johannes ? L'idée le fit pouffer de rire. Vous êtes cinglés. Mon père aurait tué son frère... Non, mais c'est n'importe quoi ! Il éclata d'un rire franc. Ni Gösta ni Patrik n'eurent l'air amusé.

— Vous trouvez qu'il y a de quoi rire, que votre oncle Johannes ait été assassiné. Vous trouvez ça marrant ? dit Patrik sur un ton mesuré.

Jacob se tut immédiatement et inclina la tête.

— Non, évidemment que non. Simplement, c'est arrivé comme un choc... Il leva les yeux. Mais alors je comprends encore moins bien pourquoi vous voulez me parler. Je n'avais que dix ans à l'époque et j'étais à l'hôpital, alors je suppose que vous ne voulez pas prétendre que, moi, j'y suis mêlé. Il ajouta "moi" pour souligner combien il trouvait l'idée saugrenue. C'est pourtant assez évident, ce qui a dû se passer. Celui qui a réellement tué Siv et Mona a dû être content, quand vous avez désigné Johannes comme coupable, et pour qu'il ne puisse jamais être réhabilité il l'a tué en maquillant son crime en suicide. L'assassin savait comment les gens allaient réagir. Ils prendraient cela comme une preuve de sa culpabilité aussi criante que s'il avait fait des aveux écrits. Et c'est probablement la même personne qui a tué l'Allemande. Ça se tient, non ? dit-il avec empressement. Son regard scintilla.

— Une assez bonne théorie, dit Patrik. Pas mal du tout, si on fait abstraction du fait que nous avons comparé l'empreinte génétique de Johannes avec un échantillon d'ADN provenant du sperme qu'on a retrouvé sur le corps de Tanja. Et nous avons découvert que Johannes est de la même famille que celui qui a tué Tanja. Il attendit une réaction. Il n'y en eut pas. Jacob ne bougea pas d'un poil.

— Si bien qu'aujourd'hui, poursuivit Patrik, nous avons fait des prélèvements de sang à tous les membres de la famille, et nous allons les envoyer, y compris celui que nous avons fait sur vous en arrivant ici, à Göteborg pour une analyse comparative. Ensuite, nous sommes assurés d'avoir noir sur blanc le nom de l'assassin. Alors ne serait-ce pas aussi bien de raconter ce que vous savez, Jacob ? Tanja a été vue chez vous, l'assassin est de la famille de Johannes – ce sont des coïncidences assez étranges, vous ne trouvez pas ?

Le visage de Jacob changeait sans cesse de couleur. Tantôt pâle, tantôt assombri, et Patrik pouvait voir ses mâchoires se crisper.

— Ce témoignage-là n'est que du pipeau, et vous le savez. Johan a voulu me coincer, c'est tout, parce qu'il déteste ma famille. Et pour ce qui est des prélèvements de sang et d'ADN et tout ça, vous pouvez faire tous les prélèvements que vous voulez, mais une chose est sûre, c'est que vous me présenterez vos excuses quand vous aurez vos pu… de résultats !

— Je promets de m'excuser personnellement, répondit Patrik calmement, mais en attendant j'ai l'intention d'insister pour obtenir les réponses dont j'ai besoin.

Il aurait voulu que Martin et son groupe aient eu le temps de finir la perquisition avant qu'ils interrogent Jacob, mais c'était une course contre la montre et ils étaient obligés de faire avec ce qu'ils avaient. Ce qu'il aurait voulu savoir entre tout, c'était si les analyses de la terre de La Métairie montraient des traces de FZ-302. Il espérait que Martin pourrait le renseigner bientôt sur des traces physiques éventuelles de Tanja ou de Jenny, mais les analyses de terre prendraient du temps, vu qu'elles ne pouvaient pas se faire sur place. Il était assez sceptique aussi quant à la possibilité de trouver vraiment quelque chose à la ferme de Jacob. Aurait-il été possible de cacher et tuer quelqu'un sans que Marita ou les enfants le voient ? Spontanément, il sentait que Jacob dans le rôle de suspect principal, ça collait bien, mais cette question-là précisément le dérangeait. Comment fait-on pour cacher un être humain dans le lieu où l'on habite, sans éveiller les soupçons de sa famille ?

Comme si Jacob avait pu lire dans ses pensées, il dit :

— J'espère vraiment que vous n'allez pas mettre la maison sens dessus dessous. Marita va devenir folle si elle rentre et trouve la maison en vrac.

— Nos hommes font attention, dit Gösta.

Patrik regarda son téléphone. Pourvu que Martin appelle bientôt.

Johan s'était retiré dans la remise pour avoir la paix. La réaction de Solveig, d'abord à l'exhumation et ensuite aux prélèvements de sang, lui avait donné la chair de poule. Ces effusions de sentiments, c'était trop pour lui et il avait besoin de rester seul un moment et de réfléchir à tout ça. Le sol en ciment sous lui était dur, mais d'une fraîcheur agréable. Il serra les bras autour de ses jambes remontées et appuya sa joue sur un genou. Là, maintenant, Linda lui manquait plus que jamais, mais au manque se mêlait encore la colère. Peut-être que ça ne changerait jamais. Il avait au moins perdu une partie de sa naïveté et repris le contrôle qu'il n'aurait jamais dû lâcher. Pourtant, Linda était comme un poison dans son âme. Son corps jeune et ferme avait fait de lui un idiot bredouillant. Il avait cette nana dans la peau et il s'en voulait à mort.

Il savait qu'il n'était qu'un rêveur. C'était pour ça qu'il s'était perdu ainsi avec Linda. Bien qu'elle soit beaucoup trop jeune, trop sûre d'elle, trop égoïste. Il savait très bien qu'elle ne resterait jamais à Fjällbacka et qu'ils n'avaient pas l'ombre d'un avenir ensemble. Mais le rêveur en lui avait quand même eu du mal à l'accepter. A présent, il était renseigné.

Il se promit de s'améliorer. Il allait essayer de devenir comme Robert. Féroce, dur, invincible. Robert retombait toujours sur ses pieds. Rien ne semblait l'atteindre. Johan l'enviait.

Il entendit un bruit derrière lui et se retourna, certain que c'était Robert. Des mains autour de son cou lui coupèrent le souffle.

— Ne bouge pas ou je t'étrangle.

Johan reconnut vaguement la voix mais il n'arrivait pas à la situer. Lorsque la prise autour de sa gorge se desserra, il fut violemment propulsé contre le mur. Il reprit sa respiration en haletant.

— Putain, qu'est-ce que tu fous ? Johan essaya de se retourner, mais quelqu'un le tenait d'une main ferme et plaqua son visage contre le mur froid en béton.

— Ta gueule.

La voix était impitoyable. Johan envisagea d'appeler à l'aide, mais il savait qu'il était trop loin de la maison pour être entendu.

— Qu'est-ce que tu veux, merde ? Les mots étaient difficiles à articuler avec la moitié du visage coincée contre le mur.

— C'que je veux ? Tu vas pas tarder à l'apprendre.

Quand l'attaquant annonça son exigence, Johan ne comprit tout d'abord rien. Mais lorsqu'on le retourna et qu'il se trouva face à face avec son assaillant, tout devint clair. Un coup de poing droit dans la figure lui apprit que c'était sérieux. Mais son esprit rebelle se réveilla.

— Va te faire foutre, balbutia-t-il. Sa bouche était lentement en train de se remplir de sang. Ses pensées commençaient à s'embrumer, mais il refusait de faire marche arrière.

— Tu feras ce que je dis.

— Non, bredouilla Johan.

Alors les coups commencèrent à pleuvoir. Ils lui tombèrent dessus avec une régularité mesurée jusqu'à ce que l'obscurité totale l'envahisse.

C'était un lieu de vie merveilleux. Martin ne put s'empêcher de se faire cette réflexion lorsqu'ils commencèrent leur perquisition dans la maison de Jacob et de sa famille. Les couleurs étaient douces, les pièces dégageaient de la chaleur et de la tranquillité, avec une touche campagnarde, des nappes en lin blanc et des rideaux légers qui volaient au vent. Le genre d'intérieur qu'il aurait bien aimé avoir. Et maintenant ils étaient obligés de déranger cette sérénité. Avec méthode, ils parcouraient chaque parcelle de la maison. Personne ne parlait, ils travaillaient en silence. Martin se concentra sur le séjour. Ce qui était frustrant, c'est qu'ils ignoraient ce qu'ils cherchaient. Même s'ils tombaient sur une trace des filles, Martin n'était pas certain qu'ils sauraient la reconnaître.

Pour la première fois depuis qu'il avait commencé à soutenir si fermement que Jacob était leur homme, il commença à douter. Il était impossible d'imaginer que quelqu'un vivant dans un lieu comme celui-ci, entouré de tant d'harmonie, puisse assassiner quelqu'un.

— Ça marche comment pour vous ? cria-t-il aux policiers à l'étage.

— Rien pour l'instant, lança l'un d'eux en réponse. Martin soupira et continua à ouvrir des tiroirs de commodes et à retourner tout ce qui pouvait l'être.

— Je sors m'attaquer à la grange, dit-il au policier d'Uddevalla qui avait participé à la recherche au rez-de-chaussée.

La grange était d'une fraîcheur charitable. Il comprit pourquoi Linda et Johan l'avaient choisie comme lieu de rendez-vous. L'odeur de foin chatouillait ses narines et véhiculait des souvenirs des étés de son enfance. Il grimpa l'échelle du grenier et regarda par les interstices entre les planches. Effectivement, d'ici on avait une bonne vue sur la maison, exactement comme Johan avait dit. Ça ne devait pas être un problème de reconnaître quelqu'un à cette distance.

Martin redescendit. La grange était vide à part quelques vieux outils agricoles qui rouillaient dans un coin. Il ne pensait pas qu'il y avait quoi que ce soit à trouver ici, mais il allait quand même demander à l'un des autres d'y jeter un coup d'œil aussi. Il sortit de la grange et regarda autour de lui. A part la maison principale et la grange, il ne restait à fouiller qu'une petite remise de jardin et une cabane de jeu, et il avait peu d'espoir d'y trouver quelque chose. Toutes deux étaient trop petites pour abriter une personne, mais par acquit de conscience ils les vérifieraient quand même.

Le soleil brûlait sur son crâne et il était en sueur. Il retourna vers la maison, mais son enthousiasme du début de la journée commençait à tomber. Il se sentit découragé. Jenny Möller se trouvait quelque part. Mais ce n'était pas ici.

288

Patrik aussi avait commencé à perdre courage. Au bout de deux heures d'interrogatoire, ils n'avaient toujours rien obtenu de Jacob. Il paraissait sincèrement choqué d'apprendre que Johannes avait été assassiné, il répétait que la police harcelait sa famille et qu'il était innocent et il refusait obstinément de dire autre chose. Plusieurs fois Patrik lorgna le téléphone portable qui observait un silence moqueur sur la table devant lui. Il avait désespérément besoin d'avoir de bonnes nouvelles. Les prélèvements de sang ne leur donneraient pas de réponse avant le lendemain matin au plus tôt, il le savait, si bien qu'il avait mis son espoir en Martin et l'équipe qui perquisitionnaient La Métairie. Mais l'appel n'arriva qu'à quatre heures de l'après-midi, et Martin rapporta, résigné, qu'ils n'avaient rien trouvé et qu'ils allaient abandonner. Patrik fit signe à Gösta de sortir avec lui de la salle d'interrogatoire.

— C'était Martin. Ils n'ont rien trouvé.

— Rien ? L'espoir dans les yeux de Gösta s'éteignit.

— Non, que dalle. Donc, il semblerait qu'on n'ait pas d'autre choix que de le relâcher. Merde alors ! Patrik donna un coup de poing dans le mur, mais se reprit rapidement. Bon, ce n'est que temporaire. Demain j'aurai le compte rendu des échantillons de sang et alors on pourra peut-être le cueillir pour de bon.

— Oui, mais pense à ce qu'il pourra faire d'ici là. Il sait ce qu'on a contre lui maintenant et, si on le laisse courir, il peut aller tout droit achever la fille.

— Oui, mais bordel de merde, qu'est-ce que tu proposes alors ?

La frustration de Patrik se mua en colère, mais il réalisa l'injustice de s'en prendre ainsi à Gösta et s'excusa immédiatement.

— Je vais simplement faire une dernière tentative pour avoir une réponse concernant les échantillons avant qu'on le lâche. Si ça se trouve, ils ont dégoté quelque chose qui peut nous être utile dès maintenant. Ils savent pourquoi ça urge et ils savent que c'est une priorité absolue.

Patrik alla dans son bureau et composa le numéro de la médicolégale à partir de son téléphone fixe. Il connaissait le numéro par cœur désormais. Devant les fenêtres, la circulation grondait comme d'habitude sous le soleil d'été et, un instant, il envia l'insouciance des vacanciers qui passaient dans leurs voitures bondées. Il aurait aimé pouvoir être aussi insouciant qu'eux.

— Salut Pedersen, c'est Patrik Hedström. Je voulais juste vérifier si vous aviez trouvé quelque chose, avant qu'on relâche notre suspect.

— Je t'ai dit qu'on ne serait pas prêts avant demain matin. Et sache qu'on y aura consacré un nombre considérable d'heures supplémentaires. Pedersen paraissait stressé et irrité.

— Oui, je sais, mais je voulais quand même vérifier.

Un long silence indiqua que Pedersen menait probablement une lutte interne avec lui-même et Patrik se redressa sur sa chaise.

— Vous avez trouvé quelque chose, c'est ça ?

— Ce n'est que provisoire. Il faut qu'on coupe et qu'on recoupe les résultats avant d'avoir le droit de faire un rapport, sinon les conséquences peuvent être catastrophiques. De plus, les tests doivent être refaits ensuite au Labo central, notre équipement n'est pas aussi sophistiqué que le leur et…

— Oui, oui, interrompit Patrik, je le sais, mais en ce moment c'est la vie d'une jeune fille de dix-sept ans qui est en jeu, et s'il y a un contexte où tu peux tranquillement contourner les règles, c'est bien celui-ci. Il retint sa respiration et attendit.

— Oui, mais traite cette information avec prudence, tu ne soupçonnes pas les emmerdes que j'aurais si… Pedersen ne termina pas la phrase.

— Tu as ma parole, dis-moi ce que vous avez maintenant. Le téléphone était devenu tout glissant de sueur à force de le serrer comme il faisait.

— Nous avons évidemment commencé par analyser le sang de Jacob Hult. Et nous avons trouvé des choses intéressantes, provisoires bien entendu, avertit Pedersen encore une fois.

— Oui ?

— D'après notre premier test, Jacob Hult ne correspond pas à l'échantillon de sperme retrouvé sur la victime.

Patrik laissa lentement l'air s'échapper de ses poumons. Il n'avait même pas été conscient de retenir sa respiration.

— Quel degré de certitude ?

— Comme je l'ai dit, nous devons faire le test plusieurs fois pour être entièrement sûrs, mais en fait ce n'est qu'une formalité pour les besoins de la justice. Dis-toi que tu peux être sûr que le résultat est juste, dit Pedersen.

— Merde alors. Oui, ça donne un autre éclairage à l'affaire. Patrik n'arrivait pas à masquer la déception dans sa voix. Il avait été tellement persuadé que Jacob était celui qu'ils cherchaient. Maintenant ils étaient de retour à la case départ. Enfin, presque.

— Et vous n'avez pas trouvé de correspondance avec les autres échantillons ?

— Nous n'en sommes pas encore là. Nous avons supposé que vous vouliez qu'on se concentre sur Jacob Hult et c'est ce que nous avons fait. C'est pourquoi nous n'avons eu le temps de faire qu'une seule autre personne à part lui. Mais demain dans la matinée je vais être en mesure de te renseigner sur les autres.

— Je me retrouve donc avec un gars dans la salle d'interrogatoire que je dois aller libérer. Et à qui je dois des excuses en plus, soupira Patrik.

— Bon, il y a encore quelque chose.

— Oui ? dit Patrik.

Pedersen hésita.

— Le deuxième échantillon qu'on a eu le temps de vérifier est celui de Gabriel Hult. Et…

— Oui, dit Patrik, plus impatient encore.

— D'après notre analyse de leur structure d'ADN respective, Gabriel ne peut pas être le père de Jacob.

Patrik se figea sur sa chaise, il ne dit rien.

— Tu es encore là ?

— Oui, je suis là. Simplement, je ne m'y attendais pas. T'es sûr ? Puis il comprit quelle serait la réponse et il devança Pedersen : C'est provisoire et vous allez faire d'autres tests et ainsi de suite, je sais, tu n'as pas besoin de le redire.

— Est-ce que ça peut avoir une signification pour l'enquête ?

— En ce moment, tout a une signification, et c'est évident que ça va nous servir. Mille mercis.

Perplexe, Patrik resta un moment à réfléchir, les mains nouées derrière la nuque et les pieds sur le bureau. Le résultat négatif de l'échantillon de Jacob les obligerait à réviser leur raisonnement. Il n'en demeurait pas moins que l'assassin de Tanja était de la famille de Johannes, et maintenant que

Jacob était hors jeu, il ne restait plus que Gabriel, Johan et Robert. Mais même si ce n'était pas Jacob, Patrik était prêt à parier que l'homme savait quelque chose. Tout au long de l'interrogatoire il avait senti qu'il essayait de se dérober, qu'il luttait dur pour maintenir quelque chose enfoui. L'information qu'il venait d'obtenir de Pedersen pourrait peut-être leur donner l'avantage dont ils avaient besoin pour le secouer suffisamment et le faire parler. Patrik ôta ses jambes de la table et se leva. Il raconta brièvement à Gösta ce qu'il venait d'apprendre, et ils retournèrent ensemble dans la salle d'interrogatoire, où Jacob se curait les ongles d'un air ennuyé. Ils s'étaient rapidement mis d'accord sur la tactique à employer.

— Combien de temps allez-vous me garder ici ?

— On a le droit de vous garder pendant six heures. Mais, comme on vous l'a dit, vous pouvez faire venir un avocat à tout moment. Est-ce que ça vous intéresse ?

— Non, ce ne sera pas nécessaire, répondit Jacob. Celui qui est innocent n'a besoin d'autre défenseur que sa foi en Dieu qui arrange tout.

— Bon, alors, vous devriez avoir tout ce qu'il vous faut. Vous et Dieu, on dirait que vous êtes "comme ça", dit Patrik en levant la main avec l'index et le majeur intimement serrés.

— Nous savons où nous en sommes l'un avec l'autre, répondit Jacob sur un ton bref. Et j'ai pitié de ceux qui n'ont pas Dieu dans leur vie.

— Alors tu as pitié de nous pauvres malheureux, c'est ça que tu dis ? fit Gösta, amusé.

— C'est du temps perdu de discuter avec vous. Vous avez fermé vos cœurs.

Patrik se pencha vers Jacob.

— C'est intéressant tout ça, Dieu et le diable et le péché et tout le toutim. Et vos parents, quelle est leur position là-dessus ? Est-ce qu'ils vivent, eux, selon les commandements de Dieu ?

— Père s'est peut-être éloigné un peu de notre communauté évangélique, mais sa foi reste intacte et aussi bien lui que mère craignent Dieu.

— En êtes-vous sûr ? Je veux dire, qu'est-ce que vous savez réellement de la façon dont ils vivent ?

— Qu'est-ce que vous insinuez ? Je connais tout de même mes propres parents ! Qu'est-ce que vous avez concocté encore pour les traîner dans la boue ?

Les mains de Jacob tremblèrent et Patrik ressentit une certaine satisfaction d'avoir réussi à ébranler son calme imperturbable.

— Je veux simplement dire que vous ne pouvez pas savoir ce qui se passe dans la vie des autres. Vos parents peuvent très bien avoir des péchés sur la conscience dont vous ignorez tout, n'est-ce pas ?

Jacob se leva et se dirigea vers la porte.

— Ça suffit maintenant. Soit vous m'arrêtez, soit vous me laissez partir, mais je ne vais pas écouter vos mensonges plus longtemps !

— Savez-vous, par exemple, que Gabriel n'est pas votre père ?

Jacob s'arrêta net, la main tendue pour saisir la poignée de porte. Il se retourna lentement.

— Qu'est-ce que vous avez dit ?

— J'ai demandé si vous saviez que Gabriel n'est pas votre père biologique. Je viens de parler avec le responsable des échantillons de sang que vous avez tous fournis et il n'y a aucun doute possible. Gabriel n'est pas votre père.

Toute couleur avait déserté le visage de Jacob. Manifestement, il était stupéfié.

— Ils ont analysé mon sang ? dit-il d'une voix tremblante.

— Oui, et j'avais promis de m'excuser si je me trompais.

Jacob le regarda intensément.

— Je m'excuse, dit Patrik. Votre sang ne correspond pas avec l'ADN que nous avons trouvé sur la victime.

Jacob s'affaissa comme un ballon crevé. Il se rassit lourdement.

— Alors que va-t-il se passer maintenant ?

— Vous êtes rayé de la liste des suspects du meurtre de Tanja Schmidt. Mais je pense toujours que vous nous cachez quelque chose. Vous avez l'occasion maintenant de raconter ce que vous savez. Je trouve que vous devriez la saisir, Jacob.

Il secoua simplement la tête.

— Je ne sais rien. Je ne sais plus rien. Je vous en prie, laissez-moi partir maintenant.

— Pas encore. On veut parler avec votre mère d'abord, avant que vous ne le fassiez. Parce que je suppose que vous avez quelques petites questions à lui poser ?

Jacob fit oui de la tête.

— Mais pourquoi voulez-vous lui parler ? Ça n'a rien à voir avec votre enquête ?

Patrik répéta ce qu'il avait dit à Pedersen.

— En ce moment tout a quelque chose à voir avec l'enquête. Vous cachez quelque chose, je suis prêt à parier un mois de salaire là-dessus. Et nous avons l'intention de trouver ce que c'est, quels que soient les moyens qu'il faudra employer.

On aurait dit que toute envie de lutter avait quitté Jacob, il ne sut que hocher la tête avec résignation. La nouvelle semblait l'avoir mis dans un état de choc.

— Gösta, peux-tu faire venir Laini ici ?

— Il me semble qu'on n'a pas d'autorisation d'amener ? fit Gösta, maussade.

— Elle est sûrement au courant que nous détenons Jacob ici pour interrogatoire, alors ça ne devrait pas être très difficile de la faire venir de son plein gré.

Patrik se tourna vers Jacob.

— On va vous apporter quelque chose à manger et à boire, puis vous attendrez ici qu'on ait fini de parler avec votre mère. Ensuite vous pourrez la voir. D'accord ?

Jacob fit oui de la tête, totalement apathique. Il semblait profondément plongé dans ses propres pensées.

C'est avec des sentiments très divers qu'Anna introduisit la clé dans la serrure chez elle à Stockholm. Avoir pu s'évader un peu avait été merveilleux, tant pour elle que pour les enfants, mais cela avait aussi mis une sourdine à son enthousiasme pour Gustav. Pour être tout à fait franche, elle avait trouvé assez fatigant d'être enfermée sur un voilier avec quelqu'un de si rigide. L'inquiétait aussi ce drôle de ton qu'avait la voix de Lucas la dernière fois qu'ils avaient parlé au téléphone. Malgré tous les mauvais traitements qu'il lui avait infligés, il avait toujours donné l'impression d'avoir le contrôle absolu de lui-même et de la situation. Maintenant elle avait pour la première fois entendu une note de panique dans sa voix. Comme s'il se rendait compte qu'il n'était plus maître de ce qui pouvait arriver. Elle était au courant des rumeurs disant qu'il avait des problèmes au travail. Il s'était emporté lors d'une réunion interne, à une autre occasion il avait injurié un client et, de manière générale, il commençait à montrer des signes d'une certaine confusion mentale. Et cela effrayait Anna. Ça l'effrayait terriblement.

Quelque chose n'allait pas avec la serrure. La clé refusa de tourner. Après avoir essayé un moment, elle comprit que la porte n'était pas fermée à clé. Elle était pourtant sûre et certaine de l'avoir fermée en partant une semaine auparavant. Elle dit aux enfants de rester là sur le palier, puis elle ouvrit doucement la porte. Elle eut le souffle coupé. Son appartement, le premier qui n'était qu'à elle seule, dont elle était si fière, était détruit. Il ne restait pas un seul meuble intact. Tout était cassé et sur les murs on avait tagué en grosses lettres noires, comme des graffiti, "SALE PUTE". Elle mit la main devant la bouche et sentit les larmes lui monter aux yeux. Elle n'avait pas besoin de réfléchir deux fois pour savoir qui lui avait fait ça. Ce qui avait traversé son esprit depuis qu'elle avait parlé avec Lucas était maintenant devenu une certitude. Les choses avaient commencé à déraper pour lui. Maintenant la haine et la colère qui avaient toujours été là, sous les apparences, avaient fini par faire s'effondrer la belle façade.

Anna recula sur le palier. Elle prit ses deux enfants et les serra tout près d'elle. Instinctivement, elle eut envie d'appeler Erica. Puis elle se dit qu'il fallait qu'elle s'en sorte toute seule.

Elle était si contente de sa nouvelle existence. Elle s'était sentie si forte. Pour la première fois de sa vie, elle se débrouillait seule. Elle n'était qu'elle-même, ni la petite sœur d'Erica, ni la femme de Lucas. Rien qu'elle. A présent, tout était détruit.

Elle savait ce qu'elle serait obligée de faire. Le chat avait gagné. La souris n'avait plus qu'un seul endroit où se réfugier. N'importe quoi pour ne pas perdre les enfants.

Elle abandonna la partie. Il pouvait faire ce qu'il voulait d'elle. Mais une chose était sûre. S'il touchait de nouveau à l'un des enfants, elle le tuerait. Sans la moindre hésitation.

Ça n'avait pas été une bonne journée. Gabriel avait si mal réagi à ce qu'il appelait l'abus de pouvoir de la police qu'il s'était enfermé dans son cabinet de travail et refusait d'en sortir. Linda était retournée avec les chevaux et Laini resta seule dans le canapé du séjour à fixer le mur en face. La pensée de Jacob qui était en ce moment interrogé au commissariat emplit ses yeux de larmes d'humiliation. En tant que mère, elle ressentait un besoin de le défendre contre le mal, qu'il soit enfant ou adulte, et, même si elle savait très bien qu'elle n'en était pas responsable, elle avait l'impression d'avoir échoué. La quiétude était seulement dérangée par le tic-tac de l'horloge et le son monotone l'avait presque plongée dans un état second. Elle sursauta en entendant un coup frappé à la porte, et c'est pleine d'appréhension qu'elle alla ouvrir. Elle avait l'impression que ces temps-ci, chaque fois que quelqu'un venait, c'était pour une mauvaise surprise. Elle ne fut donc pas étonnée outre mesure lorsque Gösta se présenta.

— Qu'est-ce que vous voulez encore ?

— Nous avons besoin de votre aide sur quelques points. Au commissariat.

— Vous détenez toujours mon fils ?

Gösta acquiesça en se tortillant, mal à l'aise. Il s'était attendu à un flot de protestations, mais Laini se contenta de hocher la tête et le suivit sur le perron.

— Vous ne prévenez pas votre mari ?

— Non, fut la seule réponse et il l'observa attentivement. Pendant une brève seconde, il se demanda s'ils n'avaient pas mis trop de pression sur la famille Hult. Puis il se rappela que quelque part dans leur imbroglio familial se trouvaient un assassin et une fille disparue. La lourde porte en chêne se referma et, telle une épouse soumise, elle se tint à quelques pas derrière Gösta pour rejoindre la voiture de police. Avant de monter, Laini émit le souhait de prendre sa propre voiture et Gösta lui accorda cette faveur. Il la suivit de près tout au long du trajet. Le soleil était en train de se coucher et coloriait les champs en rouge. Mais la beauté de la nature était le cadet de leurs soucis, à l'un comme à l'autre.

Patrik eut l'air soulagé de les voir arriver. Pendant que Gösta faisait l'aller-retour, il avait passé le temps à arpenter le couloir devant la salle d'interrogatoire en souhaitant ardemment pouvoir lire dans les pensées de Jacob.

— Bonjour, fit-il avec un bref hochement de la tête à Laini. Ce n'était pas la peine de se présenter encore une fois, et se serrer la main paraîtrait beaucoup trop obséquieux. Ils n'étaient pas ici pour échanger des politesses. Patrik s'était demandé, un peu inquiet, comment Laini allait supporter leurs questions.

Elle avait paru si fragile, si frêle, avec les nerfs à fleur de peau. Il s'aperçut très vite qu'il n'avait aucun souci à se faire. Arrivant là, derrière Gösta, elle avait l'air résignée, mais calme et maîtresse d'elle-même.

Comme le commissariat de Tanumshede ne disposait que d'une seule salle pour les interrogatoires, ils s'installèrent dans la cuisine. Aucun des deux ne savait comment démarrer, mais à leur grande surprise Laini les devança.

— Vous aviez donc des questions à me poser.

— Ouii, dit Patrik. Nous venons d'avoir certaines informations et nous ne savons pas très bien comment les gérer. Ni quelle place leur donner dans l'enquête. Peut-être aucune, mais en ce moment le temps est tellement compté que nous ne pouvons pas nous permettre de prendre des gants. Je ne vais donc pas tourner autour du pot.

Patrik respira à fond. Laini continua de soutenir son regard, impassible, mais en regardant ses mains sur la table, qu'elle avait jointes comme pour une prière, Patrik vit que ses articulations étaient toutes blanches.

— Nous avons reçu un premier résultat préliminaire de l'analyse de vos prélèvements de sang.

Cette fois, il vit que ses mains commençaient à trembler et il se demanda combien de temps elle réussirait à conserver son calme apparent.

— Premièrement, je peux vous dire que l'ADN de Jacob ne correspond pas à l'ADN que nous avons trouvé sur la victime.

Devant lui, Laini s'effondra. Ses mains tremblèrent de manière incontrôlée et il comprit qu'elle était venue au poste de police prête à accueillir la nouvelle que son fils avait été arrêté pour meurtre. Le soulagement éclaira son visage et elle dut déglutir plusieurs fois pour empêcher les sanglots d'éclater. Comme elle ne disait rien, il poursuivit.

— En revanche, nous avons trouvé une bizarrerie en comparant les empreintes génétiques de Jacob et de Gabriel. L'analyse démontre clairement que Jacob ne peut pas être le fils de Gabriel… Le ton qu'il employait faisait de son affirmation une question et il attendit la réaction. Mais le soulagement de savoir Jacob blanchi semblait avoir ôté un poids de sa poitrine, et elle n'hésita qu'une seconde avant de dire :

— Oui, c'est exact. Gabriel n'est pas le père biologique de Jacob.

— Qui est-ce, dans ce cas ?

— Je ne vois pas en quoi cela concerne les meurtres. Surtout maintenant que Jacob est innocenté.

— Comme je vous l'ai déjà dit, le temps nous est compté et nous ne pouvons pas nous permettre ce genre de considérations, alors j'apprécierais que vous répondiez à ma question.

— Nous ne pouvons évidemment pas vous forcer, dit Gösta, mais une jeune fille est portée disparue et toute information nous est utile, même celle qui vous semble dénuée d'intérêt.

— Est-ce que mon mari va l'apprendre ?

Patrik hésita.

— Je ne peux rien promettre, mais je ne vois aucune raison de nous précipiter pour le lui dire. Il hésita. Mais Jacob est au courant.

Elle sursauta. Ses mains se remirent à trembler.

— Qu'est-ce qu'il a dit ? Sa voix n'était plus qu'un chuchotement.

— Je ne vais pas vous mentir. Ça l'a secoué. Et il se demande évidemment aussi qui est son vrai père.

Le silence se fit compact autour de la table, mais Gösta et Patrik attendirent calmement qu'elle se décide à parler. Au bout d'un moment, la réponse arriva, toujours dans un chuchotement :

— C'est Johannes. Sa voix devint plus forte. Johannes est le père de Jacob.

Cela sembla l'étonner de pouvoir dire cette phrase à voix haute sans qu'un éclair n'arrive du firmament pour la tuer sur-le-champ. Le secret était devenu de plus en plus lourd et difficile à porter chaque année, et maintenant c'était presque un soulagement de laisser les mots s'écouler. Elle continua à parler, rapidement.

— Nous avons eu une brève aventure. Je n'ai pas su lui résister. Il était comme une force de la nature qui venait tout bonnement se servir de ce qu'il désirait. Et Gabriel était si… différent.

Laini hésita sur le mot à choisir, mais Patrik et Gösta auraient pu le lui glisser.

— Gabriel et moi avions déjà essayé de faire un enfant depuis quelque temps et, quand on a découvert que j'étais enceinte, il a été fou de joie. Je savais que l'enfant pouvait être soit de Gabriel, soit de Johannes, mais malgré toutes les complications que cela entraînerait je souhaitais ardemment qu'il soit de Johannes. Un fils de lui pourrait devenir – magnifique ! Il était si vivant, si beau, si – vibrant !

Ses yeux se mirent à briller et elle sembla rajeunie tout d'un coup de dix ans. Elle avait manifestement été amoureuse de Johannes. Penser à leur aventure, tant d'années auparavant, la faisait encore rougir.

— Comment avez-vous su que c'était l'enfant de Johannes, et pas celui de Gabriel ?

— Je l'ai su dès que je l'ai vu, à l'instant où on me l'a mis au sein.

— Et Johannes, il savait que c'était son fils et pas celui de Gabriel ?

— Oh oui. Et il l'aimait. Je n'étais qu'un divertissement momentané pour Johannes, même si j'aurais aimé qu'il en soit autrement, mais avec son fils c'était différent. Il venait souvent quand Gabriel était en voyage, pour le regarder, et jouer avec lui. Jusqu'à ce que Jacob soit assez grand pour risquer d'en parler, alors il a dû arrêter. Il détestait voir son frère élever son premier-né, mais il n'était pas prêt à abandonner la vie qu'il menait. Et il n'était pas non plus prêt à abandonner Solveig.

— Et comment était votre vie alors ? demanda Patrik, sincèrement peiné. Elle haussa les épaules.

— Au début, c'était l'enfer. De vivre si près de Johannes et Solveig, d'assister à la naissance de leurs fils, les demi-frères de Jacob. Mais j'avais mon fils, et ensuite, plusieurs années plus tard, j'ai eu Linda aussi. Et ça peut paraître invraisemblable, mais, le temps aidant, j'ai commencé à aimer Gabriel. Pas de la même façon que j'aimais Johannes, mais sans doute d'une façon plus réaliste. Johannes n'était pas un homme qu'on pouvait aimer de près sans sombrer. Mon amour pour Gabriel est plus insipide, mais plus facile à vivre.

— Vous n'avez pas eu peur que cela se sache quand Jacob est tombé malade ? demanda Patrik.

— Non, j'avais à craindre des choses autrement plus graves, dit Laini, acerbe. Si Jacob mourait, plus rien n'aurait eu d'importance, surtout pas de savoir qui était son vrai père. Sa voix s'adoucit. Mais Johannes était tellement inquiet. Il était désespéré de savoir Jacob malade et de ne rien pouvoir faire. Il ne pouvait même pas montrer sa peur au grand jour, ne pouvait pas veiller à ses côtés à l'hôpital. C'était difficile pour lui.

Laini alla se perdre dans une époque révolue, puis sursauta et se força à revenir au présent. Gösta se leva pour se servir une tasse de café et tendit la cafetière vers Patrik qui hocha la tête tandis que Laini déclina l'offre. En se rasseyant, Gösta demanda :

— N'y avait-il vraiment personne d'autre qui flairait quelque chose, ou qui savait ? Vous ne vous êtes jamais confiée à quelqu'un ?

Il y eut une lueur sévère dans les yeux de Laini.

— Si, dans un instant de faiblesse, Johannes a parlé de Jacob à Solveig. Du vivant de son mari, elle n'a pas osé exploiter ça, mais après la mort de Johannes elle a commencé par faire de petites allusions qui se sont ensuite transformées en exigences au fur et à mesure que sa bourse se vidait.

— Elle vous fait chanter ? dit Gösta.

Laini hocha la tête.

— Oui, ça fait vingt-quatre ans que je la paie.

— Comment avez-vous pu le faire sans que Gabriel s'en rende compte ? Parce que j'imagine qu'il s'agit de grosses sommes ?

— Ça n'a pas été facile, dit-elle. Mais même si Gabriel est tatillon sur la comptabilité du domaine, il n'a jamais été avare avec moi, et il m'a toujours donné l'argent que j'ai demandé, pour le shopping, et pour le ménage au sens large. Pour pouvoir payer Solveig, j'ai été économe et je lui ai donné la plus grande partie. Mais je suppose que maintenant je n'ai pas d'autre choix que de le dire à Gabriel, comme ça le problème avec Solveig sera résolu.

Elle afficha un sourire narquois mais retrouva vite son sérieux et regarda Patrik droit dans les yeux.

— Cette histoire a au moins entraîné quelque chose de bon, c'est que je ne me soucie plus de ce que dira Gabriel, même si ça m'a rongée pendant trente-cinq ans. Le plus important pour moi, ce sont Jacob et Linda, et la seule chose qui compte en ce moment, c'est que Jacob a été innocenté. Je ne me trompe pas là-dessus au moins ? Elle les exhorta tous les deux du regard.

— Oui, il semble effectivement qu'il soit innocent.

— Pourquoi est-ce que vous le gardez ici alors ? Est-ce que je peux partir maintenant et emmener Jacob avec moi ?

— Oui, allez-y, dit Patrik calmement. Mais nous aimerions quand même vous demander un service. Jacob sait quelque chose sur l'affaire qui nous occupe et, ne serait-ce que pour sa propre tranquillité, il est important qu'il nous parle. Restez un instant avec lui, discutez de tout ça, mais essayez de le persuader de ne pas taire ce qu'il sait.

Laini souffla.

— Je le comprends, vous savez. Pourquoi devrait-il vous aider après tout ce que vous lui avez fait, à lui et à sa famille ?

— Parce que plus vite nous aurons résolu l'affaire, plus vite vous pourrez continuer à vivre vos vies.

Patrik ne voulait pas lui révéler que les analyses avaient aussi démontré que le coupable faisait malgré tout partie de la famille Hult, et il était difficile pour lui de paraître persuasif. C'était leur carte maîtresse et il n'avait pas l'intention de l'abattre avant que ça soit absolument nécessaire. En attendant, il espérait que Laini le croyait quand même sur parole et arrivait à suivre son raisonnement. Elle hocha la tête et finit par lui accorder ce qu'il demandait.

— Je vais faire ce que je peux. Mais je ne suis pas certaine que vous ayez raison. Je ne pense pas que Jacob en sache plus que n'importe qui d'autre.

— On finira par l'apprendre tôt ou tard, répondit Patrik assez sèchement. Vous y allez alors ?

Elle se rendit d'un pas hésitant jusqu'à la salle d'interrogatoire. Gösta se tourna vers Patrik, les sourcils froncés :

— Pourquoi tu ne lui as pas dit que Johannes avait été tué ?

— Je ne sais pas. Patrik haussa les épaules. J'ai le sentiment que plus j'arrive à embrouiller les choses pour ces deux-là, mieux ça vaut. Jacob va le dire à Laini, et ça va probablement la déstabiliser aussi. Et peut-être, peut-être, que l'un d'eux s'ouvrira alors.

— Tu penses que Laini aussi cache quelque chose ? demanda Gösta.

— Je ne sais pas, dit Patrik de nouveau, mais tu n'as pas vu son expression quand on a dit que Jacob était rayé de la liste des suspects ? C'était de l'étonnement.

— J'espère que tu as raison, dit Gösta et il se frotta le visage dans un geste de lassitude. La journée avait été longue.

— Attendons qu'ils aient discuté un peu ensemble, ensuite on pourra rentrer manger un morceau et dormir un peu. Il faut qu'on prenne des forces, sinon on sera bon à rien, dit Patrik.

Ils s'installèrent pour attendre.

Elle entendit un bruit dehors, mais ensuite tout redevint silencieux. Solveig haussa les épaules et se concentra de nouveau sur ses albums. Après les déferlements de sentiments de ces derniers jours, c'était bon de reposer dans la sécurité des photographies vues et revues. Elles ne changeaient jamais, à la rigueur devenaient-elles un peu plus pâles et jaunies avec le temps.

Elle regarda l'horloge de la cuisine. C'est vrai, les garçons allaient et venaient à leur guise, mais ce soir ils avaient promis de rentrer pour manger. Robert devait apporter des pizzas de chez Capitaine Falck et elle sentit la faim commencer à lui tordre le ventre. Peu après elle entendit des pas sur le gravier dehors et se leva péniblement pour mettre la table. Juste des verres et des couverts, les assiettes étaient inutiles. Ils mangeraient directement sur le carton.

— Il est où, Johan ? dit Robert en posant les pizzas et en cherchant son frère des yeux.

— Je pensais que tu le savais. Ça fait des heures que je ne l'ai pas vu, dit Solveig.

— Il doit être dans la remise, je vais le chercher.

— Dis-lui de se dépêcher, je n'ai pas l'intention de rester là à l'attendre, lança Solveig derrière lui et elle commença à ouvrir avidement les cartons de pizzas pour repérer la sienne.

— Johan ? Robert appela avant même d'être arrivé à la remise, mais sans obtenir de réponse. Bon, ça ne signifiait peut-être rien. Parfois Johan devenait sourd et aveugle quand il se terrait là.

— Johan ? Il éleva le ton d'un cran, mais n'entendit que sa propre voix dans le silence ambiant.

Irrité, il arracha la porte de la remise, prêt à engueuler son petit frère de s'abandonner ainsi à des rêveries. Mais il oublia vite ses intentions.

— Johan ! Merde alors !

Son frère gisait par terre avec une grande flaque rouge sous la tête. Il fallut une seconde à Robert pour comprendre que c'était du sang. Johan ne bougeait pas.

— Johan ! Sa voix devint une plainte et un sanglot montait dans sa poitrine. Il tomba à genoux à côté du corps malmené de Johan et fit courir ses mains sur lui sans trop savoir quoi faire. Il voulait aider mais ne savait pas comment, et il avait peur d'aggraver les blessures s'il touchait trop fort. Un gémissement de son frère le fit réagir. Il se releva, les genoux pleins de sang, et courut à la maison.

— Maman, maman !

Solveig ouvrit la porte et plissa les yeux. Ses doigts étaient tout poisseux, sa bouche luisante de gras, manifestement elle avait commencé à manger et ça l'énervait d'être dérangée.

— C'est quoi tout ce foutu ramdam ? Puis elle vit les taches de sang sur les vêtements de Robert. Qu'est-ce qu'il s'est passé ? C'est Johan ?

Elle courut vers la remise aussi vite que son embonpoint le lui permettait, mais Robert l'arrêta avant qu'elle n'arrive.

— N'entre pas. Il vit, mais quelqu'un lui a filé une putain de dérouillée. Il a l'air mal en point, appelle l'ambulance, vite.

— Qui… ? sanglota Solveig et elle tomba comme un pantin désarticulé dans les bras de Robert. Il se dégagea, exaspéré, et la força à tenir debout toute seule.

— On s'en fout. Pour l'instant il s'agit de faire venir des secours. Va téléphoner tout de suite, moi je retourne avec Johan. Et appelle le centre médical aussi, l'ambulance a tout le chemin d'Uddevalla à faire, elle mettra du temps.

Il lança ses ordres avec l'autorité d'un général et Solveig réagit au quart de tour. Elle retourna à la maison en courant et Robert, rassuré, se dépêcha de revenir auprès de son frère.

Quand le Dr Jacobsson arriva, ni l'un ni l'autre ne parlèrent des circonstances dans lesquelles ils s'étaient déjà rencontrés ce même jour, ils n'y pensèrent même pas. Robert laissa la place, soulagé que quelqu'un de compétent prenne la situation en main, et il attendit fébrilement le verdict.

— Il vit, mais il faut l'amener à l'hôpital au plus vite. L'ambulance est en route si j'ai bien compris ?

— Oui, fit Robert d'une voix faible.

— Va donc lui chercher une couverture.

Robert n'était pas bête, il comprenait bien que la demande du médecin visait surtout à le tenir occupé, mais il était content d'avoir quelque chose de concret à faire et obéit immédiatement. Il fut obligé d'écarter Solveig de la porte de la remise où elle pleurait en silence, tout son corps secoué de sanglots. Il n'avait pas assez de forces pour la consoler. Il était suffisamment occupé à garder lui-même son calme, elle n'avait qu'à se débrouiller comme elle pouvait. Au loin il entendit une sirène. Jamais auparavant il n'avait été aussi heureux de voir un gyrophare bleu apparaître parmi les arbres.

Laini resta une demi-heure avec Jacob. Patrik aurait aimé écouter à la porte, mais il dut prendre son mal en patience. Seul son pied qu'il n'arrêtait pas de bouger témoignait de sa nervosité. Gösta avait comme lui regagné son bureau pour essayer de travailler un peu, mais c'était difficile. Patrik ne savait pas trop ce qu'il attendait exactement de toute cette charade. Pourvu seulement que Laini puisse d'une façon ou d'une autre appuyer sur le bon bouton pour faire parler Jacob. Mais peut-être allait-il se refermer davantage. Comment savoir ? C'était bien le problème. Parfois on avait bien du mal à expliquer certaines réactions, alors qu'au départ on avait pourtant bien pesé tant les risques que les gains éventuels.

Ça l'agaçait d'être obligé d'attendre le lendemain matin pour avoir les résultats des analyses. Il aurait volontiers travaillé toute la nuit sur des pistes qui pourraient conduire vers Jenny, si seulement il y en avait eu. Au lieu de cela, les analyses de sang étaient tout ce qu'ils avaient pour l'instant, et il était obligé d'admettre qu'il avait compté énormément sur la concordance de l'échantillon de Jacob. Maintenant que toute cette théorie s'était écroulée, il se retrouvait avec une feuille blanche devant lui, et ils étaient de retour à la case départ. Là, dehors quelque part, Jenny était retenue, et il avait l'impression qu'ils en savaient moins maintenant qu'au début. Le seul résultat concret jusque-là était d'avoir peut-être réussi à faire voler en éclats une famille et d'avoir repéré un meurtre vieux de vingt-quatre ans. A part cela – rien.

Pour la centième fois il regarda sa montre et tambourina de petits solos frustrés sur le bureau avec son stylo. Peut-être, peut-être qu'en ce moment Jacob était en train de raconter à sa mère des détails qui résoudraient tout d'un seul coup. Peut-être…

Un quart d'heure plus tard il sut que cette bataille-là était perdue. En entendant la porte de la salle d'interrogatoire s'ouvrir, il bondit de son fauteuil et alla à leur rencontre. Il se retrouva face à deux visages fermés. Des yeux durs comme des pierres le regardèrent, remplis de défi, et il comprit à cet

instant précis que si Jacob cachait quelque chose il ne révé-
lerait rien de son plein gré.

— Vous avez dit que je pouvais emmener mon fils en partant, répondit Laini d'une voix glaciale.

— Oui, dit Patrik. Il n'y avait rien de plus à ajouter.

Maintenant, tout ce qui leur restait à faire était ce qu'il avait
suggéré à Gösta. Rentrer chez eux, manger et dormir un peu.
Avec un peu de chance, ils allaient pouvoir travailler avec des
batteries rechargées le lendemain.

ÉTÉ 1979

Elle se faisait du souci pour sa mère malade. Son père aurait bien du mal à s'occuper d'elle. L'espoir qu'on la retrouve était lentement réduit à néant par la terreur de rester seule dans le noir. Sans la peau douce de l'autre, l'obscurité lui paraissait encore plus noire.

L'odeur aussi la tourmentait. L'odeur douceâtre, nauséabonde de mort éclipsait toutes les autres. Même celle de leurs excréments disparaissait dans la suavité immonde, et elle avait vomi plusieurs fois, des renvois aigres dus à son ventre vide. Maintenant elle commençait à souhaiter la mort. Cela lui faisait plus peur que tout le reste. La mort commençait à la courtiser, à chuchoter, à proposer de mettre fin à la douleur et à l'épouvante.

Elle guettait continuellement les pas au-dessus. Le bruit quand la trappe s'ouvrait. Les planches qui étaient retirées et puis de nouveau les pas lents qui descendaient l'escalier. Elle savait que la prochaine fois qu'elle les entendrait serait la dernière. Son corps ne supporterait pas davantage de douleur et, tout comme l'autre fille, elle céderait à l'appel de la mort.

Juste à ce moment-là, comme sur commande, elle entendit les bruits tant redoutés. Terrifiée, elle se prépara à mourir.

Ça avait été merveilleux d'avoir Patrik à la maison plus tôt que d'habitude la veille au soir. Mais les circonstances l'empêchaient de se sentir aussi heureuse qu'elle l'aurait aimé. Enceinte, Erica pouvait pour la première fois comprendre l'inquiétude d'une mère et elle souffrait avec les parents de Jenny Möller.

Tout à coup elle se sentit coupable d'avoir été si joyeuse toute la journée. Depuis le départ des visiteurs, la paix était revenue, et elle avait eu tout loisir de bavarder avec le petit être qui s'agitait en elle, de faire une sieste et de lire un bouquin. Elle avait aussi bravé le raidillon de Galärbacken pour aller acheter de bonnes petites choses à manger ainsi qu'un gros sachet de bonbons. Pour les sucreries, elle n'avait pas la conscience tranquille. La sage-femme lui avait sévèrement fait remarquer que le sucre n'était pas bon pour les femmes enceintes, qu'ingurgité en grandes quantités il pouvait faire de l'enfant à naître un petit drogué au sucre. Certes, elle avait marmonné aussi qu'il fallait vraiment de très grandes quantités, mais ses paroles tournaient malgré tout dans la tête d'Erica. Sur le frigo était affichée une longue liste de tout ce qu'il était interdit de manger, et elle avait parfois l'impression que c'était mission impossible de mettre au monde un enfant en pleine santé. Certains poissons étaient totalement proscrits, tandis que d'autres étaient autorisés, mais seulement une fois par semaine, et ensuite il fallait savoir s'il s'agissait de poissons de mer ou d'eau douce... Sans parler du dilemme du fromage. Erica adorait toutes sortes de fromage et elle avait mémorisé ceux qu'elle pouvait ou ne pouvait pas manger. A son grand regret, les bleus se trouvaient sur la liste des interdits et elle fantasmait déjà sur l'orgie de fromage et de vin rouge qu'elle ferait dès qu'elle aurait fini d'allaiter.

Elle était tellement plongée dans ses rêveries de ripaille qu'elle n'entendit même pas Patrik entrer. Elle sursauta de frayeur, et il fallut un bon moment avant que son rythme cardiaque redevienne normal.

— Oh mon Dieu, ce que tu m'as fait peur !

— Pardon, je ne l'ai pas fait exprès. Je pensais que tu m'entendrais.

Il s'installa à côté d'elle dans le canapé et elle fut surprise en voyant sa tête.

— Mais, Patrik, tu es tout gris. Il s'est passé quelque chose ? Une pensée glaçante la frappa. Vous l'avez trouvée ?

— Non. Patrik secoua la tête.

C'est tout ce qu'il dit et Erica attendit calmement la suite. Au bout d'un moment, il parut en état de continuer.

— Non, on ne l'a pas trouvée. Au contraire, on a même reculé aujourd'hui, j'ai l'impression.

Subitement, il se pencha en avant et enfouit son visage dans ses mains. Erica s'approcha plus près de lui, l'entoura de ses bras et appuya la joue contre son épaule. Elle sentit, plus qu'elle n'entendit, qu'il pleurait en silence.

— C'est dégueulasse, elle a dix-sept ans. Tu te rends compte. Dix-sept ans et il y a un putain de malade qui s'imagine qu'il peut faire ce qu'il veut d'elle. On cavale comme des foutus idiots incompétents alors qu'elle est peut-être en train d'endurer les pires horreurs. Comment est-ce qu'on a pu croire qu'on serait capables de mener une enquête de cette envergure ? Nous, d'habitude, on n'a que des vols de vélos et des bricoles de ce genre ! Quel est l'idiot qui nous a permis – qui m'a permis ! – de mener cette foutue enquête ! Il ouvrit grandes les mains.

— Personne n'aurait pu le faire mieux que vous, Patrik ! Qu'est-ce que tu crois qui serait arrivé s'ils avaient envoyé une équipe de Göteborg, c'est bien à ça que tu penses, non ? Ils ne connaissent pas le coin, ils ne connaissent pas les gens et ils ne savent pas comment ça fonctionne ici. Ils n'auraient pas pu faire un meilleur boulot que vous. Et vous n'avez pas été entièrement seuls, même si c'est l'impression que tu as. N'oublie pas qu'Uddevalla a envoyé des hommes qui ont travaillé avec vous et organisé des battues, pour ne prendre qu'un seul exemple. Tu disais toi-même l'autre soir que ça avait très bien fonctionné, votre collaboration. Tu as déjà oublié ?

Erica lui parlait comme à un enfant, mais sans condescendance. Elle voulait simplement être claire et ça semblait faire son chemin, car Patrik se calma et elle put sentir son corps se détendre.

— Oui, je suppose que tu as raison, dit-il avec réticence. On a fait tout ce qu'on a pu, mais ça semble tellement perdu d'avance. Le temps file et moi je suis là, à la maison, pendant que Jenny est peut-être en train de mourir, à cette seconde précise.

La panique monta de nouveau dans sa voix et Erica serra son épaule.

— Chut, tu ne peux pas te permettre de penser comme ça. Elle laissa une note de sévérité se glisser dans sa voix. Il ne faut pas que tu t'écroules maintenant. S'il y a une chose que tu lui dois, à elle et à ses parents, c'est de garder la tête froide et de continuer à travailler.

Il ne répondit pas, mais Erica vit qu'il écoutait ce qu'elle disait.

— Ses parents m'ont appelé trois fois aujourd'hui. Quatre hier. Tu crois que c'est parce qu'ils sont sur le point d'abandonner tout espoir ?

— Non, je ne pense pas, dit Erica. Je pense seulement qu'ils ont confiance en vous et en votre travail. Et en ce moment, ton travail, c'est de prendre des forces pour affronter une autre journée de recherches demain. Vous ne gagnez rien à vous épuiser totalement.

Patrik sourit en entendant Erica répéter les propos mêmes qu'il avait tenus à Gösta. Il savait peut-être après tout de quoi il parlait de temps en temps.

Il la prit au mot. Bien qu'il n'ait pas vraiment d'appétit, il mangea ce qu'Erica lui avait préparé et dormit ensuite d'un sommeil léger. Dans ses rêves, une jeune fille blonde lui échappait sans arrêt. Elle arrivait suffisamment près pour qu'il puisse la toucher, mais au moment où il était sur le point de tendre sa main et de la saisir elle éclatait d'un rire moqueur et s'échappait. Quand la sonnerie du réveil le tira du sommeil, il était fatigué et trempé d'une sueur froide.

A côté de lui, Erica avait passé une grande partie de la nuit à réfléchir à Anna. Si dans la journée elle avait été déterminée à ne pas faire le premier pas, à l'aube elle fut tout aussi sûre qu'elle devait appeler sa sœur dès qu'il ferait grand jour. Quelque chose n'allait pas. Elle le sentait.

L'odeur d'hôpital lui faisait peur. Les effluves de désinfectants avaient quelque chose de définitif, tout comme les murs tristes et les œuvres d'art standard. Après une nuit blanche, Solveig avait l'impression que tous les gens autour d'elle bougeaient au ralenti. Le froufrou des vêtements du personnel s'amplifiait dans ses oreilles jusqu'à dépasser le brouhaha généralisé. Elle s'attendait que le monde s'effondre sur elle à tout moment. La vie de Johan était suspendue à un fil très mince, le médecin l'avait annoncé avec gravité au petit matin et elle avait déjà commencé à penser au deuil. Que pouvait-elle faire d'autre ? Tout ce qu'elle avait eu dans la vie s'était écoulé entre ses doigts comme du sable fin et avait été dispersé par le vent. Rien de ce qu'elle avait essayé d'agripper ne lui était resté. Johannes, la vie à La Métairie, l'avenir de ses fils – tout avait été réduit à néant et l'avait enfermée dans son monde à elle.

Mais maintenant elle ne pouvait plus fuir. Pas lorsque la réalité s'imposait sous forme de visions, de bruits et d'odeurs. La réalité, qu'en ce moment ils étaient en train de tailler dans le corps de Johan, était trop ostensible pour qu'on puisse la fuir.

Elle avait rompu avec Dieu il y avait belle lurette, mais à présent elle priait comme si sa vie en dépendait. Elle récita toutes les paroles pieuses dont elle se souvenait depuis son enfance, fit des promesses qu'elle ne pourrait jamais tenir, en espérant que la bonne volonté suffirait, au moins jusqu'à ce que Johan ait un tout petit avantage qui le maintiendrait en vie. A côté d'elle, Robert était encore sous le choc. Par-dessus tout, elle aurait voulu se pencher pour le toucher, le consoler, être mère. Mais tant d'années étaient passées et toutes les occasions s'étaient perdues. Maintenant ils étaient comme deux étrangers côte à côte, unis seulement par l'amour qu'ils portaient au jeune homme dans le bloc opératoire, muets tous les deux dans leur certitude qu'il était le meilleur d'entre eux.

Un personnage familier arriva au bout du couloir. Linda frôlait les murs, ne sachant pas quel accueil lui serait réservé, mais toute envie de chamaillerie avait quitté Solveig et son fils aîné après les coups qu'avait reçus Johan. En silence, elle s'assit à côté de Robert et attendit un instant avant d'oser demander :

— Comment va-t-il ? Papa m'a dit que tu avais appelé ce matin.

— Oui, j'ai pensé que Gabriel devait être mis au courant, dit Solveig, le regard toujours perdu au loin, on est malgré tout de la même famille. J'ai trouvé qu'il devait savoir...

Elle s'absorbait dans son monde et Linda hocha seulement la tête. Solveig continua :

— Ils sont toujours en train de l'opérer. Nous n'en savons pas plus... sauf qu'il peut mourir.

— Mais qui a fait ça ? dit Linda, fermement décidée à ne pas laisser sa tante se retirer dans le silence avant d'avoir obtenu une réponse à sa question.

— On ne sait pas, dit Robert. Mais, qui que ce soit, il va le payer, ce salopard !

Il frappa violemment la main sur l'accoudoir et se réveilla un court instant de son état de choc. Solveig ne dit rien.

— Qu'est-ce que tu es venue foutre ici, d'ailleurs, dit Robert en réalisant combien c'était étrange que la cousine qu'ils n'avaient jamais spécialement fréquentée soit venue à l'hôpital.

— Je... on... je... Linda bégaya en cherchant les mots pour décrire la relation entre elle et Johan. Elle était surprise de constater que Robert n'était pas au courant. Certes, Johan lui avait assuré ne pas avoir parlé de leur relation à son frère, mais elle avait pensé qu'il avait quand même dit quelque chose. Le fait que Johan ait voulu garder secrète leur histoire montrait clairement l'importance qu'elle avait dû avoir pour lui, et cette révélation l'emplit de honte.

— On... s'est pas mal vus, Johan et moi. Elle vérifia soigneusement ses ongles parfaitement faits.

— Comment ça, vous vous êtes vus ? Robert la regarda, perplexe. Puis il comprit et se mit à rire. Ah bon, vous avez, je veux dire... d'accord... Eh ben, dis donc. Il s'emmerde pas, mon frangin ! Puis le rire resta bloqué dans sa gorge quand il se rappela pourquoi il était là et son visage reprit son expression bouleversée.

Les heures passèrent et ils restèrent assis là, tous les trois, en rang d'oignons dans la salle d'attente. A chaque bruit de pas dans le couloir ils guettaient avec angoisse un médecin en blouse blanche qui viendrait leur donner le verdict. Sans prêter attention aux autres, chacun d'eux priait.

Lorsque Solveig avait appelé tôt le matin, il avait lui-même été surpris par la compassion qu'il ressentait. La guerre entre les deux branches de la famille avait duré si longtemps que l'hostilité était devenue comme une seconde nature, mais quand il apprit dans quel état se trouvait Johan, toute ancienne rancœur s'évanouit. Johan était le fils de son frère, la chair de sa chair et c'était la seule chose qui comptait. Pourtant, aller à l'hôpital lui semblait assez déplacé et hypocrite, et il avait su gré à Linda d'y aller. Il lui avait même payé un taxi pour Uddevalla, bien que d'ordinaire il estimât que se déplacer en taxi était le comble du luxe.

Complètement désemparé, Gabriel restait devant sa grande table de travail. Le monde entier semblait sens dessus dessous et ça ne faisait qu'empirer. Il avait l'impression que le point culminant était arrivé ces dernières vingt-quatre heures. Jacob qui avait été cueilli pour interrogatoire, la perquisition à La Métairie, toute la famille qui devait subir des analyses de sang et maintenant Johan à l'hôpital, entre la vie et la mort. Il avait consacré sa vie à construire une sécurité qui était en train de s'effondrer devant ses yeux.

Dans le miroir sur le mur opposé il vit son visage comme si c'était la première fois. En un certain sens, c'était bien le cas. Il vit combien il avait vieilli en quelques jours. Le regard alerte avait disparu, les soucis avaient creusé des rides sur son visage et ses cheveux habituellement si bien coiffés étaient ébouriffés et ternes. Gabriel fut obligé de reconnaître qu'il était déçu de lui-même. Il s'était toujours vu comme un homme qui sortait grandi des difficultés, quelqu'un en qui les autres pouvaient avoir confiance quand des ennuis se présentaient. Au lieu de cela, c'était Laini qui s'était montrée la plus forte des deux. Il l'avait peut-être toujours su, après tout. Elle aussi l'avait peut-être toujours su, mais l'avait laissé vivre dans son illusion sachant qu'il serait plus heureux ainsi. Une sensation de chaleur vint le remplir. Un amour tranquille. Quelque chose qui était resté enterré là profondément sous son mépris égocentrique, mais qui avait maintenant trouvé une occasion de percer. Peut-être que quelque chose de bien pourrait sortir de ce désastre.

Un coup frappé à la porte interrompit ses réflexions.

— Entrez.

Laini entra doucement et il remarqua de nouveau le changement qui s'était opéré en elle. Disparu le visage nerveux et les mains qui se tordaient d'angoisse, elle paraissait même plus grande, elle se tenait plus droite.

— Bonjour ma chérie. Bien dormi ?

Elle fit oui de la tête et s'assit dans l'un des deux fauteuils réservés aux visiteurs. Gabriel l'observa attentivement. Les cernes sous ses yeux venaient contredire sa réponse. Pourtant elle avait dormi pendant plus de douze heures. Hier quand elle était rentrée après être allée chercher Jacob au commissariat, il avait à peine eu le temps de lui parler. Elle avait seulement murmuré qu'elle était fatiguée, puis elle était allée se coucher. Quelque chose se tramait, il pouvait le sentir maintenant. Laini ne l'avait pas regardé une seule fois depuis qu'elle était entrée dans la pièce, elle ne faisait qu'observer ses chaussures avec beaucoup d'intérêt. L'inquiétude grandit en lui, mais il fallait d'abord qu'il raconte ce qui était arrivé à Johan. Elle réagit avec surprise et compassion, mais ce fut un peu comme si les mots ne l'atteignaient pas vraiment. Quelque chose de si profond occupait ses pensées que même le passage à tabac de Johan ne pouvait l'en détourner. Maintenant tous les voyants d'alarme clignotaient en même temps.

— Il s'est passé quelque chose ? Il s'est passé quelque chose au commissariat hier ? J'ai parlé avec Marita hier soir, elle m'a dit qu'ils avaient relâché Jacob et alors la police ne peut quand même pas avoir… Il ne savait pas très bien comment poursuivre. Les pensées fusèrent en tous sens dans sa tête et il rejeta les explications les unes après les autres.

— Non, Jacob est totalement innocenté, dit Laini.

— Mais c'est fantastique, ce que tu dis là ! Il s'illumina. Comment… qu'est-ce qui a… ?

Laini avait toujours la même expression sévère, et elle ne croisa toujours pas son regard.

— Avant d'en parler, il y a autre chose que tu dois savoir. Elle hésita. Johannes, il, il…

Gabriel remuait d'impatience sur sa chaise.

— Oui, bon, qu'est-ce qu'il a, Johannes ? C'est au sujet de cette malheureuse exhumation ?

— Oui, on pourrait dire ça.

Une nouvelle pause donna envie à Gabriel de la secouer pour l'obliger à parler. Puis elle respira à fond et débita tout en un flot tellement rapide qu'il entendait à peine ce qu'elle disait :

— Ils ont dit à Jacob qu'ils avaient examiné les ossements de Johannes et constaté qu'il ne s'était pas suicidé. Qu'il avait été assassiné.

Gabriel laissa tomber son stylo sur le bureau. Il regarda Laini comme si elle avait perdu la raison. Elle continua :

— Oui, je sais que ça paraît totalement insensé, mais apparemment ils sont absolument certains. Quelqu'un a tué Johannes.

— Ils savent qui ? fut la seule chose qu'il trouva à dire.

— Bien sûr que non, répondit vertement Laini. Ils viennent de découvrir les faits et avec toutes ces années qui ont passé… Elle ouvrit grandes les mains.

— Eh bien, pour des nouvelles ! Mais parle-moi de Jacob. Ils se sont excusés ? demanda Gabriel avec mesquinerie.

— Il n'est plus soupçonné, donc. Ils ont réussi à prouver ce que nous savions déjà.

— Oui, ce n'est pas vraiment une surprise, ce n'était qu'une question de temps. Mais comment… ?

— Les prélèvements de sang. Ils ont comparé le sien avec des substances que le coupable avait laissées et ça ne correspondait pas.

— Oui, j'aurais pu le leur dire dès le départ. Ce que j'ai effectivement fait, si je ne me trompe ! dit Gabriel pompeusement et il sentit un gros nœud se défaire en lui. Mais alors on va sabler le champagne, Laini, et je ne comprends pas pourquoi tu fais une telle tête.

Elle leva les yeux et le regarda droit en face.

— Parce qu'ils ont aussi eu le temps d'analyser ton sang.

— Oui, mais il n'a tout de même pas pu correspondre, dit Gabriel en riant.

— Non, pas avec celui du meurtrier. Mais… il ne correspondait pas non plus avec celui de Jacob.

— Quoi, qu'est-ce que tu veux dire ? Comment ça, il ne correspondait pas ? De quelle manière ?

— Ils ont tout de suite vu que tu n'es pas le père de Jacob.

Le silence qui suivit fut explosif. Gabriel aperçut de nouveau son visage dans le miroir et cette fois-ci il ne se reconnut pas lui-même. C'était un étranger qui le regardait, la bouche bée et les yeux écarquillés.

Laini avait l'air d'être débarrassée de tous les problèmes qui avaient pesé sur ses épaules et son visage rayonnait. Il reconnut le soulagement. Il pensa fugacement combien cela avait dû être dur pour elle de porter un tel secret pendant tant d'années, mais ensuite la fureur éclata dans sa pleine puissance.

— C'est quoi ces foutaises ? hurla-t-il et Laini sursauta.

— Ils ont raison, tu n'es pas le père biologique de Jacob.

— Et c'est qui alors, merde, le père de Jacob ?

Silence. Lentement, la vérité lui apparut. Il chuchota et retomba contre le dossier de la chaise.

— Johannes.

Laini n'eut pas besoin de le confirmer. Subitement tout devint limpide pour lui et il maudit sa propre stupidité. De ne rien avoir vu. Les regards volés, la sensation que quelqu'un était venu chez lui quand il n'était pas là, la ressemblance parfois presque hallucinante de Jacob avec Johannes.

— Mais pourquoi… ?

— Pourquoi j'ai eu une aventure avec Johannes, tu veux dire ? La voix de Laini avait pris un ton froid et métallique. Parce qu'il était tout ce que tu n'étais pas. J'étais un second choix pour toi, une épouse choisie pour des raisons pratiques, quelqu'un qui était censé rester à sa place et veiller à ce que ta vie soit comme tu l'avais voulue, avec le moins de grince-ments possible. Tout devait être organisé, logique, rationnel… sans vie ! Sa voix s'adoucit. Johannes ne faisait rien qu'il n'avait pas décidé de faire. Il aimait quand il voulait, haïssait quand il voulait, vivait quand il voulait… Etre avec Johannes était comme côtoyer une force de la nature. Lui me voyait, il me voyait réellement, il ne faisait pas juste que me croiser avant de partir pour une autre réunion d'affaires. Chaque rendez-vous d'amour avec lui était comme mourir puis renaître.

Gabriel trembla en entendant la passion dans la voix de Laini. Puis celle-ci s'estompa et elle le contempla avec lucidité.

— Je regrette vraiment de t'avoir trompé en ce qui con-cerne Jacob pendant toutes ces années, crois-moi, je regrette réellement, et je te demande pardon de tout mon cœur. Mais – je n'ai pas l'intention de demander pardon d'avoir aimé Johannes.

Impulsivement, elle se pencha en avant et posa ses mains sur celles de Gabriel. Il résista à l'envie de les retirer et la laissa faire passivement.

— Tu avais tant d'occasions, Gabriel. Je sais qu'il y a en toi beaucoup de ce qui définissait Johannes, mais tu ne le laisses pas sortir. On aurait pu avoir de belles années ensemble, et je t'aurais aimé. D'une certaine manière, j'y suis arrivée malgré tout, mais je te connais suffisamment pour savoir aussi qu'à partir de maintenant tu ne pourras jamais me laisser te prouver mon amour.

Gabriel ne répondit pas. Il savait qu'elle avait raison. Toute sa vie il s'était battu contre l'ombre de son frère dans laquelle il vivait et la trahison de Laini l'atteignait dans ce qu'il avait de plus vulnérable.

Il se rappela les nuits où Laini et lui avaient veillé au chevet de leur fils malade. Il aurait voulu être le seul aux côtés de Jacob pour que son fils voie combien les autres, y compris Laini, étaient sans importance. Dans le monde de Gabriel, il était tout ce dont Jacob avait besoin. C'étaient eux deux contre tous les autres. C'était presque comique. En réalité, il avait été le pouilleux du jeu. C'était Johannes qui avait le droit de veiller Jacob, de tenir sa main, de dire que tout allait s'arranger. Et Ephraïm qui avait sauvé la vie de Jacob. Ephraïm et Johannes. Eternelle complicité à deux que Gabriel n'avait jamais réussi à percer. A présent, elle paraissait insurmontable.

— Et Linda ? Il connaissait la réponse mais se sentait obligé de demander. Ne fût-ce que pour envoyer une pique à Laini.

— Linda est ta fille. Tu peux être rassuré là-dessus. Johannes est le seul amant que j'ai eu au cours de notre mariage et je suis prête à en supporter les conséquences maintenant.

Une autre question le tourmentait encore plus.

— Est-ce que Jacob est au courant ?

— Jacob est au courant.

Elle se leva. Regarda tristement Gabriel et dit tout bas :

— Je vais faire mes bagages dans la journée. Avant ce soir, j'aurai disparu.

Il ne demanda pas où elle irait. Ça n'avait aucune importance. Rien n'avait plus d'importance.

Ils avaient agi dans la discrétion. Ni elle ni les enfants ne pouvaient voir que la police était venue. En même temps, quelque chose avait changé. Quelque chose d'intangible mais pourtant là. Un sentiment que leur foyer n'était plus l'endroit rassurant qu'il avait été auparavant. Tout dans la maison avait été touché par des mains étrangères, qui avaient tourné et retourné et regardé. Cherché quelque chose de mal – chez eux ! Certes, la police suédoise faisait preuve d'un grand tact, contrairement aux dictatures et aux Etats policiers qu'elle avait vus aux informations à la télé, mais pour la première fois de sa vie elle eut l'impression de comprendre comment ça devait être de vivre sous la contrainte. Elle avait hoché la tête et plaint les gens qui connaissaient la menace permanente d'une intrusion dans leur foyer. Pourtant elle n'avait jamais vraiment compris à quel point on se sentait sale et combien la peur était grande face à l'inconnu qui pouvait arriver à tout moment.

Jacob lui avait manqué dans le lit cette nuit. Elle aurait aimé l'avoir à côté d'elle, la main de son mari dans la sienne comme une assurance que tout allait redevenir comme avant. Mais quand elle avait appelé le commissariat la veille au soir, on lui avait dit que sa mère était venue le chercher et elle supposa qu'il avait dormi chez ses parents. Il aurait pu la prévenir, mais en formulant cette pensée elle se fit des reproches et se dit que c'était un raisonnement mesquin. Son mari faisait toujours ce qui était le mieux pour eux, et si elle était outrée par la venue des policiers chez elle, elle ne pouvait même pas imaginer ce que Jacob avait dû ressentir d'être enfermé au commissariat et obligé de répondre à toutes sortes de questions impossibles.

Avec des gestes lents, Marita débarrassa le petit-déjeuner des enfants. En hésitant, elle prit le téléphone et commença à faire le numéro de ses beaux-parents, puis elle se ravisa. Jacob était sans doute en train de récupérer et elle ne voulut pas le déranger. Elle venait juste de raccrocher, quand le téléphone sonna et elle osa espérer une surprise. Sur l'écran du combiné elle vit que l'appel venait du manoir et elle répondit toute contente, persuadée que c'était Jacob.

— Bonjour Marita, c'est Gabriel.

Elle fronça les sourcils. Elle reconnut à peine la voix de son beau-père. Il parlait comme un vieil homme.

— Bonjour Gabriel. Comment ça va chez vous ?

Le ton enjoué masquait son inquiétude, mais elle attendit avec impatience qu'il continue. L'idée que quelque chose ait pu arriver à Jacob la frappa soudain, mais avant qu'elle eût le temps de poser une question, il demanda :

— Dis-moi, Jacob est dans les parages ?

— Jacob ? Mais Laini est allée le chercher à Tanumshede hier. J'étais persuadée qu'il dormait chez vous ?

— Non, il n'est pas venu ici. Laini l'a raccompagné chez vous hier soir.

La panique dans sa voix correspondait à celle qu'elle ressentait.

— Mais où est-il alors ? Marita plaqua la main sur sa bouche et lutta pour ne pas se laisser envahir par l'angoisse.

— Il a dû... Il doit être...

Gabriel ne trouva pas de mots, et cela ne fit qu'augmenter son inquiétude. S'il n'était pas chez lui, ni chez eux, il n'y avait pas beaucoup d'autres possibilités. Une terrible pensée le frappa.

— Johan est à l'hôpital. Il a été agressé et sérieusement battu chez lui hier.

— Oh mon Dieu, comment il va ?

— Ils ne savent pas s'il va survivre. Linda est à l'hôpital, elle nous préviendra dès qu'elle en saura un peu plus.

Marita se laissa tomber sur une chaise de cuisine. Sa gorge se nouait et elle avait du mal à respirer.

— Tu crois que...

— Non, tout de même pas. La voix de Gabriel fut à peine audible. Mais qui ferait...

Puis tous deux réalisèrent que leurs inquiétudes reposaient sur le fait qu'un assassin était en liberté. Le silence qui suivit cette constatation était tonitruant.

— Appelle la police, Marita. J'arrive tout de suite. Puis il raccrocha.

De nouveau, il se retrouvait un peu bête derrière son bureau. Il se forçait à essayer de trouver une occupation au lieu de rester à fixer le téléphone. Son désir de recevoir les résultats des analyses de sang l'empêchait de penser à autre chose. Le temps se traînait à une allure d'escargot. Il décida de rattraper le retard qu'il avait pris dans la partie administrative et sortit des papiers. Une demi-heure plus tard, il n'avait toujours rien fait, il restait simplement à regarder dans le vide. Le manque de sommeil se faisait sentir. Il prit une gorgée de café de la tasse devant lui, mais grimaça de dégoût. Le breuvage avait eu le temps de refroidir. La tasse à la main, il se leva pour aller chercher du café chaud lorsque le téléphone sonna. Il se jeta dessus tellement vite qu'il renversa la tasse sur le bureau.

— Patrik Hedström.

— Jacob a disparu !

Il était tellement sûr que c'était la médicolégale qui appelait qu'il fallut une seconde à son cerveau pour retrouver ses repères.

— Pardon ?

— C'est Marita Hult à l'appareil. Mon mari a disparu depuis hier soir !

— Disparu ?

Patrik n'arrivait toujours pas à suivre. La fatigue faisait fonctionner son esprit à petite vitesse et de mauvais gré.

— Il n'est pas rentré hier soir. Et il n'a pas dormi chez ses parents non plus. Et avec ce qui est arrivé à Johan, on peut…

Maintenant il pédalait vraiment dans la choucroute.

— Attendez, attendez, n'allez pas si vite. Qu'est-ce qui est arrivé à Johan ?

— Il est hospitalisé à Uddevalla. Tabassé à tel point que ce n'est pas sûr qu'il survive. Et si la même personne s'en était prise à Jacob ? Lui aussi est peut-être blessé, quelque part.

La panique dans sa voix augmenta, et à présent le cerveau de Patrik avait rattrapé son retard. A Tanumshede, ils n'avaient pas entendu parler de violences à l'encontre de Johan Hult, ça devait être leurs collègues à Uddevalla qui étaient chargés de l'affaire. Il fallait qu'il les contacte immédiatement, mais d'abord il devait tranquilliser la femme de Jacob.

— Marita, je suis sûr qu'il n'est rien arrivé à Jacob. Mais j'envoie quelqu'un chez vous et je vais contacter la police à Uddevalla pour me renseigner sur Johan. Je ne prends pas à la légère ce que vous dites, mais je ne pense pas qu'il y ait de raison de s'inquiéter à ce stade. Il arrive qu'une personne choisisse de ne pas rentrer chez elle, pour des raisons qui lui appartiennent, nous ici on le voit souvent. Et Jacob était certainement bouleversé après l'interrogatoire qu'il a subi hier, il avait peut-être besoin de rester seul un moment, qu'est-ce que j'en sais ?

— Jacob ne s'absenterait jamais sans me dire où il va. Il fait toujours très attention à ce genre de choses.

— Je vous crois sur parole, et je promets qu'on va s'y atteler tout de suite. Je vous envoie quelqu'un, d'accord ? Est-ce que vous pouvez essayer de joindre vos beaux-parents pour qu'ils viennent chez vous, comme ça on pourra leur parler en même temps.

— Je pense que c'est plus facile si c'est moi qui vais chez eux, dit Marita, qui semblait soulagée que la police fasse quelque chose de concret et tout de suite.

— Entendu alors, dit Patrik et il raccrocha après l'avoir exhortée de son mieux une dernière fois d'essayer de ne pas envisager le pire.

Sa passivité était comme envolée. Malgré ce qu'il avait dit à Marita, lui aussi était enclin à croire que la disparition de Jacob était tout sauf normale. De plus, si Johan avait été victime de violences ou d'une tentative d'homicide, il y avait vraiment de quoi s'inquiéter. Il commença par appeler ses collègues à Uddevalla.

Un instant plus tard, il avait appris tout ce qu'ils savaient sur l'agression, c'est-à-dire pas grand-chose. Que Johan avait été passé à tabac la veille au soir et qu'il se trouvait entre la vie et la mort. Comme Johan lui-même n'avait pas encore pu dire qui était son agresseur, la police n'avait aucune piste. Ils avaient parlé avec Solveig et Robert, mais ni l'un ni l'autre n'avait vu qui que ce soit près de leur maison. Un moment, Patrik avait soupçonné Jacob, mais cela se révéla vite une idée hâtive. L'agression de Johan avait eu lieu pendant qu'ils avaient Jacob au poste.

Patrik hésita sur la marche à suivre. Il y avait deux tâches à accomplir. D'une part, il tenait à ce que quelqu'un se rende à l'hôpital à Uddevalla pour parler avec Solveig et Robert histoire de vérifier s'ils savaient quelque chose malgré tout. D'autre part, il devait envoyer quelqu'un au manoir voir la famille de Jacob. Après une brève hésitation, il décida d'aller personnellement à Uddevalla, et d'envoyer Martin et Gösta au manoir. Mais, juste au moment où il se levait, le téléphone sonna de nouveau. Cette fois-ci c'était bien la médicolégale.

Avec beaucoup d'appréhension, il se prépara à entendre ce que le labo avait à dire. Ils allaient peut-être obtenir le morceau du puzzle manquant dans la minute qui suivrait. Mais jamais, même dans son imagination la plus débridée, il n'aurait pu concevoir une telle réponse.

Lorsque Martin et Gösta arrivèrent au manoir, ils avaient passé tout le trajet à discuter de ce que Patrik avait dit. Ils ne comprenaient pas non plus. Mais le manque de temps ne leur permettait plus de se perdre en conjectures. La seule chose qu'ils pouvaient faire maintenant était de labourer tête baissée, avec obstination.

Devant l'escalier de l'entrée principale ils furent obligés d'enjamber deux grosses valises. Martin se demanda qui partait en voyage. Il y avait plus de bagages qu'il n'était nécessaire à Gabriel pour un voyage d'affaires, et la touche féminine des valises le fit miser sur Laini.

Cette fois-ci, on ne les fit pas entrer dans le salon mais dans une cuisine à l'autre bout de la maison, *via* un long couloir. C'était une pièce où Martin se sentit tout de suite à l'aise. Le salon était beau, certes, mais il était aussi assez impersonnel. Le bien-être planait sur toute la cuisine, avec sa simplicité campagnarde aux antipodes de l'élégance étouffante qui flottait sur tout le domaine. Dans le salon, Martin s'était senti comme un plouc alors qu'ici il eut envie de remonter ses manches et de commencer à touiller dans de grosses marmites fumantes.

Devant une énorme table de cuisine rustique, Marita était assise coincée contre le mur. On aurait dit qu'elle cherchait du réconfort dans une situation effrayante et imprévue. A distance, Martin entendit des cris d'enfants qui jouaient, et, par les fenêtres qui donnaient sur le jardin, il vit les deux enfants de Jacob et Marita courir sur la grande pelouse.

Ils se saluèrent tous d'un simple hochement de tête, puis s'assirent à table avec Marita. Martin trouvait l'atmosphère qui régnait étrange, mais il n'arrivait pas à cerner ce qui clochait. Gabriel et Laini s'étaient assis aussi loin l'un de l'autre qu'ils pouvaient et il nota qu'ils faisaient très attention de ne pas se regarder. Il pensa aux valises devant la porte. Puis il réalisa que Laini avait dû parler à Gabriel de son aventure avec

Johannes, et du fruit qui en avait résulté. Pas étonnant que l'atmosphère soit si tendue. Et les valises trouvèrent aussi leur explication. La seule chose qui maintenait Laini au domaine était leur inquiétude commune pour Jacob.

— Commençons par le début, dit Martin. Qui de vous a vu Jacob le dernier ?

Laini fit un petit signe de la main.

— Moi.

— Et c'était quand ? poursuivit Gösta.

— Vers huit heures du soir. Après l'avoir récupéré chez vous. Elle hocha la tête vers les policiers qui lui faisaient face.

— Et vous l'avez conduit où ? dit Martin.

— Je l'ai déposé juste devant l'allée d'accès de La Métairie. J'ai proposé de monter jusqu'à la maison, mais il m'a dit que ce n'était pas la peine. C'est un peu compliqué de faire demi-tour et comme il n'y a qu'une centaine de mètres je n'ai pas insisté.

— Et il allait comment ? continua Martin.

Elle lorgna vers Gabriel. Tout le monde savait ce dont ils parlaient, mais personne ne voulait l'évoquer ouvertement. Martin se dit que Marita ignorait probablement encore la situation familiale modifiée de Jacob. Mais il lui était malheureusement impossible de prendre des gants en ce moment. Il leur fallait tous les faits maintenant et ils ne pouvaient pas se permettre de faire des sous-entendus.

— Il était… Laini chercha le bon mot. Il était… pensif. Je dirais qu'il était comme en état de choc.

Intriguée, Marita regarda Laini, puis les policiers.

— De quoi vous parlez ? Pourquoi Jacob aurait-il été en état de choc ? Qu'est-ce que vous lui avez fait hier ? Gabriel m'a dit qu'il n'était plus sur la liste des suspects, alors pourquoi serait-il en état de choc ?

Seuls quelques tressaillements sur le visage de Laini témoignèrent de la tempête de sentiments qui faisait rage en elle, et elle posa calmement sa main sur celle de Marita.

— Jacob a appris une nouvelle bouleversante hier, ma chérie. J'ai fait quelque chose il y a de très nombreuses années, que j'ai porté en moi depuis. Et grâce à la police, Jacob en a été informé hier soir. Elle jeta un regard fielleux sur Martin et Gösta. J'ai toujours pensé le lui dire, mais les années sont passées si vite et je suppose que j'attendais que la bonne occasion se présente.

— L'occasion de faire quoi ? dit Marita.

— L'occasion de raconter à Jacob que c'est Johannes, et pas Gabriel, qui est son père biologique.

Gabriel fit une vilaine grimace et tressaillit, comme s'il recevait un coup de couteau dans la poitrine. Mais son expression choquée s'était envolée. Son esprit intégrait le changement et ce n'était plus aussi difficile à entendre que la première fois.

— Ce n'est pas vrai ! Oh mon Dieu, ça a dû le briser.

Marita regarda Laini et Gabriel, les yeux écarquillés. Puis elle s'effondra.

En entendant son commentaire, Laini sursauta comme si elle avait reçu une gifle.

— Ce qui est fait est fait, dit-elle, à présent le plus important est de retrouver Jacob, ensuite… ensuite il sera toujours temps de nous occuper du reste.

— Laini a raison, dit Gabriel. Quoi que montre l'analyse de sang, Jacob reste mon fils dans mon cœur, et il faut qu'on le retrouve.

— On va le retrouver, dit Gösta. Ça n'a rien d'étonnant qu'il veuille s'isoler un moment pour réfléchir à tout ça.

Martin était reconnaissant à Gösta de savoir à tout moment faire preuve d'un paternalisme rassurant. Là, il venait bien à propos pour calmer leur inquiétude, et Martin continua sereinement ses questions :

— Il n'est donc jamais rentré ?

— Non, dit Marita. Laini m'avait appelée juste avant qu'ils partent du commissariat, si bien que je savais qu'ils étaient en route. Mais ensuite, quand je ne l'ai pas vu venir, je me suis dit qu'il était probablement rentré avec Laini pour dormir chez eux. D'accord, ça ne lui ressemble pas de faire ça, mais d'un autre côté on a tous été tellement mis à l'épreuve ces derniers temps, lui comme toute la famille, que j'ai pensé qu'il avait peut-être besoin de voir ses parents.

Tout en disant ce dernier mot, elle jeta un regard en coin sur Gabriel, mais il ne fit que lui adresser un sourire pâle. Il faudrait du temps à tout le monde avant de trouver ses repères dans cette nouvelle donne.

— Comment avez-vous su ce qui est arrivé à Johan ? demanda Martin.

— Solveig a appelé tôt ce matin.

— Je croyais que vous étiez… en mauvais termes ? dit Martin prudemment.

— Oui, on pourrait dire ça comme ça. Mais la famille, c'est la famille, je suppose, et quand il le faut vraiment… Gabriel laissa les mots mourir tout seuls. Linda est avec eux en ce moment. Johan et elle étaient plus proches que ce que nous croyions, on vient de l'apprendre. Gabriel laissa échapper un petit rire étrange, amer.

— Vous n'avez rien appris de plus ? demanda Laini.

Gösta secoua la tête.

— Non, aux dernières nouvelles son état est stationnaire. Mais Patrik Hedström est en route pour Uddevalla en ce moment, on verra bien ce qu'il aura à nous dire ensuite. S'il y a du changement, dans un sens ou dans un autre, vous le saurez aussi vite que nous. Linda vous appellera immédiatement, je veux dire.

— Bon, alors je pense que nous avons tout ce qu'il nous faut, dit Martin en se levant.

— Vous croyez que c'est celui qui a tué l'Allemande qui a aussi essayé de tuer Johan ? La lèvre inférieure de Marita trembla légèrement. Sa véritable question était sous-entendue.

— Nous n'avons aucune raison de le croire, dit Martin aimablement. Je suis certain que nous n'allons pas tarder à savoir ce qui s'est passé. Je veux dire, Johan et Robert évoluent dans des cercles assez douteux, et il est plus que probable que c'est de ce côté-là qu'il faut chercher.

— Et que faites-vous maintenant pour chercher Jacob ? continua Marita obstinément. Vous allez organiser une battue dans le secteur ?

— Non, ce n'est pas prioritaire. Très sincèrement, je pense qu'il s'est retiré quelque part pour réfléchir à… la situation, et qu'il ne va pas tarder à refaire surface. Et la meilleure chose que vous ayez à faire, c'est de rester à la maison, et nous appeler dès qu'il rentre. D'accord ?

Personne ne dit mot et ils prirent cela comme une acceptation. Ils ne pouvaient réellement pas faire grand-chose pour le moment. En revanche, Martin dut admettre qu'il était loin de ressentir la confiance qu'il avait essayé de communiquer à la famille de Jacob. C'était une drôle de coïncidence que Jacob disparaisse le soir même où son cousin, frère ou ce dont il convenait de qualifier Johan, était victime d'une agression sauvage.

Revenu dans la voiture, il le dit à Gösta qui hocha la tête. Lui aussi ressentait au creux du ventre que tout n'allait pas bien. Des coïncidences si étranges se produisaient en fait assez rarement et un policier ne devait pas s'y fier. Ne restait plus qu'à espérer que Patrik aurait un peu plus d'informations.

ÉTÉ 2003

Elle se réveilla avec un mal de tête lancinant et une sensation collante dans la bouche. Jenny ne comprenait pas où elle se trouvait. La dernière chose dont elle se souvenait était d'avoir fait du stop et d'être montée dans une voiture, et maintenant elle était là, subitement propulsée dans un univers sombre et étrange. Elle n'avait pas peur. Elle avait l'impression que ce n'était qu'un rêve et qu'elle allait se réveiller à tout moment et découvrir qu'elle était dans la caravane familiale.

Au bout d'un moment, la certitude fit lentement son chemin, ceci était un cauchemar dont elle n'allait pas se réveiller. Poussée par la panique, elle commença à tâter à l'aveuglette dans l'obscurité et, au dernier bout de mur qu'elle toucha, elle sentit des planches en bois sous les doigts. Un escalier. Elle le grimpa marche après marche en s'aidant de ses mains. Brusquement, elle se cogna la tête. Un plafond mit fin à son ascension au bout de quelques pas et la sensation de claustrophobie devint aiguë. Elle estima qu'elle pouvait se tenir debout, tout juste, la pièce n'était pas plus haute que ça et qu'il n'y avait pas plus de deux mètres entre les murs. Terrorisée, elle appuya sur les planches en haut de l'escalier, et sentit qu'elles bougeaient un peu, mais elles étaient loin de céder. Elle entendit un cliquetis métallique et comprit qu'il y avait probablement un cadenas de l'autre côté.

Après encore quelques tentatives d'ouvrir la trappe, elle redescendit, désespérée, et s'assit sur le sol en terre battue, recroquevillée sur elle-même. Des bruits de pas résonnèrent au-dessus d'elle et elle se déplaça d'instinct aussi loin qu'elle le put.

Lorsque l'homme s'approcha elle reconnut son visage dans la pénombre. Elle l'avait vu quand il l'avait fait monter dans la voiture et cela l'affola. Elle pouvait l'identifier, elle savait quelle voiture il conduisait et elle comprenait que jamais il ne la relâcherait vivante.

Elle se mit à hurler mais il lui plaqua doucement la main sur la bouche en essayant de la calmer. Quand il l'eut persuadée de ne pas crier, il ôta sa main et commença à la déshabiller. Il toucha ses bras et ses jambes, avec un plaisir manifeste, presque avec amour. Elle entendit sa respiration se faire de plus en plus lourde et serra les paupières pour barrer le chemin à la pensée de ce qui allait venir.

Après, il s'excusa. Puis la douleur arriva.

La circulation d'été était tuante. L'irritation de Patrik avait grandi au fur et à mesure que les kilomètres défilaient sur le compteur, et en entrant sur le parking de l'hôpital d'Udde-valla, il s'obligea à respirer à fond pour se calmer. En général, il ne s'emportait pas ainsi juste parce que quelques caravanes occupaient toute la route ou parce que des conducteurs en vacances profitaient du paysage sans se soucier de la queue qui se formait derrière eux. Mais la déception causée par les résultats des analyses avait contribué à réduire considérable-ment son niveau de tolérance.

Il avait eu du mal à en croire ses oreilles. Il n'y avait aucun ADN correspondant à l'échantillon de sperme prélevé sur le corps de Tanja. Il avait été si persuadé que les résultats allaient leur apprendre le nom de l'assassin, qu'il n'avait pas vraiment repris ses esprits après une telle surprise. Quelqu'un de la famille de Johannes Hult avait tué Tanja, c'était un fait incon-tournable. Mais ce n'était aucun de ceux qu'ils connais-saient.

Enervé, il composa le numéro du poste. Annika avait com-mencé un peu plus tard que d'habitude et il avait attendu avec impatience qu'elle arrive.

— Salut, c'est Patrik. Excuse-moi de te stresser, mais est-ce que tu peux essayer de trouver, le plus vite possible, s'il existe d'autres membres de la famille Hult par ici. Je pense notamment à des enfants adultérins de Johannes Hult.

Il l'entendit noter et il se croisa les doigts. Tout indiquait que c'était son dernier recours, et il espéra vraiment qu'elle allait trouver quelque chose. Sinon, tout ce qu'il lui restait à faire était de s'asseoir et de se gratter la tête.

Il dut reconnaître qu'il aimait bien la théorie qui lui était venue à l'esprit pendant le trajet pour Uddevalla. Que Johannes ait dans la région un fils dont ils ne savaient rien. En considérant ce qu'ils avaient appris sur sa façon de vivre, ça ne semblait pas impossible, plutôt très vraisemblable même, à la réflexion. Cela pourrait aussi être un motif du meurtre de Johannes lui-même, pensa Patrik sans vraiment savoir comment nouer tous les bouts de fil. La jalousie était un excellent motif de meurtre et la façon dont Johannes avait été tué correspondait très bien avec cette théorie-là. Un meurtre impulsif, sans préméditation. Un accès de colère et de jalousie qui avait dégénéré.

Mais quel rapport avec les assassinats de Siv et de Mona ? C'était le morceau de puzzle qu'il n'avait pas encore réussi à placer, peut-être les renseignements qu'Annika allait trouver les aideraient-ils à avancer sur cette piste-là.

Il claqua la portière de la voiture et se dirigea vers l'entrée principale. Après avoir cherché un peu, il finit par trouver le bon service grâce à l'aide de quelques agents hospitaliers aimables. Les trois personnes qu'il cherchait étaient dans la salle d'attente. Tels des oiseaux sur une ligne téléphonique, ils étaient assis côte à côte, silencieux et le regard dans le vide. Mais il vit une lueur s'allumer dans les yeux de Solveig quand elle l'aperçut. Elle se leva péniblement pour dandiner à sa rencontre. Elle avait l'air de ne pas avoir fermé l'œil de la nuit, ce qui était sans doute le cas. Ses vêtements étaient froissés et elle dégageait une âcre odeur de sueur. Les mèches grasses de ses cheveux étaient bizarrement emmêlées et des cernes sombres s'étaient formés sous ses yeux. Robert avait l'air tout aussi fatigué, sans le côté défraîchi de Solveig cependant. Seule Linda paraissait en forme, elle avait le regard limpide et elle était assez pimpante. Elle ignorait encore que son foyer familial était en train de voler en éclats.

— Vous l'avez attrapé ? Solveig tira un peu sur le bras de Patrik.

— Je regrette, mais nous ne savons toujours rien. Qu'est-ce que les médecins vous ont dit ?

Robert secoua la tête.

— Ils sont toujours en train de l'opérer. Ils ont parlé d'un caillot qui comprime le cerveau. Si j'ai bien compris, ils lui ouvrent tout le crâne. M'étonnerait qu'ils y trouvent un cerveau.

— Robert ! s'exclama Solveig en se retournant, mais Patrik comprit qu'il essayait de cacher son inquiétude en plaisantant. C'était une méthode qui en général marchait bien pour lui aussi. Patrik se laissa tomber sur un siège. Solveig se rassit.

— Qui a pu faire ça à mon petit garçon ? Elle se balança sur sa chaise. J'ai vu comment il était quand ils l'ont emporté, on aurait dit quelqu'un d'autre. Que du sang, partout.

Linda sursauta et fit une grimace. Robert ne broncha pas. En regardant de plus près son jean noir et son pull, Patrik vit qu'ils étaient toujours couverts du sang de Johan.

— Vous n'avez rien entendu, rien vu, hier soir ?

— Non, fit Robert, agacé. On l'a déjà dit aux autres flics, combien de fois est-ce qu'il faudra le répéter ?

— Je suis vraiment désolé, mais je suis obligé de poser ces questions. Je vous demande d'avoir encore un peu de patience.

La compassion dans sa voix était réelle. Etre policier était un boulot difficile, surtout dans des moments comme celui-ci, où il fallait faire intrusion dans la vie de gens qui avaient des choses autrement plus importantes en tête. Mais il reçut une aide inattendue de la part de Solveig.

— Collabore avec eux, Robert. Il faut qu'on fasse tout notre possible pour les aider à trouver celui qui a fait ça à notre Johan, tu devrais le comprendre. Elle se tourna vers Patrik.

— Il m'a semblé entendre quelque chose, un peu avant que Robert m'appelle. Mais on n'a vu personne, ni avant ni après l'avoir retrouvé.

Patrik hocha la tête. Puis il dit à Linda :

— Et tu n'as pas par hasard vu Jacob hier ?

— Non, dit Linda, interloquée. J'ai dormi au manoir. Il devait être chez lui à La Métairie, j'imagine. Pourquoi ?

— Il paraît qu'il n'est pas rentré hier soir, alors j'ai pensé que tu l'avais peut-être vu ?

— Non, je ne l'ai pas vu. Mais vérifiez avec maman et papa.

— C'est déjà fait. Eux non plus ne l'ont pas vu. Tu ne vois pas d'autres endroits où il aurait pu aller ?

— Non, ce serait où ? Cette fois, Linda commença à avoir l'air inquiète. Puis une pensée sembla la frapper. Est-ce qu'il a pu aller dormir à Bullaren ? C'est vrai qu'il ne l'a jamais fait auparavant, mais...

Patrik se frappa la cuisse avec le poing. A-t-on idée d'être bouché à ce point-là ? Ils avaient oublié la ferme d'accueil de Bullaren. Il s'excusa et alla téléphoner à Martin pour qu'il aille vérifier immédiatement.

En revenant dans la salle d'attente, il vit que l'ambiance avait changé. Pendant qu'il parlait avec Martin, Linda avait appelé ses parents avec son téléphone portable. Maintenant elle le regardait avec toute la défiance d'une adolescente.

— Qu'est-ce qu'il se passe en fait ? Papa m'a dit que Marita vous a appelés pour signaler la disparition de Jacob et que les deux autres flics sont venus leur poser un tas de questions. Papa était super inquiet. Elle se tenait devant Patrik, les mains sur les hanches.

— Il n'y a aucune raison de s'inquiéter pour l'instant, répéta-t-il, la même rengaine qu'avaient servie Gösta et Martin au manoir. Ton frère veut probablement juste qu'on le laisse tranquille un moment, mais nous sommes obligés de prendre ce genre de choses au sérieux.

Linda le regarda avec méfiance, mais sembla s'en contenter. Puis elle dit à voix basse :

— Papa m'a dit aussi pour Johannes. Quand est-ce que vous avez l'intention de le leur dire ?

Elle fit un geste de la tête en direction de Robert et Solveig. Patrik ne put s'empêcher de regarder avec fascination la courbe que décrivaient ses longs cheveux blonds dans l'air. Puis il se rappela son âge et se sermonna ; après tout il serait bientôt père de famille.

Il répondit lui aussi à voix basse :

— On attendra encore un peu. L'occasion est mal choisie maintenant, vu l'état de Johan.

— Là, vous vous trompez, dit Linda calmement. C'est exactement maintenant qu'ils ont besoin de nouvelles positives. Et croyez-moi, je connais suffisamment Johan pour savoir que dans cette famille le fait que Johannes ne s'est pas suicidé sera considéré comme une bonne nouvelle. Alors si vous ne le racontez pas maintenant, c'est moi qui le ferai.

Saleté de gamine rebelle ! Mais Patrik était disposé à lui donner raison. Il avait peut-être attendu trop longtemps pour le leur dire. Ils avaient le droit de savoir.

Il fit signe que oui et se racla la gorge en s'asseyant.

— Solveig, Robert, je sais que vous n'étiez pas d'accord avec l'exhumation de Johannes.

Robert bondit comme une fusée.

— Merde alors, t'es complètement siphonné, toi ! Tu vas pas remettre ça sur le tapis ! Tu penses pas qu'on a assez de soucis comme ça ?

— Assieds-toi Robert, rugit Linda. Je sais ce qu'il va vous dire et, crois-moi, ça va vous faire plaisir de l'entendre.

Stupéfait de recevoir des ordres de sa frêle cousine, Robert s'assit et se tut. Patrik continua, sous les regards méfiants de Solveig et Robert.

— Nous avons laissé un médecin légiste examiner... euh... la dépouille... et il a trouvé quelque chose d'intéressant.

— D'intéressant ? renifla Solveig. Tu parles d'un vocabulaire.

— Oui, bon, il faut m'excuser, mais il n'y a pas de façon correcte pour dire ce que j'ai à annoncer. Johannes ne s'est pas suicidé. Il a été assassiné.

Solveig chercha sa respiration. Robert resta comme figé, incapable de bouger.

— Quoi, qu'est-ce que vous dites ? Solveig saisit la main de Robert et il la laissa faire.

— Je dis exactement cela. Johannes a été tué, il n'a pas mis fin à ses jours.

Les larmes recommencèrent à couler des yeux de Solveig, déjà rougis par les pleurs. Puis tout son grand corps se mit à trembler et Linda jeta un regard triomphal sur Patrik. C'étaient des larmes de joie.

— Je le savais, dit-elle. Je savais qu'il n'aurait jamais fait une chose pareille. Et les gens qui prétendaient qu'il s'était suicidé parce qu'il avait tué ces filles. Ils vont le regretter maintenant. C'est sûrement celui qui a tué les filles qui a aussi tué mon Johannes. Ils devront ramper devant nous pour nous présenter leurs excuses. Toutes ces années qu'on a...

— Maman, arrête ça, dit Robert irrité. Il n'avait pas l'air d'avoir vraiment compris ce que Patrik venait de dire. Il faudrait sans doute un moment pour que ça fasse son chemin.

— Qu'est-ce que vous allez faire maintenant pour arrêter son meurtrier ? dit Solveig impatiemment.

Patrik hésita.

— Ben, ça ne sera pas si facile que ça. Pas mal d'années ont passé et il n'y a plus aucune pièce à conviction pour nous guider. Mais nous allons évidemment faire de notre mieux, c'est tout ce que je peux promettre.

— Oui, c'est bien ce que je pensais, renifla Solveig. Vous n'avez qu'à consacrer autant de temps à arrêter l'assassin de Johannes que vous avez consacré à le coincer à l'époque, comme ça il n'y aura pas de problème. Et j'exige encore plus d'excuses maintenant de votre part !

Elle menaça Patrik avec le doigt et il réalisa qu'il valait sans doute mieux partir avant que la situation ne dégénère. Il échangea un regard avec Linda et elle lui fit discrètement signe de partir. Il lui adressa une dernière recommandation :

— Linda, si tu as des nouvelles de Jacob, promets de nous appeler tout de suite. Mais je pense que tu as raison. Il doit se trouver à Bullaren.

Elle hocha la tête, mais l'inquiétude demeurait dans ses yeux.

Ils s'engageaient tout juste sur le parking du commissariat lorsque Patrik les appela. Martin reprit aussitôt la route, en direction de Bullaren. Le thermomètre avait commencé à grimper de nouveau après une matinée de fraîcheur charitable et il augmenta la ventilation d'un cran. Gösta tira sur le col de sa chemise à manches courtes.

— Si seulement cette foutue chaleur pouvait s'arrêter.

— Hé, quand tu es sur le golf j'imagine que tu te plains moins, rit Martin.

— Ah mais c'est complètement différent, dit Gösta, sans rire. Le golf et la religion étaient deux choses qui ne prêtaient pas à la plaisanterie dans son monde. Une brève seconde, Gösta regretta de ne plus faire équipe avec Ernst. Certes, c'était plus productif de travailler avec Martin, mais il dut reconnaître qu'il aimait l'ambiance flegmatique du travail en binôme avec Lundgren, bien plus qu'il n'avait cru. Ernst avait ses mauvais côtés, en revanche il ne protestait jamais si Gösta se sauvait une heure ou deux taper quelques balles au terrain de golf.

L'instant après, il revit la photo de Jenny Möller et fut pris d'une mauvaise conscience aiguë. En une brève seconde de clairvoyance, il réalisa qu'il était devenu un vieux con aigri, d'une ressemblance effrayante avec son propre père sur ses vieux jours, et s'il continuait ainsi, il se retrouverait comme lui, seul dans une maison de retraite à radoter sur des offenses imaginaires. Mais sans enfants qui se sentiraient obligés de venir le voir de temps en temps.

— Qu'est-ce que tu en penses, il est là ou non ? dit-il pour couper court à ses pensées désagréables.

Martin réfléchit, puis il dit :

— Non, en tout cas ça m'étonnerait fort. Mais ça vaut le coup de vérifier.

Ils arrivèrent dans la cour et furent à nouveau étonnés par la scène idyllique qui s'étendait devant eux. La ferme semblait éternellement inondée d'une douce lumière de soleil qui accentuait joliment le contraste entre le rouge des bâtiments et le bleu du lac derrière. Comme la fois d'avant, des adolescents s'affairaient partout, totalement absorbés par leurs tâches. Les mots qui vinrent à l'esprit de Martin étaient vaillant, sain, hygiénique, propre, national, et la combinaison de ces mots lui donnait une légère chair de poule. L'expérience lui disait que lorsqu'une chose paraissait *trop* bien c'est qu'elle l'était probablement aussi…

— Ça fait un peu jeunesse hitlérienne tout ça, tu ne trouves pas ? dit Gösta en mettant des mots sur le malaise de Martin.

— Sans doute. Mais tu y vas peut-être un peu fort. Ne distribue pas ce genre de commentaires trop généreusement, dit Martin sèchement.

Gösta eut l'air blessé.

— Pardon, fit-il d'un ton grincheux. Je ne savais pas que tu étais de la police des mots. D'ailleurs, ils n'accepteraient pas des gens comme ce Kennedy ici si c'était un camp nazi.

Martin choisit d'ignorer le commentaire et se dirigea vers la porte d'entrée. L'une des animatrices lui ouvrit.

— Oui, c'est pourquoi ?

L'animosité de Jacob à l'égard de la police avait apparemment déteint.

— Nous cherchons Jacob. Gösta boudait encore et ce fut Martin qui prit le commandement.

— Il n'est pas ici. Essayez chez lui.

— Vous êtes sûre qu'il n'est pas ici ? On aimerait jeter un coup d'œil.

Avec réticence, la femme se poussa pour laisser entrer les deux policiers.

— Kennedy, la police est revenue. Ils veulent voir le bureau de Jacob.

— On connaît le chemin, dit Martin.

La femme l'ignora. D'un pas rapide, Kennedy arriva. Martin se demanda s'il avait une sorte d'emploi permanent de guide à la ferme. Ou alors il aimait tout simplement montrer le chemin aux gens.

Sans rien dire, il précéda Martin et Gösta dans le couloir jusqu'au bureau de Jacob. Ils le remercièrent poliment et ouvrirent la porte, pleins d'espoir. Aucune trace de Jacob. Ils entrèrent et cherchèrent un indice qui montrerait que Jacob y avait passé la nuit, une couverture sur le canapé, un réveil, n'importe quoi. Mais il n'y avait rien, et ils ressortirent, déçus. Kennedy les attendait, calmement. Il leva la main pour écarter des cheveux qui pendaient devant ses yeux. Martin capta un regard noir et insondable.

— Rien. Que dalle, dit Martin dans la voiture quand ils retournèrent vers Tanumshede.

— Non, dit Gösta très laconique.

Martin leva les yeux au ciel. Gösta faisait apparemment toujours la gueule. Bon, c'était le problème de Gösta, pas le sien.

Les pensées de Gösta étaient cependant complètement ailleurs. Il avait vu quelque chose pendant leur visite à la ferme, mais ça lui échappait sans cesse. Il essaya de ne pas y penser pour laisser son inconscient travailler librement, mais c'était aussi impossible que de ne pas penser à un grain de sable sous la paupière. Il avait vu un truc et ça aurait dû le mettre sur une piste.

— Qu'est-ce que ça donne, Annika ? Tu as trouvé quelque chose ?

Elle secoua la tête. Le physique de Patrik l'inquiétait. Trop peu de sommeil, trop peu de repas cuisinés et trop de stress avaient eu raison de son bronzage pour ne laisser qu'une mauvaise mine grise. Son corps paraissait sur le point de s'affaisser sous un fardeau énorme et on n'avait pas besoin d'être un génie pour comprendre quel était ce fardeau. Elle aurait aimé pouvoir lui dire de distinguer ses sentiments privés de sa vie professionnelle, mais elle y renonça. Elle aussi ressentait la pression et la dernière chose qu'elle voyait le soir avant de fermer les yeux était l'expression désespérée des parents de Jenny Möller, quand ils étaient venus signaler la disparition de leur fille.

— Comment tu vas ? se contenta-t-elle de dire en regardant Patrik par-dessus le bord de ses lunettes.

— Comment veux-tu aller dans des circonstances pareilles ? Il passa impatiemment les mains dans ses cheveux en les décoiffant comme sur une caricature de professeur Foldingue.

— Comme une merde, j'imagine, dit Annika franchement. Elle n'avait jamais été très forte pour enrober les mots. Quand quelque chose était merdique, ça sentait la merde même si on l'inondait de parfum, telle était sa devise.

— Oui, quelque chose dans ce genre. Patrik sourit. Mais n'en parlons plus. Tu n'as rien trouvé dans les registres ?

— Non, je suis désolée. L'état civil ne mentionne pas d'autres enfants de Johannes Hult, et il n'y a pas des masses d'endroits où chercher.

— Est-ce qu'il pourrait avoir des enfants quand même, qui n'auraient pas été déclarés ?

Annika le regarda comme s'il était un peu arriéré et renifla :

— Oui, heureusement il n'existe pas de loi qui oblige la mère à révéler qui est le père de son enfant, donc, bien sûr qu'il peut y avoir des enfants de lui sous la rubrique "père inconnu".

— Et laisse-moi deviner, il y en a un certain nombre…

— Pas nécessairement. Tout dépend de jusqu'où tu veux étendre la recherche géographiquement. Sache seulement que les gens dans ce coin ont toujours été très respectables. Et rappelle-toi qu'on ne parle pas des années 1940, Johannes a dû être au sommet de sa forme dans les années 1960, 1970, à l'époque ce n'était pas une si grande honte que ça d'avoir un enfant sans être mariée. Il y a eu des périodes dans les années 1960 où c'était même considéré comme un avantage.

Patrik rit.

— Si c'est à la génération Woodstock que tu fais allusion, je crois que le *flower power* et l'amour libre ne sont jamais arrivés à Fjällbacka.

— N'en sois pas si sûr, c'est dans les eaux les plus calmes, etc. tu sais, dit Annika, contente d'avoir su alléger un peu l'ambiance. Ces derniers jours, on se serait cru dans un établissement de pompes funèbres plutôt que dans un poste de police. Mais Patrik retrouva vite son sérieux.

— Théoriquement, tu pourrais donc établir une liste des enfants dans... disons l'agglomération de Tanum, qui sont de père inconnu ?

— Oui, je le pourrais, et non seulement en théorie, mais dans la pratique aussi. Mais ça prendra un moment, l'avertit Annika.

— Fais-le aussi vite que possible.

— Comment tu vas t'y prendre pour trouver sur cette liste ceux qui pourraient avoir Johannes comme père ?

— Je vais commencer par poser la question par téléphone. Si ça ne fonctionne pas, eh bien je verrai à ce moment-là.

La porte de l'accueil s'ouvrit et Martin et Gösta entrèrent. Patrik remercia Annika pour son aide et alla les accueillir. Martin s'arrêta, alors que Gösta entra directement dans son bureau, les yeux rivés au sol.

— Ne pose pas de questions, dit Martin en secouant la tête.

Patrik plissa le front. Des conflits parmi le personnel étaient la dernière chose dont ils avaient besoin en ce moment. Les gaffes commises par Ernst suffisaient. Martin lut dans ses pensées.

— Rien de grave, t'inquiète pas.

— D'accord. On se prend un café en faisant le bilan ?

Martin hocha la tête, ils allèrent dans la cuisine se verser chacun une tasse et s'installèrent de part et d'autre de la table.

— Vous avez trouvé des traces de Jacob à Bullaren ? demanda Patrik.

— Non, rien. Apparemment, il n'y est pas passé. Et toi, qu'est-ce que tu as obtenu ?

Rapidement, Patrik parla de sa visite à l'hôpital.

— Mais tu arrives à comprendre, toi, pourquoi l'analyse n'a rien donné ? On sait que celui qu'on cherche est de la famille de Johannes, mais ce n'est ni Jacob, ni Gabriel, ni Johan, ni Robert. Et vu le genre d'échantillon dont on dispose, il ne peut guère s'agir d'une des femmes. Tu as une idée ?

— Oui, j'ai demandé à Annika d'essayer de trouver des renseignements sur un éventuel enfant naturel de Johannes dans la région.

— Ça paraît plausible. Avec un gars comme lui, ce serait plutôt invraisemblable qu'il n'ait pas quelques bâtards par-ci, par-là.

— Et l'hypothèse selon laquelle l'agresseur de Johan se serait maintenant attaqué à Jacob, qu'est-ce que tu en penses ? demanda Patrik en sirotant doucement le café brûlant.

— Ce serait indéniablement une coïncidence remarquable. Tu en penses quoi, toi ?

— Pareil. Que c'est une sacrée coïncidence si ce n'est pas la même personne. On dirait que le bonhomme a totalement disparu de la surface de la terre, lui aussi. Personne ne l'a vu depuis hier soir. Je dois reconnaître que je suis inquiet.

— Toi, tu as toujours eu le sentiment que Jacob cachait quelque chose. C'est pour ça qu'il lui serait arrivé un pépin ? dit Martin hésitant. Est-ce que quelqu'un a pu avoir vent de sa venue au commissariat et croire qu'il a raconté des trucs que la personne en question ne veut pas voir divulgués ?

— Peut-être, dit Patrik. Mais c'est ça, le problème. Tout est possible en ce moment et nous n'avons que des spéculations. Il compta sur ses doigts. Nous avons Siv et Mona, qui ont été tuées en 1979, Johannes tué en 1979, Tanja tuée maintenant, vingt-quatre ans plus tard, Jenny Möller qui a été enlevée, probablement en faisant du stop, Johan qui a été victime de violences graves hier soir, et peut-être même tué, selon l'issue, et Jacob qui a disparu sans laisser de traces. Chaque fois, la famille Hult semble être le dénominateur commun, et pourtant nous avons des preuves qu'aucun d'eux n'est coupable de la mort de Tanja. Et tout indique que celui qui a tué Tanja a aussi tué Siv et Mona. Patrik écarta les mains en un geste d'impuissance. C'est un merdier pas possible. Et, nous, on y est plongés jusqu'au cou, et on ne trouverait pas nos propres culs même avec des lampes de poche !

— Toi, tu as encore trop lu de toute cette propagande anti-police, sourit Martin.

— Bon, et alors qu'est-ce qu'on fait maintenant ? dit Patrik. Je suis à court d'idées. Le temps sera bientôt écoulé pour Jenny Möller, si ce n'est pas déjà fait depuis plusieurs jours.

Brusquement, il changea de sujet pour s'arracher à son désarroi.

— Et cette nana, ça y est, tu l'as invitée ?

— Quelle nana ? dit Martin qui essaya de prendre une expression neutre.

— Allez, allez, tu sais de qui je veux parler.

— Si tu parles de Pia, tu te trompes. Elle n'a fait que nous aider avec un peu d'interprétariat.

— Elle nous a aidés avec un peu d'interprétariat, singea Patrik d'une voix de fausset en remuant la tête d'un côté à l'autre. Allez, quitte le banc de touche et reviens dans le match. Rien qu'à entendre ta voix quand tu parles d'elle, c'est évident que tu y penses. Mais elle n'est peut-être pas tout à fait ton genre. Je veux dire, après tout, elle n'est pas prise ailleurs. Patrik sourit pour adoucir sa taquinerie.

Martin se mobilisa pour une réponse mordante lorsque le téléphone sonna. Patrik répondit.

Martin essaya d'entendre qui c'était. Il s'agissait des analyses de sang, probablement quelqu'un du labo, ça, il arrivait à le comprendre. Les commentaires de Patrik ne le renseignèrent pas beaucoup.

— Comment ça, bizarre ? Ah oui ? Bon. Putain, c'est pas vrai ? Mais comment il peut... D'accord. Oui.

Martin dut réprimer une envie d'intervenir. L'expression de Patrik indiquait que quelque chose d'important était en train de se passer, mais il s'entêtait à répondre seulement par monosyllabes.

— Si je comprends bien, vous avez donc établi exactement quelles sont leurs relations de parenté.

Patrik hocha la tête vers Martin pour lui montrer qu'il essayait de lui fournir quelques informations sur le contenu de la conversation.

— Mais je ne vois toujours pas comment ça peut coller... ? Non, c'est totalement impossible. Il est mort. Il doit y avoir une autre explication. Non, merde alors, c'est toi, l'expert. Ecoute ce que je dis et réfléchis. Il doit y avoir une autre explication.

Il avait l'air d'attendre que la personne à l'autre bout réfléchisse. Martin chuchota :

— Qu'est-ce qu'il se passe ? Patrik leva un doigt devant sa bouche. Apparemment on lui fournissait une forme de réponse.

— Ce n'est pas du tout tiré par les cheveux. C'est même tout à fait possible.

Son visage s'éclaira. Martin put voir le soulagement se répandre comme une onde dans le corps de Patrik alors que lui-même était en train de creuser des sillons dans la table avec ses ongles.

— Merci ! Un grand putain de merci !

Patrik referma son téléphone et se tourna vers Martin, le visage encore illuminé.

— Je sais qui tient Jenny Möller ! Et tu ne vas pas en croire tes oreilles !

L'opération était finie. On avait emmené Johan en salle de réveil, couvert de tuyaux et perdu dans son propre monde d'obscurité. Robert était assis sur le lit et lui tenait la main. Solveig les avait laissés, à contrecœur, pour aller aux toilettes, et il avait son frère pour lui tout seul un moment, puisque Linda n'y avait pas été admise. Ils ne voulaient pas trop de monde en même temps autour du lit.

L'épais tuyau qui entrait dans la bouche de Johan était branché sur un appareil qui laissait échapper une sorte de sifflement. Robert dut faire un effort sur lui-même pour ne pas prendre le rythme du respirateur. C'était comme s'il voulait aider Johan à respirer, n'importe quoi pour se débarrasser du sentiment d'impuissance qui menaçait de l'envahir.

Avec le pouce, il caressa la paume de Johan. Il eut l'idée d'essayer de voir comment était sa ligne de vie, mais il ne savait pas bien laquelle c'était. Johan avait deux lignes longues et une courte, et Robert espéra que c'était plutôt la ligne de cœur qui était la plus courte.

La pensée d'un monde sans Johan était vertigineuse. Il savait que la plupart du temps c'était lui qui paraissait le plus fort des deux, le chef. Mais la vérité était que sans Johan il n'était qu'un tout petit merdeux. Il y avait une tendresse en Johan dont il avait besoin pour rester humain. Tant de douceur l'avait abandonné quand il avait trouvé son père mort et, sans Johan, la dureté prendrait le dessus.

Il continua à faire de nombreuses promesses là au chevet de son frère. La promesse que tout allait changer si seulement Johan pouvait rester avec lui. Il promit de ne plus jamais voler, de se trouver un boulot, d'essayer d'employer sa vie à quelque chose de bon, oui il promit même de se faire couper les cheveux.

Cette dernière promesse fut donnée avec appréhension, mais à sa grande surprise elle sembla faire la différence. Un tremblement léger comme une plume dans la main de Johan, un léger mouvement de l'index comme s'il essayait de rendre la caresse de Robert. Pas plus, mais c'était tout ce qu'il lui fallait. Il attendit impatiemment le retour de Solveig. Il avait hâte de lui apprendre que Johan allait s'en sortir.

— Martin, il y a un mec au téléphone qui dit qu'il a des informations sur l'agression de Johan Hult. Annika passa la tête par la porte et Martin se retourna.

— Bordel, je n'ai pas le temps pour le moment.

— Je lui demande de rappeler ? dit Annika surprise.

— Non, merde, non, je le prends. Martin se rua dans le bureau d'Annika et lui prit le combiné des mains. Après avoir écouté attentivement un moment et posé quelques questions, il raccrocha et sortit en courant.

— Annika, il faut qu'on y aille tout de suite, Patrik et moi. Trouve Gösta et demande-lui de m'appeler sur mon portable, immédiatement. Et Ernst, où il est ?

— Gösta et Ernst sont allés déjeuner ensemble, mais je les appelle sur leurs portables.

— Bien. Martin s'en alla en courant, et Patrik arriva seulement quelques secondes plus tard.

— Tu as pu joindre Uddevalla, Annika ?

Elle leva un pouce en l'air.

— Ça baigne, ils sont en route.

— Super ! Il se retourna pour partir, mais se ravisa. Et, au fait, la liste de ceux qui n'ont pas de père, tu peux la laisser tomber.

Puis elle le vit disparaître lui aussi d'un pas rapide dans le couloir. L'énergie au commissariat était montée à un tel niveau qu'on pouvait la ressentir physiquement. Patrik lui avait fait un bref compte rendu de ce qui se passait et elle sentit ses mains et ses jambes picoter d'excitation. C'était une délivrance d'avoir enfin une ouverture et à présent chaque minute comptait. Elle agita la main en direction de Patrik et Martin qui passèrent devant la vitre dans le couloir et disparurent dehors.

— Bonne chance, lança-t-elle, sans être sûre qu'ils l'entendent. Elle se dépêcha de composer le numéro de Gösta.

— Eh oui, Gösta, c'est une calamité. Nous voilà, toi et moi, pendant que les jeunes loups gouvernent.

Ernst avait entamé son sujet favori et Gösta dut reconnaître que ça commençait à être fatigant de l'écouter. Même s'il avait déjà rouspété contre Martin, c'était surtout par amertume de se voir corriger par quelqu'un qui n'avait pas la moitié de son âge. Avec le recul, il comprenait que ce n'était pas si grave que ça.

Ils avaient pris la voiture pour aller déjeuner au *Télégraphe* à Grebbestad. L'offre de restaurants à Tanumshede n'était pas très grande, si bien qu'on en avait vite fait le tour, et Grebbestad n'était qu'à une dizaine de minutes.

Soudain le téléphone de Gösta, qu'il avait posé sur la table, se mit à sonner, c'était le standard du commissariat.

— Merde, ne réponds pas, laisse-le sonner. Tu as bien le droit de manger en paix un moment. Ernst tendit la main pour couper le portable de Gösta, mais un regard de son collègue l'arrêta net dans son geste.

Le restaurant était bondé et certains convives braquèrent des yeux irrités sur celui qui osait prendre une conversation dans un lieu public. Gösta rendit les regards et répondit d'une voix plus haute que nécessaire. Quand il eut terminé la conversation, il posa un billet sur la table, se leva et dit à Ernst :

— On a du boulot.

— Ça ne peut pas attendre ? Je n'ai même pas eu mon café, dit Ernst.

— Tu le prendras au poste plus tard. On part cueillir un mec.

Pour la deuxième fois ce jour-là, Gösta se rendit à Bullaren, cette fois-ci en conduisant lui-même. Il informa Ernst de ce qu'Annika avait raconté, et lorsque au bout d'une demi-heure ils arrivèrent, un jeune ado les attendait effectivement au bord de la route, à quelque distance de la ferme.

Ils arrêtèrent la voiture et descendirent.

— C'est toi, Lelle ? dit Gösta.

Le mec hocha la tête. Il était grand et fort, avec une nuque de taureau et des poignes énormes. Comme fait pour être videur de boîte de nuit, pensa Gösta. Ou homme de main, comme dans le cas présent. Un homme de main avec une conscience, cependant, à ce qu'il semblait.

— Tu nous as appelés, alors on t'écoute, continua Gösta.

— Oui, il vaudrait mieux pour toi que tu te mettes à table tout de suite, dit Ernst sur un ton belliqueux et Gösta l'avertit d'un regard sévère. Cette mission n'aurait pas besoin d'exhibitions de virilité de sa part.

— Oui, comme j'ai dit à la meuf au poste, Kennedy et moi, on a fait une connerie hier.

Une connerie, pensa Gösta. Eh bien, le garçon ne brillait certainement pas par sa modestie.

— Ah oui ?

— On l'a cogné un peu, le mec, celui qui est de la famille de Jacob.

— Johan Hult ?

— Oui, je crois bien qu'il s'appelle comme ça. Johan. La voix se fit aiguë. Je le jure, je savais pas que Kennedy allait l'amocher comme ça. Il avait dit qu'il devait seulement causer avec lui, et l'intimider un peu. Pas l'artillerie lourde.

— Mais il a fait autrement, donc. Gösta essaya de sembler paternaliste. Sans trop de succès.

— Oui, il a pété un plomb. Il arrêtait pas d'en rajouter des tonnes sur Jacob, qu'il est génial et tout ça et que Johan lui avait foutu quelque chose en l'air, il avait raconté des craques et Kennedy voulait qu'il avoue, et quand Johan a dit non, alors Kennedy a pété un boulon et s'est mis à le tabasser grave.

Ici il fut obligé de s'arrêter pour chercher sa respiration. Gösta pensait avoir suivi à peu près, mais il n'était pas entièrement sûr. C'était tout de même quelque chose, que les mômes d'aujourd'hui ne sachent pas parler correctement !

— Et toi, qu'est-ce que tu faisais pendant ce temps-là ? Tu arrachais les mauvaises herbes dans le jardin ? dit Ernst railleur. Encore un autre coup d'œil d'avertissement de la part de Gösta.

— Je le tenais, dit Lelle tout bas. Je le tenais par les bras pour l'empêcher de rendre les coups, comment je pouvais savoir que Kennedy allait dérailler comme ça ? Putain, merde, comment je pouvais le savoir ? Il regarda entre Gösta et Ernst. Qu'est-ce qui va se passer maintenant ? Je pourrai plus rester au foyer ? Je vais retourner en prison ?

Le grand dur à cuire était sur le point de se mettre à pleurer. Il ressemblait à un petit garçon peureux et Gösta n'eut pas d'efforts à faire pour sembler paternel, ça vint tout naturellement.

— On s'occupera de ça plus tard. Ça s'arrangera. En ce moment, le plus important, c'est qu'on puisse parler avec Kennedy. Tu peux soit attendre ici pendant qu'on va le chercher, soit rester dans la voiture pendant qu'on lui parle. Tu choisis.

— Je resterai dans la voiture, dit Lelle à voix basse. De toute façon, les autres vont apprendre que c'est moi qui l'ai balancé.

— Très bien, allons-y alors.

Ils firent en voiture les derniers cent mètres jusqu'à la ferme. La même femme qui avait ouvert à Gösta et Martin le matin ouvrit de nouveau. Son irritation avait augmenté de quelques degrés.

— Et qu'est-ce que vous voulez encore ? Bientôt on sera obligés d'installer un portillon pour la police. Bon sang, qu'est-ce qu'il ne faut pas voir ! Après les bonnes relations qu'on a eues avec les autorités tout au long des années, alors...

Gösta l'interrompit en levant une main. Il prit un air terriblement grave pour dire :

— On n'a pas le temps de discuter maintenant. On voudrait parler avec Kennedy. Immédiatement.

La femme réagit au ton sérieux et appela tout de suite Kennedy. Quand elle se remit à parler, sa voix était plus douce.

— Qu'est-ce que vous lui voulez, à Kennedy ? Il a fait quelque chose ?

— Vous aurez tous les détails en temps voulu, dit Ernst brutalement. En ce moment, notre seule mission est d'amener le gars au poste pour parler avec lui. On a aussi le balèze, Lelle.

Kennedy sortit de l'ombre. Avec un pantalon sombre, une chemise blanche et des cheveux bien coiffés, il ressemblait à un pensionnaire d'un internat anglais, pas à un ex-méchant d'un foyer de rééducation. La seule chose qui dérangeait le tableau était les éraflures sur les jointures de ses mains. Gösta jura intérieurement. C'était cela qu'il avait noté la dernière fois et dont il aurait dû se souvenir.

— En quoi puis-je vous être utile, messieurs ? La voix était bien modulée, mais peut-être un peu trop. On se rendait compte qu'il faisait un effort pour bien parler, ce qui en ôta tout l'effet.

— On a parlé avec Lelle. Tu comprends sans doute qu'il faudra que tu nous suives au poste.

Kennedy inclina la tête dans une acceptation silencieuse. S'il y avait bien une chose que Jacob lui avait apprise, c'était qu'on doit être capable de supporter les conséquences de ses actes pour trouver grâce aux yeux de Dieu.

Il jeta un dernier regard désolé autour de lui. La ferme allait lui manquer.

Ils étaient assis l'un en face de l'autre, en silence. Marita était partie chez elle à La Métairie avec les enfants pour attendre Jacob. Les oiseaux gazouillaient dehors, mais dans la maison tout était calme. Les valises étaient toujours posées en bas de l'escalier extérieur. Laini ne pouvait pas partir avant d'être sûre que Jacob était hors de danger.

— Tu as eu des nouvelles de Linda ? demanda-t-elle d'une voix hésitante. Elle avait peur de déranger la trêve momentanée entre elle et Gabriel.

— Non, pas encore.

— Pauvre Solveig, dit Gabriel.

Laini pensa à toutes ces années de chantage, mais elle était quand même de son avis. Une mère ne peut que ressentir de la sympathie pour une autre mère dont l'enfant a été blessé.

— Tu penses que Jacob aussi… Les mots restèrent coincés dans sa gorge.

Dans un geste inattendu, Gabriel posa sa main sur celle de Laini.

— Non, je ne pense pas. Tu as entendu ce que disaient les policiers, il s'est sans doute juste retiré quelque part pour réfléchir à tout ça. Et il en a des choses auxquelles réfléchir.

— Oui, effectivement, dit Laini avec amertume.

Gabriel ne dit rien, mais garda sa main sur la sienne. Cela la consola infiniment et elle réalisa tout à coup que c'était la première fois en tant d'années que Gabriel lui témoignait une telle tendresse. La chaleur se répandit dans son corps, mais elle se mêla aussitôt avec la douleur de la séparation imminente. Elle n'avait aucune envie de le quitter. Elle avait pris les devants pour lui épargner l'humiliation de la mettre à la porte, mais tout à coup elle se demanda si elle avait bien fait. Ensuite il ôta sa main et le moment fut passé.

— Tu sais, maintenant avec le recul, je peux dire que j'ai toujours senti que Jacob ressemblait plus à Johannes qu'à moi. Je voyais cela comme une ironie du destin. Pour le monde extérieur, Ephraïm paraissait sans doute plus proche de moi que de Johannes. Père vivait ici avec nous, c'est moi qui ai hérité du domaine et tout ça. Mais ce n'était pas vrai. S'ils se chamaillaient tant, c'était dans le fond parce qu'ils se ressemblaient. Parfois on aurait dit qu'Ephraïm et Johannes étaient une et même personne. Et moi, j'étais toujours exclu. Quand Jacob est né et que j'ai vu tant de ressemblance avec mon père et mon frère en lui, c'était comme si ça m'ouvrait une possibilité d'entrer dans leur communauté. Si j'arrivais à m'attacher solidement mon fils et à apprendre à le connaître à fond, j'avais l'impression que je connaîtrais aussi Ephraïm et Johannes. Je ferais partie de la communauté.

— Je sais, dit Laini doucement, mais Gabriel ne semblait pas l'entendre. Son regard alla se perdre dans le lointain par la fenêtre, et il continua :

— J'enviais Johannes qui croyait réellement au mensonge de père comme quoi nous avions le don de guérir. Tu imagines la force que cette croyance devait fournir ? Voir tes mains et vivre dans la certitude qu'elles sont les outils de Dieu. Voir des gens se lever et marcher, rendre la vue aux aveugles et savoir que c'est grâce à toi. Moi, je ne voyais que le spectacle. Je voyais mon père dans les coulisses, il dirigeait, il mettait en scène, et je détestais chaque minute. Johannes, lui, ne voyait que les malades devant lui. Il ne voyait que son chemin vers Dieu. Quand le passage a été fermé, il a dû ressentir énormément de peine. Et je ne lui ai témoigné aucune sympathie. Non, j'étais aux anges. Enfin nous allions devenir des garçons ordinaires, Johannes et moi. Enfin nous pouvions nous ressembler. Mais ça ne s'est pas passé comme ça. Johannes a continué à ensorceler, tandis que moi... Sa voix s'étouffa.

— Tu as tout ce que Johannes avait. Mais tu n'as pas osé, Gabriel. C'est ça, la différence entre vous. Mais, crois-moi, c'est là, quelque part.

Pour la première fois de leur vie commune, elle vit des larmes dans ses yeux. Même lorsque Jacob avait failli mourir, il n'avait pas osé se lâcher. Elle prit sa main et il la serra fort.

— Je ne peux pas promettre que je pourrai pardonner, dit Gabriel. Mais je peux promettre d'essayer.

— Je sais. Crois-moi, Gabriel, je sais. Elle posa la main de Gabriel contre sa joue.

D'heure en heure, l'inquiétude d'Erica grandissait et elle prit la forme d'une douleur sourde en bas du dos. Toute la matinée elle avait essayé d'appeler Anna, sur le fixe et sur le portable, mais sans réponse. En appelant les renseignements, elle avait obtenu le numéro du portable de Gustav, mais tout ce qu'il avait pu dire, c'est qu'il avait déposé Anna et les enfants à Uddevalla la veille et qu'ils y avaient pris le train. Ils auraient dû arriver à Stockholm dans la soirée. Ça énervait Erica qu'il ne semble pas le moins du monde inquiet. Il se borna à avancer tout un tas d'explications logiques, du genre qu'ils étaient peut-être fatigués et avaient débranché le téléphone, qu'il n'y avait plus de batterie au portable ou qu'Anna n'avait peut-être pas payé les factures du téléphone. Ces commentaires firent bouillir Erica et elle lui raccrocha au nez. Si elle n'avait pas été suffisamment inquiète avant, elle l'était maintenant.

Elle essaya d'appeler Patrik pour lui demander conseil, ou au moins trouver du réconfort, mais il ne répondait ni sur le portable ni au commissariat. Elle appela le standard et Annika dit seulement qu'il était parti en mission et qu'elle ne savait pas quand il allait revenir.

Erica continua frénétiquement à téléphoner. La sensation sourde ne voulait pas la quitter. Juste au moment où elle était sur le point d'abandonner, quelqu'un répondit sur le portable.

— Allô ? Une voix d'enfant. Emma, pensa Erica.

— Bonjour ma chérie, c'est tante Erica. Dis-moi, vous êtes où ?

— A Stockholm, zézaya Emma. Est-ce que le bébé est arrivé ?

— Non, pas encore, sourit Erica. Emma, est-ce que tu peux me passer ta maman ?

Emma ignora la question. Pour une fois qu'elle avait la chance incroyable de réussir à chiper le téléphone de sa mère et de répondre à un appel, elle n'avait pas l'intention de le rendre aussi vite.

— Tu sais quooooiii ? dit Emma.

— Non, je ne sais pas, dit Erica, mais, ma chérie, on parlera de ça plus tard, pour l'instant j'aimerais vraiment, vraiment parler avec ta maman.

— Tu sais quooooiii ? répéta Emma obstinément.

— Non, quoi ? soupira Erica fatiguée.

— On a déménagé !

— Oui, je sais, il y a quelque temps déjà.

— Non, aujourd'hui ! dit Emma triomphalement.

— Aujourd'hui ?

— Oui, on est retournés habiter chez papa.

La pièce se mit à tourner autour d'Erica. Avant d'avoir le temps de dire quoi que ce soit, elle entendit Emma annoncer :

— Bon, salut, je vais jouer maintenant.

Puis elle n'eut plus que la tonalité. Effondrée, elle posa le combiné.

Patrik frappa avec détermination à la porte de La Métairie. Marita vint ouvrir.

— Bonjour Marita. Nous avons un mandat de perquisition.

— Mais vous êtes déjà venus une fois ? dit-elle, l'air perplexe.

— Il y a du nouveau. J'ai une équipe avec moi, mais j'ai demandé aux hommes d'attendre sur le chemin que tu aies le temps de partir avec les enfants. C'est inutile qu'ils voient les agents de police, ça peut les effrayer.

Marita hocha la tête sans rien dire. L'inquiétude pour Jacob avait eu raison de son énergie et elle n'eut même pas la force de protester. Elle se retourna pour aller chercher les enfants, mais Patrik l'interrompit avec une nouvelle question :

— Y a-t-il d'autres bâtiments sur vos terres que ceux qu'on voit d'ici ?

Elle secoua la tête.

— Non, les seuls bâtiments sont notre maison, la grange, la remise à outils et la cabane de jeux. C'est tout.

Patrik hocha la tête et la laissa partir.

Un petit quart d'heure après, il n'y avait plus personne dans la maison. Ils pouvaient commencer les recherches. Patrik donna quelques brèves instructions dans le salon.

— Nous sommes déjà venus une fois ici sans rien trouver, et cette fois-ci il faudrait faire plus minutieusement encore. Quand je vous dis de chercher partout, je veux réellement dire partout. S'il vous faut arracher des planches du sol ou des cloisons, faites-le. S'il vous faut casser des meubles, vous le faites, c'est compris ?

Tous acquiescèrent de la tête. L'ambiance était sombre, mais tonique. Patrik leur avait donné un bref aperçu de l'évolution de l'affaire, avant d'entrer. A présent, ils n'avaient qu'une seule envie : démarrer.

Après une heure de travail sans résultat, on aurait dit une maison frappée par un cataclysme. Tout avait été déplacé et démonté. Mais rien qui leur permettait de progresser. Patrik aidait dans le salon lorsque Gösta et Ernst arrivèrent et ouvrirent de grands yeux.

— C'est quoi, ce bordel ? fit Ernst.

Patrik ignora la question.

— Comment ça s'est passé avec Kennedy ?

— Bien, il a avoué sans problème et il est coffré maintenant. Putain de morveux.

Patrik se contenta de hocher la tête, stressé.

— Qu'est-ce qu'il se passe ici alors ? On a l'impression d'être les seuls à ne rien savoir. Annika n'a rien voulu nous dire, seulement qu'on devait venir te rejoindre et que tu nous mettrais au parfum.

— Je n'ai pas le temps de vous mettre au courant maintenant, dit Patrik impatiemment. Pour l'instant, il faut vous contenter de savoir que tout indique que c'est Jacob qui tient Jenny Möller et on doit à tout prix trouver quelque chose qui nous montre où il la séquestre.

— Mais ce n'est pas lui qui a tué l'Allemande, dit Gösta. L'analyse du sang avait bien montré que... Il eut l'air perplexe.

— Si, c'est probablement lui qui a tué Tanja, dit Patrik de plus en plus irrité.

— Mais qui a tué les autres filles alors ? Il était beaucoup trop petit à l'époque...

— Non, ce n'était pas lui. Mais on parlera de ça plus tard. On a besoin de votre aide maintenant.

— Qu'est-ce qu'on cherche alors ? demanda Ernst.

— Le mandat de perquisition est posé sur la table de la cuisine. Les choses qui nous intéressent particulièrement y sont marquées, dit Patrik et il reprit son examen de la bibliothèque.

Le temps passait et ils ne trouvaient toujours rien d'intéressant. Patrik commençait à sentir son courage défaillir. Et s'ils faisaient chou blanc ? Après le salon, il avait poursuivi avec le cabinet de travail, sans résultat. Il se força à respirer à fond, les mains sur les hanches, tout en parcourant la pièce des yeux. Elle était petite, mais ordonnée. Des étagères avec des chemises et des classeurs, soigneusement étiquetés. Aucune feuille de papier n'encombrait le grand secrétaire ancien, et dans les tiroirs tout était rangé. Pensivement, Patrik laissa son regard revenir au secrétaire. Une ride s'était formée entre ses sourcils. Secrétaire ancien. Il n'avait pas loupé une seule émission du *Tour des antiquaires* à la télé et le vieux meuble lui évoquait d'emblée des compartiments secrets. Pourquoi n'y avait-il pas pensé auparavant ? Il commença avec la partie qui surplombait le plateau, la partie avec tout plein de petits tiroirs. Il les explora avec les doigts et, en arrivant au dernier, il exulta en sentant quelque chose. Une petite tige métallique céda lorsqu'il appuya dessus. Avec un petit clic, la paroi s'écarta et une cache apparut. Son pouls s'accéléra. Il vit un vieux carnet de notes en cuir noir. Il mit les gants de caoutchouc qu'il avait dans sa poche et, précautionneusement, sortit le carnet. Il en lut le contenu en sentant l'épouvante monter en lui. Maintenant ça devenait urgent de retrouver Jenny.

Il se souvint d'avoir vu une lettre en fouillant le secrétaire. Il ouvrit le bon tiroir et la trouva après avoir farfouillé un peu. Le logo du centre hospitalier d'Uddevalla en haut dans le coin gauche indiquait l'expéditeur. Patrik survola les lignes et lut le nom en bas de la page. Puis il saisit son téléphone portable et appela le commissariat.

— Annika, c'est Patrik. Je voudrais que tu vérifies un truc pour moi. Il expliqua brièvement. Il faut que tu parles à un Dr Zoltan Czaba. Dans le service de cancérologie, oui c'est ça. Rappelle-moi dès que tu as quelque chose.

Le temps s'était étiré, interminable, devant eux. Plusieurs fois par jour, ils avaient appelé le commissariat dans l'espoir d'avoir des nouvelles, mais en vain. Lorsque le visage de Jenny était apparu sur les manchettes des journaux, leurs téléphones portables avaient commencé à sonner, sans arrêt. Des amis, des membres de la famille, de simples connaissances. Tous étaient consternés, mais essayaient du fond de leur propre inquiétude d'instiller de l'espoir à Kerstin et à Bo. Plusieurs avaient proposé de venir à Grebbestad pour qu'ils ne restent pas seuls, mais ils avaient décliné les offres, gentiment mais fermement. Il leur semblait qu'alors ça deviendrait trop évident que quelque chose n'allait pas. S'ils se contentaient de rester ici dans la caravane à attendre, assis face à face à la petite table, Jenny allait tôt ou tard passer la porte et tout allait redevenir normal.

Et ils restaient donc ainsi, jour après jour, enfermés dans leur angoisse. Aujourd'hui avait été plus douloureux que les autres jours. Toute la nuit, Kerstin avait fait des cauchemars. En sueur, elle avait bougé sans arrêt dans le lit, tandis que des images difficiles à interpréter défilaient devant ses yeux. Plusieurs fois, elle vit Jenny. Quand elle était petite, surtout. Chez eux, sur la pelouse devant la maison. Sur la plage d'un camping. Mais ces visions étaient tout le temps remplacées par des images sinistres et étranges qu'elle ne comprenait pas. Il faisait froid et sombre et en périphérie une silhouette se dessinait qu'elle n'arrivait pas à saisir, bien que dans son rêve elle s'y évertuât, encore et encore.

Le matin au réveil, le découragement s'était installé dans son cœur. Pendant que les heures s'ajoutaient aux heures et que la température montait dans la caravane, elle restait en silence face à Bo et essayait désespérément de se remémorer la sensation du poids de Jenny dans ses bras. Mais, comme dans le rêve, elle avait l'impression que Jenny était juste hors de sa portée. Elle se rappela la sensation, si forte pendant toute cette attente, mais elle n'arrivait plus à la ressentir. Lentement la certitude s'installa en elle. Elle leva les yeux de la table et regarda son mari. Puis elle dit :

— Elle est partie maintenant.

Il ne remit pas en question ses paroles. Dès qu'elle eut prononcé ces mots, il eut la conviction que c'était la vérité.

ÉTÉ 2003

Les jours se confondaient comme dans un brouillard. Elle souffrait d'une manière qu'elle n'avait pas crue possible et ne cessait de pester contre elle-même. Si elle n'avait pas été assez stupide pour faire du stop, ceci ne serait jamais arrivé. Maman et papa l'avaient dit et redit tant de fois, qu'on ne devait jamais monter avec des inconnus, mais elle s'était sentie invulnérable.

Cela paraissait si loin maintenant. Elle essaya d'évoquer la sensation encore une fois, pour en jouir une brève seconde. Cette sensation que rien au monde ne pouvait l'atteindre, que le mal pouvait s'abattre sur d'autres mais pas sur elle. Quoi qu'il arrive, jamais elle ne pourrait la ressentir encore.

Elle était allongée sur le côté et grattait la terre avec sa main tendue. L'autre bras était hors d'usage et elle se força à remuer le bras valide pour maintenir la circulation du sang. Elle rêvait de se jeter sur lui, telle une héroïne de film, et de le maîtriser quand il descendrait, de l'abandonner sans connaissance par terre et de s'enfuir, dehors, rejoindre les gens qui s'étaient mobilisés pour la chercher. Mais c'était impossible, ce n'était qu'un rêve merveilleux. Ses jambes ne la supportaient même plus.

La vie la quittait lentement, et elle eut la vision d'un suintement qui coulait dans la terre sous elle et alimentait les organismes qui s'y trouvaient. Des vers de terre et des larves qui aspiraient avidement son énergie vitale.

Lorsque les dernières forces l'abandonnèrent, elle pensa qu'elle n'aurait jamais l'occasion de s'excuser d'avoir été si désagréable ces dernières semaines. Elle espérait qu'ils comprendraient quand même.

Il l'avait tenue dans ses bras toute la nuit. Elle était devenue de plus en plus froide. L'obscurité qui les entourait était compacte. Il espéra qu'elle avait trouvé l'obscurité aussi rassurante et consolatrice que lui. C'était comme une grosse couverture noire qui le recouvrait.

Pendant une seconde, ses enfants lui vinrent à l'esprit. Mais cette image-là lui rappela trop la réalité, et il l'écarta.

Johannes avait montré le chemin. Lui, Johannes et Ephraïm. C'était une trinité, il l'avait toujours su. Ils partageaient un don auquel Gabriel ne participerait jamais et c'est pourquoi il ne pourrait jamais comprendre. Lui, Johannes et Ephraïm. Ils étaient uniques. Ils étaient plus près de Dieu que tous les autres. Ils étaient particuliers. Johannes l'avait écrit dans son carnet.

Ce n'était pas un hasard s'il avait trouvé le carnet noir de Johannes. Quelque chose l'avait guidé vers lui, l'avait attiré comme un aimant vers ce qu'il considérait comme un legs de Johannes. Il avait été ému par le sacrifice que Johannes n'avait pas hésité à faire pour sauver sa vie. Si quelqu'un pouvait comprendre ce que Johannes avait voulu atteindre, c'était bien lui. Quelle ironie de se rendre compte que cela avait été inutile. C'était son grand-père Ephraïm qui était devenu son sauveur. Il était peiné par l'échec de Johannes et regrettait que les filles soient mortes. Mais lui avait plus de temps que Johannes. Il n'allait pas échouer. Il allait essayer encore et encore jusqu'à ce qu'il trouve la clé de sa lumière intérieure. Celle que grand-père Ephraïm avait dit qu'il dissimulait aussi en lui. Tout comme Johannes, son véritable père.

Avec regret, Jacob caressa le bras froid de la fille. Il ne pleurait pas parce qu'elle était morte. Elle n'était qu'un simple être humain et Dieu lui donnerait une place particulière pour s'être sacrifiée pour lui, elle serait l'une des élues de Dieu. Une pensée le frappa : Dieu s'attendait peut-être à un certain nombre de sacrifices avant de lui permettre de trouver la clé. Cela avait peut-être été pareil pour Johannes. Il ne s'agissait pas d'un échec, simplement leur Seigneur s'attendait à d'autres preuves de leur foi avant de montrer le chemin.

La pensée éclaira l'esprit de Jacob. Ça devait être ça. Pour sa part, il avait toujours eu plus de foi dans le Dieu de l'Ancien Testament. Le Dieu qui exigeait des sacrifices de sang.

Une chose écorchait sa conscience. A quel point Dieu se montrerait-il clément envers lui qui n'avait pas su résister à la tentation de la chair ? Johannes avait été plus fort. Il n'avait jamais été tenté, et Jacob l'admirait pour cela. Quand lui-même avait senti la peau douce et chaude contre la sienne, quelque chose de profondément enfoui s'était réveillé. Pour un bref instant, le diable s'était emparé de lui et il avait cédé. Mais il avait regretté après, si amèrement que Dieu avait dû le voir, non ? Dieu qui savait regarder dans le fond de son cœur devait quand même voir qu'il regrettait sincèrement, et lui pardonner ses péchés.

Jacob berça la fille dans ses bras. Il écarta une mèche de cheveux qui était tombée devant son visage. Elle était belle. Dès qu'il l'avait vue faire du stop au bord de la route, le pouce levé, il avait su qu'elle était celle qu'il fallait. La première avait été le signe qu'il attendait. Pendant des années, il avait lu les paroles de Johannes dans le carnet et en avait été fasciné, et lorsque la fille avait surgi devant sa porte et posé des questions sur sa mère, le jour même où il avait reçu le Verdict, il avait su que c'était un signe.

Ne pas avoir trouvé le don avec l'aide de cette fille, cela ne l'avait pas découragé. Johannes n'avait pas réussi avec sa mère. L'important était qu'avec elle il s'engageait sur la voie qui lui était inévitablement destinée. Marcher sur les pas de son père.

Les déposer ensemble dans la brèche du Roi avait été une façon de le proclamer au monde. D'annoncer qu'il poursuivait désormais ce que Johannes avait entamé. Il se doutait bien que personne ne pourrait comprendre. Mais il suffisait que Dieu comprenne et voie que cela était bon, comme il est dit dans la Bible.

S'il lui avait fallu une preuve définitive, il l'avait eue hier soir. Lorsqu'ils avaient commencé à parler des résultats des analyses de sang, il avait su, avec une certitude totale, qu'on allait l'enfermer comme un criminel. Il n'avait pas pensé à ça, que par la faute du diable il avait laissé des traces sur le corps.

Mais il lui fut donné de rire à la face du diable. A sa grande surprise, les policiers lui avaient signifié que les analyses l'innocentaient. C'était la preuve finale qu'il lui fallait pour se persuader qu'il était sur la bonne voie et que rien ne pouvait l'arrêter. Il était particulier. Il était protégé. Il était béni.

Lentement il caressa de nouveau les cheveux de la fille. Il serait obligé d'en trouver une autre.

Il ne fallut que dix minutes pour qu'Annika le rappelle.

— Tu avais raison. Jacob a de nouveau un cancer. Mais, cette fois-ci, ce n'est pas une leucémie, c'est une tumeur importante au cerveau. Il sait qu'il n'y a rien à faire, c'est beaucoup trop avancé.

— Quand est-ce qu'il a reçu le verdict ?

Annika regarda les notes sur le bloc devant elle.

— Le jour de la disparition de Tanja.

Patrik s'assit lourdement sur le canapé du salon. Il savait maintenant, mais il avait quand même du mal à y croire. Cette maison respirait une telle paix, une telle sérénité. Il n'y avait aucune trace du mal dont il tenait la preuve entre ses mains. Seulement une normalité trompeuse. Des fleurs dans un vase, des jouets d'enfants éparpillés dans la pièce, un livre en cours de lecture ouvert sur la table basse. Pas de crânes, pas de vêtements éclaboussés de sang, pas de cierges noirs allumés.

Au-dessus de la cheminée était même accroché un tableau de Jésus montant au ciel après sa résurrection, nimbé d'une auréole, des gens en prière au-dessous de lui, le regard tourné vers le haut.

Comment pouvait-on justifier la plus maléfique des actions en arguant qu'on avait obtenu carte blanche de Dieu ? Mais il ne fallait peut-être pas s'étonner. Au fil des siècles, des gens avaient été tués par millions au nom de Dieu. Ce pouvoir-là avait quelque chose d'attirant qui enivrait l'homme et l'égarait.

Patrik s'arracha à ses réflexions théologiques et se rendit compte que son équipe était en train de le regarder dans l'attente d'autres instructions. Il leur avait montré ce qu'il avait trouvé, et chacun luttait maintenant pour ne pas penser aux horreurs que Jenny était peut-être en train de vivre en cet instant.

Le problème était qu'ils ignoraient totalement où elle se trouvait. En attendant qu'Annika rappelle, ils avaient poursuivi leurs recherches encore plus fébrilement. Patrik avait appelé le manoir pour demander à Marita, Gabriel et Laini s'ils pouvaient imaginer un endroit où Jacob se trouverait. Il avait sans ménagement écarté les questions qu'ils posaient en retour. Il n'y avait pas de temps pour ça maintenant.

Il ébouriffa ses cheveux déjà pas mal en désordre.

— Putain, où est-ce qu'il peut bien être ? dit-il, frustré. On ne peut pas passer toute la région au peigne fin, centimètre par centimètre. Et il peut très bien la retenir près de la ferme de Bullaren, ou quelque part entre les deux ? Bordel de merde, qu'est-ce qu'on fait maintenant ?

Martin ressentait la même impuissance et ne dit rien. La question de Patrik était de celles qui n'exigent pas de réponse. Puis une pensée le frappa :

— C'est forcément quelque part ici autour de La Métairie. Il y a ces traces d'engrais. Je pense que Jacob a utilisé le même endroit que Johannes, et alors c'est plus logique que ça se passe par ici.

— Tu as raison, mais aussi bien Marita que ses beaux-parents disent qu'il n'y a pas d'autres bâtiments sur leurs terres. D'accord, il pourrait s'agir d'une grotte ou quelque chose comme ça, mais est-ce que tu sais combien d'hectares la famille Hult possède ? C'est comme chercher une aiguille dans une meule de foin.

— Oui, mais Solveig et ses fils alors ? Tu leur as posé la question ? Eux, ils ont habité ici et ils sont peut-être au courant d'un endroit que Marita ne connaît pas ?

— Là, on tient peut-être quelque chose. Il n'y a pas une liste de numéros de téléphone dans la cuisine ? Linda a son portable avec elle, et avec un peu de chance je pourrais les joindre par elle.

Martin alla vérifier et revint avec une liste où le nom de Linda était méticuleusement noté. Avec impatience, Patrik écouta les sonneries. Au bout de ce qui lui parut une éternité, Linda répondit.

— Linda, c'est Patrik Hedström. J'aurais besoin de parler avec Solveig ou Robert.

— Ils sont avec Johan. Il s'est réveillé ! dit Linda folle de joie. Le cœur serré, Patrik pensa que cette joie-là allait bientôt déserter sa voix.

— Va chercher l'un ou l'autre, c'est très important !

— D'accord, lequel des deux est-ce que tu préfères ?

Patrik réfléchit. Qui connaît mieux qu'un enfant le périmètre où il habite ? Le choix fut évident.

— Robert.

Il l'entendit poser le portable et aller le chercher. C'était probablement interdit d'introduire un téléphone portable dans les chambres, ça risquait de déranger l'équipement électronique, Patrik eut le temps de penser cela avant d'entendre la voix grave de Robert au bout du fil.

— Oui, c'est Robert.

— Salut, c'est Patrik Hedström. J'aimerais que tu nous aides. C'est terriblement important, se dépêcha-t-il de dire.

— Oui, d'accord, c'est quoi ?

— Est-ce que tu sais s'il y a d'autres bâtiments sur les terres autour de La Métairie, à part ceux qui se trouvent immédiatement autour de la maison ? Bon, pas forcément un bâtiment d'ailleurs, plutôt une bonne cachette, si tu vois ce que je veux dire. Mais elle doit être relativement grande. Suffisamment pour abriter au moins deux personnes.

Il entendit littéralement les points d'interrogation s'amonceler dans le cerveau de Robert, mais au grand soulagement de Patrik il ne remit pas en question le bien-fondé de sa démarche. Au lieu de cela, une réponse hésitante fit son chemin après un moment de réflexion :

— Ben, la seule chose qui me vient à l'esprit, c'est le vieil abri pour le cas où il y aurait eu des bombardements. Il se trouve dans la forêt, pas très loin. On jouait là-bas quand on était petits, Johan et moi.

— Et Jacob, dit Patrik, il le connaît ?

— Oui, on a fait la connerie de le lui montrer un jour. Et il est allé directement rapporter à papa qui nous a interdit d'y retourner. Il disait que c'était dangereux. Fini d'y jouer. Pour Jacob aussi. Eh oui, il a toujours été vachement vertueux, celui-là, dit Robert sarcastiquement en se souvenant de leur déception. Patrik se dit que vertueux n'était pas le mot qu'on associerait avec Jacob dorénavant.

Il remercia rapidement après s'être fait décrire l'itinéraire pour y aller, puis il raccrocha.

— Je pense savoir où ils sont, Martin. Rassemble tout le monde dehors dans la cour.

Cinq minutes plus tard, huit brigadiers sérieux étaient regroupés au soleil. Quatre de Tanumshede, quatre d'Uddevalla.

— On a des raisons de croire que Jacob Hult se trouve un peu plus loin dans la forêt, dans un ancien abri antiaérien. Il y retient probablement Jenny Möller et on ne sait pas si elle est morte ou vivante. C'est pourquoi on doit agir comme si elle était en vie et gérer la situation avec une extrême prudence. On s'approchera doucement de l'abri et on l'encercle dès qu'on l'a trouvé. Et en silence, dit Patrik sévèrement en baladant son regard et le laissant reposer un peu plus sur Ernst. On aura dégainé nos armes, mais personne ne fait quoi que ce soit sans mon ordre formel. Est-ce clair ?

Tous hochèrent gravement la tête.

— Une ambulance est en route d'Uddevalla, mais elle ne va pas venir jusqu'ici avec le gyrophare, elle s'arrêtera avant l'allée d'accès. Les bruits résonnent loin dans la forêt et on ne veut pas qu'il nous entende. Dès qu'on aura la situation en mains, on appellera le personnel soignant.

— Est-ce qu'on ne devrait pas avoir un infirmier avec nous ? dit l'un des inspecteurs d'Uddevalla. Ça peut être urgent une fois qu'on l'aura trouvée.

— Tu as entièrement raison, mais on n'a pas le temps de les attendre, dit Patrik. En ce moment il est plus important de localiser Jenny, et avec un peu de chance d'ici là l'ambulance aura eu le temps d'arriver. Bon, on y va maintenant.

Robert avait expliqué qu'ils devaient monter dans la forêt derrière la maison pour rejoindre, une centaine de mètres plus loin, le sentier qui menait à l'abri. Il était quasiment invisible si on ne le connaissait pas et Patrik faillit le rater. Lentement ils avancèrent vers la cible et, au bout d'environ un kilomètre, il eut l'impression d'apercevoir quelque chose entre les feuilles. Sans un mot, il se retourna et fit signe aux hommes derrière lui. Ils encerclèrent l'abri, dans le plus grand silence possible, mais il était difficile de ne pas faire de bruit du tout.

Patrik faisait une grimace à chaque crissement et il espérait que les murs épais les filtreraient.

Il dégaina son arme et vit du coin de l'œil que Martin avait fait de même. Ils avancèrent sur la pointe des pieds et essayèrent d'ouvrir la porte. Elle était fermée à clé. Merde, qu'allaient-ils faire maintenant ? Ils n'avaient aucun équipement de serrurier avec eux et le seul choix qui leur restait était de persuader Jacob de sortir de son plein gré. Rempli de craintes, Patrik frappa à la porte, puis se déplaça vivement sur le côté.

— Jacob. On sait que tu es là. Il faut que tu sortes !

Pas de réponse. Il essaya encore.

— Jacob, je sais que tu n'as pas voulu faire de mal aux filles. Tu as seulement fait ce que Johannes faisait. Sors maintenant, et on parlera de tout ça.

Il se rendait compte à quel point c'était plat. Il aurait peut-être dû faire un stage de gestion de prises d'otage, ou au moins faire venir un psychologue avec eux. Mais, faute de mieux, il devait se contenter de ses propres idées sur la façon de s'adresser à un psychopathe planqué à l'intérieur d'un abri antiaérien.

A sa grande surprise il entendit la serrure cliqueter la seconde d'après. Lentement la porte s'ouvrit. Martin et Patrik, qui étaient postés de part et d'autre de la porte, échangèrent un regard. Tous deux levèrent leur pistolet, tendus à l'extrême. Jacob sortit. Il portait Jenny dans ses bras. Elle était de toute évidence morte et Patrik put sentir la déception et le chagrin balayer les cœurs des policiers qui se tenaient à présent entièrement visibles, leurs armes pointées sur Jacob.

Il les ignora. Il dirigea son regard vers le haut et parla comme s'il s'adressait au ciel.

— Je ne comprends pas. Je suis pourtant élu. Tu devais me protéger. Il eut l'air aussi confondu que s'il avait trouvé le monde sens dessus dessous. Pourquoi m'as-Tu sauvé hier si je ne trouve pas grâce à Tes yeux aujourd'hui ?

Patrik et Martin se regardèrent. Jacob semblait être totalement ailleurs. Mais cela le rendait d'autant plus dangereux. Il était impossible de savoir ce qu'il allait faire. Ils maintinrent leurs armes dirigées sur lui.

— Pose la fille, dit Patrik.

Jacob avait toujours les yeux levés vers le ciel et interpellait son Dieu invisible.

— Je sais que Tu aurais fini par m'octroyer le don, mais il me fallait plus de temps. Pourquoi est-ce que Tu Te détournes de moi maintenant ?

— Pose la fille et lève les bras en l'air ! dit Patrik d'une voix un peu plus autoritaire. Toujours aucune réaction de Jacob. Il tenait Jenny dans ses bras et il ne paraissait pas armé. Patrik se demanda s'il ne devait pas se jeter sur lui pour débloquer la situation. Il n'y avait pas lieu de s'inquiéter pour la jeune fille, il était déjà trop tard.

Il avait à peine pensé cela qu'une grande silhouette arriva de la gauche, de biais derrière lui. Il fut tellement pris de court que son doigt tressaillit sur la détente et qu'il faillit envoyer une balle sur Jacob ou Martin. Sous le choc, il vit le grand corps d'Ernst passer en trombe droit sur Jacob qui s'effondra par terre. Jenny tomba de ses bras et atterrit juste devant lui, avec un horrible bruit mou, comme un sac de farine qu'on balance par terre.

Le triomphe peint sur la figure, Ernst tordit les bras de Jacob dans son dos. Il ne résista pas, mais il semblait toujours aussi stupéfait.

— Et voilà le travail, fit Ernst et il leva les yeux pour accueillir les acclamations du peuple. Tout le monde se tint figé et lorsque Ernst vit le nuage noir qui s'accumulait devant le visage de Patrik il réalisa qu'encore une fois il avait agi sans discernement.

Patrik tremblait toujours après avoir été si près de tirer sur Martin et il dut se raisonner pour ne pas mettre ses mains autour du cou d'Ernst et l'étrangler lentement. Mais ils régleraient ça plus tard. A présent il était plus important de s'occuper de Jacob.

Gösta sortit une paire de menottes et les passa à Jacob. Avec l'aide de Martin, il le releva sans ménagement puis il interrogea Patrik du regard. Celui-ci se tourna vers deux des policiers d'Uddevalla.

— Ramenez-le à La Métairie. J'arrive. Veillez à ce que les ambulanciers trouvent le chemin jusqu'ici et dites-leur d'apporter une civière.

Ils se mirent en route avec Jacob, mais Patrik les arrêta.

— Attendez un instant, je voudrais le regarder bien en face. Je veux voir à quoi ressemblent les yeux de quelqu'un qui est capable de faire une chose pareille. Il hocha la tête en direction du corps inanimé de Jenny.

Jacob croisa son regard sans remords, mais toujours avec la même expression confuse. Il dévisagea Patrik et dit :

— N'est-ce pas étrange ? Hier soir Dieu a fait un miracle pour me sauver, et aujourd'hui Il vous laisse me prendre ?

Patrik essaya de voir dans ses yeux s'il était sérieux ou si c'était un jeu pour essayer de s'épargner les conséquences de ses actes. Le regard qu'il rencontra était lisse comme un miroir et il comprit que ce qu'il voyait c'était de la folie à l'état pur. Fatigué, il dit :

— Ce n'était pas Dieu. C'était Ephraïm. Tu as passé le test de l'analyse du sang parce que Ephraïm t'avait fait don de sa moelle osseuse quand tu étais enfant. Cela signifie que tu as reçu son empreinte génétique dans ton sang. C'est pourquoi ton échantillon ne correspondait pas avec l'ADN que nous avons prélevé sur les… traces… que tu as laissées sur Tanja. Nous ne l'avons compris que lorsque les experts du labo ont cartographié vos relations filiales et que paradoxalement ton sang démontrait que tu étais le père de Johannes et de Gabriel.

Jacob ne fit que hocher la tête. Puis il dit doucement :

— Mais n'est-ce pas un miracle, dites ?

Ensuite on l'emmena à travers la forêt.

Martin, Gösta et Patrik restèrent devant le corps de Jenny. Ernst s'était dépêché de partir, penaud, avec les policiers d'Uddevalla et il ferait sans doute tout son possible pour rester invisible pendant quelque temps.

Tous les trois auraient voulu avoir une veste pour couvrir Jenny. Sa nudité était si obscène, si humiliante. Ils virent les blessures sur son corps. Les blessures qui étaient identiques à celles qu'avait présentées Tanja. Probablement les mêmes qu'avaient eues Siv et Mona quand elles étaient mortes.

Malgré sa nature impulsive, Johannes avait été un homme méthodique. Dans son carnet de notes il avait minutieusement noté les blessures qu'il infligeait à ses victimes, pour ensuite essayer de les guérir. Il s'y prenait comme un scientifique. Les mêmes blessures sur les deux, dans le même ordre. Peut-être pour se donner l'impression qu'il s'agissait justement d'une expérience scientifique. Une expérience où elles étaient des victimes regrettables, mais nécessaires. Nécessaires pour que Dieu lui rende le don de guérir qu'il avait eu enfant. Le don qui lui avait fait défaut tout au long de sa vie adulte et qu'il était devenu si indispensable de raviver lorsque son premier-né, Jacob, était tombé malade.

C'était un héritage calamiteux qu'Ephraïm avait laissé à son fils et à son petit-fils. L'imagination de Jacob avait été mise en branle par les récits d'Ephraïm sur les guérisons que pratiquaient Gabriel et Johannes dans leur enfance. Ephraïm avait laissé entendre qu'il entrevoyait aussi le don chez son petit-fils et cela avait donné naissance à des idées qui avaient été alimentées par la maladie dont il avait failli mourir. Puis Jacob avait trouvé les carnets de Johannes et, à en juger par l'état des pages feuilletées à outrance, il y était revenu encore et encore. Une coïncidence malheureuse avait voulu que Tanja se présente à La Métairie pour poser des questions sur sa mère le même jour où Jacob avait appris qu'il allait mourir, et maintenant les policiers se trouvaient là en train de contempler le cadavre de Jenny.

Quand elle avait glissé des bras de Jacob, elle était tombée sur le côté et on aurait pu croire qu'elle se blottissait en position fœtale. Etonnés, Martin et Patrik virent Gösta déboutonner sa chemise à manches courtes. Il exposa un poitrail blanc et glabre, puis sans un mot il étala sa chemise sur Jenny en essayant de cacher le plus possible de sa nudité.

— C'est pas bien de rester là à reluquer la petite alors qu'elle est nue comme un ver, grogna-t-il et il se croisa les bras sur la poitrine pour se protéger de la fraîcheur qui régnait sous les arbres.

Patrik s'accroupit et prit spontanément la main froide de Jenny dans la sienne. Elle était morte seule, mais elle n'aurait pas à attendre seule.

L'essentiel de l'agitation avait mis quelques jours à se calmer. Patrik était avec Mellberg et tout ce qu'il voulait c'était que ce soit terminé. Son supérieur avait demandé un compte rendu de l'affaire et même si Patrik connaissait sa motivation – pouvoir raconter des anecdotes sur sa participation à l'affaire Hult – cela ne le touchait pas outre mesure. Après avoir personnellement annoncé la mort de Jenny à ses parents, il était incapable d'associer gloire ou célébrité à l'enquête, et il cédait généreusement cette part-là à Mellberg.

— Mais je ne comprends toujours pas ce truc avec le sang, dit Mellberg.

Patrik soupira et expliqua pour la troisième fois, encore plus lentement maintenant :

— Quand il était atteint de leucémie, Jacob a reçu un don de moelle osseuse de son grand-père Ephraïm. Cela signifie que, après le don, le corps de Jacob s'est mis à produire du sang avec le même ADN que le donateur, c'est-à-dire Ephraïm. Autrement dit, Jacob a l'empreinte génétique de deux personnes dans son corps. L'ADN de son grand-père dans le sang et le sien dans les autres parties du corps. C'est pourquoi nous avons obtenu le profil génétique d'Ephraïm en analysant le sang de Jacob. Comme l'ADN que Jacob avait laissé sur sa victime était sous forme de sperme, il présentait son profil génétique d'origine. Donc, les profils ne correspondaient pas. Selon le Labo central, la vraisemblance statistique pour qu'une telle chose se produise est tellement infime qu'elle est presque impossible. Mais seulement presque…

Mellberg semblait enfin avoir compris le raisonnement. Il secoua la tête, stupéfait.

— C'est pas loin de la science-fiction, tout ça. Qu'est-ce qu'on ne doit pas entendre, Hedström ! Oui, je dois dire qu'on a fait un putain de bon boulot dans cette affaire. Le chef de la police à Göteborg m'a appelé personnellement hier. Il m'a remercié pour notre excellente façon de gérer tout ça, et je n'ai pu qu'être d'accord avec lui.

Patrik eut du mal à voir ce qu'il y avait d'excellent là-dedans, puisqu'ils n'avaient pas réussi à sauver la fille, mais il choisit de ne pas faire de commentaires. Certaines choses étaient ce qu'elles étaient, il n'y avait qu'à l'accepter.

Ces derniers jours avaient été lourds. On pourrait dire qu'il s'était agi d'un travail de deuil. Il avait continué à mal dormir, tourmenté par des images que les esquisses et les notes dans le carnet de Johannes avaient suscitées. Erica était restée près de lui, inquiète, et il avait senti qu'elle aussi se tournait et se retournait la nuit dans le lit. Mais il n'avait pas eu la force de se tendre vers elle. Il fallait qu'il traverse tout cela de lui-même.

Même les mouvements de l'enfant dans le ventre d'Erica n'avaient pas réussi à réveiller la sensation de bien-être qu'ils lui avaient toujours procurée auparavant. C'était comme si on lui avait subitement rappelé combien le monde là-dehors était dangereux et combien les hommes pouvaient être mauvais ou fous. Comment allait-il pouvoir protéger un enfant contre ça ? Il restait donc à l'écart d'Erica et de l'enfant. A l'écart du risque de vivre un jour la douleur qu'il avait vue sur les visages de Bo et Kerstin Möller quand il leur avait annoncé, la gorge nouée, que Jenny était morte. Comment un être humain pouvait-il survivre à une telle douleur ?

Dans ses moments nocturnes les plus sombres il avait même envisagé de se sauver. Prendre ses cliques et ses claques et se casser. Loin de la responsabilité et des obligations. Loin du risque que l'amour pour l'enfant ne devienne une arme appuyée sur sa tempe qui se déchargerait lentement. Lui, qui avait toujours été le devoir personnifié, envisageait sérieusement pour la première fois de sa vie de s'abandonner à la lâcheté. En même temps il savait qu'Erica avait besoin de son soutien maintenant plus que jamais. Le fait qu'Anna et les enfants étaient retournés vivre avec Lucas l'avait désespérée. Il le savait, mais il était quand même incapable de faire un geste vers elle.

Devant lui, les lèvres de Mellberg continuaient à remuer.

— Oui, je ne vois aucune raison pour ne pas obtenir une augmentation de notre prochain budget, vu la publicité que nous a donnée...

Blablabla, pensa Patrik. Des mots remplis d'absurdité. Argent, gloire, augmentation de budget et louanges des supérieurs. Une comptabilité de la réussite dénuée de sens. Il ressentit le besoin de prendre sa tasse de café et de lentement renverser son contenu sur le crâne de Mellberg. Seulement pour le faire taire.

— Oui, et ta contribution sera bien évidemment mise en avant, dit Mellberg. Je l'ai dit au patron, que tu m'as été d'un soutien incroyable dans cette enquête. Mais ne me rappelle pas que j'ai dit ça quand il sera question d'augmentation de salaire, gloussa-t-il avec un clin d'œil à Patrik. La seule chose qui me chagrine est la partie concernant la mort de Johannes Hult. Vous n'avez toujours aucune idée de qui l'a assassiné ?

Patrik secoua la tête. Ils en avaient parlé à Jacob, mais il paraissait aussi sincèrement ignorant qu'eux. Cet homicide-là était toujours marqué non résolu et semblait devoir le rester.

— Oui, ce serait vraiment la cerise sur le gâteau si vous pouviez démêler ça aussi. Ça ne ferait pas de mal d'avoir les félicitations du jury aussi en plus du 20 sur 20, pas vrai ? dit Mellberg. Puis il reprit son sérieux. J'ai évidemment pris acte de votre critique du comportement d'Ernst, mais en considérant toutes les années qu'il a passées dans le corps de police je trouve que nous devrions nous montrer généreux et tirer un trait sur ce petit incident. Je veux dire, il ne s'est rien passé de grave après tout.

Patrik se souvint de la sensation dans son doigt sur la détente, avec Martin et Jacob dans la ligne de mire. La main qui tenait la tasse de café se mit à trembler. Comme mue par sa propre volonté, elle commença à lever la tasse, et lentement l'approcher du crâne garni de Mellberg. Elle s'arrêta au milieu du geste lorsqu'on frappa à la porte. C'était Annika.

— Patrik, on te demande au téléphone.

— Tu ne vois pas qu'on est occupés, gronda Mellberg.

— Je pense qu'il va vouloir prendre cette communication, dit Annika en lançant un regard appuyé à Patrik.

Il la regarda, confondu, mais elle refusa de dire quoi que ce soit. En arrivant dans le bureau d'Annika, elle montra le combiné sur le bureau et sortit discrètement dans le couloir.

— Mais merde, Patrik, pourquoi tu n'as pas branché ton portable !

Il regarda le téléphone pendu dans son étui à sa ceinture et comprit qu'il devait être déchargé.

— Je n'ai plus de batterie. Pourquoi ? Il ne comprit pas pourquoi ça mettait Erica hors d'elle. Elle pouvait toujours le joindre par le standard.

— Parce que ça s'est mis en route. Tu n'as pas répondu sur ton fixe et ensuite tu ne répondais pas sur le portable non plus et alors…

Il l'interrompit, confus.

— Quoi, quoi ? Qu'est-ce qui s'est mis en route ?

— L'accouchement, imbécile. Le travail a commencé et j'ai perdu les eaux ! Il faut que tu viennes me chercher, il faut y aller maintenant !

— Mais ça ne devait être que dans trois semaines ! Il se sentait toujours aussi déconcerté.

— Apparemment le bébé ne le sait pas, puisqu'il arrive maintenant ! dit Erica et elle raccrocha.

Patrik restait figé, tenant toujours le combiné. Un sourire idiot était apparu sur ses lèvres. Son enfant était en route. Leur enfant, à lui et Erica.

Les jambes en coton, il courut à la voiture et tira plusieurs fois sur la poignée de la portière. Quelqu'un lui tapota l'épaule. Derrière lui se tenait Annika avec les clés de la voiture à la main.

— Ça marchera mieux si tu essaies avec la clé d'abord.

Il lui arracha le trousseau et, après un rapide signe d'au revoir, il mit les gaz et prit la route de Fjällbacka. Annika contempla les traces de pneu noires qu'il avait laissées sur le goudron, puis elle retourna en riant à son poste à l'accueil.

AOÛT 1979

Ephraïm était préoccupé. Gabriel continuait obstinément à affirmer que c'était Johannes qu'il avait vu avec la fille disparue. Il refusa de le croire, mais en même temps il savait que Gabriel était le dernier à mentir. Pour lui, la vérité et l'ordre étaient plus importants que son propre frère, et c'est pourquoi Ephraïm avait du mal à ne pas en tenir compte. Ce à quoi il s'accrochait était que Gabriel avait pu mal voir. Que la faible lumière de la nuit avait trompé ses yeux et qu'il avait été induit en erreur par des ombres, ou quelque chose comme ça. Il convenait lui-même que c'était tiré par les cheveux. Mais il connaissait aussi Johannes. Son fils insouciant, irresponsable pour qui la vie n'était qu'un jeu, il ne serait tout de même pas capable de tuer quelqu'un ?

Appuyé sur sa canne, il marchait sur la route qui reliait le manoir à La Métairie. En fait il n'avait pas besoin d'une canne, sa condition physique était aussi bonne que celle d'un jeune homme, estimait-il, mais il trouvait que ça faisait élégant. La canne et le chapeau lui donnaient l'aspect d'un propriétaire terrien, et il aimait s'en servir, en abuser même.

Il était peiné de voir que, chaque année, Gabriel s'éloignait davantage de lui. Gabriel pensait qu'il favorisait Johannes, il le savait, et c'était peut-être vrai, s'il était vraiment sincère avec lui-même. Simplement, Johannes était tellement plus facile à côtoyer. Son charme et son ouverture d'esprit permettaient de le traiter avec une certaine indulgence, et Ephraïm se sentait alors patriarche dans le vrai sens du mot. Johannes était quelqu'un qu'il pouvait corriger avec rudesse, quelqu'un qui lui donnait l'impression d'être indispensable, ne fût-ce que pour lui maintenir les pieds sur terre, avec tous ces jupons qui lui couraient après. Avec Gabriel, c'était différent. Il regardait toujours son père avec un dédain qui amenait Ephraïm à le traiter avec une sorte de supériorité froide. Il savait que la faute lui incombait à plusieurs titres. A chaque service qu'il célébrait, avec l'assistance de ses fils, Johannes avait toujours été plein d'enthousiasme, alors que Gabriel se rétrécissait, se ratatinait. Ephraïm l'avait vu et il endossait cette responsabilité, mais il avait agi pour le bien de ses fils. Quand Ragnhild était morte, ils n'avaient disposé que de son baratin et de son charisme pour avoir à manger tous les jours et de quoi se vêtir. C'était un heureux hasard qu'un tel talent lui ait été révélé et que cette folle de veuve, la Dybling, lui ait légué son domaine et sa fortune. Gabriel ferait mieux d'en apprécier davantage les conséquences, au lieu de perpétuellement lui reprocher son enfance "épouvantable". La vérité était que s'il n'avait pas eu le trait de génie d'utiliser les garçons dans ses offices ils n'auraient pas eu tout ce qu'ils avaient aujourd'hui. Personne n'avait résisté aux deux petits garçons charmants qui par la grâce de Dieu avaient reçu le don de guérir les malades et les infirmes. Avec le magnétisme et la faconde dont il jouissait lui-même, à eux trois, ils avaient été imbattables. Il savait qu'il était une légende vivante dans le monde évangélique et cela l'amusait énormément. Il adorait aussi ce nom flatteur, ou injurieux, on pouvait le voir comme on voulait, que les gens lui donnaient. Le Prédicateur.

Il avait cependant été très surpris de voir la déception de Johannes en apprenant qu'avec l'adolescence il avait perdu son don. Ephraïm n'avait eu aucun mal à mettre un terme à la supercherie et pour Gabriel c'était venu comme un grand soulagement. Mais Johannes l'avait regretté. Ephraïm avait toujours pensé leur révéler que tout cela n'avait été qu'une invention de sa part et que les personnes qu'ils "guérissaient" étaient des gens à qui il avait donné une petite pièce pour participer au spectacle. Mais, au fil des ans, il s'était mis à hésiter. Parfois Johannes avait semblé si frêle. C'est pourquoi Ephraïm se faisait tant de souci avec cette histoire de la police et leur interrogatoire de Johannes. Il était plus fragile qu'il ne paraissait et Ephraïm craignait qu'il n'en pâtisse. Alors il s'était dit qu'il allait faire une promenade jusqu'à La Métairie et parler un petit moment avec son fils. Tâter un peu le terrain pour voir comment celui-ci gérait la situation.

Un sourire apparut sur les lèvres d'Ephraïm. Jacob était encore à l'hôpital, mais il était tiré d'affaire. Il adorait son petit-fils. Il lui avait sauvé la vie, ce qui les unissait à tout jamais par un lien particulier. En revanche, il n'était pas aussi crédule qu'ils le croyaient. Gabriel pensait sans doute que Jacob était son fils, mais lui, Ephraïm, avait vu ce qui se déroulait sous ses yeux. Il était évident que Jacob était le fils de Johannes, ça se lisait dans ses yeux. Bon, tout ça n'était pas ses affaires. Mais le garçon était la joie de ses vieux jours. Bien sûr qu'il aimait aussi Robert et Johan, mais ils étaient si petits encore. Ce qu'il aimait le plus chez Jacob était ses petites réflexions intelligentes et, surtout, l'ardeur qu'il mettait à écouter les histoires de son grand-père. Jacob adorait entendre les récits de l'enfance de Gabriel et Johannes quand ils voyageaient avec lui. "Les histoires de guérison", disait-il. "Papi, raconte les histoires de guérison", disait-il chaque fois qu'il montait le voir, et Ephraïm n'avait rien contre le fait de revivre cette époque-là. Parce qu'il s'était bien amusé. Et ça ne pouvait pas faire de mal au garçon s'il brodait un peu. Il avait pris l'habitude de terminer ses récits avec une pause théâtrale, puis de pointer un index tordu sur la poitrine de Jacob et de dire : "Et toi Jacob, tu as aussi le don. Quelque part enfoui en toi, il attend d'être sorti à la lumière." Le petit était assis à ses pieds, les yeux écarquillés et la bouche grande ouverte, et Ephraïm adorait voir sa fascination.

Il frappa à la porte de la maison. Pas de réponse. Tout était tranquille, apparemment Solveig et les garçons n'y étaient pas non plus. En général, on les entendait à des kilomètres à la ronde. Il y avait du bruit dans la grange et il alla voir. Johannes était en train de bricoler quelque chose sur la moissonneuse-batteuse et n'entendit pas Ephraïm arriver avant qu'il soit juste derrière lui. Il sursauta.

— En plein boulot, à ce que je vois.

— Oui, ce n'est pas le travail qui manque ici.

— J'ai entendu que la police est venue te chercher encore, dit Ephraïm qui avait pour habitude de ne pas tourner autour du pot.

— Oui, dit Johannes sèchement.

— Qu'est-ce qu'ils voulaient savoir cette fois ?

— Encore des questions par rapport au témoignage de Gabriel, évidemment. Johannes continuait à s'occuper de la machine et ne regarda pas Ephraïm.

— Tu sais que ce n'est pas l'intention de Gabriel de te nuire.

— Oui, je sais. Il est comme il est. Mais le résultat est là.

— C'est vrai. Ephraïm se balança sur les talons, incertain de la façon dont il allait continuer. C'est bon de voir le jeune Jacob bientôt sur pied, pas vrai, lança-t-il pour rester sur un sujet de conversation neutre. Un sourire illumina le visage de Johannes.

— C'est merveilleux. C'est comme s'il n'avait jamais été malade. Il se redressa et regarda son père droit dans les yeux. Je t'en serai éternellement reconnaissant, papa.

Ephraïm hocha la tête et se caressa la moustache, satisfait. Johannes poursuivit, avec prudence :

— Papa, si tu n'avais pas pu sauver Jacob. Tu crois que... Il hésita, puis poursuivit résolument, comme pour ne pas avoir le temps de changer d'avis. Tu crois que j'aurais pu retrouver le don ? Pour pouvoir guérir Jacob, je veux dire ?

La question fit reculer Ephraïm de surprise. Il réalisa avec effroi que l'illusion qu'il avait créée était plus grande que voulue. Ses remords et sa culpabilité allumèrent une étincelle de colère et il s'emporta violemment contre Johannes.

— Comment peux-tu être stupide à ce point-là, mon garçon ? Je croyais qu'un jour ou l'autre tu serais assez adulte pour comprendre la vérité sans que j'aie besoin de te l'écrire noir sur blanc ! Rien de tout ça n'était vrai ! Ils n'étaient pas malades pour de vrai, ceux que vous avez "guéris" – il marqua des guillemets dans l'air– toi et Gabriel, aucun ! Ils étaient payés ! Par moi !

Il cria les mots et postillonna en même temps. Pendant une seconde il se demanda ce qu'il venait de faire. Le visage de Johannes était devenu blanc. Il chancela comme s'il avait bu et, un bref instant, Ephraïm crut que son fils était victime d'une sorte d'attaque. Puis Johannes chuchota, tellement bas que ça s'entendait à peine :

— Alors j'ai tué les filles pour rien.

Toute l'angoisse, toute la culpabilité, tous les remords explosèrent en Ephraïm et l'attirèrent dans un profond trou noir, où il lui fallut tout simplement trouver un exutoire à la douleur, d'une façon ou d'une autre. Son poing partit et atterrit sur le menton de Johannes de toute sa force. Au ralenti il vit Johannes, la stupéfaction peinte sur le visage, tomber en arrière, contre la moissonneuse-batteuse. Un bruit sourd résonna dans la grange lorsque la tête de Johannes heurta la surface métallique. Epouvanté, Ephraïm regarda Johannes qui gisait sans vie par terre. Il tomba à genoux et essaya désespérément de sentir un pouls. Rien. Il approcha son oreille de la bouche de son fils en espérant entendre ne serait-ce que le plus faible des souffles. Toujours rien. Lentement, il réalisa que Johannes était mort. Frappé par la main de son propre père.

Sa première impulsion fut d'aller chercher du secours. Puis l'instinct de survie prit le dessus. Car Ephraïm Hult était avant tout un homme qui s'acharnait à survivre. En appelant à l'aide, il serait obligé d'expliquer pourquoi il avait frappé Johannes, et cela ne devait en aucun cas être révélé. Les filles étaient mortes et maintenant Johannes aussi était mort. Dans un certain sens biblique, justice avait été faite. Pour sa part, il ne désirait aucunement passer ses dernières années derrière les barreaux. Ce serait un châtiment suffisant de vivre le reste de sa vie en sachant qu'il avait tué Johannes. Résolument il se mit à préparer le travail pour maquiller son crime. Heureusement, certaines personnes lui devaient encore quelques services.

Il s'aperçut qu'il se trouvait assez bien dans sa nouvelle vie. Les médecins lui avaient donné six mois à vivre, et il pouvait au moins les passer au calme. Bien sûr que Marita et les enfants lui manquaient, mais ils venaient le voir toutes les semaines, et entre leurs visites il passait le temps à prier. Il avait déjà pardonné à Dieu de l'avoir abandonné au dernier moment. Même Jésus sur sa croix avait demandé à Dieu pourquoi il l'abandonnait, lui son fils unique. Si Jésus pouvait pardonner, Jacob le pouvait aussi.

Le jardin de l'hôpital était l'endroit où il passait le plus clair de son temps. Il savait que les autres prisonniers l'évitaient. La plupart étaient aussi condamnés pour meurtre, mais pour une raison ou une autre ils pensaient qu'il était dangereux. Ils ne comprenaient pas. Il n'avait pas pris plaisir à tuer ces filles, et il ne l'avait pas fait pour lui. Il l'avait fait parce que c'était son devoir. Ephraïm avait expliqué qu'il était spécial, tout comme Johannes. Elu. C'était son devoir de bien gérer l'héritage et ne pas se laisser emporter par une maladie qui s'entêtait à vouloir l'exterminer.

Et il n'allait pas capituler encore. Il ne pouvait pas capituler. Ces dernières semaines il avait eu la certitude que la manière dont Johannes et lui avaient procédé devait être erronée. Ils avaient essayé de trouver une façon pratique de récupérer le don, mais ce n'était peut-être pas comme ça qu'il fallait faire. Ils auraient sans doute dû commencer par chercher en eux. Les prières et le calme ici l'avaient aidé à se concentrer. Par étapes, il avait su atteindre l'état méditatif où il sentait qu'il approchait du projet originel de Dieu. Il sentait que l'énergie commençait à l'emplir. En ces moments, tout son être frémissait d'attente. Il allait bientôt pouvoir commencer à récolter le fruit de sa nouvelle connaissance. Bien sûr que cela lui faisait regretter encore davantage d'avoir sacrifié des vies inutilement, mais une guerre se déroulait entre le bien et le mal et, de ce point de vue, les filles avaient été des victimes nécessaires.

Le soleil de l'après-midi le réchauffait sur son banc dans le parc. La prière d'aujourd'hui avait été particulièrement fortifiante et il eut l'impression de faire de la concurrence au soleil. En regardant sa main, il vit un mince rayon de lumière qui l'entourait. Jacob sourit. Ça venait de commencer.

A côté du banc, il aperçut un pigeon mort. L'oiseau était couché sur le flanc et la nature avait déjà commencé son œuvre pour le transformer en poussière. Il gisait raide et sale avec des yeux couverts du voile de la mort. Il se pencha en avant et l'étudia attentivement. C'était un signe.

Jacob se leva et s'accroupit à côté de l'oiseau. Il l'observa tendrement. Sa main rougeoyait maintenant comme si un feu brûlait à l'intérieur de ses articulations. En tremblant, il approcha du pigeon l'index de sa main droite et le laissa reposer légèrement sur le plumage abîmé. Rien ne se passa. La déception menaçait de l'envahir, mais il s'obligea à rester à l'endroit où les prières le menaient habituellement. Au bout d'un moment, le pigeon tressaillit. Un tremblement dans la patte suivit. Ensuite tout arriva en même temps. Les plumes retrouvèrent leur brillance, le voile blanc qui couvrait les yeux disparut, le pigeon se redressa sur ses pattes et d'un puissant coup d'aile il s'envola vers le ciel. Jacob sourit avec satisfaction.

Par une fenêtre qui donnait sur le jardin, le Dr Stig Holbrand observait Jacob Hult en compagnie de Fredrik Nydin, un médecin qui faisait une partie de son internat en psychiatrie légale.

— Ça, c'est Jacob Hult. C'est un cas à part ici. Il a torturé deux filles pour ensuite essayer de les guérir. Elles sont mortes de leurs blessures et il est condamné pour assassinat. Les experts psychiatres l'ont jugé irresponsable et de plus il a une tumeur inguérissable au cerveau.

— Il lui reste combien de temps ? demanda Fredrik Nydin. Il comprenait bien que c'était tragique, mais ne put s'empêcher de trouver tout cela immensément excitant.

— Environ six mois. Il prétend qu'il va pouvoir se guérir lui-même et il passe le plus gros de son temps à méditer. On le laisse faire. Il ne fait de mal à personne pendant ce temps-là.

— Mais qu'est-ce qu'il est en train de fabriquer, là ?

— Oui, ça ne veut pas dire qu'il n'a pas un comportement bizarre parfois. Le Dr Holbrand plissa les yeux et fit de l'ombre avec sa main pour mieux voir. Il me semble qu'il est en train de lancer un pigeon en l'air. Bon, ce n'est pas grave, il est déjà mort, le pauvre, dit-il sèchement.

Puis ils passèrent au patient suivant.

REMERCIEMENTS

Tout d'abord je tiens à remercier mon mari Micke qui, fidèle à son habitude, fait passer mon écriture avant toute chose. Il est mon premier fan. Sans toi, je n'aurais pas pu gérer en même temps le bébé et l'écriture.

Un grand merci aussi à mon agent Mikael Nordin, ainsi qu'à Bengt et Jenny Nordin de Bengt Nordin Agency, qui n'ont eu de cesse de faire connaître mes livres à un large public.

Les policiers du commissariat de Tanumshede et leur chef Folke Åsberg méritent une citation spéciale. Non seulement ils ont pris le temps de lire mon manuscrit et de le commenter, mais ils ont aussi accepté avec bonhomie que je place quelques agents de police particulièrement incompétents sur leur lieu de travail. Dans ce cas précis, nous sommes vraiment loin de la réalité !

Une personne a eu un rôle inestimable pendant le travail du *Prédicateur*; il s'agit de ma rédactrice et éditrice Karin Linge Nordh, qui avec une minutie bien plus grande que celle que j'ai été capable de mobiliser a passé le manuscrit au crible et a avancé quelques points de vue pertinents. Elle m'a aussi appris l'expression précieuse "quand t'es pas sûre – enlève le passage". Globalement, j'ai été formidablement accueillie par ma nouvelle maison d'édition, Forum.

Gunilla Sandin et Ingrid Kampås m'ont été d'un grand soutien pendant le travail sur ce livre, comme sur le précédent. Martin et Helena Person, ma belle-mère, Gunnel Läckberg et Åsa Bohman ont relu et commenté mon manuscrit avec beaucoup de gentillesse. Merci à tous.

Pour finir, je voudrais adresser un remerciement particulier à Berith et Anders Torevi, qui non seulement ont pris en charge la diffusion de *La Princesse des glaces* avec beaucoup d'amabilité mais ont aussi pris le temps de lire et de commenter le manuscrit du *Prédicateur*.

Tous les personnages et événements sont inventés. Fjällbacka et ses environs sont cependant authentiques, même si de temps en temps j'ai pris quelques libertés en ce qui concerne les lieux.

CAMILLA LÄCKBERG-ERIKSSON,
Enskede, le 11 février 2004.

www.camillalackberg.com

CATALOGUE ACTES NOIRS

MASAKO BANDO, *Les Dieux Chiens* (2008)
Traduit du japonais par Yutaka Makino
Dans un village des montagnes du Japon, les paysans sont enclins à la superstition pour expliquer les morts et ils ne sont pas tendres pour les nouveaux arrivants qu'ils associent aux dérèglements de la vie ordinaire. Divers incidents se produisent, et la mère de Miki accuse les dieux chiens de tous ces méfaits. L'opprobre des villageois se concentre sur la famille Bonomiya, et surtout sur Miki, peu à peu mises en quarantaine, voire directement menacées.

TONY BELLOTTO, *Bellini et le démon* (2007)
Traduit du portugais (Brésil) par Sébastien Roy
Le détective Remo Bellini doit résoudre deux affaires insolites : retrouver un manuscrit inédit de Dashiell Hammett et le meurtrier de la belle Silvia Maldini, assassinée dans les toilettes de son collège.

HERVÉ CLAUDE, *Nickel chrome* (2009)
Quelques semaines avant le coup d'envoi des championnats du monde de cricket à Perth, en Australie, le joueur-star est assassiné. Dans le même temps, une bande de bikers, aux ramifications mafieuses, sème la terreur dans la ville. Une fois encore, Ange va faire appel à son ami Ashe pour enquêter.

MAINAK DHAR, *Flashpoint* (2008)
Traduit de l'anglais (Inde) par Laurent Bury
Et si un jour l'Inde et le Pakistan passaient du conflit larvé au conflit ouvert, mettant en branle divisions blindées, commandos et escadrilles aériennes ? Scénario catastrophe d'une guerre située en 2009 mais parfaitement possible dès demain, *Flashpoint* est basé sur les réalités de la région en question, qu'elles soient diplomatiques, militaires, stratégiques ou religieuses.

UNITY DOW, *Les Cris de l'innocente* (2006)
Traduit de l'anglais (Botswana) par Céline Schwaller
Au Botswana, dans un dispensaire de brousse du delta de l'Okavango. Amantle retrouve les vêtements d'une petite fille, couverts de sang. La police avait classé l'affaire : "attaque par un lion, aucune trace de l'accident", laissant impunis les coupables de ces meurtres rituels qui visent de petites campagnardes.

RUTH FRANCISCO, *Salut à toi, ô crépuscule* (2008)
Traduit de l'anglais (Etats-Unis) par Elisabeth Luc
Los Angeles. Un maçon mexicain découvre un bras de femme sur la plage. Depuis un moment, ce pêcheur volontiers voyeur a repéré Laura. La jeune femme avait de nombreux admirateurs, est-ce son cadavre qu'on a retrouvé sur une plage de L. A. ?

LUIS ALFREDO GARCIA-ROZA, *Bon anniversaire Gabriel !* (2006)
Traduit du portugais (Brésil) par Vitalie Lemerre et Eliana Machado
Gabriel, vieux garçon et fonctionnaire tranquille, vient expliquer au commissaire Espinosa qu'il craint de commettre un meurtre. C'est ce que lui a prédit un devin il y a moins de un an et le délai évoqué touche à sa fin.

LUIS ALFREDO GARCIA-ROZA, *Une fenêtre à Copacabana* (2008)
Traduit du portugais (Brésil) par Vitalie Lemerre et Eliana Machado
Le commissaire Espinosa se retrouve courtisé par deux jolies femmes : Celeste, que l'on croyait morte, et Serena, la femme qui de la fenêtre de son immeuble a cru assister au meurtre.

CAMILLA LÄCKBERG, *La Princesse des glaces* (2008)
Traduit du suédois par Lena Grumbach et Marc de Gouvenain
Erica Falck, trente-cinq ans, auteur de biographies installée dans une petite ville paisible de la côte ouest suédoise, découvre le cadavre aux poignets tailladés d'une amie d'enfance, Alexandra Wijkner, nue dans une baignoire d'eau gelée. Impliquée malgré elle dans l'enquête, Erica est très vite convaincue qu'il ne s'agit pas d'un suicide.

CAMILLA LÄCKBERG, *Le Prédicateur* (2009)
Traduit du suédois par Lena Grumbach et Catherine Marcus
Un matin d'été, un jeune garçon jouant dans les rochers de la côte proche de Fjällbacka tombe sur le cadavre d'une femme. La police établit rapidement qu'il s'agit d'un meurtre mais l'affaire se complique avec la découverte, au même endroit, de deux squelettes de jeunes femmes…

STIEG LARSSON, *Les hommes qui n'aimaient pas les femmes* (2006)
Traduit du suédois par Lena Grumbach et Marc de Gouvenain
Dans le huis-clos d'une île, la petite-nièce du gros industriel Henrik Vanger a disparu voilà bien des années. Mikael Blomkvist, rédacteur de

la revue d'investigation *Millénium*, secondé par Lisbeth Salander, jeune hacker rebelle, va reprendre l'enquête.

STIEG LARSSON, *La fille qui rêvait d'un bidon d'essence et d'une allumette* (2006)
Traduit du suédois par Lena Grumbach et Marc de Gouvenain
Deux jeunes journalistes ont été assassinés, ils enquêtaient pour *Millénium*, sur les trafics de femmes des pays de l'Est en Scandinavie. On soupçonne Lisbeth Salander et toutes les polices et autres individus malintentionnés la traquent.

STIEG LARSSON, *La Reine dans le palais des courants d'air* (2007)
Traduit du suédois par Lena Grumbach et Marc de Gouvenain
Lisbeth est alitée, sans aucun moyen d'agir, dans l'hôpital où son père l'est aussi, et bien décidé à la tuer. Les membres d'une cellule secrète de la police tiennent aussi à la supprimer. Heureusement, Mikael Blomkvist croit à l'innocence de la jeune fille.

YULIA LATYNINA, *La Chasse au renne de Sibérie* (2008)
Traduit du russe par Gilles Gauthier
Ancien gosse aux pieds nus d'une bourgade de Sibérie, Izvolski est le type même de l'homme d'affaires peu scrupuleux de la nouvelle Russie. il s'est taillé un empire sidérurgique au cinquième rang mondial, fortement convoité, à Moscou, par la banque IVEKO. Bras droit et armé d'Izvolski, acceptant sans état d'âme le rôle de chien fidèle, Denis Tcheriaga n'a qu'un défaut : il est amoureux de la même femme que son patron.

ANDREW MCGAHAN, *Australia Underground* (2008)
Traduit de l'anglais (Australie) par Laurent Bury
Une longue cavale mène Leo à travers une Australie quadrillée par toutes sortes de milices et de militaires. Un pays où l'on n'hésite pas à fusiller des hommes au milieu du désert, où l'on a dressé des murs autour des quartiers musulmans de Melbourne et de Sydney, et interdit au citoyen ordinaire des zones entières militarisées. Des villes au bush, des rues au désert aborigène, un pays entier est sous contrôle. La seule lueur d'espoir est l'existence d'Australia Underground, un réseau de résistants.

ANDREW MCGAHAN, *Derniers verres* (2007)
Traduit de l'anglais (Australie) par Pierre Furlan
A l'écart de Brisbane, en Australie, George, alcoolique repenti, mène une vie tranquille, mais son nom fut associé dix ans plus tôt à un scandale qui bouscula la politique de l'Etat du Queensland. Des politiciens véreux, des policiers, des patrons de restaurants, maniant la corruption, la licence trafiquée, l'alcool et la prostitution y ont laissé des plumes. Coup de téléphone dans la nuit, un crime vient d'être commis. Le mort s'appelle Charlie, à l'époque le meilleur copain de George.

JOSÉ LUIS MUÑOZ, *La Dernière Enquête de l'inspecteur Rodríguez Pachón* (2008)
Traduit de l'espagnol par Alexandra Carrasco
Cuba, une île asphyxiée par le blocus. A La Havane, les habitants vivent de petits boulots et de débrouille. Chargé d'enquêter sur la découverte d'un tronc de femme décapitée, l'inspecteur Pachón aimerait entraîner son collègue Vladimir dans sa vie de déglingue. Entre les maisons lépreuses dans les ruelles humides et moites, la fin inéluctable sera surprenante et plus violente que n'aurait pu le laisser supposer la pourriture tranquille.

CORNELIA READ, *Champs d'ombres* (2007)
Traduit de l'anglais (Etats-Unis) par Laurent Bury
Madeline Dare, rejeton sans fortune d'une vieille famille wasp de Long Island, éduquée dans un milieu empreint de privilèges, végète comme rédactrice pour le journal local et, d'une manière générale, déteste Syracuse, trou perdu. Alors qu'elle rend visite à ses beaux-parents, de vrais *rednecks* évoluant entre tracteurs, sueur et labeur, on lui montre une plaque d'identité ramassée dans un champ, là même où dix-neuf ans plus tôt deux jeunes filles ont été retrouvées assassinées.

ANDREA MARIA SCHENKEL, *La Ferme du crime* (2008)
Traduit de l'allemand par Stéphanie Lux
Un hiver, dans la campagne bavaroise, un horrible massacre a été commis et tout le monde donne sa version des choses. A la manière de Truman Capote dans *De sang-froid*, Andrea Maria Schenkel place son histoire dans les années 1950, en hiver, dans une Allemagne encore imprégnée de désastre, d'après-guerre et de fascisme. Atmosphère paysanne, vaches à l'étable, vent qui balaie les flocons, coins sombres derrière les granges, petite fille qui la nuit a peur du loup, brouillard matinal pesant… Le massacre aura lieu dans une région catholique très dévote.

THERESA SCHWEGEL, *Une flic dans le pétrin* (2008)
Traduit de l'anglais (Etats-Unis) par Thierry Pitel
Quand une femme flic de base à Chicago a été trahie par ses amoureux, elle peut devenir vindicative. Mais le monde dans lequel évolue Samantha est truffé d'ennemis : ses propres chefs qui sont prêts à la virer si elle ne cesse pas de fouiner et les inspecteurs de la police des polices qui l'utilisent, elle le comprend petit à petit, pour coincer un gros gibier : un réseau de flics pourris, auquel appartiennent Fred et Mason, les hommes qu'elle croyait aimer !

MEHMET MURAT SOMER, *On a tué Bisou !* (2007)
Traduit du turc par Gökmen Yilmaz
Dans les quartiers chauds d'Istanbul, une enquête sur l'assassinat d'un travesti. Par respect pour Bisou assassiné(e), et désir de soutenir la cause des travestis souvent violentés, le narrateur, avec beaucoup de naïveté

et de frivolité, aussi capable de jouer des poings que de son charme dans une jolie robe bleue devant un policier, va s'apercevoir très vite que les coupables potentiels se multiplient. Plusieurs personnes sont sur la même piste et chacun se trompe de détenteur des preuves compromettantes.

FRANÇOIS WEERTS, *Les Sirènes d'Alexandrie* (2008)
Bruxelles. Dans le quartier où des filles s'exposent en vitrine. Antoine vient d'hériter de *L'Alexandrie*, lieu de plaisir dont les pintes de bière ne sont pas les seules responsables. Mais drames et incidents se multiplient autour de ce bar qui semble susciter bien des convoitises.

A paraître

ANDREA MARIA SCHENKEL, *Un tueur à Munich. Josef Kalteis* (avril 2009)
Traduit de l'allemand par Stéphanie Lux
Munich 1930, de jeunes campagnardes rêvent de devenir des dames en ville. Un tueur les guette, il adore les voir filer sur leurs vélos, la jupe ondoyant dans le vent. L'interrogatoire de Josef Kalteis traverse le roman : si l'on peut encore le croire, au début, lorsqu'il affirme ne s'en être pris qu'à une seule jeune fille qu'il n'aurait pas tuée, plus le récit avance, plus on découvre l'ampleur de sa folie meurtrière. On attend alors avec effroi le moment où la jeune Kathie va croiser le chemin de Kalteis.

BEN PASTOR, *Lumen* (juin 2009)
Traduit de l'anglais par Laurent Bury
Cracovie 1939, tandis que l'armée allemande s'installe en Pologne, l'abbesse d'un couvent est assassinée. Martin Bora, un officier qui a gardé encore quelques valeurs, enquête, aidé en cela par un envoyé du Vatican, prêtre à Chicago, moins disposé, lui, à admettre les exactions de l'occupant.

THERESA SCHWEGEL, *Droit d'interpeller (Probable Cause)* (juin 2009)
Ray Weiss est fils et petit-fils de flic. C'est dire qu'il tient à marcher dans les bonnes traces pour qu'on soit fier de lui dans la famille. Mais quand il commencera à comprendre où les petits jeux de ses collègues, sous prétexte d'initiation, l'ont mené, il va lui falloir faire des choix. Au début, cela paraissait simple. Jack Fiore, son collègue instructeur, lui a parlé de coincer un voleur de bijoux sur le fait. Mais être le premier sur les lieux d'un casse – et le seul flic – pendant que le copain va chercher du renfort, et s'apercevoir qu'il y a là un cadavre pas prévu au programme, c'est difficile à avaler.

CAMILLA LÄCKBERG, *Le Tailleur de pierre* (novembre 2009)
Traduit du suédois par Lena Grumbach et Marc de Gouvenain
Un pêcheur de Fjällbacka remonte une petite fille noyée. Le problème est que Sara, sept ans, a de l'eau douce savonneuse dans les poumons.

Quelqu'un l'a donc tuée et déshabillée avant de la jeter à la mer. Patrik Hedström est chargé de l'enquête tandis qu'Erica vient de mettre au monde leur bébé. Fjällbacka cache de sordides non-dits dont les origines peuvent remonter à loin, et la méfiance s'installe…

OUVRAGE RÉALISÉ
PAR L'ATELIER GRAPHIQUE ACTES SUD
REPRODUIT ET ACHEVÉ D'IMPRIMER
EN MAI 2009
PAR LES IMPRIMERIES
TRANSCONTINENTAL
POUR LE COMPTE DES ÉDITIONS
ACTES SUD
LE MÉJAN
PLACE NINA-BERBEROVA
13200 ARLES

DÉPÔT LÉGAL
1re ÉDITION : MARS 2009
IMP-2X
(Imprimé au Canada)